传说管理局

③·弹指

杀虫队队员 著

北京联合出版公司
Beijing United Publishing Co., Ltd.

白素贞微微苦笑了一下：
"你在烟雨蒙蒙的街头再
次现身，就是为了把这封
信交给我吗？"她俯下身
缓缓地捡起这封信，却丝
毫没有想看的欲望，手中
微微一用力，信就化成了
粉末，随着细雨的拍打坠
入湖底。就让这段孽缘永
远尘封在西湖水中吧。

二人站在小雨纷纷的桥上，静静地看着远方。听着那雨水坠入湖中，仿佛带走了身上隐藏的忧愁。水中撑船的船夫拿出斗笠戴在头上，在这细雨中，唱起船歌，摇向远方。一把纸伞缓缓地从二人身后出现，挡在了她们的头顶。那油纸伞如同一堵墙，轻缓地隔绝着世界。

传说管理局 ③·弹指

目录

第五卷

147 · 苏醒

"这位小姐，请你不要再动手了！"

"停手？凭什么？"

"我说过了，我叫作查达·施旺，是杜先生的朋友！"

"我听不懂你的鸟语，只知道这里并不是外人可以随便进的！"

虽说查达不想动手，可眼前这个高大的女人身手实在是太过敏捷了，她如果不出杀招，怕是撑不了多久。只是她不明白，为什么这个女人睡着的时候看起来既美丽又温柔，一醒过来却仿佛变成了夜叉？钟离春也有些纳闷。在她的记忆中，自己现在正在张家寨抵抗外敌，怎么一眨眼，敌人都打到杜羽的内心世界来了？而且这女人说话叽里咕噜的，她一句都听不懂，只要一想到杜羽的心中有第二个女人，她就十分愤怒。随着钟离春的乱拳落下，查达不得已掏出了细剑，与钟离春对撞在一起。查达从未见过如此可怕的女人，居然赤手空拳地弹开了自己的细剑，而且只要稍不注意，对方就会原地消失，然后从另一个地方闪身出来。查达只能不断地在杜羽心中打开传送门改变自己的位置。二人疯狂乱窜，激起一道道冲击波。

杜羽好不容易走到二人附近，一下子就明白了状况。"你们别……别打了……"杜羽叫着。二人虽说听到了杜羽的声音，可这一次攻击谁都收不住手，再次狠狠地对撞在了一起。

"啊！"杜羽惨叫一声，又飞了出去，马上要落地的时候，查达和钟离春同时接住了他，可一看到对方触碰杜羽，抓住杜羽的一只手没动，另一只手又发动了攻势。"等下！等下！"杜羽大喊了好几声，才终于把二人劝下来。这二人都紧张地看着杜羽，又带着防备地盯着对方。

"哎哟……"杜羽这下总算觉得胸口没有那么痛了，"我说……你们这是怎么了？怎么打起来了？"

"杜先生，这位女士非常过分！"查达生气地说，"我照顾了她好几天，可她一睁眼就开始攻击我，无论我说什么都没用！"

"杜羽！"钟离春也很冤枉地说道，"我一醒来就看到这个女人站在你内心世界里，而且她说话叽里咕噜的，一看就不是什么好人！"

杜羽仔细思索了一下，说道："不对啊。查达，你不是有翻译符吗？你带在身上的话，小钟离应该能听明白你说的话呀……"

"翻、翻译符？"查达一愣，"哦！先生，你不说我都忘记了，我以为在这里不需要跟人交流，所以就随手丢到一边了！"

"嘻！"杜羽无奈地摇摇头，"你快去带上翻译符。小钟离，你先不要动手，这位查达是我的朋友。"

看着查达慌乱走开的身影，钟离春的神色有点不自然。

"朋友？是……什么样的朋友？"

"哦？哦！"杜羽赶忙说道，"你别误会啊，小钟离，不是你想的那种朋友，人家有老公，也有孩子。"

听闻此言，钟离春的面色才终于缓和了下来。查达找到了自己的翻译符，装到了口袋中，回头对钟离春伸出手，说："重新介绍一下吧，女士，我叫作查达·施旺，是杜先生的朋友。"

钟离春将信将疑地伸出手，问道："你难道进入了《八方鬼录》？"

"完全正确。"查达点点头，"我和杜先生达成了交易。他带我去见我的女儿，我变成他的一部分，仅此而已。"

钟离春这才冷静了下来，说道："原来如此，对不起……我……"

"没关系没关系！"查达摆摆手，说，"你好像很在意杜先生。"

"欸？怎么能这么说啊……"杜羽面露尴尬。

"是，我非常在意他。"钟离春点点头，毫不避讳地说，"他是我的全部，我会用我的性命保护他。"

杜羽听后一愣，然后缓缓露出了一丝笑容。是啊，他差一点都忘了小钟离是个什么样的人。"小钟离……"杜羽温柔地看着钟离春，问道，"你怎么样了？身体有没有不舒服？"

"不舒服？"钟离春有点疑惑，"没有啊，只感觉自己睡了一觉。"

"你睡了十天。"杜羽苦笑道，"真把我吓坏了。"

"十天？"钟离春一愣，"这么久吗？"

"你还记得沉睡之前发生过什么事吗？"杜羽问。

钟离春眯起眼睛，仔细思索了一下，说道："我好像有点印象。当时我正在跟一个叫战其胜的人动手。"

"对。"杜羽点点头，"当时的你非常可怕。"

"可怕？"钟离春缓缓抬起自己的手，盯着看了一会儿，说道，"我记得当时的我拥有了前所未有的力量……"

"忘掉它。"杜羽打断钟离春，说道，"小钟离，那种力量源自你内心的愤怒，会把你变成魔，所以我需要你忘掉它。以后不管何时何地，你都不许再使用那样的力量。"

"可……可是……"钟离春有些着急。她清楚地记得杜羽命悬一线的样子，也清楚地记得那个叫作战其胜的人是如何抛弃另一个女人的。这种情况都不可以生气吗？

"小钟离，如果你成了魔，那我们可能再也见不到了。"杜羽非常认真地说，"你会迷失你自己，也会忘掉我。"

"忘掉……你？"杜羽所说的内容似乎只有这三个字触动了钟离春，她的表情很明显犹豫了。

"是的。"杜羽点点头，说，"哪怕是为了我，你也要让自己快乐起来，好吗？"钟离春不知道听懂了没有，愣愣地点了点头。"好啦，下面我给你们重新介绍一下。"杜羽看着二人，说道，"钟离春，一位华夏古代的王后，是我心中最重要的人，也是无数次保护了我的人；查达，一名英伦的传说操作员，是我的好朋友。"

二人微微看了对方一眼，互相点了点头。

"由于《八方鬼录》，你们二人现在都在我的内心世界中。刚才你们动起手来，我差点就死了……"

"死了？"二人一愣，有些没听明白。

"是啊，我现在终于知道'心碎'是什么感觉了……"杜羽一阵后怕。如果没及时发现是他的内心世界出了问题，让她们再打上几个回合，他估计已经魂飞魄散了。

"都怪我……"钟离春缓缓低下了头,"你担心了我这么多天,我却一醒来就给你添麻烦。"

"不不不。"杜羽笑着说道,"我这不是没事吗?"钟离春一脸愧疚地看着杜羽,仿佛在确认他是不是真的没事。"你们都是我《八方鬼录》上的阴灵,所以一定要好好相处啊……"杜羽有些担忧地说,"小钟离,我知道你的性格,但这个查达真的不是坏人,她曾经在最危难的时候替我打开了一扇传送门,所以我信得过她。"

"哦……"钟离春微微点了点头,看了看查达。

"好啦,顺带一提,我们现在正在扶桑的传说中。"杜羽对钟离春说,"小钟离,你醒了,我忽然安心了不少。现在有查达陪着你,你也不会太过无聊,还能有个人说说话。"

"是呀,钟小姐,我们成为朋友吧。"

"我姓'钟离'。"钟离春低声说。

"哦?真是失礼了,很抱歉,钟离小姐。"查达尴尬地笑了笑,"你们华夏的姓氏我有些搞不明白。"

三个人尴尬地聊着,却听到空中传来一道声音:"杜羽前辈,你怎么样了啊?"

"哦!"杜羽回过神来,"我得出去看看了,要不然队友们该担心了。"

杜羽一睁眼,发现战其胜、婴宁、曲溪、不知火明日香都在着急地看着他。他刚才闭上眼睛,就没反应了,可把几人吓坏了。

"我没事了……没事了。"杜羽笑着站起身来,"一场误会。"

"误会?"战其胜脸上写满了不解,"你整个人飞起三丈高,然后说是误会吗?"

"嗜,心绞痛。"杜羽笑了一下,"我已经治好了。"

"心……"战其胜懒得跟杜羽纠缠,坐下身来,说道,"算了,没事就行,你要是死在这里,我可真没法交代了。"

"我怎么会死呢?"

杜羽拿起一个水果啃了起来,现在的他心情极好。钟离春醒过来了,看起来活蹦乱跳,精神很好。

在高天原坐了整整半天,几人终于有点不耐烦了。因为他们不知道到底在等什么。只有不知火明日香一直盯着八咫镜上投射出来的图像,连眼都不眨。

"我说……阿香，到底什么时候才能推动下一步啊？"

"等他们说出一句话。"不知火明日香说道。

"什么话？我去逼他们说不就行了？"

"不行，必须让他们自己发现，然后说出这句话，传说就是这么记载的！"

杜羽拗不过她，只能坐到她旁边一起看着图像。

只见图像中的伊邪那岐和伊邪那美不断地观察着自己的身体，然后伊邪那岐忽然大叫一声："啊！妹妹，我知道神的意思了！"

"神的意思是什么，哥哥？"

"神让我们看看自己身上有什么和对方不同的地方。你看……"他说完便示意了一下。

"啊！"伊邪那美好像也忽然发现了这一点，说道，"哥哥，我身上也有一处不同……"

"神说，让我们想想怎么办。啊，我明白了！"

杜羽略微思考了一下，接着一愣。

不知火明日香却拍手大叫："太好了，终于发现了！"

148 · 第一个孩子

"杜羽，我给你的资料上，伊邪那岐和伊邪那美确实是这么发现的。"曲溪面露尴尬地跟杜羽说道，"现在的剧情跟传说记载的剧情一模一样。"

杜羽的脸色很难看。在他心里，创世神不应该是这个样子的啊……

众人盯着那个影像，只见伊邪那美犹豫地说道："哥哥，我们应该这么做吗？"

"也对哦，万一猜错了怎么办？"伊邪那岐低下了头，思索着什么。

杜羽死死地盯着画面，总感觉他们又要说出什么意料之外的话来。

"有了，妹妹。"伊邪那岐像是想到了一个好点子，笑着对伊邪那美说道，"我们绕着这天之御柱走。我从左边走，你从右边走，如果我们能在另一侧相遇，就说明神同意我们繁衍人。"

杜羽简直不知道说什么好了："这能遇不到吗？这伊邪那岐就是随便找个借口吧……"

"杜羽前辈，不可以对伊邪那岐大神不敬！"不知火明日香伸手推了一下杜羽，"传说已经进入正轨了！"

"意思是现在就可以走了呗？这也叫创世传说？一点难度都没有啊。"杜羽无奈地说道。

"当然不能走……"不知火明日香摇摇头，"因为伊邪那岐、伊邪那美两人的心性非常不成熟，所以我们必须一直监督他们创建完整个扶桑，以免中途出现什么意外。"

"还有出意外的余地吗？"

曲溪回忆了一下伊邪那岐的传说，开口说道："确实有很多地方不太保险，比如伊邪那美之死，以及伊邪那岐大战伊邪那美。这些地方最好把控一下。"

"什么玩意儿？！"杜羽一愣，"我没听错的话，伊邪那岐把伊邪那美打死了？"

"当然不是。"不知火明日香扑哧一笑，"伊邪那岐大神怎么会那么无情呀？当然是伊邪那美先死了，然后才有伊邪那岐大战伊邪那美呀。"

"别说了……"杜羽叹了口气，"再说我又要死机了。你就说下一步怎么办吧？"

不知火明日香没说话，伸手指了指影像，只见伊邪那岐走左边，伊邪那美走右边，二人绕着天之御柱转了起来，很快就在另一侧相遇了。二人的脸都有些微红，尴尬得不知道说什么好。这个时候伊邪那美说话了："哇，好一个英俊的男子！"

"哕！"杜羽差一点吐了，"这伊邪那岐估计从出生到现在都没洗过脸，哪里英俊了？"

可伊邪那美的一句话说完，伊邪那岐的样貌直接改变了，那蓬乱的头发变得柔顺起来，凹凸不平的一张脸也变得精致，整个人变得浓眉大眼、五官端正。

"我差点忘了这两个人还有这种能力……"

伊邪那岐听到伊邪那美这么说，跟着说道："好一个漂亮的女子！"

紧接着，伊邪那美的容貌也发生了改变。仅仅是揉了揉眼睛的工夫，原先像个野人一样的伊邪那美出落得美丽动人、闭月羞花。二人随即拥抱在了一起，不知火明日香赶紧把图像关掉了。

"欸？"杜羽一愣，"干吗啊，阿香？"

"不行不行，"不知火明日香摇摇头，"小孩子不能看了。"

"小孩子？"杜羽疑惑地说道，"这里哪儿有小孩子？"

"怎么没有？"不知火明日香着急地说，"之前在希腊神域的时候，我被吓坏了，忘了让你们传说管理局中断一下画面了，我之前看到你们的神仙里有很多小孩子的。"

"我怎么不记得啊？"杜羽仔细思索了一下，神仙里面还有小孩子吗？

"光我记得的，就有一个拿金炉子，一个拿银炉子的，他们两个跟着一个老头。另外还有一个红纱遮面、脚下踩着一双滑轮的。这几个人看起来也就是十岁多一点吧？肯定不能看呀！"

杜羽苦笑了一下。拿金炉子和银炉子的分明就是太上老君座下的金炉童子和银炉童子，他们不仅不是小孩，几百年前还化作了金角大王和银角大王两个妖怪呢。至于那红纱遮面的少年英雄小潮人……估计得几千岁了。"算了算了……"杜羽摇摇头，"还是那句话，'你的地盘你做主'，不给他们看就不给他们看吧。"

过了没多久，不知火明日香再次打开图像，伊邪那岐和伊邪那美正面对面坐着。他们依偎在一起，仿佛在思考着什么。没一会儿的工夫，伊邪那美开口了："哥哥，可是孩子到底是怎么生出来的呢？"

"啊呀！"不知火明日香听后大叫一声，"我忘了把生小孩的原理告诉他们了！"

杜羽一愣："这还用告诉？"

"那个……战其胜前辈！"不知火明日香回头对战其胜说道，"你的身法比较快，能不能现在飞过去告诉他们小孩是怎么生出来的？"

"嗯？"战其胜面露一丝尴尬，"我能不能不去？"

"现在只能指望你啦！"不知火明日香非常着急地说道，"他们一旦自己胡思乱想，不一定会产生什么样的后果呢！"

"可是生孩子的原理，我也不是很清楚……"战其胜有些尴尬地看着不知火明日香，"我怕说得不明白。"

"扑哧！"杜羽使劲忍住才没笑出来，仪表堂堂的战其胜居然连生孩子的原理都不知道吗？

"没关系，你只需要和他们大体说一下，剩下的靠他们自己的心念术就可以了！"

"这……好吧。"战其胜勉强点点头，直接飞空而起，冲着淤能基吕岛飞去。

仅仅片刻，战其胜就出现在了图像上，只见他缓缓地走向伊邪那岐和伊邪那美，其间还清了清嗓子，仿佛在组织语言。

"啊！其中一个神！"伊邪那美叫道。

"是的，我……我这次来是……"战其胜有些语塞，"是告诉你们孩子怎么才能生出来的。"

两人听后赶忙瞪大了眼睛。战其胜咬了咬牙，如今也豁出去了，如果不让他们生下孩子，不知道要死多少人呢。于是他脚一跺，心一横，说道："当你们……孩子就会从女人的身体里面，扑哧一下生出来了。"

杜羽皱了皱眉头。战其胜貌似是听别人说的吧？怎么解释得这么笼统呢？

"婴宁，不太对！"杜羽忽然想到了什么，"战其胜这么说的话，对方会有很多种理解方法。如果理解错了，会出问题的。你赶紧把我带过去。"

婴宁不耐烦地现了身，一把就抓起了杜羽，说道："你把我当什么，出租车？"

杜羽不好意思地看了看婴宁，只感觉郫都里好像有人问过自己类似的问题。当杜羽降落到岛上的时候，一切好像有些晚了，伊邪那美就像上厕所一样，蹲到地上，"扑哧"一声就生出来了一个孩子。

"我的老天啊！"杜羽张着嘴大叫道，"这心念术实在是太可怕了啊！"他赶紧跑上前去，发现对方生出来的真的是一个婴孩。这婴孩紧紧闭着眼睛，浑身都是血。"这……"杜羽慌乱地抱起婴孩，"这可怎么办啊？我不会接生啊！孩子出来之后应该怎么办啊？"

他慌乱地问道，屏幕前面的众仙家赶紧出谋划策，无数条弹幕在屏幕上飘起，董千秋赶紧挑了几条读给杜羽听。

"杜羽！有仙家出主意，说要先看看孩子的鼻腔和口腔有没有异物堵塞。"

"哦！"杜羽赶忙小心翼翼地拨弄着孩子的嘴巴和鼻子，发现没有东西堵塞，"然后呢，千秋姐？"

"还有仙家说要先拍几下孩子的臀部，让他哭出声来。"

"哦哦哦！"杜羽赶忙拍着孩子的臀部，没一会儿的工夫，孩子"哇"

的一声哭了出来。

不得不说刚刚生下的孩子非常丑陋，肿肿的眼睛，皱皱的皮肤，身上还沾满了血，如今一哭，显得更加吓人。

"好丑的孩子！"伊邪那岐忽然说，"这是我们的孩子吗？"

伊邪那美也看了看孩子，说道："真的好丑！不像个人，像个……"

杜羽正在努力哄孩子，没想到身旁的二人忽然说话了，这一瞬间他顿感不妙："坏了！你们别……"

还不等杜羽说完话，伊邪那美就开口了："像只肮脏的水蛭！"话音刚落，杜羽怀中的婴孩就扭动起来，在杜羽的注视下，一个婴孩瞬间变成了一只足足有七八斤的巨大水蛭，乌黑透亮，身上布满了黏液。

"妈呀！"杜羽吓得手一抖，将水蛭扔到了地上。看着在地上不断蠕动的巨大水蛭，杜羽瞬间气不打一处来："你们两个人能不能闭嘴啊？！"

149 · 八大岛国

伊邪那岐和伊邪那美像是吓了一跳，不明白杜羽为什么生这么大的气。那个婴孩明明就丑得很，他为什么不让说呢？

杜羽皱着眉头看着那只巨大的水蛭，虽说现在的样子非常骇人，可是不久之前它还是个婴孩啊，是一个崭新的生命啊。"这下完了……"杜羽叹了口气，"没拦住这两个人，居然把第一个生出来的孩子变成了水蛭，这下可怎么收场？传说估计会受到很大的影响吧。"杜羽真想好好地质问一下伊邪那岐和伊邪那美，可是他们俩的能力实在是太可怕了，稍有不慎就会受到他们的影响。他只能眼睁睁地看着那只水蛭爬到海边，一头跳了下去。"回去吧……"杜羽默默地看了看战其胜。战其胜心领神会，知道不能与伊邪那岐和伊邪那美纠缠，于是转身就要走。

"等一下！"伊邪那岐叫住了二人。

"怎么，有事？"杜羽回头看了看他们，面带一丝不悦。

"神……我们想问问，为什么我们会生出水蛭呢？不是应该生出孩子吗？"

"你……"杜羽上前一步就要开骂，却被战其胜一把拉住。

"老杜，不能起冲突，他们二人的力量你也知道。"

杜羽咬了咬牙，知道战其胜说得没错。"老战，我真是太生气了。你也看到了，那是个孩子啊。”杜羽低声对战其胜说道，“那孩子还没好好看看这个世界，就被他们亲手变成了虫子。”

“我们回去问问不知火，看看怎么处理。”战其胜小声说道。

杜羽默默点了点头，冲二人说道：“这个情况需要回去问一下我们的领导，你们跟着来吧。”战其胜带着杜羽缓缓飞走，回头看了一眼伊邪那岐和伊邪那美，只见那二人商议了一下就立刻拔地而起，缓缓飞向空中。“真是方便的能力啊……”杜羽苦笑了一下。这二人只要觉得自己会飞就真的能飞。

在高天原降落之后，杜羽和战其胜的面色都不太好看。他们走向了不知火明日香，刚要说话，不知火明日香就笑着拍了拍二人的肩膀。

“杜羽前辈、战其胜前辈，你们做得太好了！传说记载二人生下了水蛭子，也就是畸形儿童，但你们让他变成了水蛭，在某种程度上也算完成任务了！”

“欸？”杜羽瞪大了眼睛，“你是说那只水蛭？你们的传说到底记载了些什么玩意儿啊。”

“你……”不知火明日香像是受到了冒犯，脸色有些难看，“我们的传说怎么了？”

“不、不。”杜羽尴尬地笑了笑，“挺好的，可歌可泣，荡气回肠。”

伊邪那岐和伊邪那美见到不知火明日香之后立刻跪了下来，问道：“请问伟大的神，为什么我们会生下一只水蛭呢？为什么我们生下的不是孩子呢？”

杜羽冷冷一笑，心说：阿香啊阿香，我倒要看看你怎么解决这些问题，这二人的思路如此奇怪，连我都搞不定，你又有什么办法？杜羽面带不屑地走到一旁，端着一碗水喝了起来。

“咯咯！”不知火明日香清了清嗓子，说道，“你们之所以会生下水蛭，是因为围着天之御柱绕了一圈之后，女人先开口说话了。不吉利啊！”

“噗！”杜羽一口水直接喷到了地上。这叫什么？这叫“用魔法打败魔法”啊！“阿香啊，真有你的……”杜羽摇摇头说，“我做梦都没想到你会给出这么有‘建设性’的意见。”

“哼！”不知火明日香噘着嘴看了看杜羽，“你懂什么？”

“你自己也是个女人啊……你说这种话是不是不太合适啊？”

不知火明日香赶紧凑上来小声说:"我也不想这么说啊,可是传说记载里神是这么说的啊。"

"原来如此啊!"伊邪那岐恍然大悟,"只要男人先开口说话就可以了吗?"

"没错!"不知火明日香点点头,说道,"如果男人先开口说话,你们就会生出一座岛屿,不信的话就去试试吧。"

两个人听了不知火明日香的一番话后如获至宝,手拉手飞向淤能基吕岛,重新绕柱子去了。杜羽面带尴尬的笑容,回头看了看众人。战其胜和杜羽的表情差不多,曲溪倒像早就想到了一般。

"杜羽,我给你整理的资料……"曲溪喃喃说道。

"是了是了,我没看,我该死。"杜羽赶忙点头说,"我以后一定提前看。"曲溪无奈地撇了撇嘴,坐到一边。"不过话说回来,这心念术真是厉害啊,原来我们国家所说的'心想事成,万事如意'居然有这么大的力量?"

战其胜点了点头,说:"若不是亲眼所见,谁又能想到世上竟有如此强大的法术……"

"老战,你以前进入上古传说的时候没有见到过这种法术吗?"杜羽问。

"没有。"战其胜摇摇头,"但我感觉女娲娘娘应该会心念术,否则我想不明白那些泥巴是怎么被她捏成人的。"

"说得对。看来我得找个机会拜访一下女娲娘娘,学一学这心念术。等我练到大成,就可以带你们吃香的、喝辣的了。"杜羽露出一丝坏笑,不知道又有什么鬼点子。

"杜羽前辈!"不知火明日香往前一步,说道,"这心念术可不是想学就能学的,因为记载中,这些上古大神都是天生带有这种法术的。"

"天生带有?"杜羽有些失落,"不可以后天修炼吗?"仔细想想,觉得也是,如果这么强大的法术可以后天习得,这世界不知道要被毁灭多少次。

"应该差不多了……"不知火明日香算了算时间。不知火明日香直接打开了八咫镜的投影,果然,伊邪那岐和伊邪那美已经像刚刚那样面对面坐着了。只见伊邪那美又蹲在地上,"扑哧"一声就生出了一个婴孩。杜羽捂着脸。真是没眼看,这一切实在是太荒唐了。

这一次伊邪那美抱起孩子,端详了一下,还是很丑。

"哥哥、哥哥。"伊邪那美叫道。

"妹妹,你不该叫我'哥哥'了。"伊邪那岐说,"我们现在不像兄妹了。"

"那我应该叫你什么？"

伊邪那岐想了想，说："我们建立一种新的关系吧，我叫你'妻子'，你叫我'夫君'。"

"嗯。"伊邪那美笑着点了点头，"夫君，请你过来看看我们的孩子。"

伊邪那岐走过去，看了看伊邪那美怀中的小孩，过了半天，他说："这不是孩子，这是一座岛。"

伊邪那美赶忙点头说道："是的，神说我们会生下一座岛。"

杜羽知道这个孩子也保不住了。只见伊邪那美怀中的孩子瞬间变成一块石头，然后在众人的注视下越长越大，直到飘向空中。

"真的是座岛！"伊邪那美一边拍着手，一边看着那座岛飘向远方，然后落入海中。

"妻子，你看这座岛，上面有浅浅的道路，它叫作'淡路岛'。"伊邪那岐说。

杜羽皱着眉头看了看不知火明日香："扶桑有这座岛吗？"

"当然，这可是扶桑八大岛之一。"

只见伊邪那岐和伊邪那美像是上瘾了一样，以每三分钟一座的频率生下岛屿。

"妻子，这座叫作'伊豫岛'。"

"妻子，这座叫作'隐伎岛'。"

"妻子，这座叫作'筑紫岛'。"

"夫君，这座岛就叫作'伊伎岛'吧。"

"夫君，这座岛就叫作'对马岛'吧。"

"快看，这座岛是'佐度岛'。"

"快看，这座岛是'大倭丰秋津岛'。"

两个人就像一座工厂，真如杜羽所说，噼里啪啦地生出了很多岛，这便是扶桑如今的八大岛国。而后伊邪那岐和伊邪那美像是不过瘾，又一连生了六座小岛，短短的一天时间，整个扶桑域降下了十四座岛。"唉……"杜羽真是没想到，这扶桑的十四座岛居然都是伊邪那美生出来的，这比什么盘古开天看起来可诡异多了。

"啊，坏了！"不知火明日香看到伊邪那美仿佛上瘾了，蹲在地上又要生，赶忙拉住战其胜，说道，"战其胜前辈，他们不能再生下岛屿了。快带我过去，我要拦住他们！"

战其胜微微皱了皱眉头。他怎么也成司机了？不知火明日香趴在战其胜的后背上，飞速奔向淤能基吕岛。杜羽见状也让婴宁带着自己和曲溪，一起飞了过去。时间赶得刚刚好，伊邪那美刚生出一个孩子，正要说话，不知火明日香赶忙大吼道："哎呀！这孩子有点不一样啊，他不是诸神之一的大事忍男吗？！"

150 · 大帝

杜羽一脸嫌弃地看着不知火明日香。这演技实在是太拙劣了。而且"大事忍男"是个什么名字？小事就忍不了了吗？"阿香，认真的？"杜羽看了看不知火明日香。

不知火明日香没说话，曲溪却说话了："杜羽，你是不是……"

"知道了，知道了！"杜羽赶忙点点头，"我没看，我该死，阿香是对的。"

伊邪那岐和伊邪那美忽然看到了不知火明日香，听到她说的话，又低头看了看自己的孩子。"神说得对！"伊邪那美高兴地跳起来，"这个孩子真的和其他的不一样，他是神！是大事忍男神！"

杜羽尴尬地捂着脸，做梦也没想到，阿香不远万里来到这里，带着一个看起来像是超甲级的创世传说，杜羽还特意为此组建了一个传说攻略小队。实际上呢？说白了，就是来哄孩子而已。只要连哄带骗地让他们走完剧情就可以了。"早知道是这样的……"杜羽无奈地摇了摇头，"我不如回去睡觉。"

伊邪那岐的传说明显不如前面两个难度大，传说管理局的一众仙家也开始窃窃私语地聊起天来，送礼物和发弹幕的频率一下子低了不少。

"这样也好……"董千秋没想到这一次传说的难度这么低。虽然是创世传说，却不是超甲级的，最多也就是丙级或乙级的。她把手腕上的发圈拿下来，伸手扎起了自己的头发，连续好几天工作让她也有些疲惫，趁着这个机会她也可以稍微放松一下。

"报报……报告！"一声大喊忽然响起，吓了众仙家一跳，只见一个面目慈祥、白发苍苍的老者手持拂尘，跌跌撞撞地跑了进来，直接跪倒在地。

"报告西王母！天庭有情况！！"

"金德星君？"西王母一愣，"为何慌慌张张的？天庭尚有一众仙家在管理，难道还能被人攻陷了不成？"

"是……"

"嗯？"

"啊，不、不是！"被称为金德星君的老者一会儿点头，一会儿摇头，"倒不是被人攻陷了……但确实有一女子来犯，已经击伤了四大天王与李靖将军，直闯南天门了！"

"直闯南天门？！"王母娘娘一下子站了起来，"四大天王乃真仙之体，李靖更是大罗金仙，居然会被一人击伤？！来犯者什么境界？"

"回王母娘娘……"老者一直颤抖着，说道，"那女人看起来至少是个仙界大能。"

西王母皱了皱眉头。大能境界的女仙？纵观整个仙界，有这种修为的女仙屈指可数，难道是九天玄女、骊山老母、后土娘娘其中一个？可这些女仙皆为隐世高人，闯入天庭的目的何在？"八臂哪吒，速领巨灵神、火德星君、水德星君封住南天门；二郎真君，速领二十八星宿中奎木狼、亢金龙、尾火虎护住凌霄宝殿。"

"领命！"二人赶忙站起身向门外跑去。

"织女，给太乙救苦天尊、荡魔天尊传音。"

"欸？"织女吓了一跳，"情况这么紧急吗？"

"小心驶得万年船。你让他们二仙在南天门与本宫会合。"

"娘娘，您也去？！"

织女有些犹豫。为什么对付一个大能需要出动三个天尊？

不等织女有所行动，传说管理局的院子里传出激烈碰撞的声音。西王母眼神一愣，飞身出去，众仙家紧随而出，却看到哪吒与杨戬正和一个女人对撞在一起。

"何人来犯？！"杨戬怒吼一声，紧握手中的三尖两刃刀。众人定睛一看，此女明显不是华夏人。她有一头墨绿色的长发，穿着一身碧绿色的长袍，姣好的身材，散发着隐隐的灵气波动，一双眼睛摄人魂魄，只看一眼仿佛就要被吸入进去。

西王母和太上老君缓缓往前走了一步。这二人都是天尊修为，要对付一个大能几乎不费吹灰之力，可他们还是不明白此女为何这么大胆？

"阁下何人？！"杨戬见女人没说话，又问了一遍。

"我……听不懂。"那女人笑着摇了摇头说，"我跟着那个老头来到这里，却没想到这里藏着这么多救兵。"西王母微微皱了皱眉头。这女人的面容怎么好像在哪里见过？"嘣！"一个黄色的小东西冲着女人急速飞了过去，被女人伸手稳稳地抓住了。

站在不远处的织女说道："这叫翻译符，你带在身上就可以和我们交流了。"

"哦？"墨绿色长发的女人看了看织女，不由得有些惊奇，自己握住这个黄色小东西的时候确实能听明白她说的话了。"原来是这样的！"女人笑了笑，把翻译符揣了起来，说道："各位请让开吧，继续阻拦我的话，会有很严重的后果。"

"笑话。"西王母冷笑一声，"你知道自己在跟谁说话吗？"

"您……是这里最强的神祇吗？"那女人问。

"神祇？"织女眉头一皱，这称呼好耳熟，难道……

"本宫并不是最强的，但对付你绰绰有余。"

"哈哈！"那女人笑了笑，"既然如此，那我们就堂堂正正地争斗一番。"那女人说完话，手中便出现了一根雷霆状的长矛。她将这长矛一指西王母，一道天雷便劈了下来，速度极快。西王母以肉眼不可见的速度伸手将天雷弹开，面带怒色："自古以来只有本宫用雷劈人，却从未有人敢用天雷招呼本宫。"

"保护西王母！！！"金德星君大吼一声，显得极为慌乱。

"放肆！"西王母怒吼一声，"太白小儿，本宫需要人保护吗？"

西王母脸色一冷，并不见她掐诀念咒，九天神雷却轰然劈下，众仙家都被这气势逼得后退几步。

"轰隆！！"一阵连环雷声落下，整个大地都震了又震。那绿色头发的女人显然没见过如此威力的法术，不知从哪儿掏出一面金色盾牌，挡在了自己头顶，生生地接下了九天神雷。那面金色盾牌上镶嵌了一个极美女孩的头颅。"哈哈，真是强大的雷霆！"绿色头发的女人像是遇到了极有意思的事情，将雷霆长矛向天上一丢，又凭空摸出一把三叉戟，三叉戟一挥，四面八方居然涌来大量的海水，向西王母席卷而去。她又一挥手中的圆盾，空中的雷霆长矛降下霹雳。瞬间，一大片带着雷电的海水淹过来。

"装神弄鬼的把戏。"西王母借力打力，轻轻一伸手，那带电的海水就被她挥舞了起来，变成了一条条巨大的水龙，在空中掉转龙头，反而向绿发女人袭去。绿发女人赶忙将三叉戟拦在自己的身前。所有海水就像老鼠见到猫，纷纷绕开了女人，向两边分开。"您真的很厉害！"绿发女人笑着说，"我从未见过这么强大的对手。"

"本宫还未出全力，你就已经认输了吗？"西王母冷冷地说道。

"认输？不。"那女人笑了笑，松开了握住三叉戟和圆盾的手，两样宝物就这样飘浮在空中，"我也没有出全力，所以想再和您争斗一次。"

"你有什么手段使出来便是，本宫独自一人对付你，这里谁都不会插手。"

"您这样说，我就可以放手一搏了。"只见那女人的身形慢慢涨大，一身皮肤变得翠绿，双腿缓缓缠绕在了一起，变成一条粗壮的蛇尾。所有绿色的长发都缓缓地蠕动了起来，化为一条条毒蛇。众仙家不由得张大了嘴巴。这女人的修为在化身为蛇的时候便达到了大能巅峰的水准，他们原先以为她是一名女仙，如今看来她是个化形的妖物。织女一看大惊失色，刚才就觉得这女人的脸仿佛在哪里见过，早就应该想到她就是美杜莎。她化成了人形，又改变了发色，织女一时半会儿没有认出来。"娘娘，她是那个戈耳工，应当是来找杜羽的！"织女大呼一声。西王母听到之后微微皱了皱眉头。按照那些小辈的说法，戈耳工应该在过去死去了，为何活到了现在呢？是因为杜羽的干预吗？

董千秋不由得瞪大了眼睛。戈耳工居然真的从两千五百年前一直存活至今，这个世界应当无数次纠正过她的存在了，可她居然好端端地站在这里……到底是怎么回事？她赶忙回头望向八大引渡使。八大引渡使见到这女人的同时就觉得有些不安了，定睛一看，全都愣住了。戈耳工的引渡值已经达到了1900%。正常生物的引渡值超过90%便不可能活过一天，可是这1900%是什么意思？这世上怎么可能有这样的生物？引渡值超过1900%，那不是必死的吗？难道希腊神域的"酆都"已经没有人管理这种妖物了吗？

"小妮子，你是来找杜羽的？"西王母冷冷地问道。

"杜羽，是的。"巨大的蛇妖点了点头。

"你就是那个祭司戈耳工？"西王母又问。

美杜莎笑了笑，说道："请允许我纠正您一下，现在我是希腊神域的神主——戈耳工美杜莎大帝。"

戈耳工美杜莎大帝？这个名号几乎解决了织女的所有疑问。为什么美杜莎会手持宙斯的雷霆长矛和海神的三叉戟？因为他们都被美杜莎杀死了。美杜莎盾牌上镶嵌的美妙少女的头颅，便是雅典娜的吧？为什么美杜莎引渡值高达1900%，却没有他们"酆都"的使者前去带走她？因为冥王哈迪斯也被她杀死了。董千秋心中感觉不太妙。如此说来，美杜莎不就是有史以来见过的最强大的太枢了吗？

"你收了神通吧。"西王母说，"本宫带你去见杜羽。"

"怎么了？我变强了，您就不和我争斗了吗？"美杜莎问道。

西王母眉头一皱，说："本宫以为已经给足了你面子。"

"不，在我看来，您是怕了。"

"怕？"话音一落，西王母便往前踏了一步，瞬间一阵大风刮起，整个地面都震动了起来。众仙家只感觉有一座山压在了自己身上，需要运起全身的力气才能勉强站稳。酆都的天空布满了大量乌云，隐隐的雷鸣之声响彻整个酆都。天上的云层渐渐变厚，就算太上老君也从来没有见过这种乌云，仿佛就在自己的头顶，伸手就能触到，每一朵云彩都藏着响雷，闪烁着。任谁都没能想到，他们会在酆都见到如同世界末日一般的景象。"见雷。"西王母缓缓地说了两个字。天空一阵爆闪，现场除了太上老君等寥寥几个仙家，其余人都"扑通"一声跪了下来。连美杜莎也被这股气势压得动弹不得，紧紧地趴在地上。一股极度恐怖的气息向四周舒展，整个天空雷声滚滚，仿佛随时会劈下来。西王母的眼睛闪出雷霆之光，周身环绕着一道道霹雳，连她脚下站的地砖都被震碎了："本宫让你收了神通，说得够不够清楚？"

美杜莎这才知道自己跟眼前的女人比起来实在太微不足道了，赶忙说道："请、请原谅我的无礼。"

美杜莎慢慢变回人形，几样宝物也被她收了回去。压在众人身上的那一股可怕的威慑力瞬间撤走了，许多仙家狼狈地站起身来，心中一阵后怕。美杜莎抬起头来饶有兴趣地看了看西王母，问道："请问您……会死吗？"

西王母一愣，来了兴致："短时间内，本宫不会死。"

"太好了。"美杜莎又往前走了一步，说道，"等我变强之后，能杀死您吗？"

"杀本宫？"西王母略带深意地看了美杜莎一眼，"你知道自己在说什么吗？"

"当然，"美杜莎笑着看了看西王母，"我在向华夏的神主挑战。"

众仙家吓得连气都不敢喘。美杜莎是嫌自己活得太久了吗？

"本宫接受。"西王母第一次露出微笑，看着美杜莎，点了点头，"本宫会一直在天庭等着，随时等你来杀本宫。"

"太好了！"美杜莎高兴地笑了一下，然后说道，"请您带路吧，我想去见一见我的恩人。"

西王母带着美杜莎转身走进传说直播间，众仙家赶忙跟了上去。

董千秋第一时间来到屏幕旁边查看杜羽的情况。"杜羽，你那边怎么样了？"董千秋问。杜羽面带难色地思索了一会儿，说："怎么形容呢……此时此刻让我想到了一句古诗。"

"古诗？什么古诗？"

"稻花香里说丰年，听取'妈'声一片。"杜羽无奈地指了指自己的身旁，那里有着一大群婴孩，看来是刚刚这段时间，伊邪那岐和伊邪那美疯狂地生产的。

"杜羽，虽然我想纠正你这句古诗说错了，但貌似你说的这句更符合现在的情况……"在不知火明日香的介绍下，董千秋大致了解了一下这一堆神。第一次生产，除了大事忍男神，有石土毗古神、石巢比卖神、大户日别神、天之吹男神、大屋毗古神、风木津别之忍男神、大绵津见神、速秋津日子之神，还有妹速秋津比卖之神。以上共十位神。第二次生产，有沫那艺神、沫那美神、颊那艺神、颊那美神、天之水分神、国之水分神、天之久比奢母智神、国之久比奢母智神。以上共八位神。据说生完了这十八位神之后，伊邪那岐和伊邪那美休息了几分钟，然后又马不停蹄地投入"生产线"。生风神，名为"志那都比古神"；生木神，名为"久久能智神"；生山神，名为"大山津见神"；生原野之神，名为"鹿屋野比卖神"。以上共四位神。董千秋简直听蒙了。谁能想到这一大堆神居然是伊邪那岐和伊邪那美噼里啪啦生出来的？"明日香妹妹，你别说了，说了我也记不住啊……"董千秋想拦住不知火明日香，可明日香却摇了摇头："传音员前辈，这都是我们扶桑引以为豪的众神哦，我还没有说完呢。"董千秋叹了口气。这居然还没完？

"是啊、是啊。"杜羽也在一旁没好气地说，"三十多个呢，确实还没完，千秋姐，你知道吗？连阿香自己都记不住这些神的名字，也分不清这些神具体是干吗的。她自己做了一个小抄，一边看着，一边跟我念呢。"

不知火明日香紧接着又介绍起来，虽然她也不知道自己念的名字到底是哪一个的。伊邪那岐与伊邪那美又生下天之狭土神、国之狭土神、天之狭雾神、国之狭雾神、天之暗户神、国之暗户神、大户惑子神、大户惑女神。以上共八位神。

"真……真厉害呀。"董千秋尴尬地笑着，"好多神哦。"

"不好意思，还没说完。"

"天哪……"

"就在刚刚，又有两位神出生啦。一个叫作'鸟之石楠船神'，又叫'天之鸟船神'；另一个叫作'大宜都比卖神'。"

"真厉害……"董千秋尴尬地赔笑着。

"我们扶桑的传说是不是很棒？"

杜羽和董千秋都有点不忍心说破。哪儿有国家是用一个传说就直接生下来大部分神的？这大部分神还都是草率之下生出来的……董千秋算了算，就离开这一会儿的工夫，伊邪那岐和伊邪那美已经生了三十二位神。纵观普通人，一辈子也生不了这么多孩子吧？哦，对了，董千秋忽然想到，他们还生下来十四座岛屿呢。"杜羽，我有事情要和你说。"董千秋语气严肃地说道。

"怎么了？"杜羽问，"你很少这么严肃啊。"

"希腊神域的神主美杜莎来了，说要找你。"

"哦？"杜羽一愣，"戈耳工活下来了？"

"活下来了。杜羽，我不知道她为什么忽然过来找你，但俗话说'无事不登三宝殿'，她忽然前来一定有她的目的。"

杜羽愣了愣，仿佛没听懂。"不是，千秋姐，你这是在给我制造悬念吗？我之前救了她，并且留下了联系方式，她如果活下来了，肯定会过来找我啊。"

"杜羽，我在和你说正事呢，你不要跟我打岔。"

"嗯？"杜羽皱起了眉头，感觉这件事里面有点诡异的"违和"感，

"千秋姐，你觉得我……在和你打岔？"

"是啊，美杜莎统治希腊神域几千年了，哪里需要你来救？我建议在我们弄清楚她的目的之前，你暂时不要回来。"

"哈哈。"杜羽尴尬地笑了一下，"千秋姐，你别整我了，我刚刚不是当着你们的面救了美杜莎？"杜羽的一句话让所有仙家都有些迷惘，董千秋只感觉自己脑海中有一些什么记忆忽然消失了。西王母扭头看了看织女，说道："织女，本宫刚才是有什么没看到的场面吗？杜羽那小子救下了美杜莎？"

织女的脑海中忽然一闪，皱了皱眉头，仿佛隐瞒了什么，看起来十分奇怪："娘娘……刚我好像还记得这件事，但仔细想想，好像并没有这回事啊。美杜莎已经统治希腊神域几千年了，能力强大，应该不需要杜羽这个人来救。"

杜羽有些疑惑地回头看着战其胜、曲溪几人，问道："你们……记不记得我刚才救下了美杜莎？"

"当然啊。"曲溪点了点头，"她现在怎么样了？"

战其胜也若有所思，问道："戈耳工活下来了吗？"

"杜羽前辈，你怎么了？是希腊神域那边传来消息了吗？"

杜羽心中的疑惑更甚了。传说之内和传说之外仿佛分离成了两个世界，双方的记忆变得不同了。"我不知道你们信不信……"杜羽犹豫地说道，"传说之外的人仿佛忘记了这回事。"

"忘记了？"战其胜眯起眼睛，仿佛想到了什么，默默往前一步，问道，"董千秋，你记得宙斯是谁吗？"

"宙斯？"董千秋愣了愣，"你指的是扶桑的神还是希腊神域的神？"

战其胜面色凝重地回头看了看杜羽，说道："如果猜得没错，美杜莎不仅活下来了，还对这个世界造成了不小的影响。除了操作员和其他少数体质特殊的人，其他人都只记得美杜莎造成的历史了。"

"杜羽、战其胜，你们在说什么？我怎么听不明白。"董千秋有点蒙。

"董千秋，闪回了。"战其胜说。

"闪回了？！"董千秋一愣，仿佛已经很久没有听到"闪回"这两个字了，很快就反应了过来，"原来杜羽刚才说的是真的吗？"

杜羽不解地看了看战其胜。这种情况原来还有术语吗？

152 · 曼德拉效应

"可是什么叫作闪回？"杜羽不解地问。

"就是凡间所说的'曼德拉效应'。"董千秋说。

"曼德拉效应？就是前阵子很多人在网上讨论的那个现象吗？"杜羽问。

曲溪严肃地看了杜羽一眼，说道："是的……曼德拉效应源自总统曼德拉的故事。在许多人的记忆里，曼德拉应该在 20 世纪 80 年代的时候在监狱中死亡，但实际上，他在 2013 年才离世。"

"不……我还是不太明白，他死不死和闪回有什么关系？"

董千秋怕曲溪说不明白，于是开口说道："说白了，曼德拉效应指的就是人们的记忆同时出现错误。本来是很多人都清楚记得的事情，可人们在查阅资料之后发现它并没有发生过，但也不知道这种现象的问题出在哪里。其实就是因为某些重要的太枢的出现，历史发生了偏差，时间进行了自我修复，强行扭转所有人的记忆。有一些人体质特殊，不受这种扭转的影响，所以会记得一些从未发生过的事情。这些人中有一些人本就是太枢。"

"怪不得！"杜羽忽然惊呼出来，"我以前经常和别人探讨这种问题。我小时候看过的动画片居然只有自己记得，其他人全都没有看过。"

"虽然我和你聊的不是动画片的事，但差不多就是这个意思。"董千秋微微点点头，"传说管理局为了应对这种情况，定下了'闪回'这个术语。只要提到闪回，必须相信对方所说的记忆。"

"原来如此……"杜羽这是第一次听懂这么复杂的解释，"所以我真的救下了美杜莎，这下你们相信了吧？"

"嗯。"董千秋说，"我当然相信你了。只不过美杜莎出现的时间越长，大家的记忆就会被清洗得越彻底。这件事要尽快解决一下……"

"解决？"杜羽愣了愣，"说白了，就算不解决，也没有人会发现吧。"

"呃……"这次轮到董千秋蒙了，杜羽说的确实没毛病。

正在几人纠结美杜莎事情的时候，伊邪那美忽然传出一道撕心裂肺的惨叫声："啊！！！"杜羽几人吓了一跳，赶忙扭头看去，只见不知火明日香正在给伊邪那美接生。她的手上戴着隔热手套，从伊邪那美的体内抱出了一个正在熊熊燃烧的婴孩。

"太好啦！"不知火明日香说，"伊邪那美，你果然像我说的，生下了火神——火之迦具土！"

"可是……可是我很痛……"伊邪那美面露痛苦，捂着自己的身体。

"曲溪，"杜羽叫道，"这个……伊邪那美之死讲的是什么来着？"

"就是现在。"曲溪说，"我们和你说过，伊邪那美死于难产，其实是因为生下了火神而被活活烧死的。"

"我的天！"杜羽惊呼一声，"活活烧死？那也太惨了啊！"杜羽赶忙跑过去查看伊邪那美。她的伤势非常严重，整个人像被烤焦了一样，浑身冒着浓烟。"这……"杜羽有些着急，一扭头，却忽然发现伊邪那岐正面无表情地看着伊邪那美。"喂！你老婆要死了啊！"杜羽大吼一声，吓了伊邪那岐一跳。他这才回过神来，俯身查看伊邪那美的伤势。

"伊邪那岐！你快说一句'伊邪那美不会死'，她就能活下来了！"不知火明日香抱着孩子说道。

杜羽一愣："阿香！你是不是傻啊？伊邪那美活下来的话，扶桑可就没了啊！"

"哦！我都忘了！"不知火明日香刚想拦住伊邪那岐，却听到他开口了："我为什么要说那句话？她……明明就要死了呀！"

"呃……"杜羽直接愣住了，"你平常话那么多，现在反而严谨起来了？"

"妻子，你要死了吧？"伊邪那岐看起来仿佛略带一点伤心，问伊邪那美。

"是的，我马上就要死了……"

"好样的……"杜羽一听伊邪那美自己都这么说了，那肯定没救了。伊邪那岐就这样跪在地上，抓着伊邪那美的手，什么都没说，一直等着她死。杜羽完全搞不懂他的脑回路，但又不敢乱说话。直到伊邪那美闭上了眼，杜羽才缓缓叹了口气。这是多么传奇、悲惨、草率、混乱的一生。她的一生真的有所谓的"爱情"和"亲情"在吗？

不等杜羽反应过来，伊邪那岐忽然站起身来，大吼一声："我的剑呢？"说完，他的手往腰间一摸，那里居然真的出现一把剑。伊邪那岐把剑抽出来，端详了一下，说道："这把剑有十拳的长度，就叫它'十拳剑'吧！"杜羽有些不解。这人在搞什么名堂？伊邪那岐手持长剑，回头面对火神，说道："就是因为生下你，我再也见不到我的妻子了。就算你是我的儿子，也绝对不可以被饶恕啊！"话罢，他就挥起了长剑。杜羽见状不妙，刚想做点什么，却发现伊邪那岐跟火神之间隔着四五步。这种距离根本砍不到，杜羽不明白他为何在此处挥剑。"我要杀了你！！"伊邪那岐大吼一声，四五步之外的火神不知为何居然直接飞了过来，用身躯接住了伊邪那岐的剑，当即被劈中。他刚才还是一个婴孩，奈何在这伊邪那岐的诡异法术之下，命丧当场。在这种法术的加持之下，仙界天尊也救不下火神。

"原本的剧情就是这样的？"杜羽转头小声问曲溪。

"是的，伊邪那岐会亲手杀死火神。"

在不知火明日香的指引之下，伊邪那岐将伊邪那美埋葬了，看着他如木偶一般的神情，杜羽心里总觉得怪怪的。"你……不悲伤吗？"杜羽问道。

"悲伤？"伊邪那岐那如木偶一般的眼忽然有了一点光芒，"对啊，我应该悲伤的！"说完，他便跪在地上号啕大哭了起来。众人看到伊邪那岐这副样子都有点不知所措。

"算了，你别悲伤了，当我没说吧。"杜羽扭过头去坐到一棵大树底下，实在不明白伊邪那岐的脑子里都在想些什么。

"我的妻子死了，我怎么可以不悲伤？"伊邪那岐痛苦地说道，"我现在非常悲伤，悲伤得不能自拔。"

一直在一旁的曲溪看了看伊邪那岐的神态，缓缓走了上去，问道："伊邪那岐，难过的滋味是不是很不好受？"

"是的，非常不好受。"伊邪那岐点头称是。

"你说，如果忘掉这些记忆，是不是就会好受些了？"曲溪缓缓地走到伊邪那岐面前，蹲了下来。杜羽感觉有点不妙。伊邪那岐的状态非常不稳定，曲溪的那个计划真的能行吗？"伊邪那岐，我们来试试吧，忘掉自己痛苦的事情。"曲溪缓缓地抚摸着伊邪那岐的脸，说道，"只要忘掉痛苦的事情，我们就会快乐起来。"

伊邪那岐看了看曲溪，思索了一会儿，缓缓摇了摇头："不、不可以。"

"为什么？"曲溪有些着急地说，"你现在一直哭，只要忘掉这些事情，你就不会再哭了，快跟我说'请忘掉痛苦的回忆'。"

伊邪那岐的眼神忽然变得有些成熟，缓缓地开口说道："我们绝对不可以忘掉自己的痛苦，否则活在这个世上就没有意义了。"此言一出，曲溪那些不愿意回想的记忆变得更加清楚了，一遍一遍在自己脑海当中回放。她痛苦地捂着自己的脸，浑身瑟瑟发抖。"神，你有很痛苦的回忆吗？"伊邪那岐缓缓站起身来，反客为主一般站到曲溪面前，"你要清楚地记得它们，永远不要忘记，因为这些痛苦会让你变得强大。"

"喂，别说了！"杜羽走上前去轻轻地拍着曲溪，一脸不耐烦地看着伊邪那岐，"想让你说的时候你非不说，不想让你说的时候你就瞎说。"

"瞎说？"伊邪那岐看了看杜羽，"我没有瞎说，我说的是真的。我能感觉到这些痛苦让我变得强大。"说完，他又拿起了自己的十拳剑，说道，"我很想念我的妻子，不想让她就这样死去。"

"那你要怎么办？"杜羽愣了愣，"你要让她活过来吗？"

"她怎么可能直接活过来呢？"伊邪那岐有些不解地看着杜羽。

这时杜羽才明白伊邪那岐和伊邪那美仿佛对他们的能力一无所知。

"是，你说得对。"不知火明日香忽然插话道，"她是不可能活过来的。如果你想见她，只有去黄泉比良坂将她找回来。"

"黄泉比良坂？那是哪里？"伊邪那岐问。

"我只知道她去了那里。"不知火明日香意味深长地笑了笑，"如果你能带她回来，她就依然是你的妻子哦。"

"太好了！"伊邪那岐惊呼一声，"原来她去了黄泉比良坂！"

杜羽总感觉这里面有点漏洞，小声问不知火明日香："阿香，不对啊，现在扶桑一无所有，哪儿来的黄泉比良坂？"

"放心。"不知火明日香笑着对杜羽说，"刚才伊邪那岐已经相信了这件事，所以黄泉比良坂已经形成了。"

153 · 该死的想象力

究竟什么样的人才可以拥有心念术呢？杜羽有些好奇。是不是这些拥有通天法力的人都意识不到自己的强大呢？

伊邪那岐根本没有向任何人问路，冲着一个方向埋头一直走。只要他相信这个方向能通向黄泉比良坂，就一定能到。杜羽几人也在不知火明日香的恐吓之下，跟着他一起前进。

此时传说管理局的气氛非常诡异。在董千秋给大家解释了闪回包含的意义之后，众仙家都不知道如何处理现在的情况。美杜莎与西王母肩并肩坐在一起，饶有兴致地看着大屏幕。"所以您刚才说……他的职责是回到传说里，让传说继续吗？"美杜莎问西王母。

"正是。"

"所以你们都是他救下的人吗？"

西王母缓缓地看了一眼美杜莎，回答道："不是，传说当中的人并不是都能救的。据本宫所知，他只在传说中救下了你。"

"哦？"美杜莎的蛇眼瞳孔瞬间放大了，说道，"那就说明我是特殊的，对吗？"

西王母皱了皱眉头，看向美杜莎："本宫想问问你，你见他的目的是什么？"

"怎么，我看起来很可疑吗？"美杜莎笑着问西王母。

"是，非常可疑。"西王母点点头，"你说过想杀了本宫，那你是不是也要杀死杜羽呢？"

"不不不。"美杜莎微微摇摇头，"如果没杜羽，我早就死在雅典娜手里了，所以他是我的恩人，我不能杀死我的恩人。"

"那就好。"西王母冷哼一声，"你若是有什么坏心思，本宫会第一时间劈碎你。"

"我相信。"美杜莎笑着冲西王母点头行礼，"我现在没有能力对抗您，所以您说的我会照做。"

西王母总感觉有点异样。这女人飞了这么远过来，就是为了见一见杜羽？

毕竟是两国仙界最高领导人的直接见面，众仙家大气都不敢喘，静静地看着这两个女人。她们好像各有所思，都在盘算着什么。

屏幕上，几人已经来到了一个巨大的山洞面前。

伊邪那岐开口说话了："众神，这里面一定就是黄泉比良坂了吧。"

"是是是，你说是就是。"杜羽点头说。

"那我这就去见我的妻子，把她接回来。"

"你去吧。"不知火明日香笑了笑，说道，"我们就在外面等你。"

"咱们不进去吗？"杜羽问。

"不用了，他会出来的。"

伊邪那岐在自己的头上一摸，那里不知道为何出现了一把梳子。他掰下梳子的一根刺齿，拿在手里一晃就变成了一个火把。杜羽已经习惯了这种荒唐的场面，不再理会他，目送伊邪那岐进入了山洞深处。董千秋将屏幕一分为二，一边是杜羽几人，另一边是深入山洞的伊邪那岐。只见伊邪那岐缓缓地走入山洞内部。这山洞似乎本没有那么深，但随着他每前进一步，山洞的道路就深入一尺，一直向前延伸。而不知火明日香开始做伸展运动，做完了之后又压了压腿。

"你干吗呢？"杜羽不解地问道。

"提前活动筋骨啊。"不知火明日香说完之后掏出了自己的法器——一根木棍上拴着两个铃铛。她仔细地检查了一下法器，又擦拭了一下。杜羽觉得不太妙，赶忙左手拿笔，右手拿细剑，环视着："你怎么看起来像在备战啊？咱们要和谁开战吗？"

"当然啦！"不知火明日香又掏出了几张符纸看了看，确定一切没问题之后对杜羽说，"马上就是伊邪那岐大战伊邪那美了。我不如你们那么强大，所以要提前做好准备。"

杜羽真想告诉不知火明日香他就是个混子，可仔细想想，这么说实在太没面子了，赶忙检查起自己身上的装备来，但翻来翻去，他啥也没有。真打起来不是完蛋了吗？他把自己的毛笔递给曲溪，说道："曲溪小姐姐，一会儿如果有什么问题，你就跟婴宁一路，我、我应该没啥问题。"

战其胜想了想，说道："一会儿我来保护这位曲姑娘吧。"

杜羽严肃地摇了摇头，说道："不行，你不如婴宁厉害，就让婴宁保护曲溪吧。"

"也对。"战其胜缓缓点了点头。婴宁应当是几人当中最强的。

"老战，你负责保护我就行。"

战其胜冷冷地看了看杜羽："能不能别这么不要脸？"

没多会儿的工夫，伊邪那岐好像走累了，微微叹了口气，说道："我走了这么久，黄泉之门为什么还不出现呢？"话罢，眼前立起了一扇巨大的石门。他眼睛一亮，高兴地说道："到了，黄泉之门！我的妻子就在里面！"

他伸手敲了敲门，果然，伊邪那美从中探出半张脸来："我的夫君？"

"是的，我的妻子！你果然在这里，我是来接你回去的！"

"接我回去？"伊邪那美的眼神有些悲伤，说道，"我的夫君，你为什么不早点来接我呢？现在我已经吃了黄泉之国的饭菜，回不去了。"

"原来如此吗？"伊邪那岐有些着急，"是谁把你留下的呢？你能不能问一问那些人，可不可以跟我回去？"

伊邪那美思索了一会儿，点了点头，说道："那我去问一问他们，但是你不可以进来看我。"

"好的，我的妻子，我绝对不会进去，就在这里等你。"

伊邪那美听后就关上了石门，进去了。

不知火明日香一直趴在洞口往里看着，等了一会儿，忽然抬起头来说道："传音员前辈，请问伊邪那岐现在在做什么？"

董千秋一愣，赶忙向不知火明日香传音："明日香妹妹，伊邪那岐现在正在门口等待伊邪那美。"

"好的，非常感谢！"不知火明日香回头把法器递给杜羽，说了一声"帮我拿着"，就一路小跑进了山洞。

"欸？！"杜羽没拉住明日香，心里有点慌，"阿香，你去哪儿啊？自己的法器都不要了？"

"我马上就回来！"不知火明日香一路跑到伊邪那岐身边，气喘吁吁地问道，"伊邪那岐，你在干什么呢？"

"神，我在等我的妻子，她要去问一问这里的管理者，看看是不是可以跟我走。"

不知火明日香好不容易才调整了呼吸，说道："你等了那么久，不想偷看一下吗？"

"偷看一下？"

"是的，就偷偷瞧一下。"不知火明日香点头道。

"我……确实等了很久。既然您也这么说，那我就看一看。"伊邪那岐思索了一下，正要推门，却被不知火明日香拦住了。

"等等！"

"怎么了，神？"

"等我出去再看。"

"哦……"

不知火明日香赶忙跑回了杜羽那里，拿回自己的法器，一副应战的状态。杜羽几人跟着紧张了起来。董千秋也好奇地看着伊邪那岐的画面。到底会发生什么事呢？只见伊邪那岐缓缓地把门推开，向里面看去。黄泉之门里非常黑，他不得不把火把往前举，就在火把的亮光扩散开来的时候，一个人影映入了伊邪那岐的眼帘。伊邪那美静静地站在那里，除了刚才露出来的半边脸，其余的地方全都已经腐烂生蛆了。"啊！！"伊邪那岐大叫了一声，"好丑陋啊！"伊邪那美被吓了一跳，没想到自己的丈夫居然看到了自己如此不堪的一面。她刚想说什么，伊邪那岐却转头就跑。伊邪那美恼羞成怒，立刻追了出去。

杜羽几人在山洞口听到里面传来了脚步声，越来越近，第一个现身的便是伊邪那岐。他大吼一声："快跑啊，伊邪那美实在是太丑陋了！"

"欸？！"杜羽一愣，"什么情况，你们不是两口子吗？还能被对方的容颜吓跑？你以为是网友见面啊？"

不知火明日香一把拉住杜羽的手腕："杜羽前辈，快跑！"

在扶桑的传说中，不知火明日香的话就是圣旨。众人立刻跟着伊邪那岐跑了起来。杜羽一边跑一边回头看，可看来看去只有伊邪那美追了过来，她的身上有一些腐烂的痕迹。

"不是，我不太明白。"杜羽边跑边问伊邪那岐，"就伊邪那美一个人追出来了，你跑啥啊？！"

"怎么可能只有她一个人？！"伊邪那岐头也没回地说道，"她一定会带着黄泉的阴灵追出来，说不定有几千个呢！"

话音刚落，杜羽就看到伊邪那美的身后黑压压地站满了人影，放眼望去绝对有几千个了。"我去！伊邪那岐，你是不是脑子有泡啊？！"杜羽一边跑着，一边大骂道，"能不能给我遏制一下你那该死的想象力？！"

伊邪那岐没答话，拼命地向前跑着，还没跑几步，他又开口说道："完了完了，咱们跑得并不快，那些阴灵应该马上就追到咱们了！"一听他这么说，几人的脚步果然慢下来了，无论怎么用力都只能慢慢地跑。杜羽回头一看，众多浑身漆黑的阴灵已经近在咫尺了。"伊邪那岐！我们一定能逃脱的，对吧？"杜羽大声问道。

"不！"伊邪那岐毅然决然地说道，"神，这次我们无论如何都跑不了了！"

一语过后，几人的脚步几乎完全停滞，众多阴灵陡然来到眼前。

"啊啊啊啊！"杜羽仰天长啸，"我要被这猪队友逼疯了啊！"

154 · 阿香的实力

"哈哈！"伊邪那美看着身后的阴灵怒笑道，"连黄泉之国的人都来帮我了，他们一定是黄泉丑女和黄泉军！请为我攻击他们！"

杜羽心中一惊。这女人说的幸亏不是"请为我杀死他们"，要不然已经全剧终了。可就算伊邪那美嘴下留情了，那所谓的"黄泉丑女和黄泉军"还是伸着利爪向着几人打了过来。杜羽一侧身，躲过了一次攻击，脚步再次放慢。就这眨眼的工夫，一大群黄泉军围了上来，将杜羽团团包住。杜羽见状不妙，眼神一冷，掏出细剑，同时使出了鬼魅身法，在众多黄泉军之间穿行。战其胜见杜羽被包围，立刻回身过来，右手一阵劲风吹出，为他打开了一条生路。曲溪和不知火明日香停下脚步，却不知道要怎么帮忙。曲溪手中的笔自顾自地飞了出去，将附近的几个黄泉丑女全部撞碎，又在千钧一发之际挡在了曲溪背后，替她摆平了偷袭的敌人。

不知火明日香掏出一张符咒，大喊一声："定！"随手定住了几个黄泉丑女，她又掏出一把小刀，犹豫了半天，才轻轻地割破了自己的食指。一滴鲜血落在她面前，形成了一个诡异的阵法。"通灵术，鬼嚎！"一声咒语落下，不知火明日香的面前忽然喷出大量的烟雾，一个黑影在里面缓缓现身。

"哟？！"杜羽一愣，"阿香，你还有这本事啊？"可他定睛一看，那烟雾里面跳出来的是一条小黑狗。它一脸开心地摇着尾巴，吐着舌头，看着不知火明日香，一双大眼睛炯炯有神、分外可爱。

"鬼嚎！快上，咬他们！"不知火明日香大叫道。这条名为鬼嚎的小黑狗却"汪汪"叫了两声，躺在地上把肚皮露了出来。"不是呀！不是摸肚肚呀！"不知火明日香尴尬地挥手，"快站起来，去咬他们！"无论不知火明日香怎么说，这小黑狗都没有攻击的架势，反而展示起了自己的各种技能。"这个也不是呀，我不是要和你握手！"

杜羽终于知道不知火明日香先前为什么一直不用这个神通了。他无奈地摇了摇头，说道："阿香，要不你先抱着这个小可爱去旁边站着，别踩到它。"

"啊！杜羽前辈，你稍微等我一会儿，鬼嚎马上就能听话了。"只见鬼嚎在不知火明日香前面打了个滚，然后前腿一撑，表演了个倒立撒尿。

"好家伙……"杜羽叹了口气，"这鬼嚎真是啥都会，就是不会咬人。"

屏幕前面的二郎真君看到这条小黑狗的时候面色就不太自然，在听到它的名字叫作鬼嚎之后更是心生疑惑。他默默地闭上眼睛，走进了自己的内心世界，那里趴着一条巨大的白色神犬，正是二郎真君的通灵神兽——啸天神犬神嚎。"神嚎。"二郎真君轻声叫道。

"主人？"神嚎缓缓地起身，向二郎真君恭敬地低下了头，"您唤我？"

"你认不认得屏幕中那条黑色的通灵犬？"

神嚎借着二郎真君的眼睛向外看去，屏幕中的黑犬身形娇小，与自己简直是天壤之别，可总感觉它有些眼熟。"主人，这条黑犬叫什么名字？"

"鬼嚎。"二郎真君跟着向外看了看，说道，"本君就是觉得你们名字相似，又都是通灵神犬，所以很好奇它的来历。"

"鬼嚎？"神嚎略微思索了一下，"我隐约记得这个名字。它和我一样，是犬六神之一，可看起来它连灵智都未生成，机缘极差。"

"果然如此吗？"二郎真君微微点了点头，仿佛早就料到了这个结果。

"若能和此犬见一面，我倒是可以点拨它一番。"神嚎缓缓说道，仿佛像一个前辈在爱惜晚辈。

屏幕上，不知火明日香都急坏了："哎呀！鬼嚎，你怎么又把球叼过来了？！现在是玩球的时候吗？"

杜羽又打倒了几个黄泉丑女，闪身来到不知火明日香面前。亏这丫头愣了半天都没人揍她。"阿香，打起精神来啊，这小黑狗不行你就赶紧换个招式啊。"不知火明日香却跟没听见一样，背过身去，嘟起了嘴。"阿香，你听到了吗？"杜羽又叫道。

"别跟我说话！我准备不理鬼嚎了，让它自己反省反省！"

"反省个头啊！"杜羽敲了一下不知火明日香的脑袋，"你回家再跟它置气，现在先想办法脱身啊！"

不知火明日香这才回过神来。眼前的情况确实有点紧急。"别着急，杜羽前辈，我还有大招！"

"大招？！"

"式神术！天狗万骨坊降临！"不知火明日香摇起了手中的铃铛。面前一股诡异的气场显现，杜羽明显感受到有一股巨大的压迫感从中迸发出来。只见一个男人面戴半副红色面具，缓缓地显现出身形。他身形消瘦，面容清秀，身着黑衣，背后长有一双漆黑的翅膀，一头长发随意扎成了长辫。可是这个男人身形显现一半就停下了，皱着眉头环视了一下，目光最后停留在了不知火明日香的身上："小香，你做什么？"

"嘿、嘿嘿……"不知火明日香不好意思地笑了笑，说道，"万骨坊哥哥，我、我遇到困难了，打不过呀。"

"小香，我说多少次了，周三不行，我要去郊游。"

不知火明日香为难地说道："可是周四你要约会，周五你泡温泉，周六、周天要去钓鱼……"

"我不是给你剩了周一一天吗？"被称作万骨坊的男人挠了挠头，"当初是你答应我一周只上一天班的，要不然以我的妖气，为什么答应成为你的式神？"

杜羽再次看愣了，战其胜只能大声提醒杜羽"小心"，杜羽才险险地躲过了一次攻击。他看着不知火明日香，不由得吐槽道："我的天，咱们这是跟着一个什么玩意儿来到了传说里？"

不知火明日香走上前去一把就抓住了万骨坊的胳膊，仿佛要哭出来了："万骨坊哥哥啊！你得帮帮我啊！要不然我实在太丢人了……"

"今天真不行。"万骨坊默默地推开了不知火明日香的手，然后摸了摸她的头，"我跟酒吞说好了，他现在骑着摩托车在外面等我呢。你也知道他生气了有多难办。乖，放手。"

"啊，呀！别走呀……"不知火明日香就像要赖一样抱住万骨坊的大腿一直打滚。

"小香，你好歹是我的主人，这样撒泼打滚的话，我也很丢脸。我一会儿给雪女打个电话，她有空的话会过来的。"万骨坊再次推开了不知火明日香，转身投入虚空之中。

"阿香，要不然用你手里那根木棍敲一敲这些黄泉丑女吧，"杜羽说道，"好歹还能有点伤害啊……"

"不行！"不知火明日香一咬牙，站了起来，"我还有大招！"

"唉……你……"杜羽虽然有些无语，但不知火明日香屡出奇招，他也有点好奇，不由得想看看阿香还有什么花样。

"式神术！"不知火明日香大喊一声，然后直接掏出了自己的手机，快速地拨了一个号码，"雪女降临！"

"？？？"杜羽一愣，"怎么跟刚才召唤的方式不一样啊？！"

"喂……雪女姐姐吗？是我，小香，对对对，万骨坊哥哥跟你说了吗？什么，没说过？"

"阿香啊，我快忍不了了！"杜羽一脚踢开了一个黄泉丑女，"你赶紧给我滚到曲溪那里，站着别动！"不知火明日香被骂了一顿，只能乖乖地挂掉电话，站到了曲溪旁边。由于敌人越来越多，婴宁直接现出真身。好在这些黄泉丑女和黄泉军的实力弱到不行，她完全应付得来。"我算是明白你们扶桑人为什么自己解决不了这个传说了……"杜羽一剑刺穿了一个黄泉丑女，对不知火明日香说道，"前面的情况都好说，这场架你们打不赢是不是？"

"嘿嘿……"不知火明日香轻笑一下，"倒也不是，我今天状态不好。"

战其胜刮起龙卷风将一群黄泉兵卷飞了之后，对着不知火明日香说道："不知火姑娘，按照传说记载的，伊邪那岐是怎么脱身的？"

"哦，我差点忘了！"不知火明日香对大伙儿说道，"按照传说记载，伊邪那岐会拿下自己头上的发饰扔出去，发饰落地就会变成一大片葡萄田。黄泉丑女们贪吃葡萄，就不会追上来了！"

众人有点没听明白。把发饰扔出去，变成一大片葡萄田？

就在这生死一线间，那群黄泉丑女跑过去吃葡萄？然后众人就可以趁机逃跑了？

"要在别的传说里，我绝对不信，如今只好试试了。"杜羽甩开眼前的敌人，跑向了伊邪那岐。他正握着十拳剑与黄泉丑女血战，看起来功夫非常一般。

"伊邪那岐！"杜羽叫道，"快把你的发饰扔出去，变成一片葡萄田！"

伊邪那岐推开眼前的敌人之后疑惑地看了杜羽一眼："神，您在开什么玩笑，一个普通的发饰如何变成葡萄田？"

杜羽一愣："哎，你小子为什么忽然这么有原则了？"

155 · 核桃

"这不是原则的问题呀，神。"伊邪那岐非常认真地说，"发饰是发饰，葡萄是葡萄，这两样东西不可以混为一谈的。"

杜羽无奈地叹了口气。这下可怎么办？只要伊邪那岐本人不说出口，这个计划就无法实行啊。他的眼珠子一转，忽然有了个主意："伊邪那岐，你把'发饰是发饰，葡萄是葡萄'这句话给我连念十遍。"

"嗯？为什么？"

"让你念你就念！"杜羽大吼一声，"我可是神啊，你要听话！"

"好吧……"伊邪那岐点了点头，"发饰是发饰，葡萄是葡萄。这是第一遍。"

"第一遍个头啊，你懂不懂'连着念'的意思啊？！"

伊邪那美领着一大群黄泉丑女冲了过来，眼看就顶不住了。伊邪那岐赶忙给杜羽道歉，然后重新念道："发饰是发饰，葡萄是葡萄。发饰是发饰，葡萄是葡萄。发饰是发饰，葡萄是葡萄。发饰是发饰，葡萄是葡萄。发饰是葡萄……"

"对对对，"杜羽大喊道，"发饰是葡萄！你终于说出来了！"

"欸？？"伊邪那岐一愣，正要狡辩，杜羽直接拽下了他的发饰，远远地抛了出去。只见发饰落地立刻生根，长成了一大片葡萄田。可一群黄泉丑女正在厮杀的关键时刻，根本没人理会这片葡萄。莫说这里长出了一大片葡萄，就算是长出一大片帅哥估计也没用。杜羽一看果然没什么效果。谁会在拼命厮杀的途中忽然跑去吃葡萄啊？他又思索了一下，对伊邪那岐说："伊邪那岐，我跟你打个赌——你舌头有问题。"

"神！您在说什么？我的舌头没有问题！"

"不不不，你的舌头绝对有问题，绕口令你就说不了。"

"胡说！您现在说一个绕口令，我立刻就能学出来。"

"是吗？咱们可说好了，你学不出来的话就是笨蛋。"

"神，您放心，我一定能学出来！"

杜羽正要说出这个绕口令，战其胜飞身过来就给了杜羽一脚。"哎！干吗啊？"杜羽一愣。

"杜羽！你有病啊？现在是说相声的时候吗？！"

"谁说相声了啊？！"杜羽赶紧把战其胜拉到一边，说道，"正到了关键时刻，别打岔！"

在战其胜的注视之下，杜羽一字一句地跟伊邪那岐说道："这个绕口令是'吃葡萄不吐葡萄皮，丑女全去吃葡萄'，你根本就学不了。"战其胜一愣。这怎么还多了半句？伊邪那岐一脸不服，跟着杜羽念道："这我为什么学不了啊？您听着。吃葡萄不吐葡萄皮，丑女全去吃葡萄……"

"漂亮！"杜羽一拍手，冲着身后的人大喊道，"撤！！"

众人一愣，只见所有黄泉丑女都鬼使神差地跑过去趴在地上吃葡萄，于是赶紧收了神通，纷纷逃离了。伊邪那岐虽然不知道发生了什么事，但也只能跟着众人跑走。伊邪那美气不打一处来，说道："这群黄泉丑女居然因为贪吃葡萄而追不到我的夫君，真是不可饶恕！"

杜羽一听，觉得这下没问题了。伊邪那岐和伊邪那美都开口了，那群黄泉丑女估计得吃到撑死。几人跑了几步，觉得不太对。身后为什么还有脚步声？战其胜回头一看，黄泉丑女是控制住了，还有一大群黄泉军呢。"老杜，你是不是傻啊？既然都让伊邪那岐开口了，为什么不直接把黄泉军也控制住啊？"

"老战，你这就不讲理了，我可是在千钧一发之际想出来的主意啊，有点漏洞也是正常的。"

"别说了，快逃吧！"战其胜说道，"他们的人数实在是太多了，我的灵气支撑不住。"

众人又往前跑了一段路，终于来到了黄泉比良坂。伊邪那岐跟众人说，只要钻进眼前这个洞口，众人就可以离开黄泉界了。虽然大家发现这里的路跟来时的路根本不是同一条，但既然伊邪那岐开口了，那肯定没问题。还没等跑到洞口，黄泉军已然"兵临城下"，团团围住了众人。

"阿香，这一次还能脱困吗？"杜羽着急地问道。

"能！"不知火明日香说，"传说记载伊邪那岐会摘下三个桃子，扔向黄泉军，黄泉军就全部退散了。"

"漂亮！"杜羽大吼一声，"我真信了你的邪！这里几千人，被三个桃子打散了？"

"可是传说里就是这么记载的啊！"

"我要是知道这个传说是谁写的，现在就去掐死他……"

曲溪见包围圈越来越小，赶忙对杜羽说道："别纠结这些问题了，赶紧找桃子啊！"

几个人四下一看，周围都是黄泉兵，桃子这种东西哪能说找就能找到？

"没办法了……"杜羽叹了口气，想要凭空长出桃树，只能再用那招了，"伊邪那岐，我和你打个赌——你的舌头还是有问题！"

"神，现在很危险，我不想和您打赌了。"

"啊啊啊！"杜羽气得哇哇乱叫，恨不得先把伊邪那岐掐死，"你怎么厌了啊？跟我赌啊！"

"不不不，不赌了，我们要先应对敌人才行。"

眼看杜羽就要被气死了，不知火明日香忽然惊呼一声："啊！这里有核桃！"

"有桃吗？快拿来！拿来我再想办法！"杜羽说道。

"杜羽前辈，不是桃，是核桃……"

"你在逗我吗？"杜羽简直崩溃了，"这俩是一个东西吗？！"

"哎呀，杜羽前辈！我们都被包围了，只能找到这一棵果树，你就将就着用吧！"不知火明日香说完就从树上摘下了三个核桃，随手塞给了杜羽。

"阿香，你要是能给我摘六个核桃，说不定我还能补补脑。"杜羽无奈地看着手里的三个核桃，实在不知怎么用它们击退这数千敌人。杜羽心一横，心说：只能再赌一把了。

"伊邪那岐，你知道吗？这个东西叫核桃，扔出去就能打退这几千个人！"杜羽说道。

"桃？"伊邪那岐愣愣地问道。

"不是桃，是核桃。"杜羽硬着头皮说道，"这东西可厉害了，你扔扔试试。"

"真的吗？"

伊邪那岐赶忙从杜羽手中接过三个核桃，微微思索了一下，冲着一大群黄泉军扔了过去。杜羽感觉伊邪那岐好像信了，说不定真的有效。战其胜感觉不妥。那三个核桃飞出去的时候，不知道为什么产生了超乎想象的巨大能量，它们在空中闪出道道霹雳，缓缓地冲着黄泉军飞去。"糟了！"战其胜大吼一声，立刻从怀中掏出一个巨大的铜钟，将几人罩了起来。婴宁不知道为何也忽然现身，仿佛也感受到了那三个核桃中的巨大能量。在铜钟之内，她又筑起了一堵堵冰墙，并且不断地施加着法力，面色非常凝重。

"怎、怎么了？"杜羽几人还没反应过来，只见远方三个核桃降落的位置一阵爆闪，随即一朵微型的蘑菇云缓缓升空。战其胜和婴宁两人瞬间法力全开，死死地挡住了这骇人的冲击波。冲击波的热量非常高，若不是有婴宁的冰墙保护，几人应当会被烧得连灰都不剩。足足激荡了一分钟的时间，这道冲击波才完全散去，所有黄泉兵都灰飞烟灭了。战其胜和婴宁撤掉法力，两个人都已经虚脱了。不知火明日香赶紧查看他们的情况，发现他们的灵气都透支了。

刚才那是什么鬼？？杜羽吓得不轻，好不容易才回过神来，伸出手指头颤颤巍巍地指着伊邪那岐，大吼道："你是不是有病啊？我和你说，那东西叫核桃，核桃你懂吗？！不是核能量的桃啊！你在这儿给我徒手丢核弹呢？！"杜羽真是不明白了，伊邪那岐连什么是帅哥都不知道，居然对核理解得这么透彻吗？这就是传说中的"人造核聚变"吗？！

伊邪那岐却像没听到杜羽说的话一样，自顾自地拍起了手，说道："哇，神，您给我的那三个桃真的好厉害啊。"

"是核桃啊！"杜羽有些后怕。伊邪那岐一直觉得那东西是桃，这也太危险了。"你是选择性失聪吗？！"

远处的伊邪那美缓缓走了过来，说道："居然用三个桃击退了我的黄泉军？我知道了……桃可以击退阴灵，对不对？"

杜羽一愣。这都是什么跟什么？！不知火明日香在一旁拍了拍杜羽，说道："神奇吧，杜羽前辈，这就是桃树辟邪的由来哦！"

"我要疯了！你们全都是好样的！现在别给我普及知识了，快跑吧！"

伊邪那美见几人要跑，立刻飞身过来向几人发动了攻击。可这几人早已做好了逃跑的打算，回身就钻入了洞口，从另一头钻了出来。伊邪那美正要追出来，伊邪那岐忽然大吼道："出了这个洞口就不是黄泉界了，你出来就会死的！"

杜羽听闻此言赶忙拍手叫好："你小子会放狠话了啊，太好了！"

伊邪那美果然放慢了脚步，不再动弹。

156 · 扶桑三神

"我的夫君，你居然这样对我吗？"伊邪那美冷冷地说，"既然如此，我就每天在你的国土杀死一千个人！"

"我的妻子，如果你那么做，我就建立一千五百个产房，每天诞生一千五百个人！"

不知火明日香就像讲故事一样，在旁边插入了旁白："从此，伊邪那美就成了掌管黄泉的黄泉津大神，而扶桑的凡间每天死亡一千人，诞生一千五百人……"

众人都没理她。只见伊邪那岐抱起一块巨大的石头挡住了洞口，让伊邪那美彻底出不来了，给这块石头取名为"千引石"。做完了这一切，众人才终于松了口气。

"阿香，这就结束了，对吗？"

"当然没有。"不知火明日香坏坏地看了一眼杜羽，嘿嘿一笑，说道，"最精彩的地方还没来呢！"

"哦？"杜羽一下子来了兴致，"还有更精彩的？"

"当然，扶桑三神还没生下来呢！"杜羽这才忽然想起来，不知火明日香曾经跟他讲过，伊邪那美死了之后，伊邪那岐身为一个大男人，居然还得到了三个孩子。可是仔细想想，这样真的合理吗？不知火明日香走到伊邪那岐身边，问道："伊邪那岐，你刚才进入了非常污秽的地方，身上很脏，你要不要去洗洗？"

"污秽？我刚才去的地方很污秽吗？"伊邪那岐有些不解。

"是的，你去了黄泉之国，所以非常脏。"

伊邪那岐微微点了点头，身上瞬间堆满了污泥等污物。

杜羽定睛一看，差一点吐了："我去……"杜羽强忍着才没吐出来，一回头，看到曲溪正在哇哇大吐，他也瞬间绷不住了，"哕！！"

"我真的太脏了！"伊邪那岐说道，"眼前有一条河，我这就去洗一洗！"话罢，眼前陡然出现了一条大河，河水不断翻腾着。他解下了自己肮脏的衣服，丢到一旁，然后走进了大河中。

"杜羽前辈，伊邪那岐大神丢下的这些肮脏的衣服及随身之物，以后会化作十二位神哦。"

"别说了，我不想听……"杜羽看着地上那沾满污物的衣服，差点又吐了。只见伊邪那岐在河里开始搓自己身上的污泥，很快就搓下了一根根泥条，他却没有把这些泥条丢入河中，而是将它们丢到了岸上。"喂喂喂！"杜羽捂着自己的嘴说道，"能不能别这么恶心啊？你自己身上的这些泥条麻烦自己收好啊！"

"不可以！"不知火明日香拦住杜羽，从地上捡起了一根泥条。这泥条看起来有人的手指粗，非常恶心。"杜羽前辈，伊邪那岐大神洗澡的时候搓下的这些泥条总共十一根，日后会化为十一位神哦！"

"哕！！！"杜羽刚刚松了口气，没想到又受到了迎头痛击。一想到现在扶桑神域里来回走动的人里面有十一个人是泥条化成的，他就格外想吐。战其胜皱着眉头看着不知火明日香，说道："不知火姑娘，要不你别说了？再说下去，我估计老杜要死了。"

"什么嘛！"不知火明日香嘟了一下嘴，说道，"这些可都是我们扶桑引以为豪的传说呢。"

杜羽好不容易缓了口气，擦了擦嘴，问道："你说的那三个神还没生出来吗？生出来咱们赶紧走啊！"

"别着急，马上就好了！"

杜羽看伊邪那岐身上洗得差不多了，应该不会有什么恶心的画面了，于是放下心来，盯着他。只见伊邪那岐从自己的左眼抠下一块巨大的东西，说道："快看啊，这像太阳一样明亮！你以后就是我的孩子了，我给你取名叫'天照'！"话罢，那东西慢慢化成人形，放出耀眼的阳光，一个如太阳般耀眼的女子显现出来，此乃天照大御神。"曲溪，我一定是在做梦吧。"杜羽喃喃自语，"我们从小是听女娲造人的故事长大的，女娲娘娘当时用的……不是眼屎吧？"

曲溪一惊，赶紧摇晃着杜羽，说道："杜羽，你要振作啊，清醒一点！女娲娘娘造人用的是泥巴呀！"

伊邪那岐又从自己的右眼抠下一块巨大的东西，说道："快看啊，这像月亮一样皎洁！你以后也是我的孩子了，我给你取名叫'月读'！"话罢，那东西也化为人形，放出冰寒的月光，一个如月亮般无瑕的女子从中显现出来，此乃月读命。

"呵呵呵呵呵呵呵呵……"杜羽像是崩溃了，尴尬地笑着，"眼屎化神，我一定是在做梦……哕！！！"

"董、董千秋，快带他们回去！"战其胜看了看伊邪那岐，他就剩鼻子没洗了。战其胜忽然有种不祥的预感，仔细想想差点也吐了。

"好、好！"董千秋赶忙让工作人员开始行动，回头一看，众仙家也吐了不少。可伊邪那岐并没有给众人喘息的机会，他挖了挖鼻子，将某个东西捧在手心，说着："看啊，它多么坚硬、多么乌黑透亮！你以后也是我的孩子了，我给你取名叫作'须佐之男'！"话罢，那个漆黑的不明物体也幻化成人形，一个健硕的男人从中显现出来，此乃建速须佐之男命。

"太好啦！扶桑的三位神都产生啦！"

"嗯？三位都诞生了？"杜羽眼睛迷离地往伊邪那岐那里看，"我刚才没看到，第三个神是怎么生出来的？"

"别……"战其胜跟曲溪都大喊一声，"千万别看！"

"董助理，好了没啊？快带他走！"战其胜着急地说道，"这小子要把自己吐空了。"

"马上就好了！"

杜羽还没明白怎么回事呢，眼前一黑，再睁眼就是传说管理局了。

"欸？"杜羽一愣，"什么情况啊？第一次进入传说却没看完剧情啊……"

"杜羽前辈，你想知道吗？"不知火明日香高兴地拍着手，"我可以给你讲啊。第三位须佐之男是……"

战其胜立刻上去捂住了不知火明日香的嘴，说道："算了算了，以后有机会再说吧……"

杜羽问了一圈人，仿佛都没人愿意提起这件事，只能作罢了。他有些不明白为什么身为仙家的观众中也有很多人吐了。

"杜羽。"一个女人缓缓地站到了杜羽面前，冲他温柔地笑着。

"哦，你好，喜欢主播请送火箭哦。"杜羽冲这女人微微一笑，转身就要离开。这女人却伸手握住了杜羽的手。"欸？"杜羽一愣，"这位姐姐，你做什么？请自重啊！我是正经主播，不卖身的。"

"我是戈耳工·美杜莎。"女人缓缓地说道。

"欸？？？"杜羽没想到美杜莎不仅活到了现在，居然连外貌都改变了，"戈耳工？"

"是的。"

杜羽看到她的样子，并没有觉得有什么愧疚，只感觉自己做了一件好事："太好啦，你能活下来，我很开心！"

"能再次见到你，我也很开心！"戈耳工开心地笑着。杜羽看她的眼神，知道她没有撒谎。

"这次过来一定要多住几天，我们华夏可多好玩的了！"

"那不急。"美杜莎笑着摇了摇头，说道，"杜羽，我这次来主要是为了和你商量一件事。"

"商量一件事？"杜羽扬了扬眉头，"这么客气？有需要帮忙的你就说。"

"太好了！"美杜莎说，"没想到过了两千多年，你依然这么平易近人，那我就放心了。"美杜莎缓缓地一伸手，一根雷霆长矛响着雷霆之声出现。她往前一递，说："请帮我拿着。"众仙家看到美杜莎掏出武器，不由得都谨慎了起来，西王母更是冷冷地盯着她。杜羽不明所以，只能伸手接过了长矛。"你现在手里拿着的是希腊神域很久以前的一个神的武器，你可能不记得了，他叫宙斯。我将他杀死了，这个武器代表天。"

"呃……厉害厉害。"杜羽微微点了点头，不明所以。

美杜莎又掏出一把三叉戟，递给了杜羽："还有这个，请帮我拿着。"这三叉戟杜羽见过，明显是波塞冬的武器。"这个武器是希腊神域很久以前另一个神的武器，他叫波塞冬。我也将他杀死了，这个武器代表海。"

"呃……"杜羽没想到美杜莎居然杀死了他们所有神，可她为什么要把战利品一个一个地拿给他看啊？是在炫耀吗？

美杜莎笑了笑，又掏出一个头盔，递给杜羽："这是冥王哈迪斯的隐形头盔，他也死了。这个武器代表大地，也请你拿着。"

"我有点拿不动了……"杜羽尴尬地笑了笑。有什么话你就直说吧。

"稍等，还剩最后一个了。"美杜莎说完又凭空摸出一面盾牌，"这是雅典娜的盾牌，上面镶嵌着她的人头，所有向我打来的攻击都会打在她美貌的脸上，这是我对她的报复。"

杜羽接过盾牌，还是不太明白美杜莎要干什么。

"杜羽，这些东西代表了我的所有荣耀。除了宙斯的长矛是暂时借给你的，其他的都送给你。"

"欸？？"杜羽一愣，"不是，为什么要送给我啊？这些东西你留着就好了，送给我也是浪费啊。"

"我希望你用这些东西，杀死各路统治者，统一整个华夏神域。从此，你和我就站在神域的顶端了。"

157 · 天雷

"呃……杀死华夏的统治者？"杜羽吓得差点把怀里的东西全都丢到地上，"不是，这种事情是不是应该私下说啊？你当着这么多人的面……"

"杜羽！重点是这个吗？"董千秋在一旁说道。

"哦，对啊！"杜羽这才回过神来，"我为什么要杀死这些神仙，又为什么要统一华夏神域啊？"

"你不想站在顶端吗？当你力量变强时，就算不杀死别人，别人也会想杀死你。"美杜莎的眼神中似乎有很多故事。

"力量变强了就杀死我？"杜羽回头看了看西王母，"娘娘，如果我是大罗金仙，你会杀我吗？"

"本宫有病吗？"西王母简直要被气死了，"华夏仙界这么多大罗金仙，本宫要一个一个去杀？"

"那我要是仙界大能呢？"

西王母彻底不想理他了，冷冷地说了一句："滚，别烦本宫。"

"嘿嘿。"杜羽回过头来，对美杜莎说，"戈耳工，你也听到了，我跟这些神仙关系可好了，根本不会打起来啊。"

"你放心，杜羽。"美杜莎笑了笑对他说，"这位华夏神主由我来击杀，你不必怕她。"

杜羽扭头看了看西王母，又低头微微思索了一下，说道："是的，我是怕她，但从未想过要杀死她。相反，我还很喜欢她。"

戈耳工不由得愣了愣。这与她的想象不符。

西王母脸上微微一红，随即冷哼了一声，非常小声地嘟囔了一句："放肆……"

杜羽接着又说："我们人间的统治者虽然和我没什么交情，但让人间国泰民安、人民富足，我也很喜欢他；酆都的统治者同样是两位德高望重、受人喜爱的仙家。我不会伤害他们任何一个人，你明白吗？"

"杜羽，我只知道你一声令下，整个希腊神域的神界都会为你而战。我希望你不要有后顾之忧。"

这下华夏的仙家可都坐不住了。

"喂，蛇女，你没听到杜羽说话吗？他不想听你支使啊。"

"是啊是啊！"

"哈哈。"杜羽笑了笑，对戈耳工说，"你可能还是不明白，我恐怕也说不明白。"他把怀中的神器全部递给了戈耳工，说道，"这个世界上，每个人有每个人的活法，我们的生存方式并不是只有争斗这一种。"美杜莎的表情有些呆滞，陷入了沉默。“还记得吗，戈耳工？如果我是个喜欢权势的人，当时怎么会帮助你活下来？我应该讨好雅典娜，并且帮她杀死你。毕竟当时的你一无所有，雅典娜却是战争女神。”

虽然杜羽的心态没有改变，但是美杜莎已经在两千多年的杀伐中变成了另一副模样。如今的她已经完全看透了力量的重要性。与众神打交道的人若没有力量，最终的下场一定是惨死，所以她格外担心杜羽。她迫不及待地想带给杜羽力量。可杜羽为什么会这么泰然自若呢？难道华夏的神域……真的跟希腊的神域不一样？她正想说什么，却忽然眉头一皱，听到天空中隐隐响起了雷鸣之声。美杜莎立刻回头看着西王母，说道：“华夏神主，您准备向我动手吗？！”

西王母面无表情地看了看美杜莎，回答道：“本宫就算要动手也一定会和你打个招呼，怎么会偷袭？”

美杜莎点了点头：“如果不是您，那一定是他来了！”说完，她便神色慌张地拿起雷霆长矛和雅典娜之盾，跑出了屋子。

众人不解。谁来了？

“织女，给雷公传音，问问为何忽然降下天雷。”西王母有些纳闷。雷公电母是吃了熊心豹子胆吗？不知道她在这里吗？

织女低头沉吟了一会儿，忽然抬起头来说：“娘娘，雷公说他们根本没有降雷，并且知道娘娘这几日在酆都，特意将酆都一个月之内的雷雨天全部取消了。”

“笑话，他们没降雷，本宫没动手，难道那美杜莎用雷劈自己不成？”

杜羽率先冲出门去，众仙家紧随其后。只见美杜莎站在院子中央，她头顶的乌云逐渐扭曲，成了一个巨大的黑色旋涡，其中雷声滚滚。看这气势，绝不亚于西王母攻击时的威力。“这是……”西王母皱了下眉头，“本宫好像在哪儿见过这天雷。”

美杜莎指着天空大声喊道：“你就是不肯放过我吗？！一千多年了，你来得越来越频繁，就这么想杀死我吗？！”

杜羽一愣，问道：“到底是谁来了？”

众仙家仔细探查了一番，在这乌云中感受不到半个人。

“是宙斯的冤灵！”美杜莎怒吼道，“自从我杀了宙斯，他的冤灵就开始以雷霆之力攻击我！”宙斯的……冤灵？黑白无常抬头看了看，一脸疑惑。冤灵在哪儿呢？根本感受不到任何气息啊，可是这天雷是真的，其中蕴含的恐怖力量也是真的。"一开始是几十年一次，后来是几个月一次，如今两三天就要杀我一次！"美杜莎愤怒地举起雷霆长矛，"来啊，我是美杜莎大帝！我就在这里，来杀我啊！"话音刚落，一道巨大的天雷像银河般落下，将整个鄭都映得如同天庭般明亮。可就在这道雷要劈到美杜莎的时候，美杜莎把雷霆长矛横在身前，那道天雷瞬间像打滑了一样改变了方向，绕开了长矛，直接劈到了地上。

"嗯……"西王母沉思了一下，"本宫好像明白了。"

"明白了？"杜羽凑过去，小声问道，"大猫，你明白什么了？"

"这天雷跟宙斯一点关系都没有，因为本宫也曾挨过。"

"好家伙！"杜羽吓了一跳，"大猫，你还挨过雷劈？？"

"本宫也不想，但有些雷是一定会落下来的。"

众仙家眼睁睁地看着美杜莎用雷霆长矛躲避着天雷，这法宝看起来似乎"百雷不侵"，美杜莎只需要把它放在身前就可以避开天雷。整整九道天雷全部落在了美杜莎四周，她这才终于松了口气。西王母缓缓走了上去，说道："你应该让这些雷劈在你身上的。"

美杜莎苦笑了一下，回过头回道："华夏的神主，您是想借宙斯的手杀掉我吗？我不会这么轻易被他杀死的！这雷不管来多少次，我都一定会躲掉。"

西王母微微叹了口气，说："你若是躲开了，这雷就不会停，它会来得越来越频繁，直到劈中你为止。顺带一提，若你挺不过这九道雷，可不单单是死那么简单。"

美杜莎一愣，回头看了看西王母："华夏神主，您为什么会了解这雷霆？为什么会了解宙斯的冤灵？"

"跟宙斯无关。这九道神雷乃是化形天劫——畜生化人，当受天谴。想必你第一次变成现在这副样子的时候，就是天雷第一次降下的时候吧？"

美杜莎睁着一双大眼睛，说："您都知道？"

杜羽这才恍然大悟。化形天劫的神雷一直追着美杜莎从希腊神域劈到华夏，劈了一千多年，难怪她会认为这是宙斯的冤灵。每一次的神雷美杜莎都用雷霆长矛绕开了，看起来像是躲开了，实际上只是延迟了天劫降临的时间。

"美杜莎，若你再耽搁几年，这天雷便会没日没夜地劈下来。届时，就算你有法宝护身，也根本不可能有精力去做其他事情了。"西王母又说。

"那……那我该怎么办？"

"看来你们希腊神域很少有畜生化人的情况啊。"西王母回头看了一眼织女。织女立刻乖巧地跑了过来，从乾坤袋中掏出了一本书，递给了美杜莎："美杜莎，您看看这个，会对您有帮助的哦。"

美杜莎眉头一皱，根本看不懂中文。杜羽知道翻译符的缺点，赶忙走上前去帮美杜莎念出来："戈耳工，你得好好谢谢西王母跟织女，我们华夏仙家可都有丰富的度劫经验，他们给你的攻略肯定没错，比如这本书。这书叫作……《霸道天尊爱上我：抛弃诸多大能只宠散仙之甜蜜恋爱日记》？"

众仙家一愣，织女的脸唰地红了。"啊！错了错了！！"织女恨不得找条地缝钻进去。她平时爱看的小说怎么不小心递了上去？

"织女姐姐，你看起来冰雪聪明，可为什么爱看这种书名就是故事梗概的书啊……"

"谁、谁说我爱看了？！"织女明显慌乱地说道，"我也不知道这书是谁的。你、你们要看的话就拿走。"

西王母眉头紧锁了半天，才回头问织女："织女啊，你……和牛郎闹别扭了？"

"什么啊！！！"织女都快急哭了，"娘娘，那就是一本小说！小说而已呀！"

"小说……就是话本，对不对？"西王母疑惑地问道，"你跟牛郎好端端的，怎么会看这种话本呢？本宫听这名字像是邪魔外道一般，你可要自己注意了。"

织女被说得满脸通红，只能慌乱地点点头，从怀中掏出了另一本书递给了杜羽。杜羽一看，这次对了——《第三百二十次度劫大会会议记录与最新度劫可行办法暂行规定》。"为什么还是感觉怪怪的……"

158 · 化形天劫

"怪？哪里怪？"织女问。

"我感觉就算读给美杜莎，她也听不懂……"杜羽尴尬地笑了笑，"要不你们还是直接说吧，如何才能顺利度劫？"

西王母微微思索了一下，说道："杜羽，你可想清楚了，真的要帮这个女人吗？"杜羽不太明白西王母的意思。"美杜莎如果度过了化形天劫，便可得道，实力自然更上一层楼，可我们了解她吗？"

"娘娘，你是说……"

"如果美杜莎要与我们开战，天尊级别的尚能自保，其余的仙家又当如何？"

杜羽非常认真地低头思索了一会儿，随即露出阳光的微笑："娘娘，我以性命担保美杜莎不会那样做。"

"以性命担保？理由是什么？"

"理由是我救过她一命，她跨越两千五百年来报恩，并且将所有代表荣耀的战利品都送给了我。我记得她说除了宙斯的长矛，剩下的都给我。现在想想，如果不是为了躲避化形天劫，她自己连宙斯的长矛也不会留下。"

西王母听了杜羽一番话，不禁陷入沉思："杜羽，你的意思是几件法宝就把你收买了吗？"

"哎，大猫，你的思路怎么这么歪啊？"

"难道华夏就没有好的法宝赠予你了吗？"西王母转过头去看着众仙家，说道，"哪吒，把你身上那一堆法宝都拿来送给杜羽。"

"欸？！"哪吒万万没想到自己躺着也中枪，"西、西王母，这些都是家师赠予我的啊，我……"

"你是要本宫主动去问太乙？"

"啊？不、不是……"

"大……西王母，我不是那个意思，这跟法宝无关。"

"那你是什么意思？"

"我是说……如今您也是在拯救美杜莎的性命，我相信她绝对不会恩将仇报，否则她出现在这里就毫无道理了。"

"你小子说的倒有几分道理……"西王母思索了一会儿才缓缓说道，"如果真如你所说，本宫倒也愿意帮她出出主意。"

"太好了！"杜羽高兴地回头看向美杜莎，"我们老大决定要帮你对付这个化形天劫了！"

"真的？"美杜莎似乎已习惯了这天雷，从没想过有朝一日能够摆脱它。

"度过化形天劫的办法非常多，最常见的有修炼特殊功法、食用特殊丹药、使用护体法宝，等等。"

"对，我看过很多小说，度劫之前一定要做足准备的。"

"只可惜对美杜莎来说，这些方法一个都用不了。"西王母无奈地摇摇头。

"啊？"杜羽和美杜莎同时一愣，"为什么啊？"

"本宫方才见这天雷的架势，显然已经迫在眉睫了，距离下一次天雷降临估计只有两三天的空隙。这期间修炼功法时间不够，炼制丹药时间不够，就算要学会驾驭一个护体法宝也并不见得会百分之百比那宙斯的长矛有效。"杜羽这下子犯了难。如果美杜莎早点来还好说，如今难道没有任何办法了？"不过本宫记得，西海龙王在上一次会议中，曾经提出一个新思路。"西王母缓缓地说道，"这个思路说不定能帮美杜莎摆脱现在的困境，只是它尚在理论阶段……"

"没事的，娘娘，你尽管说。"杜羽说，"不管是不是理论，咱们至少得试一试。"

西王母点了点头，说道："其实很简单，就是找到另一个同样处于化形天劫阶段、同样需要度劫的妖兽，但是这个妖兽的道行要高于美杜莎。如果他们能够在同一个地点同时经历化形天劫，那么大部分天雷都会劈向道行高的妖兽，只有少部分需要美杜莎自己承担。"

杜羽仔细思索了一下西王母说的方案，随即感觉不太对："娘娘啊，按照你这么说……那另一个妖兽岂不是很惨？"

"不见得。"西王母说道，"首先，我们华夏的妖自诞生灵智开始，基本上就懂得化形天劫的概念，所以一定会提前做好准备；其次，经历过天劫的妖都会被天雷之力洗筋伐髓，若能熬过去大于九道天雷的天雷，将会获得更高的道行，这未尝不是一件好事。"

"原来如此……"杜羽微微点点头，"可是，这种妖兽好找吗？"

西王母听后回头对织女说："织女，妖类都是四海龙王管理的，你速与他们取得联系，询问三天内是否有两千年以上道行的妖兽要度劫。"织女似乎还没从刚才的尴尬中回过神来，西王母叫了两声她才有了反应，于是赶忙去传音了。"但你们要做好心理准备。"西王母又说道，"如今天下的灵气极度稀薄，能够诞生灵智的妖兽少之又少，同时满足两千年以上的道行和即将化形的妖兽更是凤毛麟角。"

"不管怎么说……"杜羽咬了咬牙，"至少试试吧。"

等了一会儿，织女传音结束，对西王母回答道："娘娘，四海龙王说会马上前去寻找符合条件的妖兽，但是概率很低。目前记录在案且两天内即将度劫的只有一位，乃是住在云梦山深处、有一千二百年道行、名叫司黄的虎妖，其他妖兽的道行太低了。"

"谁？"杜羽一愣，"怎么感觉是个熟人啊？"

"一千二百年，不可。"西王母摇摇头，"若美杜莎跟虎妖同时度劫，那天雷大部分都会劈向美杜莎。"杜羽不由得一笑，心说：司黄你小子出息了啊，终于等到你长大成人了，等我忙完这一阵怎么说也要去见一见你。"让四海龙王继续找！"西王母说，"你跟他们说，若是找不到，本宫便去他们那里亲自查阅档案。"

"呃……是！"

估计四海龙王统计数据还要一会儿，杜羽、美杜莎和众仙家又走进了传说直播间。如今交流会还有最后一环没有完成呢。虽然这四个国家的外国大使如今只剩下阿香一人，但怎么说都要让阿香见识一下杜羽处理传说的手段才行。

"阿香？"杜羽环视了一下，发现不知火明日香不见了。围着传说管理局转了一圈，他才终于在一个角落找到她，她正在跟二郎神说着些什么。二郎神每说一句话，她就像恍然大悟一般又点头又鞠躬。"奇怪……在搭讪我们华夏的帅哥吗？"杜羽等了半天，两个人才互相留了电话，分别了。"可以啊！"杜羽小声嘟囔着，"看不出来阿香还有这本事。"

"咦，杜羽前辈？"不知火明日香没走几步就发现了躲在墙角的杜羽。

"嗯，怎么样？看上我们的二郎真君了吗？"杜羽坏笑着问道。

"什么呀！"不知火明日香生气地说道，"是那个哥哥先跟我说话的。"

"哦？？"杜羽一惊，"真是人不可貌相啊。那二郎神看起来可是最正经的了，没想到喜欢你这个类型的。"

"别胡说啦，杜羽前辈。"不知火明日香摆了摆手，"不是你想的那样。那个哥哥也是一个通灵术高手，刚才和我说了一些驯养通灵兽的技巧。"

"通灵兽？"杜羽有种恨铁不成钢的感觉，"你们两个人躲到这么私密的角落，就是为了聊怎么养狗？"

"养狗怎么了？"不知火明日香嘟着嘴，向着传说直播间走去，"快走吧，终于到你们华夏的传说了，我都等不及要看看杜羽前辈你是怎么处理传说的了。"

杜羽无奈地摇了摇头，也回到了传说直播间。

"千秋姐，之前让你准备的传说怎么样了？"杜羽一回到直播间就问董千秋。

"黑白无常的是吗？目前一切正常，虽说随时可以进入传说，但是……"

"怎么了？"

"目前有另一个乙级传说已经迫在眉睫了。若是先进行黑白无常的，怕是会耽误这个乙级传说……"

"乙级传说，哪个？"

"是白蛇传说。"

"白素贞？！"杜羽脸上露出了一丝尴尬，"这么急吗？"

"是的。"董千秋点了点头，"这个传说出现的问题又多又危险，远远凌驾于黑白无常的传说之上……"

"啊？"杜羽不由得有些内疚，赶忙问道，"到底出了什么问题？"

"说来也奇怪。本来白素贞应该一路北上，途经四川峨眉山、青城山，分别获得机缘，最后去往陕西骊山，拜骊山老母为师。她一到峨眉山，却忽然改变了路线，一路南下。她不仅没有在青城山结识小青，也没有拜骊山老母为师。"

"呃，问题果然出在峨眉山吗？"杜羽捂着脸，不知道该怎么解释这件事。

"如今这个传说中已经没有小青、骊山老母了，甚至连白素贞自己的法术修习也尽是些旁门左道，我们更看不出她要去找许仙报恩的迹象。刚才我看了一下这个传说，觉得非常棘手……"

杜羽没想到居然有这么多问题需要解决，看来传说真的不能随便干预。法术什么的都好说，杜羽怎么样也能想出解决办法，可是没有小青，这个故事还怎么继续啊？如今要去哪里找一条青蛇过来？这青蛇不仅美貌，还得知恩图报，更要懂法术。"欸？"杜羽一愣。青蛇？？？

第六卷

白蛇传说

159 · 筹备会

　　这可能是传说管理局自建立以来最盛大的一次筹备会。所有传说管理局的员工全部列席就座，另外更有三位外宾，一位是不知火明日香，一位是戈耳工·美杜莎，还有一位是西王母。而这一次的会议叫作"美杜莎扮演小青是否可行讨论会"。由于想法过于大胆，谁都不敢先开口说话。

　　"领导……"杜羽小声叫着西王母，"既然是开会，你是不是要先讲两句啊？"

　　"本宫不讲。"西王母不耐烦地摇了摇头，"你们开会，把本宫叫来做什么？"

　　"欸？"杜羽扬起了眉毛，"领导，你可是我们的局长啊！"

　　此言一出，众人都愣了。董千秋和小七互相看了一眼。西王母现在居然是局长？

　　"本宫只是名义上的局长，不想参与这种烦琐的会议，有什么事情你就直接跟他们讲吧。"

　　杜羽微微思索了一下，只能说了句："好吧，那我就代替领导你，给大家传达一下会议精神，各位做好会议纪要。"毕竟在座的百分之九十都是新员工，虽说刚刚经历了几次传说，可是这种正经的筹备会谁也没参加过，只能等杜羽先开口。"那个……我先定下个会议基调吧。"杜羽之前开过这种会议，自然知道怎么开始，于是学着自己印象中领导们讲话的样子，说道，"咱们这次会议主要解决三个问题：第一，为什么；第二，做什么；第三，怎么做。"众人都不明所以地看了看杜羽。他好像说了些什么，又好像什么都没说。

"净说废话。"一个黑衣女孩手插口袋，拿着一杯奶茶，一边喝着，一边小声嘟囔了一句。

"范小果，"杜羽叫道，"不许窃窃私语！有什么事情就尽管说出来。你现在也是传说管理局的员工了，该参与的要参与。"

"哼。"范小果冷哼一声，"那你倒先说说你的第一个问题'为什么'，是什么意思？"

"那很简单啊，就是我们为什么要让美杜莎成为小青啊。"

美杜莎在旁边听了半天，确实很想知道这个问题的答案："是的，我也很想问问你们，为什么我要成为那个小青？"

董千秋在一旁翻弄着资料，插话说道："美杜莎大帝，这件事比较突然，由我向您说明一下。在白蛇传的故事里，主人公是两个蛇妖，如今却少了一个。若没有小青，这个故事就很难成立了。巧的是，小青正好是一条青蛇，如今我们能找到的带有法力的青蛇只有您了。"

美杜莎伸出修长的手指挠了挠额头，然后说："如果这是恩人的意愿，那我可以答应，但我还是想问问，这个小青是另一个蛇妖的什么人？"

"你是她的丫鬟。"小七在一旁小声插话道。话音刚落，董千秋和杜羽就赶忙冲着她挤眼睛。小七这才意识到自己好像说错话了。

"我不懂……丫鬟是什么身份？"美杜莎又问。

杜羽刚要说话，范小果又不合时宜地插嘴了："用你们的话说，小青就是白素贞的仆从、侍女、保姆。"

美杜莎听后一愣，然后露出了一丝尴尬而不失礼貌的笑容："所以……你们是说，让我去当一个侍女？"

"呃……"杜羽心说不妙。本来还想瞒着美杜莎的，谁知道传说管理局里有两个心直口快的人。

"你们……是在开玩笑吧。"美杜莎虽然面带微笑，但额头上青筋暴起，"我乃戈耳工·美杜莎大帝，你们居然让我去当侍女？！"

"虽说丫鬟，实则非也。"一个老者缓缓地开口说道，"美杜莎大帝，老朽蒲松龄，有一愚见，不知当讲不当讲？"

美杜莎愣了愣。她听过这么多请求，这还是第一次有人连说话都要征求自己的同意呢。"我允许你这么做，说吧。"

杜羽皱了皱眉头。这是什么跨时空的交流？一般人不应该说"但说无妨"吗？

　　蒲松龄没有在意，缓缓说道："老朽曾经读过许多版本的白蛇传说，妄自得出一个愚见——青蛇虽说是白蛇之婢女，但实则更像是她的妹妹。白蛇对她爱护有加、关怀备至，所以您大可不必担忧。侍女要做之事，您应当一件也不会做。"

　　美杜莎听完蒲松龄的一番话，扭头看了看杜羽，问道："杜羽，是真的吗？"

　　"这话确实是真的。"杜羽点点头，"你确实不用伺候白素贞，顶多帮她打打架。"

　　"争斗？"美杜莎露出了一丝笑容，"我在这个传说中还可以争斗？"

　　"是的，有一个和尚专门'负责'跟你们两条蛇交手。"

　　美杜莎心满意足地点点头，说道："能在华夏的传说之中跟人争斗，也是一种特殊的荣誉。"

　　杜羽点点头，又说道："既然戈耳工同意了，那下一个问题就是……戈耳工到底能不能进入传说？"

　　众人一想。这确实是个问题。美杜莎会有操作员的特质吗？

　　"杜羽……"董千秋仿佛忽然想到了什么，问道，"查达的传送门可以把美杜莎送进传说中吗？"

　　"不瞒你说，我也想过这个问题。"杜羽无奈地摇了摇头，"我在开会之前问了问查达，很遗憾，她说'只有具备掌控者资质的人才可以通过这扇门'，这也解释了她为什么不可以随便找一个路人回到过去救回她的女儿。我一开始想得太简单了。"

　　众人点点头，目前只能把希望寄托在美杜莎自己身上了。

　　范小果无奈地叹了口气，说道："唉，你们是真的傻吧……要我说，美杜莎百分之百可以进入传说。"

　　"嗯？"杜羽等人没想到范小果语出惊人，于是赶忙问道，"为什么这么说？"

　　"我说……美杜莎是太枢吧？"范小果问道。

　　"是啊。"

　　"杜羽，你之前说过，枉死的太枢极有可能就有操作员的体质，是吧？如今只要让老祖宗把她的魂魄勾出来，她就枉死了，头七之前再把她的魂魄放回去，如此就没问题了啊。"

"哎，还可以这么操作？"杜羽回头看了看董千秋。

董千秋也低头思索了一会儿："这个说法没问题。只要美杜莎大帝自己同意的话，完全可行。"

美杜莎面色有些冷峻，轻轻地朝杜羽的方向看了看，然后低下头，说："被人取走魂魄……按理来说，我是绝对不可能将自己处于这种危险境地的，但如果是恩人的要求，我会尽力接受。"

杜羽看了看美杜莎，她墨绿色的头发挡住了脸，谁也看不出她的表情。他仔细想想，这件事本身完全和她无关，就算她不答应也是理所应当的，可如今不仅逼着她进入传说，还要让她冒着风险。

"既然如此，那真是太好了！"董千秋罕见地露出笑容，说道，"我代表华夏的传说管理局衷心地感谢您，美杜莎大帝。如果这次没有您的帮忙，我们会非常被动。"

"没关系，需要我做什么，尽管说吧。"

"好的！我会尽快整理出传说的剧情分发给你们。这一次的传说，由于故事登场人数比较少，所以我们要控制进入的人数。这次选出的要进入传说的只有杜羽、美杜莎大帝、战其胜三人。这样想来队伍的能力很平衡、完成概率很高。"

"等一下。"杜羽说道，"千秋姐，你跟我出来一下。"

董千秋有些不明所以，只能跟着杜羽走到房外："怎么了，杜羽？"

"千秋姐，这次的参与人员需要调整一下，改为戈耳工和不知火明日香。"

"啊？"董千秋愣了一下，"杜羽，你是认真的吗？虽然我不是不喜欢那个不知火小姐，可她看起来有些莽撞，美杜莎大帝脾气也很古怪。你带着这二人能够完成传说吗？"

"我准备赌一把。"杜羽意味深长地笑了笑，说道，"我就是准备到传说里大闹一番，闹得越大越好。"

"什么？"董千秋非常不解，"你准备大闹传说？你说你要赌，是跟谁赌？"

"我不知道，甚至都不知道有没有这个人存在……"杜羽笑了一下说，"总之，你按我的想法做吧，我有很大的把握完成这个传说。"

没多久的工夫，二人回来了。董千秋清了清嗓子，开口说道："那个……各位，这次的参与人员稍微调整一下，改为美杜莎大帝和不知火明日香小姐，其他人待命。"

战其胜微微点了点头，对他来说去不去都无所谓。"啊！传音员前辈！"不知火明日香忽然有点紧张，"那位看起来很厉害的战前辈不去吗？这样真的能行吗？我和杜羽前辈不会被碎尸万段吗？"

战其胜无奈地看了看不知火明日香，说道："你可能小看他了。杜羽这小子真发起疯来，连我都不是对手。"

"欸？"不知火明日香可从来没想过杜羽居然有这么能打的一面，还以为他跟她一样是逢战必输的体质呢。

"而且你这丫头……"战其胜又皱了皱眉头，"说话怎么这么恶毒？你自己也要进入传说呀，说什么碎尸万段？不吉利。"

"哦……嘿嘿。"不知火明日香尴尬地一笑，说道，"非常抱歉。"

"好了，既然大家都没有异议，辅助者们就尽快去整理传说资料。这次的故事从断桥相会开始，将尽快安排各位以新的身份降临……"

"不可以。"半天没说话的杜羽忽然插话道，"断桥相会太晚了，要更早一些。"

"更早一些？"董千秋不太明白。

"千秋姐，你刚才说所有人都没有异议，其实我还有异议。"

"杜羽，你的想法通常比较细腻，有什么问题可以提出来。"董千秋说。

"如果我们在断桥相会时降临，那小青跟白素贞最多就是点头之交。我们需要想办法让她俩成为生死之交。"

董千秋仔细思索了一会儿，虽然能理解杜羽说的意思，可是不明白要怎么做才能让两个陌生人成为生死之交。

"千秋姐……我想问，白素贞第一次经历化形天劫是什么时候？"

160 · 白蛇传说

"化……"董千秋一愣。难道杜羽想利用这次机会顺便解决美杜莎的天雷？

"这会不会太冒险了？"董千秋的眉头皱了皱，"万一白素贞也接不下这么多天雷……"

"我们可以倾尽整个传说管理局的力量来帮助她们二人。"

美杜莎瞪大了眼睛看着杜羽。就在一分钟以前,她还对杜羽抱有最后一丝怀疑,可听到杜羽说话的时候,这最后一丝怀疑也烟消云散了。"我……我可以先不着急。"美杜莎喃喃道。

"不,戈耳工,你的事情跟传说的事情一样急,如果能一起完成那自然最好了。"杜羽对沈师说道,"沈师,你赶快去翻翻自己有什么东西是能够抵挡天雷的,哪怕只能抵挡一次都可以。所有损失都会由传说管理局报销。"

"杜哥,不瞒你说,我还真有一些家底。如果能报销,嘿嘿……"杜羽随手就给沈师丢过去一个布包。沈师打开一看,居然是个乾坤袋,里面满满的都是灵石。"天哪!"沈师差点被这一幕吓坏了,"用不了这么多啊……"

"没关系,这一次我们部门的营收情况很好,这些钱早晚会分给大家,当务之急是大家合力完成白蛇传说。"

"分给大家?"小七愣了愣,"平分?"

"是的,平分。"杜羽点头说,"这次直播的打赏收益离不开每一个人的努力,所以由所有人平分,没有一个人例外,甚至连西王母都会分到一份。"

"本宫不要。"

"不,你要。"杜羽打断西王母说道,"领导,你可能看不上这点钱,但你收下这个钱就可以说明我们部门非常团结。"

"哼。"西王母小声嘟囔了一句,"居然敢忤逆本宫……"

"领导,你跟太上老尊关系好,能不能问他要几颗现成的丹药?不论是护体的,还是治伤的,只要是你觉得有用的,都帮我多要一些。如果要花费灵石,由我们来出。"

"笑话!"西王母微微有些恼怒。

"呃……领导,你不愿意吗?"

"不愿意?本宫是说,道德天尊如果敢问本宫要钱,本宫就去他洞府坐坐。"

"好家伙。"杜羽捂着脸说道,"领导,好歹是人家太上老尊花费时间和精力炼出来的丹药,你这样直接明抢也不好啊……"

"你有句话说得对,本宫是传说管理局的局长,多少要为你们做点事。这丹药你们无须操心,本宫自会去办。"

杜羽笑了笑，说道："那好吧。另外……范小果，你跟七爷、八爷关系好，麻烦帮我知会他们一声，看看勾出戈耳工的魂魄需要提前准备些什么。"

"行吧。"范小果不情愿地说道。

"小七和曲溪，你们负责安顿好来做客的仙家，在传说开始之前，拿好吃、好喝的招待他们。"

曲溪点了点头，小七却摇了摇头。"杜羽，神仙不需要吃喝……"小七小声说道。

"呃……反正我就是这个意思。咱们还有很多空房间，要安排所有仙家住下。"

这次曲溪跟小七都点了点头。

"阿香，这次的传说虽然不会特别危险，但还是有一些斗法的剧情。如果二郎真君有办法让你变得厉害点，你就多和他沟通沟通。"

"哦……"

"那咱们就说定了，白蛇传说将在三天后正式开启。"

三天后，传说管理局。

众仙家重新充了会员卡，纷纷坐到传说管理局中。如今才是真正的压轴好戏，今天的传说每个人都耳熟能详。华夏最著名的爱情传说之一，白蛇传说，《义妖传》，白娘子传奇。讲述的是白素贞与许仙轰轰烈烈、可歌可泣的爱情故事。众仙家看到传说管理局的首席操作员杜羽此时已经做好了准备，躺在了传送仪器上。而他身旁是远道而来的扶桑时间师——不知火明日香。令众人不解的是，美杜莎与黑无常站在一旁，仿佛也在等待传送。

"千秋姐，准备好了吗？"杜羽问道。

"操作员就绪，传音员就绪，辅助者就绪，所有丹药与法宝就绪，马上进行降临。"

"好。"杜羽扭头看了看黑无常。黑无常点了点头，边嘴中微微念叨着什么，边伸手摸向美杜莎的额头，美杜莎的魂魄随即被抽出体外。黑无常立刻伸手封住了她肉身的几个穴道，确保元神不散："美杜莎大帝，七天之内若没能回来，便再也回不来了。"

"知道了。"在众仙家的注视之下，美杜莎缓缓躺到了传送仪器上。

时间：南宋绍兴年间

地点：临安府外

人物：小青、慧净和尚、学徒香丫头降临

杜羽一睁眼，发现自己身旁没有其他人，只有自己："我这是在哪儿？"

"临安府，也就是这个年代的杭州。"

"他们人呢？"杜羽伸手摸了摸头，瞬间吓了一跳，"我去，我头发呢？"

"杜羽……"董千秋说道，"你这次的身份是个和尚。"

"和尚……"杜羽有些心碎，"我的头发……会回来的吧？"

"当然，你的真身还在传说管理局里呢。"

"那就行。"杜羽忽然想到了什么，"千秋姐，我是和尚？我是……哪个寺庙的和尚？"

"当然是金山寺的和尚呀。"

杜羽吓得眼珠子差点瞪出来了："金山寺的和尚？！我不会是法海本人吧？我老是抱怨你们不给我安排重要角色，但也不能给我安排这么重要的角色啊！"

"不不不……"董千秋赶忙摇了摇头，"你虽然是金山寺的和尚，但不是法海呀。你叫'慧净'，是法海的徒弟。"

"那就好……我还以为要亲自跟戈耳工厮杀呢。"杜羽眉头一皱，"等等，千秋姐，你说我是法海的徒弟？"

"是啊。"

"太好了啊！"杜羽笑道，"没想到你们终于聪明了，知道在敌方手里安插卧底了。"

杜羽正说着，只见城外森林中忽然变了天色。一大团乌云开始凝聚，那乌云之中有肉眼可见的翻滚的天雷。"糟了！"杜羽说道，"白素贞已经开始度劫了吗？戈耳工她们在哪儿？！"

"由于这次的传说中三个人都有特殊身份，所以只能分多处降临。美杜莎大帝此时正与白素贞相遇，她们二人同时开始度劫了！"杜羽赶忙朝着那一大团乌云出现的地方跑去。"杜羽，你不要去！"董千秋着急地大喊着，"她们的画面我会仔细关注。你一个人出现在妖类的度劫现场会很危险！"

"不行，千秋姐，我不放心！"杜羽心中有一种不祥的预感。如今美杜莎与白素贞见面不过十分钟，忽然就开始度劫了，双方真的能够互相信任吗？跑了几步，杜羽发现天上乌云汇聚的地方虽然看起来近，但实则很远。他不得已请钟离春附身，以极快的身法在丛林中穿行："千秋姐，她们那里现在是什么状况？"

"好像不太妙……"董千秋缓缓地说，"白素贞对忽然出现的美杜莎很防备。"

"我就知道。"杜羽喃喃道，"这一次的白素贞一直都是孤身一人，应该没学过怎么与人相处，更谈不上是什么善人。"说话间，杜羽已经来到了乌云下。美杜莎与白素贞相对而立。虽然天上的雷看起来随时都会劈下来，但二人一动不动，都面带谨慎地看着对方。杜羽隐遁身影，躲到了一旁的灌木丛中。

"道友究竟何人？"白素贞冷冷地问道，"小女子正值关键时刻，还望道友行个方便，不要插手。"

杜羽定睛一看，白素贞的长相与传说记载的没什么不同，是个美艳中带一点清纯的女子。只不过如今她的下半身仍是蛇身，这一次的天劫是决定她能否化人的关键。

"我说过了，我的名字叫作小青，是来当你妹妹的。"美杜莎说道，"你身为一个下民，能不能收起这一身杀气呢？"

"下民？简直是笑话。小女子几千年来孑然一身，从未与人为伴，又何来你这妹妹？！"

美杜莎眉头一皱，显得有些不悦。几千年来从没有人和她这样无礼地交谈。杜羽也有些着急。忽然蹿出来一个人说是自己妹妹，任谁都不会相信的吧？二人正僵持着，天空中的雷忽然劈下来。不等白素贞反应，美杜莎立刻丢出一面圆盾。这道雷即将劈在白素贞身上的时候，圆盾替她稳稳接住了。随后这圆盾就像烧焦的树叶，瞬间化为粉末。"你……"白素贞瞪大了眼睛，不知道眼前这女人是什么意思。

"下民，我说过了，我是你的妹妹，所以会帮你的。"美杜莎冷冷地说道。

白素贞依然将信将疑，但如今事态紧急，她只能不再理会美杜莎，赶忙从自己的乾坤袋中掏出几样法宝。躲在暗处的杜羽仔细观察，发现白素贞掏出来的法宝大都是下等货，跟沈师制作的完全不能相比。

只不过片刻的工夫，第二道天雷又应声落下。白素贞立刻掐诀念咒，拿起面前的一条纱巾抛到空中。她似乎低估了化形天劫的威力，这一条纱巾还不等变大，刚一接触天雷便被烧成了灰烬。好在美杜莎早有准备，手里拿着一块细长的令牌直接丢了出去，在纱巾消散的同时替白素贞挡住了这雷霆一击。白素贞这次真的愣住了，看了看眼前这墨绿色头发的女人，虽看不出她是什么来历，却知道这女人为了帮助自己，已经接连报废了两件上品法宝。杜羽早就料到眼前这种状况，知道美杜莎无法在短时间内学会御物术来驾驭华夏的法宝，所以干脆让她将所有法宝都直接抛出去，索性以法宝本身的灵力去抵抗天雷的威力。这样一来，虽然法宝会损毁，但胜在绝对安全。好在传说管理局里有未来仙界第一炼器师，能够源源不断地炼制法宝。

不等白素贞开口跟美杜莎说上一句话，天上又落下了一道炸雷。只是这一次的雷霆并不是冲着白素贞的，反而是冲着美杜莎劈去的。"道友小心！！"白素贞大喝一声。美杜莎明明有着诸多法宝，却丝毫不为所动，任由那道天雷直接劈在了身上。"呃，啊！"美杜莎惨叫一声，后背瞬间被烧伤了一大片，灼热的疼痛感让她差一点昏迷过去。

杜羽一扬眉毛，没想到美杜莎真的按计划行事了："千秋姐，趁现在！"

董千秋点头，立刻回头望向太上老君："天尊，请您辨别！"

太上老君微闭双眼，掐指念道："北方落雷，主伤肾脏，此为葵水之相，是为水脏雷，服以土元丹化解之。"

董千秋赶忙向美杜莎传音："是水属性的天雷，快吃下土元丹！"

美杜莎忍着剧痛从腰间的小布包中翻出一颗土黄色的丹药，立刻吞了下去，只是一瞬的工夫，身上的伤痛瞬间好了大半。"居然真的有效……"美杜莎有些不敢相信，"华夏的五行术果然好神奇！"这几天，董千秋唯一教会美杜莎的就是乾坤袋的使用方法，以及五行的基本辨别。按照杜羽的说法，当第一道雷劈向美杜莎的时候，美杜莎绝对不能躲避，要当着白素贞的面生生地挨下这一击，给她造成一种错觉——美杜莎是来全力帮她的，甚至不惜舍弃自己的性命。好在屏幕前有太上老君指引，他又将金、木、水、火、土五行元丹，以及阴元丹、阳元丹各五颗交与美杜莎，用以化解九天神雷之力。据小道消息，太上老君身上常备这七种丹药，并且数量惊人，因为天庭最常见的伤势就是雷劈伤。当然，谁也不敢问这是为什么。

白素贞这次可真的吓坏了，因为她不明白眼前这个女人到底想要做什么。"道友，你这到底是为何啊？"

不等美杜莎回话，天上雷声又起，美杜莎仔细盯着雷霆的走向，时刻想着如何应对。如今的她心中有一种奇特的安全感，因为发现整个华夏的人居然都在真心帮她，她手中的法宝、丹药真的是为了对付这些雷霆而特意准备的。几个眨眼的工夫，天雷冲着白素贞飞了过去，白素贞大惊失色。原先她小看了雷霆之力，如今不敢怠慢，赶忙将眼前的一面铜镜、一面方盾同时丢了出去，学着美杜莎的样子，仅用法宝本身的灵力去抵抗天雷。法宝应声碎裂，白素贞心痛不已。为了这些度劫法宝，她可是奔波了几百年，没想到它们顷刻间就化为灰烬。但她仔细想想，如果能够度劫成功，带给自己的收益要比这些法宝大得多。可让白素贞始料未及的是，明明刚刚挡下一道雷霆，第二道雷却几乎同时落下，丝毫不给她喘息的时间。

还来不及掏出法宝，白素贞就被这道雷劈中了腹部："呃，啊！"白素贞的身体构造似乎与美杜莎不同，这一下虽有烧伤，但不足以致命。

"天尊！"董千秋赶忙回头叫道。

"中庭落雷，主伤脾脏，此为戊土之相，是为坤黄雷，服以木元丹化解之。"

"美杜莎大帝，是土属性的雷，需要给白素贞服下木元丹！"

美杜莎不敢怠慢，赶忙从乾坤袋中掏出一颗墨绿色的丹药，冲着白素贞丢了过去："下民，吃这个！"

白素贞接住丹药，翻手一看，不由得一惊。这丹药的药力浑厚，药香四溢，绝非凡品，上面更有金色丹纹与隐隐波动的灵力，显然是以绝世罕见的药材配以炼丹宗师的水准方能炼成的。"道友！"白素贞有些慌乱了，"这颗丹药实在太过贵重了，在下惶恐，并没有什么同等价值的东西能够与道友交换……"

"你好啰唆啊，下民，赶快给我吃下去，这种药丸我还有几十颗！"

这下白素贞是真的蒙了。几十颗？这得是什么样的背景实力，才能带着几十颗同等丹药在身上？如今是火烧眉毛的时刻，白素贞自然来不及多想，只能咬着牙把这丹药吞了下去，腹部的疼痛感果然消失了。她刚要缓口气，天上雷声又起，这一次奔向了美杜莎。"道友！"白素贞大喊道，"道友不如先离开这里，这些天雷是冲小女子来的。道友为人乐善好施，小女子不想误伤了道友！"

美杜莎无奈地摇了摇头。她不仅不能走，还要利用这个女人呢。"没事的，我很好，会帮你对付这些雷霆的。"说罢，美杜莎又掏出法宝，挡下了天雷。对于这一地的法宝碎片，她显得丝毫不在乎，这让白素贞更加疑惑了。在二人的通力协作之下，整整九道天雷在眼前消散。其中两道劈向了美杜莎，其余七道全部劈向了白素贞。好在白素贞的修为有两千多年，又仿佛提前修炼了锻体功法，这雷劈在身上对她造成的伤害并不大。白素贞终于松了口气："九道化形雷……终究让我熬过去了吗？"她看着美杜莎，正想要好好跟对方道谢，却听到天上雷声又起，冲着她的身上就劈了过去。

"下民，当心！"美杜莎喊了一声，可白素贞的反应毕竟比不过雷霆的速度，瞬间就被劈伤了胳膊。她惨叫一声，随即惊恐地看着自己有着一大片烧伤的胳膊，一脸不解："十道雷？！"

美杜莎赶忙上去扶住白素贞，说道："女人，集中你的精力，这一切悲惨的遭遇还没有结束！"

"云中雷，主伤四肢，此为天干之相，是为先天罡雷，服以阴元丹解之。"太上老君又说道。

"美杜莎，是阳雷，要吃下那颗纯黑的阴元丹！"

美杜莎立即掏出丹药，直接就塞到了白素贞的嘴中。

"道友！"丹药下肚，白素贞吓得不轻，赶忙挥手道，"烦请道友不要再花费了，如此手笔，小女子真的惶恐！"

"你很啰唆，"美杜莎无奈地摇了摇头，"接下来不要再拒绝我的命令了。"

又是几道天雷落下，美杜莎神色严峻，自然知道这一次的天雷总共有十八道，可看了看白素贞准备的东西几乎都用完了，明白接下来的时间就要靠自己了。杜羽躲在暗处一直看着情况，不是不想帮忙，而是根本帮不上忙。所有丹药和法宝都已经交给了美杜莎，接下来的几道天雷只能看她自己了。美杜莎索性将自己的丹药抓出了一大把，直接塞到了白素贞手里："下民，我怕我来不及一颗一颗地翻找，这些你先拿着。我说什么颜色的，你就吃什么颜色的。"

白素贞哆哆嗦嗦地接过这一手丹药。虽说美杜莎像丢野果一样丢给她，但她自然知道这些丹药都是天价的，一颗也不敢掉落到地上。美杜莎开始专心地丢出法宝，但很快法宝也见底了。沈师平日炼制的大都是观赏性法宝，防御性法宝不多，能掏出十件已经是破天荒的了。整整十七道天雷，只有五道劈向了美杜莎，其余的都飞向了白素贞。好在美杜莎全神贯注，用自己手上的法宝替她一一挡下。

"就剩最后一道了！"美杜莎喃喃自语，随即伸手一摸乾坤袋，那里却只剩下丹药了，"糟糕，华夏的圣物已经没有了！"美杜莎抬头一看，最后一道天雷冲着她直直落下。她已经遭受了好几次攻击，受了不轻的伤，实在不知道最后一道天雷能不能接下。就在这千钧一发之际，杜羽忽然有了个想法，随即躲在暗处大喊道："美杜莎，那些丹药也有灵力！"美杜莎眉头一扬，赶忙从乾坤袋中掏出了一大把丹药撒向空中。这些丹药在空中连成一条弧线，正好接住了最后一道天雷，全部化成了粉末。

太上老君无奈地皱了皱眉："这妮子居然将本尊的丹药当豆子撒……"

看着逐渐安静的天空，二人终于松了口气。白素贞不由得皱起了眉头："道友，方才你有没有听到附近有人喊话？"

162·一把火

"喊……喊话？"美杜莎展现出一副拙劣的演技，"没有啊，附近还有其他人吗？"

白素贞缓缓站起身来，环视了一下："真的没有人吗？兴许是我听错了。"她摇了摇头，然后冲着美杜莎拱手，"道友，方才是我失礼了。这次真的多亏了道友，不然我非被打回原形不可。"

"下民，你不需要太客气。"美杜莎摆了摆手，"我说过，我是你妹妹，来这里就是为了帮你的。"

白素贞实在没听明白，眼前这女人一口一个"妹妹"，却不叫她"姐姐"，反而叫她"下民"。"算了……不论如何，道友都救下了我的性命。"白素贞缓缓走上前去，将自己手中的丹药往前一递，说道，"既然度劫成功了，这些丹药也该物归原主才对。"

"不需要。"美杜莎摇摇头，"这些药丸对我没有作用了，送给你了。"

"送、送给我了？"白素贞一愣，"道友到底是何意啊？这些丹药少说也有百万灵石的价值，为何直接送与我？"

"灵石？那是什么石头？"美杜莎不屑地说道，"我不缺石头，石头不能代表荣耀。在我居住的地方，到处都是人形石头。"

如今白素贞已经百分之百确定美杜莎绝对是名门之后，应该是来体验生活的富家小姐。她在这世上无依无靠，能与对方结识自然也不错。"那个……妹妹，你方才说，你是谁？"

"我是美……我是小青。"美杜莎说道，"往后的时光，我会跟着你。"

白素贞总感觉这个小青说话怪怪的，但能看出小青也是蛇妖，自然多了一分亲近。

天上的乌云完全散去，二人身上同时亮起了光芒。美杜莎一愣，赶忙低头看向自己的手掌："好强大……这就是雷霆赐予我的力量吗？"再看白素贞，她的下半身逐渐化成白皙的双腿，整个人看上去俨然是一个绝美的女子，一点蛇类的特征都没有了。杜羽又看了看美杜莎。虽说她经历了化形天劫，但整个人却没有什么变化，难道是因为她曾经卡 bug（漏洞）先变成了人？不过她身上的压迫感已经完全不是之前可比的了，回去之后，一定要让大猫看看她现在是什么境界的。

"杜羽，接下来要怎么办？"董千秋问。

"千秋姐，我总感觉她们的关系还差最后一把火。"

"最后一把火？"董千秋微微思索了一下。杜羽说得对，这二人虽说刚刚经历了生死一线，但绝对没有成为生死之交。"你准备怎么点这把火？"

"那太简单了。"杜羽说道，"我现在是反派啊，我亲自来！"话罢，杜羽从暗处缓缓现身了。美杜莎见到杜羽之后先是一愣，随即强忍住自己的笑容。这才几分钟不见，杜羽怎么成了个大光头？"哒，你们两个蛇妖！"杜羽大吼一声，"居然让小僧抓了个正着，小僧今天就要替天行道！"

美杜莎皱了皱眉头，有点不解。传说管理局提前发给她的剧本里并没有这一段。

"美杜莎大帝，杜羽应该是在帮你们。"董千秋说道，"他准备让你们的关系变得更好，您需要配合他一下。"

"可是，董小姐，这跟提前说好的不一样，我该怎么做？"美杜莎小声回答道。

"这……我也不知道。您认识杜羽的时间久了之后就会知道，剧本对他来说根本就是身外之物，他会分分钟想出各种奇怪的点子，您只要尽量配合他就好了。"

美杜莎还是没理解。说是配合，可怎么才算配合？

杜羽看了看美杜莎，说道："哎呀，你这青蛇，居然浑身都受了伤，现在肯定'动弹不得'，正是杀你的好时机啊！"

杜羽特意加重了"动弹不得"几个字的语气。美杜莎好像明白了，又好像不明白。如果一动不动，岂不是真的会被杜羽打伤吗？杜羽说完这句话，二话不说就跑了过去，举起自己的拳头打向美杜莎。美杜莎的脑海中瞬间快速思索着对策。动，还是不动？仅仅零点五秒钟的思考，她便做出了决定。杜羽如果真要她这条命，那就给他好了。可就在这千钧一发之际，白素贞忽然出手挡住了杜羽。美杜莎一愣，无论如何也没有想到这种场面。这个无礼的下民居然会替她挡下攻击？她看了看杜羽的表情，这一切仿佛都在他的预料之中。"大师，请不要动手！"白素贞着急地说道，"我们并无害人之意，小女子只是借贵宝地度劫。如果叨扰了大师，我们会立刻离开。"

"哦？"杜羽故作惊叹，"没有害人之意？你们是什么关系？"

"大师，我们先前并不认识。"白素贞说道，"只是这位道友心地善良，特此过来助我度劫，希望大师莫要伤她。"

"笑话啊！"杜羽佯装大怒，"你二人并不认识，她居然会以自己的肉身帮你抵挡化形天雷？我刚才可都看见了啊，你还想撒谎是不是？我今天必须杀了这青蛇！"说罢，杜羽推开白素贞，又要对美杜莎发动攻击。可白素贞拖着一身重伤又挡了美杜莎前面："大师，不可伤她！"

杜羽眼珠子转了转，说道："你如此保她，却还说你们并不认识？你若是承认了你们的关系，我或许可以放她一条生路。"

"我承认，我承认！"白素贞慌忙地说道，"她是我的妹妹，叫作小青，希望大师高抬贵手！"

美杜莎都看愣了。这就搞定了？杜羽却丝毫没有放走二人的意思："妹妹？"杜羽露出了一副电视剧中典型的反派嘴脸，"原来如此啊，看来你这个姐姐才是最大的祸患！小僧就先拿你开刀吧！"说罢，杜羽就运起钟离春之力，一拳击向了白素贞。这一拳收了收力道，但应该能稍微伤到白素贞。白素贞刚刚经历化形天劫，哪里抵得住这种攻击？只见她被杜羽打飞出去，直接撞到了一棵树上。"我去……"杜羽瞬间有点后悔，"我居然打女人了，罪该万死啊……"

美杜莎愣愣地看着这一幕，完全不知道该做什么。杜羽不断地向美杜莎眨眼，可她怎么都理解不了。杜羽恨铁不成钢地叹了口气，直接走向了白素贞："白蛇，小僧这就取了你的性命！"

"大师，不要！"白素贞一边咳嗽着，一边说道，"我虽是蛇妖，却从未伤人，望大师网开一面。"

"我才不管！"杜羽大吼一声，"妖就是妖，我就算要打死你，也绝对不会有人来救你的！"杜羽说罢举起了手，用余光不断地瞟着美杜莎。我天，怎么这么笨啊……杜羽在心中暗叹道。"白蛇，你以为现在会有人来救你吗？"杜羽又大声喊了一句，可美杜莎还是完全没有反应。杜羽无奈地摇了摇头，又说："难道会有一条青蛇来救你吗？"

点拨到这个程度，美杜莎才终于恍然大悟，立刻说了一句："请住手！"

杜羽立刻放下了手，回头看着美杜莎："哦？还真的有青蛇来救你了啊？算你运气好，我就先收拾这条青蛇！"虽说喊住了杜羽，可美杜莎完全不知道下一步该怎么办。杜羽的眼神都已经绝望了，他只能又提高嗓门说道："青蛇，你要做什么？难道要一拳将我打飞吗？别做梦了！"

美杜莎这一次好像理解了，赶忙跑到杜羽面前，伸手软绵绵地打了他一拳。杜羽一愣。美杜莎虽说演技有点拙劣，但也算反应迅速。"啊！！！"杜羽惨叫一声，整个人居然直接飞了出去，落地之后好像觉得飞得不够远，又打了几个滚。杜羽躺在地上不断地惨叫，把美杜莎都吓傻了。"你这青蛇居然还有这种招式……"杜羽大吼道，"居然以自己受重的伤为代价换取短暂的攻击力，你虽说把我打飞了，但也绝对不好过吧！"

美杜莎尴尬地看了看杜羽，赶忙捂住了自己的腹部："啊！我……我……受伤了。"

杜羽满意地点了点头："终于有点开窍了。"

"哼！"杜羽忽然站起身来，说道，"你们两姐妹给我听好了，我师父法海不会放过你们俩的，我这就回去通风报信。要说单打独斗，你们不会有人是他的对手的，待在一起或许还有一线生机！"说完之后，杜羽扭头就跑，直接钻入了灌木丛中。

美杜莎看到"导演"走了，瞬间又不知道怎么演了。好在这时白素贞面色担忧地跑过来，说道："小青！你没事吧？你为什么为了我一次次犯险？"美杜莎只能借势坐了下来，根本不知道怎么解释。"小青，你不想说，我不为难你，姐姐这就替你疗伤。"

163 · 姓许，名仙，字汉文

"千秋姐，她们那里怎么样了？"杜羽一边向临安府的方向跑去，一边问董千秋。

"看起来还不错，白素贞正在给美杜莎运功疗伤。"

"那太好了。"杜羽笑着说，"我这把火总算给她们点燃了。"

"你现在要去哪儿？"董千秋问道。

"我得想办法去见我师父啊，对了……千秋姐。"

"怎么？"

"你那里有没有假发？"

"假发？"董千秋一愣，"你要假发做什么？"

"哎！我这个装扮实在是太显眼了，不管走到哪里都会让人知道我是金山寺的和尚。我想弄一顶假发戴着，有时候可以易容一下，推动剧情。"

"你说得也对……"董千秋微微点头说道，"我这里倒是有一顶假发，你站在那里等一会儿。"

听到董千秋这么说，杜羽停下了脚步，虽然也不知道在等什么。只见没多久的工夫，眼前的空间就扭曲起来。战其胜一脸不耐烦地站在杜羽面前，手里拿着一顶假发："我从未想过有朝一日会成为一个送货员。"战其胜把手里的假发往杜羽怀中一丢，转身就走了。

"老战，你什么态度啊？小心我投诉你，给你差评啊！"

"你尽管给，我还怕你不成？"

总共不到五秒钟，战其胜来了又走。杜羽心说：现在真是方便多了，每个人都有用武之地。杜羽拿起这顶假发看了看，丑是丑了点，好歹能变个装。他将假发戴在头上，又把脖子上的佛珠藏了起来，飞身往临安府奔去。

"妹妹，我已经调理了你的经脉，你现在感觉如何了？"白素贞对美杜莎说。

"下民，你做得还不错，"美杜莎觉得自己身上舒服多了，"但比起我身边的圣光侍从们，还是差了一些。"

"圣……光……侍从？"白素贞尴尬地笑了笑，她真是看不透眼前这条青蛇，"如果还是觉得身体抱恙，咱们可以前往临安府，找城里的郎中看一看。"

"郎中？"美杜莎仔细思索了一会儿，"他们能治疗我们的创伤吗？"

"是呢。内伤我已经调理过，可是皮肉之伤还得用些凡间的药物，不如我们就去临安府看看吧。"

"好。"美杜莎微微点头，站起身来。

白素贞一挥衣袖，随风飞起，美杜莎的脚上忽然生出翅膀，跟着她向城里的方向飞去。白素贞回头一看，只见小青脚生双翅，甚是稀奇。可她转念一想，对方的家族背景庞大，估计有许多平日里难得一见的特殊法器，所以见怪不怪了。"妹妹……你能不能不要再叫我'下民'了？"白素贞试探性问道，"虽然你的家族势力庞大，不屑与我们散修为伍，但你既然认作我妹妹，就应该叫我一声'姐姐'才对。"

"行吧。"美杜莎勉强答应了。

杜羽进了临安府就开始向董千秋询问不知火明日香的下落。据董千秋所说，阿香目前在一家名为"回春堂"的药铺当学徒，杜羽打听了一下就来到了这家铺子。他一推门，看到一个矮胖的老人正在柜台拨弄着算盘，老人的身后是满满当当的药材抽屉。"哟，客官，想抓药吗？"矮胖老人满脸堆笑，问杜羽。

"倒也不是，我是来找人的……"

"找人？"矮胖老人疑惑地端详了一下杜羽的面容，确定自己不认识这个年轻人，于是问道，"老夫这药铺不过三两人而已，客官要找谁？"

"我不知道她应该叫什么名字……"杜羽挠了挠头，"反正是个毛手毛脚的臭丫头。"

"啊！！"矮胖老人一下子听明白了，"你要找的是香丫头吧。她是不是给客官惹麻烦了？老夫先替她给您道个歉啊！"

"扑哧！"杜羽差点笑出声来。香丫头是什么鬼？

"香丫头，你快出来！"矮胖老人冲着屋里叫道，"有人来找你了，快来看看是不是你惹祸了！"

不知火明日香面带疑惑地从后屋掀开帘头，往外看着。她的脸上黑漆漆的，好像刚才在生火。"咦？"不知火明日香惊叹一声，"杜羽前辈！！"

"你果然在这儿啊！"杜羽笑着向不知火明日香走过去。她换了一身普通民女的衣服，但是面容依然清秀可爱。

"可把我累坏了！"不知火明日香抱怨道，"生火、煮药怎么这么累呀？你们这是把我降临在什么地方了……"

杜羽赶忙上去捂住了不知火明日香的嘴巴："阿香，要小心说话呀。"

"哦哦哦！"不知火明日香知道自己失言了，赶忙点头。

"客官，原来你是香丫头的相熟啊？"矮胖老人说道，"能不能请您把这个丫头接走？这个丫头已经烧毁老夫很多药材了。"

杜羽眉头一皱，确实心中有点疑问。阿香怎么莫名其妙地在这家药铺当学徒呢？这家药铺有什么名堂吗？

"掌柜的，我是阿……我是香丫头的哥哥，我们俩已经穷到不行了。如果我把她接走，她就会饿死的。您行行好，帮我收留她吧。"

矮胖掌柜一脸为难，非常嫌弃地看了不知火明日香一眼，心说：老夫怎么会招来这么一个喜欢惹事的丫头？

三人正在僵持，听到后屋传来一阵激烈的咳嗽声。只见一个清秀的书生挑开帘头钻了出来，杜羽觉得他有点眼熟。"香丫头，你到底放了多少柴火啊？喀喀喀！"

"哎呀！许哥哥，你怎么了？"不知火明日香着急地说道，"我把能看得到的柴火都放进去啦。"

杜羽一愣。许哥哥？看来这药铺还真是有点名堂！"掌柜的，这位是？"

"哦，客官，这位是小店的另一位学徒，唤作'许汉文'。"矮胖掌柜冲着许仙挥挥手，"小许，快过来见见香丫头的哥哥。"

杜羽默默点了点头。许仙，字汉文，是你没错了。

"哦？！"许仙一听到此人是香丫头的哥哥，眼睛顿时放出了光芒，"小可……见过大舅哥。"

"不必多礼啊，小许……"杜羽一皱眉头，"你刚才叫我啥？"

"嘿嘿，大舅哥。"许仙不好意思地笑了笑。

"恕我多问一句，'大舅哥'是什么意思？"杜羽问道。

不知火明日香也纳闷地看了看许仙。华夏的称呼她有点搞不清楚。

"啊！所谓'大舅哥'，就是对妻子的哥哥的称呼呀！"许仙笑着说道。

"我不是问这个……"杜羽刚要答应，忽然蒙了，"不是，谁是你的妻子啊？！"

不知火明日香也反应过来了："是啊，许哥哥，你这样说很失礼啊！"

"嘿嘿嘿嘿，不失礼，男人就是要主动一些。"许仙回过头来拉住了不知火明日香的手，"香丫头，你的心意我都知道，放心吧。"

不知火明日香赶忙将手抽了回来："心意？什么心意？！"

"嘿嘿，香妹妹，你非要我亲口说出来吗？多难为情呀！"

杜羽忽然觉得眼前这个许仙有点奇怪，赶忙挡在了不知火明日香身前："许仙……我可提前和你说好，你别打我妹妹的主意，我妹妹也不可能对你有什么心意。"

"嘻，大舅哥，你有所不知呀！我……"许仙忽然一愣，"咦？方才掌柜的只说我叫作许汉文，大舅哥如何知道我叫作许仙？"

"呃，这、这是因为……"杜羽眼珠子一转，忽然大喊道，"你别给我岔开话题！谁是你大舅哥？"

"哎呀，说出来真是难为情！"许仙一遮自己的脸，说道，"先前的日子里，我每天晚上都以特制的药油去帮香妹妹按摩，我俩可真是……"

不知火明日香听后脸一红，大喊一声："你胡说什么呀！"

杜羽赶忙回头把她拉住："阿香，冷静点，今天以前你还没来呢，他说的那个人是之前的'你'。"

"啊！"不知火明日香这才忽然想起，自己是今天才降临的。

杜羽微微皱了皱眉头。看来这次的传说确实出了不小的差错，许仙在阴差阳错之下爱上了同样是药店学徒的香丫头，或许是因为白素贞的报恩迟迟没有出现，所以许仙只能另寻他人。"不、不管怎么说……"杜羽微微摇了摇头，"这几天你别去给我妹妹擦药油了，让我知道了，我肯定废了你。"

"呃……这……"许仙以为杜羽不同意这门婚事，于是赶忙说道，"希望大舅哥成全，我和香妹妹是真心实意的！"

"我、我不是不成全。"杜羽为难地说道，"至少过几天……等我走了，你想怎么样就怎么样，可以吧？"

许仙微微思索了一下，才似懂非懂地点了点头。

正在这时，门外闪进两道倩影。一女子身穿白衣，面容清纯甜美；另一女子身穿青衣，面容冷峻美艳。这二人一踏进药店，瞬间芳香扑鼻。"哟，来客人了！"药店掌柜赶忙出面相迎，单看这两名女子的穿着就知道她二人非富即贵。

"掌柜的，请取一些主治皮外伤的膏药来，我和我妹妹需要采买一些。"白素贞一边说着话，一边面无表情地环视着屋内几人。

"你们……"美杜莎一下子就认出了杜羽和明日香，刚想说些什么，董千秋赶忙传音阻止了她。她只好装作不认识，默默低下了头。就在这时，许仙脸上带着激动的表情跑上前去："两位姐姐，小可对你们一见钟情！不知两位有没有兴趣体验一下小可自己研制的药油？"

164·"渣男"

杜羽差点惊呆了："你小子什么意思啊？"

"啊，大舅哥！"许仙不好意思地回过头来，对杜羽说，"大舅哥，不要误会，小可与这二位姐姐只是一见钟情而已，与香妹妹才是真爱！"

"不是，我不太明白你的逻辑。我认识你不到一炷香的时间，你就说自己已经爱上三个人了，还好意思跟我说是真爱？"杜羽皱起了眉头。难道他猜错了？这许仙并没有与香丫头情投意合，而是一个彻头彻尾的浪荡子啊。怪不得每天都在深夜去拜访香丫头，说不定人家根本就不知道啊。看来这一次传说的问题不单单出在白素贞身上，更出在许仙身上。

"你这公子好生轻浮！"白素贞脸上露出一丝不屑，"休要阻拦我二人的去路，否则定要你好看。"

"嘿嘿嘿！我好不好看不要紧，两位姐姐是真的好看呀，有没有兴趣跟我一起去喝杯茶？"

杜羽现在恨不得把许仙掐死，这样一来故事还怎么继续？哪儿有女生会喜欢这样的男人？

美杜莎缓缓地走上前来，说道："你这下民很无礼，难道想变成石头吗？"

"呀，这位姐姐，你想让我变成什么，我就变成什么！"许仙一脸谄媚地笑道，"让我变成驴、变成马都可以！"

"小青，别理他了，我们赶紧抓药吧。"白素贞一把推开许仙，来到了掌柜的面前。她不经意间瞥了一下杜羽，忽然皱了一下眉头。

思索再三，白素贞还是对杜羽开口了："这位小哥，我们是不是在哪儿见过？"

杜羽吓了一跳，差点忘了几分钟以前刚揍了白素贞一拳，如今虽然戴上了假发，但肯定能被认出来啊。"不不不不不……"杜羽赶忙摆手，"没见过，我大众脸，谁看我都觉得眼熟。"

"不！"白素贞缓缓地走上前去，眼神非常复杂。

"坏了！"杜羽心中非常忐忑，早知道让战其胜再送副面具过来，只戴一顶假发肯定会露馅。接下来要怎么办？再动一次手吗？

"你这副样子……我绝对见过。"白素贞慢慢向杜羽伸出了手。

美杜莎死死地盯着白素贞，若她要在这里动手，自己可要想办法保护杜羽的安全。只见白素贞伸出的手并没有施放任何法术，反而轻微地颤抖着。"一千八百年前，你曾经救我一命。"白素贞缓缓地说道，"我绝对不会忘记你的脸。"

"欸？！"杜羽、不知火明日香、美杜莎、屏幕前的众仙家，以及传说管理局的其他员工全都哑口无言。当时就连小七也不知道杜羽做了什么好事，如今看来，难道是他亲手扰乱了白蛇的传说？"怪不得说我眼熟……"杜羽冷汗直流，"原来刚才我是大光头的时候她没认出来，现在却认出来了。"

"我常常在想，若是有朝一日遇到了你，定会以身相许，但又有些害怕……怕你不如我想象中的那样好，所以就让一切交给缘分，看看你与我是否能在茫茫人海中偶然相遇。"白素贞缓缓地说道，"没想到，居然真的有这么一天……"

"等……等下！"杜羽一把拦住了白素贞，赶忙溜到了许仙身边。这可怎么弄？就算头脑灵光如杜羽此时也蒙了，他扭头看了看许仙，又看了看白娘子，快速思索着对策。有了！"许仙！"杜羽非常小声地对许仙说，"你若是想给这位白衣姐姐擦药油，就放聪明点，配合我演一场戏，我保证你能成功。"

"真的？！"许仙的眼睛放出精光，"大舅哥，你尽管安排，小可聪明得很！"

"那就好！"

杜羽往前一步，说道："这位姑娘，你可能误会了，其实一千八百年前，并不是我救的你。"

白素贞一皱眉头，问道："一千八百年前的事，你怎么可能记得？"

"我……"杜羽一愣，没想到白素贞还挺聪明，"你不要在意这些细节。你仔细回忆一下，那一天除了我，你应该还见过我身后这个年轻人。"

白素贞的目光朝着杜羽的身后看过去，仔细打量着那个轻浮的年轻人。被杜羽这么一说，她好像真的有点印象。那一天除了杜羽，她确实见过这个男人。"他……"

"那一天，我把你放出来，是为了带回家去炖了吃肉的，"杜羽缓缓说道，"可是那位公子却拦住了我，救下了你。"

杜羽生怕白素贞不信，正想着再补充两句，身后的许仙忽然说话了："唉，大舅哥，我说了很多次，让你千万不可以提起这件事，为什么你就是不听呢？"

"嗯？！"杜羽扭头一看，许仙的眼中已经泛起了泪光，显然入戏了。

"我当年救下这个姑娘，为的并不是让她来报恩，只是日行一善而已。如今你却跟这位姑娘直说了，我可怎么是好？"许仙缓缓地走上前来，眼带泪光地看着白素贞。

"你……你真的……"白素贞愣愣地看着许仙，不知道该说点什么。

"这一万八千年来，我每日每夜都在想念我救下的那个姑娘，想知道她过得好不好，可又不知道去问谁。"

杜羽在一旁嘀咕着："你是乌龟吗？还一万八千年，是一千八百年啊。"

"嗯……大舅哥，你有所不知，自从救下这位姑娘那一天开始，小可度日如年，自然错乱了时间。"杜羽被许仙弄傻了，只能目瞪口呆地看着他。

白素贞的眉头都扭成了一股绳，总觉得怪怪的："那个……等会儿……小女子有点不明白，你为什么也记得一千八百年前的事？现在的人投生都不喝孟婆汤了吗？而且仅凭一千八百年前我的样子，你又如何知道我是一个姑娘？还有……你叫这个人'大舅哥'，意思是你已经婚配了吗？"

许仙往前走了一步，把一根手指立在了白素贞的嘴唇上："别问了，我什么都不想说。"许仙无奈地摇了摇头，"本来我想把与你的相遇当作最美的回忆，封印在心底，从没想过能够再度遇到你。我如今心烦意乱，你问得越多，我说错得越多。这一切，都是因为这该死的缘分。"

杜羽无奈地叹了口气。这许仙还真是个人才，不当"渣男"都不合理。"千秋姐，我能不能杀了他？就现在。"

"杜羽……你冷静一点。"

"姑娘，忘了我吧。"许仙缓缓地说道，"知道你还记得这件事，我就已经很开心了，愿意把这份记忆再保留一千八百年。只要你能过得安好，那就够了。"

白素贞听完许仙的一番话都动容了。这是多么热忱的赤子之心？这是多么纯粹而无瑕的爱情？"当真是你？"白素贞声音颤抖地问道。

"不……不是我。"许仙摇摇头，"若不是大舅哥不小心说漏了嘴，我宁愿这个人永远都不是我，不希望你的心里因为这件小事而平添一份牵挂。被这该死的缘分折磨的人，只留我一个就够了。"

杜羽尴尬地和不知火明日香对视一眼。其实这小子根本不需要其他人配合，自己就能演一出好戏吧。

白素贞正感动得要哭，美杜莎却狠狠地往地上吐了一口口水。

"妹妹，怎么了？"

"下民姐姐，男人的鬼话我听得太多了，他们的最终目的就只有得到你而已。"美杜莎缓缓往前走了一步，正要说话，却看到杜羽疯狂地向她挤眼睛，"唉……"美杜莎叹了口气。她实在不想见到女人被男人玩弄，但这是杜羽的要求，她也只能接受了："下民姐姐，你自己注意辨别。"

"我相信他。"白素贞微笑着说道，"我从来没有见过这么热情的眼神，也从来没有听过这么诚挚的话语。"

杜羽无奈地摇了摇头："这姑娘平常应该多上上网，要不然太容易被PUA①了。"

"公子，你叫作什么名字？"白素贞问道。

"许仙。"许仙说完之后又摇了摇头，"不，或许你不该叫我'许仙'，应该叫我'相思人'。"

---

① 此处指 PUA 的原义，Pick-up Artist，搭讪艺术家。

白素贞面带泪光，微笑着点了点头："公子，小女子叫作白素贞，感激公子当年的救命之恩，愿以身相许，不知公子可愿意？"

"以身相许？我不在乎。"许仙苦笑了一下，"姑娘在一万八千年前就已经住在了我的心中，我又怎会在意姑娘是否要以身相许呢？只要心中住着姑娘，就算姑娘永远不出现又何妨？就算要与你今夜洞房又何妨？"

"喂喂喂喂，"杜羽实在听不下去了，"你差不多得了啊！"

"大舅哥，不要阻拦我了，我心意已决。"

杜羽满脸问号："你怎么就心意已决了啊，而且谁拦你了？"

"只要姑娘不嫌弃，我今日就与姑娘成亲。"

好家伙。杜羽心说：这剧情发展得也太快了，直接把游湖借伞、断桥相会全省了，一上来就成亲了。这次的传说出现的问题实在太多，这么快就进入主线剧情，真的对吗？而且白素贞刚刚度完劫，就直接嫁给了许仙……但是……杜羽的嘴角微微露出一丝不易察觉的冷笑。这个传说……越乱越好，不是吗？"行了。既然你们决定要成亲，那还是尽快办喜事的好，我这就先告辞了。妹妹，还有小青姑娘，你们送送我，其他人别出来了。"杜羽一边说着，一边出了房门，不知火明日香和美杜莎赶忙跟了上去。

"杜羽，接下来怎么做？"美杜莎问道。

"是啊，杜羽前辈，现在的剧情算正常吗？"

"勉强算吧……"杜羽说道，"白素贞嫁给许仙之后会发生一系列故事，你们一个是白素贞的妹妹，另一个是许仙的同事，一定要按照千秋姐的吩咐在一旁推波助澜。我现在就去打入敌方内部，咱们多方协力将这个传说搞定。"

165 · 法海

暂别了美杜莎和不知火明日香，杜羽准备前往金山寺见一见自己的老恩师。他摘下了自己的假发，露出了佛珠，变回了和尚的装扮，可刚要出发就犯难了。金山寺在哪儿呢？他站在满是人流的大街上完全不知道方向，于是只能问董千秋："千秋姐，金山寺怎么走？"

董千秋回答道："杜羽，金山寺在江苏省镇江市的金山上。"

"哦，原来在江苏省……"杜羽一愣，"我不是在杭州吗？！我在浙江省啊，这怎么还跨省了？这么远的路程，江浙沪能包邮吗？"

"呃……你要回金山寺吗？"董千秋问道。

"是啊，千秋姐，我不回金山寺怎么去拜见我的老恩师？"

"哦，那你可以放心。"董千秋说，"你跟你的师父正在游历四方，途经杭州。现在他正在西街的望福客栈住着，你去那里找他就可以。"

杜羽这才放心下来，默默点了点头，一路打听着回到了客栈。怪不得他会出现在这儿，原来是在游历四方。杜羽来到了客栈中，又向店小二打听了一下自己住在哪个房间，这才终于回到了法海身边。一推门，杜羽就看到一个慈祥的老和尚坐在床上念经，看起来仙风道骨，颇有散仙之姿。"师父啊，大事不好了！"杜羽知道此人定然是法海，随即大吼一声。

"慧净？"老和尚默默睁开了眼，问道，"何事如此惊慌？"

"有蛇妖啊，大蛇妖！可大了！"

法海一皱眉头，下床站起身来："蛇妖？！可有百姓受害？"

"那、那倒没有。"杜羽心中有点疑惑。这法海怎么跟记忆中的不太一样，怎么先关心百姓的安危？"师父，她们虽然没害人，但怎么说也是妖啊，你不应该立刻去揍她们吗？"

"慧净，上天有好生之德。"法海缓缓地坐了下来，说道，"妖并不一定都会害人，我们不能一概而论。"

杜羽疑惑地看着眼前这个老头，又说道："她们刚才在城外度劫成功了，现在法力肯定很强大。师父，你不管她们，迟早会让她们酿成大祸呀！"

"呵呵。"法海微笑了下，说道，"慧净，其实为师早在七天之前就感受到了临安府内的巨大妖气，只是这妖一直未曾害人，为师也就没有理会。"

"你早就知道？"

"慧净，为师问你，此妖度劫的时候，为什么不在临安府内，反而去了郊外树林呢？"

"我不知道啊。"

"为师认为，此妖害怕天雷之力伤到黎民百姓，所以特意找寻了一个四下无人的地方。为师看来，此妖心地善良，就算有着通天法力，也不会害人性命，况且畜生化人，本来就是天地之间的福缘造化。若这妖物罪孽深重，天雷会将她直接烧为灰烬，她又怎么会度劫成功呢？"

杜羽眨了眨眼睛，看着法海："师父，你……一直都这么善良吗？"

这次轮到法海不解了："慧净，你我皆为六根清净之人，若不报以善心，如何修成正果？"

这……杜羽默默低下了头。这次传说的问题怎么这么多？法海看起来是个正儿八经的得道高僧，本来应该对白娘子一往情深的许仙却是个实实在在的"渣男"。这些都要解决的话……等一下……"渣男"？"师父！"杜羽说道，"你对玩弄女性的男子怎么看？"

"玩弄女性的男子？"法海皱了皱眉头，"世俗的情情爱爱，为师从不涉足，如何谈看法？"

"师父，这就是你的不对了。"杜羽缓缓地摇了摇头，说道，"我们修行之人不应该只苛求自己，还应该帮助世人才对。"

"这话没错。"法海微微点了点头，"为师向来行善，自然知道这个道理。"

"不不不。"杜羽连忙打断法海，说道，"师父，你平日里顶多是扶老太太过马路、捡一捡街边的垃圾什么的，这都是表面工作，不是真正的积德行善。"

法海觉得今天的慧净非常奇怪，说的话天马行空，但他仔细想想，自己平日里所做的事确实只是小善。"慧净，那按照你的意思，为师如何做才算是大善？"

"你得知道现在年轻人的需求啊！"杜羽一拍手，说道，"现在的社会这么封建，男男女女想谈个恋爱多么不容易。你说好不容易谈上了吧，还是个'渣男'。多痛苦、多委屈？想找姐妹们聊天发泄一下都不行。这些压力积攒在心中发泄不出去，这辈子就算完了。"

法海一脸疑惑地挠了挠自己的光头："慧净，为师有点没听明白，你是说……现在的女子容易被男子欺骗？"

"差不多是这个意思吧，师父，我刚才与你说的那个妖，现在被一个'渣男'盯上了。"杜羽严肃地点点头说，"你也说过她生性善良，如果被一个男子欺骗了感情，她还会这么善良吗？"

"'渣男'，是……浪荡子的意思吗？"法海一下子明白过来了，"你是担心那个妖会报复人？"

"我可没说啊，"杜羽摇摇头，"只是有点担忧。万一那个男的跟这个妖真是玩玩而已，接下来会发生什么我可说不准。他俩今晚就要洞房了，师父你知道'洞房'是什么意思不？那个妖守了千年的清白这就没了呀！"

法海缓缓站起身："慧净，你的担忧不无道理。那个男子在哪里？为师准备去见见这个人。若他真的如你所说是个浪荡子，为师自会处理。能救下一个生性善良的妖女，也算是功德一件。"

"师父，你终于开窍了！"杜羽这才放下心来，说道，"东街有个回春堂，里面有个学徒叫作许仙。如果你不出手阻拦，他今晚就跟那个妖女成亲了！"

"慧净，你勿要担心，为师去去就来。"法海抄起一旁的袈裟披在身上，匆匆出了门。

杜羽松了口气。怪不得要把他安排在这老和尚身边，没有他的聪明才智，这个传说根本就不成立。法海一出客栈就觉得奇怪，这城市中弥漫的妖气比原先浓郁了两倍不止，看来同等级的妖不止一个。只是在这漫天的妖气中却感受不到什么邪念，希望这两个妖不要如慧净所说，真的被那个浪荡子伤害了才是。没多久的工夫，法海就来到了回春堂门口，正思考着说辞，却见一个身上缭绕着浓郁妖气的年轻书生走了出来。"此子身上妖气浓郁，应当就是慧净所说之人。"法海微微点了点头，走上前去。

许仙抬头一看，眼前站着一个陌生和尚，淡淡地骂了一句"晦气"，转身就要走。

"施主请留步！"法海说道。

"嗯？"许仙回过神来，四下看了看，"叫我？"

"正是。"法海面带微笑，走向许仙，对许仙说，"施主……施主可是要成亲？"

"是啊，我正要出去买点红纸回来布置布置，但是老和尚你也别有什么想法，我们不准备宴请宾客，所以不能给你斋菜，你趁早找别人化缘去吧。"

"非也非也。"法海摇了摇头，心说：这个年轻人好生无礼。可为了黎民百姓，法海又不得不对他好言相劝："施主，老衲想问问你，能否取消这门亲事？"

"取消，为什么？"许仙不解。一出门看到和尚已经够晦气了，这和尚说的话更让人生气。

"因为……"法海本来想编个什么理由搪塞过去，只可惜出家人不打诳语，他只能实话实说了，"实不相瞒，施主你未过门的妻子是个妖。"

"妖？"许仙思索了一下，说道，"老和尚，你说得没错，她是挺'妖'

的，我一看到她就有莫名的冲动。"

法海眉头一皱，微微叹了口气，说道："老衲不和施主说笑，施主的妻子乃妖精化人，你二人不应成亲啊。"

许仙愣了愣："老和尚，你要是撒谎就犯戒了啊。"

"老衲并未撒谎，施主身上如今缠绕着浓郁的妖气。"

许仙双手抱在胸前，思索了半天，说道："我遇见的女人里面，还从来没有妖呢。如果妖生得这么漂亮，我倒也愿意试试……"

"你……"法海差一点动怒，赶忙双手合十，压下怒火，"罪过、罪过。"看来这许仙真如慧净所说，是个不折不扣的浪荡子，他一定要想办法救下那个妖才行。"施主，你可能小看了妖。老衲愿意略施小计，让她现出原形。你看了此妖的原形后，如果还想娶她为妻，老衲也就不再阻拦了。如何？"

许仙眼珠子一转，说道："老和尚，你要施什么计？"

法海微微闭眼，掐指算了算。此处的妖气带有浓郁的极阴之力，应当是个蛇妖。他四下一看，不远处正有一个酒肆，于是带着许仙走了进去。"店家，此处可有雄黄酒？"法海问道。

"有！"店家回头一看，发现买酒的居然是个和尚，但俗话说得好——有钱不赚是傻瓜。他赶忙掏出了一坛雄黄酒交给了法海。

法海微微点头，掏出了几十文钱递给了店家。这是他近一年来化缘得到的香火钱。"施主。"法海回头把一坛雄黄酒交给许仙，说道，"你的妻子乃是蛇妖化人，蛇最怕雄黄酒，你让她饮下此酒，她定能现出原形。"

许仙默默接过酒，喃喃自语："对啊，我应该先把她灌醉，不是更省事吗？这种好办法我怎么没想到呢？"

166 · 误饮雄黄酒

法海又强忍住怒火，说道："施主，老衲只是想让这妖现出原形，你可莫要玷污了她的清白。"

"是是是，我知道了。"许仙不知道听没听懂，拿着酒坛子就出了酒肆，"谢了啊，和尚。"

法海无奈地叹了口气，直说："有时候人的心思比妖兽的阴暗得多。"

兽类天性纯良，一旦认定一个伴侣便会厮守终身，可是人呢？法海叹了口气，念了一句"阿弥陀佛"，随即向客栈走去。

杜羽坐在房间中，正在听董千秋介绍下面的剧情。"按照传说记载……法海为了救下许仙，设法让白娘子喝下雄黄酒，白娘子随即现出真身，乃是一条千年白蛇。许仙见状被吓死了。白娘子和小青为了救活许仙，前往昆仑山盗取仙草。"

"等、等下。"杜羽皱起眉头说道，"现在的剧情已经有点走偏了。法海可不是为了救许仙，是为了救白娘子啊！"

"杜羽，我刚才已经查看了法海那边的情况，他确实按照传说记载的，给了许仙一坛雄黄酒，相信接下来的剧情应该不会有什么偏离。"

"是吗？"杜羽低头思索了一下，"也对，就算他是个'渣男'、是个'海王'，见到自己的妻子变成一条千年白蛇，怎么说也应该被吓死了。"

正想着，法海推门进来了。"师父，怎么样了？"

"唉。"法海无奈地叹了口气，说道，"若不是亲眼所见，为师可从未想象过世上竟有这样的男子，满脑子都是污秽不堪的思想，让为师甚是担忧。"

"担忧？担忧什么？"

"自然是担忧那蛇妖的清白。"法海面色凝重地说，"蛇妖喝下雄黄酒必然会现出原形，只希望她能早日吓退这男子，莫要被耽误了。"

"唉。"杜羽跟着叹了口气。要不是为了让传说继续，杜羽才不会让白蛇跟这种男人在一起。

"为师本想以一坛雄黄酒让蛇妖现出原形，那男子却仿佛受到了指点，说什么'我应该先把她灌醉'。真是罪过……"

"我都料到了。"杜羽没好气地说，"那男人就是这样……"

法海微微点了点头，说道："也罢。慧净，今夜打起精神，若那蛇妖真的现了原形，我们定当第一时间赶到现场处理此事，休要惊扰了凡人。"

"好的，师父。"

当天晚上，回春堂里张灯结彩。虽然没有宴请任何人，但街坊都看得出来此处有了喜事。由于许仙的姐姐和姐夫尚在外地，未能出席，所以药店掌柜就成了最大的长辈。白素贞与许仙在他面前跪下，给高堂敬茶。美杜莎一直在旁边饶有兴趣地观看着成亲礼数。希腊神域的婚典可从来不会这么正规。

二人先拜天地，后拜高堂，随之拜了对方。许仙有些急不可耐。他可从来没有为了一个女人搞得这么麻烦，好在白素贞的容颜配得上如此烦琐的礼数。"是不是可以洞房了？"许仙着急地问道。

"不行不行。"不知火明日香在旁边拿着一个小本子，上面写满了攻略，"还要跨火盆、挑盖头、喝合卺酒呢！"

"香妹妹，搞得这么麻烦，莫非因为你见我娶了别人，所以为难我不成？"许仙不满地说道，"你放心，你以后进了门，与白娘子不分大小。"

"什么呀！"不知火明日香没好气地说道，"我才不要嫁给你！按照你们的习俗，确实还不能洞房呀。"

"我等不及了，"许仙一下子站起身来，"现在就要洞房！"他一把抓起白素贞，刚要进到后屋，却回头看到了美杜莎，"小青……你是白娘子的丫鬟，对不对？"

美杜莎仔细思索了一下，好像确实有这么回事："是的。"

"太好了，哈哈哈哈！"许仙说道，"丫鬟在主人嫁人的时候，可是附赠品呀！"说罢，他又一把握住了美杜莎的手。

"放手！"美杜莎冷喝一声，"再碰我一下，你就会死。"

"哦？"许仙坏坏一笑，松开了手，"小青还是挺有性格的嘛……"

美杜莎不知道华夏的习俗，可按照希腊神域的规则来说，主人与人结婚，仆从确实是附赠品。"你们走在前面，我会跟着你们。"美杜莎冷冷地说道。

许仙觉得自己今天真是捡了大便宜——随便扯了个谎，居然白白捡了两个有着绝世美貌的姑娘，这天下恐怕没有人比他更幸运了吧。他拉着白素贞，缓缓地走进了屋子。美杜莎进屋之后站在一旁，冷冷地看着许仙。搞得这么烦琐，最终还不是为了欲望？

"娘子啊！"许仙叫道。

"怎么了，官人？"白素贞也改了口，这一个"官人"让许仙的心都化了。

"白天的时候，我想要和娘子圆房，但娘子不准。我仔细想想，确实是我错了，所以准备了好东西来给娘子赔罪……"说罢，许仙就从桌子底下拿出了那一坛酒，"你看！"许仙在心中冷笑道：等你喝醉了酒，我想怎样就怎样，到时候你们又能奈我何？

白素贞看了看这坛酒，表情有些为难，但仔细想了想，自己已经决定要嫁给这个男人了，早晚都要接受。"妹妹，你要不要过来一起饮一杯？"白素贞问道。

许仙一愣。还有这种好事？！

"美酒？"美杜莎的嘴角溢出一丝笑意，"好，正好我也想尝尝华夏的酒。"美杜莎坐下来，看了半天，问道，"怎么没有高脚酒杯？"白素贞跟许仙都有些不解，随即把酒倒在了她眼前的酒碗里。"碗？"美杜莎一脸疑惑，"古代华夏人喝酒都用碗吗？"

"妹妹，你在说什么呢？"白素贞问道，"还没喝酒就醉了吗？"

美杜莎不再说话。二人不再理会她，反而你一杯我一杯地喝起酒来。不一会儿的工夫，白素贞的面色就微微泛红，眼神微微迷离，借着隐隐的烛光，显得格外动人。"官人……这是什么酒？"白素贞揉着自己的额头问道。

"莫要管这是什么酒。"许仙一边笑着，一边伸手去扯白素贞，"你只要记得你喝得越多，我就越开心。"

白素贞感觉自己整个脑袋都晕晕乎乎的，身体也不受控制了。隐隐约约，她感觉自己被许仙抱起来缓缓地放到了床上。"娘子啊，今晚你和我可就是最幸福的人了。"许仙说道。刚要褪去白素贞的衣服，许仙却忽然感觉到有点异样——白素贞的身形好像忽然变大了些。他仔细一看，白素贞白皙的双腿居然变成了一条纯白色的蛇尾，嘴中也长出了两颗小小的尖牙。她轻轻地抚着自己的额头，面色红润。

"官人……我……我怎么了？"白素贞只感觉自己的身体失控了。好在她如今的法力大胜从前，能勉强控制住自己，没有完全现出蛇形。许仙先是一愣，而后觉得这件事似乎没有那么难接受。妖又怎么了？这不是显得更加风情吗？不是更加值得好奇吗？她的面容不还是一样美丽吗？能跟一条如此美貌的白蛇在此成亲，这绝对是此生最难忘的回忆啊！许仙用力拉扯着白素贞的衣服。

董千秋一看不妙，赶忙呼叫杜羽："杜羽，糟了！虽然白素贞现出了蛇形，但是许仙好像完全不害怕啊！"

"你说啥？！"杜羽一愣，"他不害怕？为什么啊？！"

"我也不知道这许仙脑子里都装了些什么，但他确实还在继续……"

此时的杜羽正和法海快速地往药店赶去。按照他们的计算，婚礼应当还要晚一些才结束，不知道为何进行得这么快。"我知道了，千秋姐，我们正在往那里赶。你快给阿香传音，如果实在出现了不可控的因素，就让阿香把许仙打晕！"

"好，我知道了！"董千秋切换出三个画面，分别看着许仙、杜羽、不知火明日香，正在思考怎么办的时候，却发现许仙那里出现了变数。

"哐啷——"许仙听到身后的杯子落地，不由得回头看去，一道微微愤怒的女声缓缓响起。

"该死的东西……这是什么酒？"美杜莎缓缓地站起身来，发现自己的双腿变成了墨绿色蛇尾，整个人的身形不断扩大。

"你……你……"许仙一脸惊恐地看着美杜莎。没想到这也是个蛇妖，但是她也很美丽啊……可下一秒，美杜莎一张嘴，口中的尖牙如刺猬的刺一般伸出，一双眼睛也变成纯黄色的。她的嘴中不断地吐出分叉的舌头，发出"咝咝"的声音。不等许仙回过神，美杜莎的头发就飞速蠕动了起来。在许仙的注视之下，一根根头发变成了一条条毒蛇，全都吐出舌头，在美杜莎的头上蠕动着。"居然给本大帝喝这么难喝的酒？"美杜莎缓缓地抬起头来，看着许仙，"实在是太失礼了……我可是戈耳工美杜莎大帝啊！"

"啊！！！"许仙大叫一声，还没闭上嘴巴，整个人瞬间变成了一尊石像。

167·昆仑盗仙草

董千秋吓得张大了嘴巴。

"千秋姐！怎么样了？"杜羽着急地问道，"我和法海马上就到药铺了，直接进去就行吗？"

"不、不行！"董千秋着急地大喊道，"千万别进去！美杜莎现原形了，男人不能跟她对视！"

"你说啥？"杜羽一愣，这故事难道不是白素贞现原形吓死许仙吗？好端端的，怎么是美杜莎现原形了啊？

"她也喝了雄黄酒啊！！"

杜羽和法海来到门口。法海刚要推门进去，杜羽却拦住了他。

"师父，现在不行！"

"怎么了，慧净？"法海疑惑地问道。

"呃……怎么说呢？反正我有一种不祥的预感，现在先别进去……"杜羽死死地抓住法海。他可不想让这个善良的老和尚搭上性命。

"千秋姐，你让阿香赶紧去看看，能不能安抚一下美杜莎。"杜羽说，"阿香是女孩子，应该没有什么问题。"

董千秋答应下来，然后给不知火明日香传音。阿香听到这个消息也是一阵惊呼。她可是熟读了很多遍剧本，这也差得太多了！"交给我吧，传音员前辈！"不知火明日香赶紧拿上自己的法器，来到了许仙跟白素贞的卧房。借着烛光，她能看到一个巨大的影子在房间里晃动："戈耳工姐姐，你在里面吗？"不知火明日香敲了敲门。

"难喝！太难喝了！"美杜莎在房间中大叫着，"我的众神守卫呢，快拿最好的葡萄酒过来！"

"阿香，都什么时候了你还敲门？"董千秋着急地说道，"快进去帮忙呀！"

"传音员前辈，我马上就去，但按照我们扶桑的习俗呢，你不应该叫我'阿香'，你可以叫我'不知火'或者'不知火小姐'……"

"快去啊！！"董千秋大喊一声。

不知火明日香这才闭上了嘴，推开了屋门。

"哦？"美杜莎回过头来，一眼就看到了不知火明日香，"是你……曾经替我照料伤势的神祇。"

"戈耳工姐姐，你这是喝了多少酒呀？"不知火明日香赶忙上去扶着美杜莎坐下，"华夏的酒很烈的，你要少喝一点呀！以后再这样，我就打你屁股了。"

"我才喝了四五杯！"美杜莎大叫一声，"在神域的时候，从来没有一种酒能让我醉得这么快！"

"所以说这是华夏的酒呀！"不知火明日香赶忙拍着美杜莎的后背，希望她能把酒吐出来。虽然她的样子现在看起来很吓人，但阿香知道美杜莎一直是个好人。在不知火明日香的不断拍打之下，美杜莎终于"哇"的一声吐了出来。"呃……好受多了。"美杜莎缓缓地抬起头来，说道，"咦，你不是不知火小姐吗？"

"你终于认出我啦！"不知火明日香这才松了口气，"你快看看现在的状况，出问题啦！"

美杜莎一抬头，看到了变成石头的许仙："天哪！"美杜莎一愣，"这个男人怎么变成了石头？"

"戈耳工姐姐！你……"不知火明日香指了指美杜莎的头发，"你能不能先变回来？"

美杜莎这才意识到自己不知道何时居然变成了妖兽的状态，赶忙闭上眼睛，使出了魔法，整个人才化作了先前美丽的姑娘。"是我……把他变成了石头？"美杜莎这下可没辙了。她本来是想来帮帮杜羽，如今好像闯祸了。

"你变回人形就好办了，我先把杜羽前辈叫进来！"不知火明日香回头打开房门，两个人影就钻了进来。

"阿香……香丫头，怎么样了？"杜羽问道。

法海也赶忙走了进来，着急地往里看着。

"扑哧！"不知火明日香忽然笑了起来。

众人一愣："你笑什么呢？"

"杜……"阿香用力憋着笑，问道，"你怎么变成光头了？"

"我……"杜羽一摸自己的脑袋，然后疯狂地跟不知火明日香眨眼，"我是和尚啊，当然是光头！"

不知火明日香一边捂着自己的嘴，一边用力地点点头。白天见面的时候他还正常，这个时候忽然变成了光头，这也太搞笑了。

"慧净，你们认识？"法海问道。

"呃……白天的时候我过来了一趟，所以才知道这里有妖怪。"杜羽只能打个马虎眼，"师父，先别管这个了，你快看看许仙吧！"

法海这才回过神来，发现许仙已经变成了一尊石像。"这到底是怎么回事？"法海环视了一下，目光停留在了美杜莎身上，"这位女施主，方才到底发生了什么事？"

"老头……我……"美杜莎仔细思索了一下。如果按照剧本解释，好像也合理。"刚才我们喝下了那个酒，不小心现出了原形，这个男人就被吓死了。"

法海听完直接愣了："吓死了？这得受了多么大的惊吓！这个男人直接被吓成一尊石像了啊！"

美杜莎一脸尴尬。这该怎么解释呢？

"女施主，老衲知道你并非恶人，你也不必为难，"法海轻声对美杜莎说，"但救人一命，胜造七级浮屠。老衲想知道事情原委，这才能想办法救下这位公子。"

杜羽也很好奇："是啊，这位姑娘……我也想知道，变成石头的人还能救吗？"

美杜莎面色为难地摇了摇头："不知道，我从没有救过。"

"女施主，难道这位公子变成石头与你有关？"法海问道，"请如实相告，老衲定会替你保守秘密。"

美杜莎思索了一会儿，才缓缓地说道："僧侣，实话告诉你，我如果化作原形，会带有奇特的魔法，让所有跟我对视的男人都变成石头。"

"哦？"法海可从未听过如此奇异的法术，"女施主此话当真？"

"我既然决定说出来，肯定不会欺骗你。"美杜莎缓缓地说道，"被我变成石头的男人有很多，我从来没有试着救过任何一个，所以根本不知道如何将他们变回人形。"

法海不断地查看许仙的状况。他整个人毫无生机，完全就是一尊石像。"好浑厚的土属性之力。"法海不断地敲打着许仙的身体，得不到任何回应。

杜羽赶忙求助董千秋，让她赶紧找在场的仙人们商议一下，看看有没有什么办法能救得了完全变成石头的人。

"各位仙家，你们也看到了，如今许仙变成了石头，有没有修习土属性功法的前辈知道如何化解？"董千秋回头对众仙家说道。

众仙家你一言我一语地出起了主意。董千秋听了听，大多不靠谱，毕竟华夏的土属性功法是以土石之力攻击敌人，可从未将敌人变成过石头啊。董千秋不由得皱起了眉头，这种情况只有对土属性法术修习得登峰造极的仙家才可能有应对之法。

"老娘倒有个主意。"传说管理局的门外忽然响起了一个女人的声音。众仙家一看，这女人戴着一副滑稽的面具遮住了脸，看不出是谁。她仿佛还压制住了自己的修为，让人看不出深浅。董千秋和黑白无常听到"老娘"这两个字倒吸一口凉气。她怎么来了？！在众仙家的注视之下，这个女仙缓缓地走了进来："老娘对土属性功法略有研究，说不定能想到对策。"

董千秋毕恭毕敬地站起身来，刚要说什么，那名女仙却连连挥手："什么也不必说。"

那个女仙走到太上老君跟前，说道："老头，你想不到吗？老娘问你，五行之中谁能克土？"

太上老君扬了一下眉毛，有些不解："本尊自然知道乙木能克戊土，可是眼下许仙从内到外全都变成了石头，就算以木属性的药材炼成丹药，又怎么让他吞服下去？"

"老娘真是无语了。"此言一出，所有人全都蒙了。这女人到底是谁啊？为什么敢如此对太上老君说话？"你想气死老娘吗？乙木克戊土？"

"你……阁下……难道……"太上老君仿佛有点明白了，敢这么对自己说话的人整个仙界不超过三个。

"今天老娘教你一招，你听好了。"这个女仙缓缓说道，"戊土乃艮卦，乙木乃震卦，盲目以乙木克戊土，反而会让许仙粉身碎骨。此时应以离火催之，将戊土催为坤卦，再以柔和的甲木之力解之。你可懂了？"

太上老君听后立刻站起身来。先以火生土，再以木克土，这种奇妙的救人思路虽然听起来匪夷所思，但仔细想想真的可行。"可是在下还有一事不明……"太上老君皱着眉头说。

众仙家又蒙了。太上老君这称呼怎么都变成"在下"了？

"说，什么事。"

"在下一时半会儿，实在是想不出哪种草药能够先火后木……"

后土娘娘简直要被气死了："老头，汉字你不认识吗？"

"欸？"太上老君有点不解，"阁下的意思是？"

"你用你的榆木疙瘩脑袋好好地给老娘思索一下，哪味药材的名字写出来是先火后木的？"

太上老君不由得皱起了眉头。

"老娘给你三秒钟。"

"一。"

"二。"

"啊！"太上老君很明显有点紧张，但好在想到了，"阁下是说……灵芝？！"

168·南极老仙翁

后土娘娘把手抄进兜里："得了，知道了就赶快安排他们去办吧。"说罢，她缓缓地走到了西王母身旁，一旁的织女见状赶忙站起身来给她让座。后土娘娘看都没看织女，坐到了西王母旁边的座位上。

"距离本宫上一次见你，可有一千多年了？"西王母低声问道。

"老娘记不得了。"后土娘娘微微摇了摇头。

"你这毛病越来越严重了。"西王母面带担忧地看了一眼后土，"不准备让孟婆再给你看看吗？"

"她的汤老娘喝了多少碗？忘不掉的依然忘不掉。"

"哼。"西王母冷哼一声，"那你也不能编出个瞎话，说什么'活得太久了所以记性差'，这样一来本宫怎么办？本宫比你活得还久啊。"

"老娘也不想，"后土缓缓地摇了摇头，"可老娘不知该怎么解释。"

"你这次怎么忽然现身了？"西王母又问道，"不躲了？"

"老娘自然不想现身，只不过有个小弟从这里回去之后就变得怪怪的，所以老娘来问问杜羽怎么回事。"

西王母没追问，反而专心地看着屏幕上的画面。她与后土两人静静地坐在第一排，众仙家这才发现二人的气场同样强大。这女人定然是骊山老母、九天玄女、后土娘娘其中一人了。

董千秋将刚才后土娘娘所说的破解之道全都告诉了杜羽，杜羽似懂非懂地点了点头。而这个时候，白素贞已经醒了酒。她发现自己的夫君变成了石头，不由得大吃一惊，再三追问之下，才知道自己和妹妹现出了原形，把许仙活活吓死了。

"师父，你先走吧。"杜羽对法海说道。

"走？"法海皱了皱眉头，"慧净，如今许仙施主还没救下，为师哪能走？"

杜羽仔细思索了一下，小声说道："师父，雄黄酒是你给许仙的，说白了，这件事是你造成的，所以你先走。剩下的事我帮你处理，免得多生事端。"

"欸？"法海一愣，发现杜羽说得没错，"慧净，你说得颇有道理，但是……你真的有办法救下许仙？"

"我有九成把握。"杜羽说道，"师父，你回客栈等我，我搞定了之后就会过来找你。"送走了法海，杜羽松了口气，把刚才从董千秋那里听得的解决办法告诉了白蛇与青蛇。

几人围着许仙的石像坐下，都有些犯难。

什么金木水火土，怎么听起来这么难懂？

"和尚，刚才你说……雄黄酒是你师父给的？"白素贞冷冷地问道。

"呃……你耳朵真好使啊，这都能听到？"

"当然，我是蛇。"白素贞抬起眼来严肃地盯着杜羽，"能不能告诉我为什么？你和你师父为什么处处跟我们夫妻作对？"

"这……"杜羽不知道如何解释，"我要是说我师父是为了救你，你有多大概率能相信？"

"我一分一毫都不信！"白素贞大喊道，"白天我度劫的时候你就处处与我作对，如今又来害我家官人。除非能让我家官人活过来，不然你说什么都没用！"

杜羽叹了口气："老白，你这就有点不讲理了。让你家官人活过来的方法，我刚才不是已经告诉你了吗？"

"你们先害我官人，如今又说要救我官人，谁会相信？！"白素贞一拍桌子，站起身来，"枉我跟官人一往情深，如今却要被你们活活打散！"

杜羽无奈地摇了摇头："我发现有的时候真的不能怪罪'渣男'，毕竟你是心甘情愿上当的，谁来帮你，你就把谁当敌人。你是一往情深了，可这许仙真的爱你吗？"

"休说废话，你赶紧给我滚！"白素贞大喝一声，"这里没有人会相信你的！"

"我相信他。"美杜莎在旁边忽然插话道。

"妹妹？你……"白素贞不知道说什么好，生气地看着小青。

"姐姐，这个男人说能救下你的配偶，那你就该试试。毕竟现在你的配偶是一尊石像，除了相信他，也没别的办法了。"美杜莎对她说道。

白素贞沉默着，看着美杜莎。

"还是说……你更喜欢一尊石像？"美杜莎又问。

"当然不是！小青，我、我只是……"

"那就好了！"美杜莎回头问杜羽，"你说的那株植物在哪里？叫什么名字？"

"在昆仑山上，有一朵灵芝，你们先去带回来再说。"

美杜莎微微点了点头，然后回头对白素贞说："下民姐姐，你如果不想去，那我就自己去了。"

"妹妹，你当真相信这个男人的话？"

"是的。"

"我能问问为什么吗？"她总觉得这件事有点怪怪的，没头没尾。

"别追问了，这是我的隐私。"

由于美杜莎曾经数次救过白素贞的性命，白素贞自然知道美杜莎不会害她。"好吧……妹妹，既然如此，你我二人速速飞往昆仑仙境，盗取灵芝仙草。"说完，她回过头来看着杜羽，说道，"和尚，看在我妹妹的面子上，我不跟你计较。若我们拿回来仙草，希望你真的有办法救活官人。"

杜羽尴尬一笑。董千秋说的方法他本来就似懂非懂，什么离火，什么戊土，他哪能知道？他只能先把她们支走，然后慢慢问董千秋。白素贞与美杜莎出了门，随即各显了神通，疾速飞往了昆仑山。杜羽赶忙让董千秋和自己详细说说这复杂的五行原理。董千秋也搞不太明白，只能把话语权交给另一个人。

"接下来，让老娘和你说明吧……"

杜羽一听这声音，不由得大惊一声："哎！你……"

白素贞踏云而起，心中始终有点忐忑。她回头一看小青，小青此刻正脚生双翅，跟着她疾速飞行。"妹妹，我还是想知道，为什么你如此相信那个男人呢？"

美杜莎冷眼看了看白素贞，问道："那你为什么相信许仙呢？"

"因为很久以前他救过我的命，我是来报恩的。若我不相信他，还能相信谁呢？"

美杜莎笑了笑，说道："下民姐姐，我也一样。"

"我不懂，"白素贞摇了摇头，"什么叫你也一样？"

"那位僧侣也在很久以前救过我的命，我也是来报恩的，所以你明白了吗？我与你一样，都是跨越千年来报恩的蛇。"

这个答案大大出乎了白素贞的预料。"你也是来报恩的？"这下白素贞可算是明白了，"所以咱们会同时出现在临安府外是因为这个吗？妹妹，你是觉得我和你很像，所以出手救下了我？"

"嗯……"美杜莎思索了一下，说道，"差不多吧。"

白素贞露出笑容，对美杜莎说道："妹妹，都怪姐姐不好，先前还对你有些怀疑，如今完全释然了。"

二人飞了没多久就来到了昆仑山。西王母看到二人出现在昆仑山不由得皱了下眉头。居然有人在她居住的地方采过仙草，她怎么不知道这件事？

　　美杜莎与白素贞不断地盘旋着，过了好一会儿，美杜莎才问道："下民姐姐，你说的那株植物长什么样子？"

　　"妹妹，你没有见过灵芝吗？"白素贞思索了一下，说道，"灵芝……怎么形容呢？长得赤红样子，却像朵僵硬草菇。"

　　"红色……蘑菇？"美杜莎点头答应道，"那我知道了，咱们分头去找吧。"

　　二人从南面、北面分头寻找。说来也巧，美杜莎不一会儿的工夫就在山坡的背阴处找到了一大片艳丽的红色蘑菇。她摘下一朵端详着，确实是红色的蘑菇，红得娇艳欲滴。只不过上面除了红色，还有一个个白点，她拿在鼻子前面闻了闻，它散发出刺鼻的气味。"真奇怪，这东西可以治病吗？可是这里这么多红色蘑菇，到底哪朵才是他们说的灵芝？"美杜莎看了看，满地的蘑菇足足有几十朵，她索性全都摘下来，放到了自己的乾坤袋里。"回去让他们挑一挑吧。"

　　而反观白素贞，由于知道灵芝的习性，所以她没有落地，特意在悬崖峭壁上寻找。花了大约半个时辰，她终于在悬崖的一块石头旁见到了一朵赤红的灵芝。那灵芝形态舒展，长得像一朵燃烧的云，棕红的颜色中又带一丝黑色，仔细看去还有隐隐的灵气波动，至少是一朵千年灵芝。"太好了！"白素贞大喜过望，赶忙按压云头，飞身过去，白皙的手掌刚要伸出，却被一个人从旁边握住了。她面色一惊。身边有个人，她居然毫不知情？扭头一看，一个面容慈祥的老头不知何时出现，居然横着站在了峭壁上。他的额头前凸，满脸堆笑，花白的胡子简直垂到了地上。

　　"先别摘啊。"老头摇摇头，"你跟我过来。"

　　白素贞眉头一皱。这老人好奇怪……老者拉着白素贞的手，轻轻一飞就落到了平地上。"前辈！"白素贞一拱手，"小女子非常需要这朵灵芝来救人性命，望前辈成全！"

　　"嘘！！！"老者赶忙让她噤声，四下看了看，说道，"不是老夫不想给你呀，你可知道这山是谁的？这草药又是谁的？若你就这么摘下来，母老虎可就要发威了。"

　　西王母一惊，盯着屏幕上的老者，额头上青筋暴起："好你个老寿星，居然在背后这么说本宫？！"

白素贞疑惑地看着眼前的老者："前辈，晚辈不太明白，这长在悬崖峭壁上的草药难道还有主人吗？"

"哎呀，小丫头！"南极仙翁着急得就要上去捂住她的嘴巴，"老夫都说了，你千万不可以在这里乱来呀！你是哪里的散仙或妖精？如果缺少草药，可以去别的灵山看看，长白山、太行山、五台山，为何非要来这昆仑山？你可知道这是谁的地盘？"

"前辈，实不相瞒，晚辈名叫白素贞，乃是千年蛇妖。我家官人被金山寺老法海加害，变成了石头，所以晚辈求取灵芝仙草来救他性命。"

南极仙翁不由得皱了皱眉头："小丫头，你这身世倒是悲惨，可这草药实在不能给你呀。如果被那猛虎知道了，老夫纵然是寿星，恐怕也要寿终正寝。"

白素贞实在是有点理解不了："前辈，这山上到底住着什么猛虎？为什么以前辈您的道行都要忌惮三分？"

"哎呀！这……"南极仙翁四下看了看，确定方圆十里无人之后，小声地对她说，"这只虎可比天下任何一只兽都凶猛。莫说是老夫了，酆都的阴灵见了她要倒着走，东海的龙见了她都要逆着游。只要她稍有不顺心，不管上仙、真仙、大罗金仙，全都要形神俱灭呀！"

"啊？！"白素贞这可真愣住了。这是什么虎？就算是当年的妖王孙悟空也没有这么大的本事呀！

"嘎巴！"一声脆响，西王母捏碎了自己座位的扶手。

南极子老寿星确定四下无人之后大放厥词，却未曾想过西王母正在屏幕前面清清楚楚地看着他。

"哈哈。"后土在一旁不由得笑出了声来，看了看西王母，说道，"南极子这是在说谁呢，老娘怎么听不明白呢？"

"你也想惹本宫生气是不是？"西王母的额头上青筋一下一下地跳动着，本来娇丽的容颜此刻都有些变形了，"难道本宫真像他说的像个母老虎吗？！"

传说管理局的众仙家赶紧把头深深地埋了下去。这种送命题谁敢回答？

"小瑶，你先坐下。"后土冲着西王母挥了挥手，小声说道，"你暂且看看南极子怎么处置这件事，然后再问罪不迟。"

西王母冷哼一声，狠狠地甩了一下衣袖："看来本宫的天雷变弱了，居然让人在自己脚下嚼舌根。"

虽然众仙家没有惹到西王母，此刻却都有些害怕。

"织女，速传福、禄、寿三星，让他们在传说管理局院中听候。"

"啊？"织女有些为难。这个时候把他们叫来岂不是正好赶在西王母的气头上吗？

"娘娘，要不然……要不然……"织女在脑海中不断地思索着如何推托，但对方可是西王母啊，一般的理由怕是说服不了她。

"织女，你叫吧。"后土忽然插话道，"放心，有老娘在这儿。"

织女看了看后土娘娘，虽说对这位女修的身份猜了个八九不离十，但她真的能从盛怒的西王母手里保下福、禄、寿三星吗？

屏幕中，白素贞皱着眉头微微思索着，对南极仙翁说道："小女子不想让前辈为难。若对方真是这么厉害的妖兽，纵然是九死一生，小女子也想前去请它赠药。"

"啊？"南极仙翁愣了一下，"小丫头，你不怕死吗？看你这道行也不低，明明可以得道成仙，如今却要为个凡人冒这么大的险？"

"前辈，我不怕死。若没有这个凡人，我不必说得道成仙，就连化成人形都是奢望。我的命是他给的，所以我一定要救下他。"

南极仙翁挠了挠自己的大脑袋，说道："就算是身死道消也要试一试？"

"是。"白素贞严肃地点了点头，"哪怕身死，哪怕道消。"

"好！真是有情的妖！"南极仙翁忽然笑了起来，"既然如此，老夫就壮着胆子帮你这个小丫头一次。"

白素贞愣了一下："帮我？"

"没错。"南极仙翁笑着说，"老夫很喜欢你这小丫头，重情重义，帮你一次也算是一件功德。"

"可……可是……"白素贞有些着急地说道，"前辈，您若出手帮我，怕是会触怒这山上的恶虎。不如您就此离去，我采摘了药草之后独自逃离，否则一旦出了问题……晚辈怕牵连了前辈。"

"你不明白，若是老夫就此离去，你才会惹了大麻烦。"南极仙翁话罢跺了跺脚，低头冲着地面叫喊道："你们两个老贼，听半天了吧，快给我出来。"话罢，一个身材非常矮小的老头从南极仙翁的脚下钻了出来。紧接着，身旁的石壁上慢慢浮现出一个人形，仔细一看，居然是一个精壮的小伙子。

"我说老寿星，你叫我们两个出来干什么？"身材矮小的老头有点慌，"你自己许给这条小蛇的事情，可不要带上我们俩啊。"

精壮的青年也连连点头："小仙只是路过，其实小仙什么也没听见。"

"土地、山神，"南极仙翁叫道，"反正我已经决定把那朵灵芝给这条小蛇了。你们若不帮我，出了事咱们都有责任，就一起挨雷劈吧。"

"你……"土地公气得直跺脚，"你这不是害我们吗？"

精壮的少年面色慌张，赶忙堵上了耳朵："小仙什么也没听见啊，小仙只是路过。"

南极仙翁嘿嘿一笑，冲着那灵芝一伸手，灵芝就飞了过来，南极仙翁立刻掏出一个乾坤袋将它罩住。只见那灵芝在乾坤袋内四处乱撞，半天没找到出口，这才终于放弃了，静静地躺了下来。"小丫头，接着。"南极仙翁将乾坤袋丢给白素贞，说道，"若是有人问起，你就说这灵芝是捡到的。"白素贞拿着乾坤袋的手微微颤抖着，心中不由得冒出了一个想法。她这两天为何一直遇到贵人帮助自己呢？简直像是天降紫微星，幸运至极。"小丫头，你赶紧走，"南极仙翁说，"剩下的事交给我们处理。"

"前辈……可您……"

"快走快走。"南极仙翁挥了挥手，转身不再理会白素贞。

白素贞郑重其事地向南极仙翁拜了三拜，说道："大恩大德，晚辈难以言表，愿前辈功德无量。"话罢，她便踏云而起，去往山坡的背阴处寻找小青。

"我说，老寿星，你到底打的什么鬼主意？"土地公问道，"西王母要是忽然问起来，咱们可怎么解释啊？"

"唉，这朵灵芝对西王母来说，放在这峭壁上，只是一个观赏物，如今却能用来救人，何乐而不为呢？"

"救人是没问题，可谁来救我们啊？"土地公着急得直跺脚。

"别急，我这不是正在想办法吗？"南极仙翁在地上找了半天，拿起了一块木根，他转动着木根比画了下，不由得露出了笑容，"山神，你不是精通木属性法术吗？"

"小仙不知道啊，小仙什么也没听见，小仙马上就走啊，小仙就是路过。"山神看起来吓坏了。

"你别怕，现在用你的法术把这块木根变成灵芝形状的，我给它涂上红色，再由土地公用土属性法术栽到悬崖峭壁上，这不就大功告成了吗？"

土地和山神同时一愣。这不是狸猫换太子吗？面对西王母，这么拙劣的手段行得通吗？

西王母一愣，忽然想到了什么。许久以前，她发现山上的灵芝被换成了木头，大发雷霆，将看守昆仑山的南极子劈掉了一千年道行。"本宫当年见南极子修为飙升，本以为是他偷食了灵芝，却没想到是因为福报。"西王母自言自语，若有所思。

没一会儿的工夫，白素贞找到了美杜莎："妹妹！"白素贞的脸上有压抑不住的欣喜，"你快看看我找到什么了！"说罢，她从乾坤袋中掏出一大朵灵芝，向美杜莎不断地晃动着。

美杜莎一愣："哇，这是什么？"

"这就是灵芝呀！"美杜莎一皱眉头。她找到的那些红色蘑菇果然不是灵芝，但也是红色的蘑菇，说不定也能救人。"咱们快回去吧！"白素贞高兴地拉着美杜莎的手，美杜莎似乎有些被感染了。二人施展了神通飞速地向临安府飞去。

后土娘娘讲解了半天，杜羽都没说话。

"小子，你听明白了没？"

杜羽无奈地摇了摇头，说道："领导，你别管我明不明白，你也是有点逗，一会儿说用这个火，一会儿说用那个土。你看看这次进入传说的三个人，谁长得像会用五行法术的？"

"呃……"后土娘娘这才意识到杜羽是个凡人。那个扶桑小姑娘精通召唤术与封印术。唯一有点希望的就是美杜莎大帝，可是她对五行之术的理解实在是太肤浅了。众人不自觉地扭头看向了战其胜。

"不是吧……"战其胜愣住了，"这次的传说不是没有我吗？"

"拜托，帮个忙吧。"董千秋在一旁说道，"要不然许仙可要死在传说里了。"

"唉……"战其胜无奈地摇了摇头，"早知道我就跟着进去了。"

后土娘娘皱着眉头回头看了一眼这个男人，只觉得有些熟悉。她微怒地对杜羽说道："杜羽，那个黑衣的小子就是战其胜吧。"

"是啊。"杜羽不假思索地回答，随即感觉到自己说错话了，"不、不是，我……"

"老娘帮你个忙，废了他一身的修为，也算是帮婴宁出口恶气。"

"啊？"杜羽赶忙挥手说道，"不用不用不用……"

"哼。"后土娘娘冷哼一声，"放着仇人在眼前却无动于衷，你这也算是婴宁的监护人吗？老娘再给你一次机会，这次希望听到的是一个字的回答，要不然你就别回来了。"

这可怎么办？杜羽差点忘了后土娘娘把婴宁视如己出，如今见到战其胜肯定心有怨恨啊。憋了半天，杜羽终于缓缓吐出一个字："甭。"

170 · 获新生

"你小子！"后土娘娘怒斥道，"难道忘了他是怎么伤害婴宁的？"

"嘻！"杜羽尴尬地笑着，说，"领导，你先冷静点，婴宁的事情另有隐情，等我回去再和你慢慢说。现在先让老战做好准备呀……"

后土娘娘不耐烦地冷哼一声，回头对战其胜说道："老娘给你个表现的机会，你如果救不下许仙，老娘就让你尝尝厉害。"

战其胜不解地看了看眼前的女人。她到底是谁啊？

等了没多久，白素贞跟美杜莎飞回了临安府。一落地，白素贞赶忙拿着灵芝冲进了回春堂。"我把草药带回来了！"白素贞一愣，眼前除了那个和尚跟香丫头，居然还站着一个黑衣男人，"你是？"

"哦，他是我请来的帮手。"杜羽上前说道，"你们拿到灵芝了吗？快拿来。"

白素贞半信半疑地点了点头，将怀中的灵芝递了过去："我家官人真的有救吗？"

"应该没问题。"杜羽接过灵芝之后跟战其胜说道，"老战，灵芝可就这一朵，你千万别失手啊。"

"不会的。"战其胜接过灵芝说道，"天尊给出的解决方案就算是最普通的修仙者也难有失误。"

"那就好。"杜羽点了点头,对着众人说道,"咱们先出去吧。"

"出去?"白素贞摇了摇头,"我不要出去,我要在这里看着夫君。"

杜羽微微思索了一下,说道:"这恐怕不妥。你忘了他是被你们吓死的?"

"我……"白素贞也好像忽然想到了这一点,"好像是的……"

"如果他一睁眼,又看到你怎么办?"杜羽说道,"要是再吓死了,你去哪儿找第二朵灵芝?"

白素贞思索良久,终于点了点头,回头对战其胜说:"道友……一切都拜托你了。"

"放心吧。"战其胜轻声答应道。

几人出了后屋,正好看到药店掌柜正在拨弄着算盘。

"咦,你们怎么都出来了?今天怎么没看到小许啊?"

"小许……"杜羽微微思索了一下,说道,"都说'春宵一刻值千金',许仙今天得多休息休息。"

"哈哈。"药店掌柜愣愣地点了点头。

美杜莎听完之后冷哼一声,说道:"我自己去徘徊一会儿。"

"小青,你去哪儿?"白素贞刚要拦住美杜莎,杜羽却制止了她。

许仙是因为美杜莎才变成石头的,估计她现在心中有些愧疚吧。

"老白,先别打扰她,让她自己静一静吧。"

白素贞有些不解地看了看杜羽,不是很明白。

"那我们现在应该干什么?"不知火明日香问道。

"闲来无事,我们出去看看风景啊。"

"看风景?"不知火明日香愣了一下,"现在?"

"是啊,杭州美景甲天下。来都来了,不看看岂不可惜?"

杜羽说完就推开门走到了街上,不知火明日香与白素贞跟了出去。美杜莎来到后院,面色不太自然。她默默地掏出自己的乾坤袋,一脸尴尬。"该死的……这些东西居然不是灵芝吗?"美杜莎翻看着自己乾坤袋里的红色蘑菇,"绝对不能让他们知道我身为美杜莎大帝,居然犯了这么低级的错误。"话罢,她四处寻找起来。哪里能让她把这些红蘑菇神不知鬼不觉地丢掉?转了一会儿,她看到了一口深井。"有了……"美杜莎赶忙跑过去,将所有红得娇艳欲滴的蘑菇一股脑地往下丢,"这样就好了……这样就没有人会知道我连灵芝和蘑菇都分不清了。"最后一刻,美杜莎忽然停住了。"全丢掉的话也有点可惜……"美杜莎看了看这漂亮的蘑菇，自己在希腊神域从未见到过，"要不然留下一朵做纪念吧。"说罢，她将一朵红色蘑菇放进了乾坤袋。

"杜……杜羽……"董千秋叫了一声，"我刚才好像看到美杜莎往井里丢了什么东西。"

"没关系，千秋姐。"杜羽说道，"这一次传说中，不管美杜莎和明日香做什么，都由她们去。"

"这……"董千秋愣了愣，"我能问问原因吗？"

"我说不准，但有极大的概率完成传说。"

杜羽和白素贞、明日香缓缓地来到了西湖旁边。这里还没有被开发成旅游景点，湖水清澈见底，荷叶满塘。白素贞的心思一直在许仙身上，纵然此处景色绝美，但她一直皱着眉头。"哇，好漂亮呀！"不知火明日香高兴地拍着手，"好想拍张照片呀！"

"拍你个头啊。"杜羽没好气地说了一声，"手机都没带来，拍什么？"

白素贞听到二人交谈，不由得皱起了眉头。她可能许久没和凡人交流了，如今凡人说的话她都听不太懂。

"杜羽前辈，这里比我们滋贺县的琵琶湖还漂亮呀！真可惜不能拍照。"不知火明日香一脸遗憾地欣赏着西湖的美景。

"哎，老白，你别那么担心啊。"杜羽拍了拍白素贞的肩膀，"我说能救下许仙，肯定能救下许仙，你放心就好了。"

白素贞面色沉重地点了点头，说道："我只希望救下官人之后，你们师徒不要再介入我们的生活，更不要加害我家官人了。"

"呃……"这事杜羽可不能答应，就算他不想介入，可是传说记载的事情还没完呢。

"杜羽前辈！"不知火明日香叫道，"那座桥叫什么名字？"

白素贞愣愣地看着不知火明日香，问道："小妹妹，你为何总叫这人'杜羽前辈'？"

杜羽听后，飞身过去敲了一下不知火明日香的头，说道："对啊，臭丫头！你傻啦？我是慧净和尚啊！"说完之后杜羽知道失言，赶忙拍了两下自己的嘴唇，"出家人不该骂人，罪过罪过。"

"哦……"不知火明日香揉了揉自己的头，说道，"你好过分啊，叫错了就叫错了，为什么打我的头啊？"

"小僧也不想，但差点被你气死。"杜羽赶忙念了两声"阿弥陀佛"。

"小妹妹，你说哪一座桥？"白素贞问道。

"喏。"不知火明日香举手指着横跨西湖的一座桥，说道，"那座桥好漂亮，叫什么名字？"

"它叫断桥。"白素贞缓缓地说道。

"断桥？"不知火明日香疑惑地看了看那座桥，"好奇怪的名字啊，这座桥明明没有断呀。"

"我估计……"杜羽说道，"肯定是因为这桥曾经断过。"说完，他就回头望向白素贞，说道，"对不？"

"断桥残雪。"白素贞缓缓地说道，"断桥桥不断，残雪雪未残。每当落雪时分，断桥中央便会积雪，远远望去，这桥就像断了一样，故名断桥。"

"呃……"杜羽有点尴尬地说，"不对吧，这桥肯定断过……"

"只希望我家官人能熬过去这一劫，我还没有和他游过西湖……"白素贞脸上的悲伤之情溢出，让人看了好生心疼。

"唉……"杜羽看着白素贞的表情，默默叹了口气，说道，"要不然我教你一套口诀吧。"

"口诀？"白素贞愣了愣，"做什么用的口诀？"

"我也不知道具体有什么用，没事的时候念念，说不定心情能好点。"

屏幕前面的哪吒一愣。这一幕似曾相识。

不等白素贞拒绝，杜羽就开口了："我说一句，你说一句。"

"我……"

"千年等一回……等一回啊啊啊……"

气氛忽然有些尴尬，不知火明日香跟白素贞都一脸无语地看着杜羽。

"西湖的水……我的泪……我情愿和你化作……"

就在这时，美杜莎从身后出现，说道："终于找到你们了，那边的治疗已经结束了，你们要不要去看看？"

"结束了？"白素贞一愣，"这么快？！"

她二话不说甩开众人就向药铺跑去。杜羽的歌还没唱完，有点尴尬，此时只能跟了上去。一进到后屋，几人就看到战其胜将已经恢复人形的许仙慢慢抱到了床上，调整了一下自己的呼吸。

"老战，好了？"杜羽问道。

"好了。"战其胜说道。

白素贞立刻跑过去，蹲在床边握起了许仙的手："官人，你可不要丢下我，我们刚刚相遇……"

"得了。"杜羽拍了拍战其胜的肩膀，"老战，快回去吧，咱们来的人太多了，可别惹出什么事端。"

战其胜没好气地看了看杜羽，小声说道："我会惹什么事端？难道我会一不小心救下另一条白蛇？"

"你……"杜羽知道自己闯的祸被大家发现了，只能小声回答道，"老战，给我个面子！别在这儿说呀！"

战其胜冷冷一哼，转身就出了门："不用送了，也别再叫我来了，烦死了。"

"你等会儿！"杜羽跟着跑出了屋子，"我得跟你一起走，要不然剧情乱套了。"说完，他就向美杜莎跟不知火明日香说道，"你们俩可要给点力啊，我继续去卧底了。"

战其胜见到四下无人，正要施法，忽然想到了什么，回头问杜羽："对了，老杜，传说管理局来了一个女修，气场惊人，修为颇高，不过此人对我好像有些芥蒂，你可知道那是谁？"

杜羽一愣，赶忙撒谎道："还、还有这么个人？谁啊？"

"你也不知道吗？"战其胜缓缓摇了摇头，"罢了，可能是我想多了。"说完，他就甩了衣袖，凭空消失了。

171·妖气满城

"啊！！"许仙大叫一声，从床上忽然坐了起来。众人吓了一跳。许仙睁眼一看，眼前正坐着白素贞，旁边站着香丫头。"你、你们……"许仙揉了揉自己的额头，"我这是怎么了？"

"官人！你终于活过来了，太好了！"白素贞的泪水瞬间涌了出来，"我甚至都想好了，若你醒不过来，我这就随你去了……"

"娘、娘子……"许仙慢慢地伸出手，摸着白素贞的头发，"咱们昨晚洞房了吗？"

美杜莎一皱眉头。这男人丝毫不在意白素贞的感受，醒来第一句话居然是这句？

"没、没有……"白素贞缓缓地摇了摇头，"官人，你放心，我已经是你的人了。"

"哦……"许仙总觉得自己好像忘了什么很恐怖的事情，微微抬起头，一眼就看到了美杜莎，"啊！！！"许仙大叫一声，那些一不小心忘掉的记忆全都回来了，"天啊！！！"

白素贞一愣，原来许仙还记得："官人，我其实一直想跟你说，其实我们是……"

"你们出去！你们都出去！"许仙大叫道，"让我自己静一静。"

美杜莎有些微怒，说道："你这男人怎么回事？下民姐姐一直在和你说话，你好歹回答几句！"

白素贞为难地站了起来。看来想让许仙接受她是个妖，还需要不少的时间。"妹妹，不必说了，咱们走吧……"白素贞走上前去拽了拽美杜莎的胳膊，"官人刚刚醒来，给他点时间。"

几人正要出门，许仙又开口了："香妹妹，你留下……"

"啊？"不知火明日香一愣，"我？"

"香妹妹。"白素贞看着不知火明日香，说道，"平日里你与官人交情甚好，此时多帮我劝劝他吧。我和小青妹妹的事情你都知道，如果能帮我劝劝……"

"你放心吧，白姐姐！"不知火明日香说道，"我明白的！"

美杜莎与白素贞走出屋子，只留许仙与不知火明日香在屋内。不知火明日香挠了挠头，虽然大概知道下面的传说剧情，可是要怎么委婉地让许仙接受他的妻子是个妖呢？

"香妹妹……你能不能上来抱抱我？"

"欸？！"不知火明日香捂住自己的衣服往后退了好几步，"你要干吗啊？"

许仙默默地抬起头来，说道："香妹妹，我现在很难受啊，我需要有人安慰我、开导我……"

不知火明日香将信将疑地皱了皱眉头："可、可为什么要抱你啊？"

"因为我很冷，"许仙露出一副悲伤的表情，说道，"我需要有人抱一抱我，才能温暖我，不然我可能会生病、会死……"

"真、真的？"不知火明日香思索着。光看他的表情，这个男人好像没有撒谎。

"真的，香妹妹。"许仙点了点头，说道，"你放心，我只是抱抱你，不乱动。"

不知火明日香一脸为难，但看他的样子十分悲伤，又有些于心不忍："真的不乱动？"

"不乱动，放心，我从不撒谎。"

"你……你真的很冷？"

"冷，特别冷。"

不知火明日香虽说为难，但这一次进到传说中就是为了帮助杜羽完成这个传说的，无论如何也不能让许仙生病，更不能让他死。

不知火明日香下了决心，刚要上去，董千秋忽然大叫一声："阿香，不可以！"

"咦？！"不知火明日香一愣，"传音员前辈，怎么了？"

"阿香，你听我说。"董千秋的语气有些慌乱，"刚才我就觉得这件事不太对，但对于男女之事我经历得少，所以问了问杜羽……"

"杜羽前辈怎么说？"

"杜羽的原话是这么说的……"董千秋顿了顿，说道，"什么都别信，顺便让阿香给那'渣男'一个大嘴巴子。"

"啊？！"不知火明日香一愣，"那能行吗？"

"我也不知道……"董千秋愣了愣，"可能男人更了解男人？"

不知火明日香仔细思索了一下，跟这个认识不到一天的许仙比起来，她肯定更相信杜羽。于是她大着胆子，咬着牙，走过去，鞠了一躬："实、实在是万分抱歉了！"

"抱歉？"许仙一愣，不知道什么意思。

下一秒，不知火明日香抡起胳膊狠狠地给了许仙一巴掌。"啪！"许仙一愣，不知火明日香也一愣。"许哥哥，你别介意啊，这个巴掌是一个熟人托我送给你的。你如果不喜欢，可以不要……"

许仙的表情由悲伤慢慢变成了冷淡，随即变成了讥笑，最后又露出一丝阴狠："你个臭婆娘……我是不是对你太好了，你不知道天高地厚了？"

"咦?!"不知火明日香看到许仙的变化不由得呆住了,只见他慢慢地下了床,站起身来。

"我在你身上花了多少功夫,现在连碰也不让碰一下了?"许仙往地上啐了一口口水,说道,"好不容易遇见两个美女,居然一个比一个吓人,现在连你我都搞不定了?"

不知火明日香不断地往后退着,心中充满了不祥的预感。这许仙怎么忽然变了一个人?

"糟了!"董千秋大喊一声,"杜羽,你走远了吗?阿香有危险!"

"欸?"杜羽此时都快走到客栈了,忽然听到董千秋的呼叫,"阿香怎么了?!"

"她按照你的吩咐打了许仙一巴掌,许仙的本性露出来了!"

"啊?"杜羽都无语了,"这个丫头平常从不听我的,这一次怎么这么听话?阿香一个小丫头肯定打不过一个大男人呀!"

"那现在怎么办?"

"哎呀!别说了,我现在就回去!"

"我要不要跟美杜莎大帝求助?"董千秋又问道。

"千万不要!她最恨这种男人,一定会打死许仙的。"杜羽疯了似的往回跑。

房间中,许仙把不知火明日香逼到了墙角,冷冷地看着她。

"你、你不要乱来啊!"不知火明日香大喊着,"我、我会法术的!"

"法术?"许仙一愣,"我认识你这么久了,可不知道你还会法术。来啊,对我施展啊。"

不知火明日香赶忙去摸腰间的包,却发现这一次的传说中自己换了衣服,那里空空如也。"啊,糟了!"不知火明日香发现自己连一张符咒也没有。

"装神弄鬼,看我今天不弄死你!"许仙抡起胳膊冲着明日香白皙的脸就扇了过去。不知火明日香终于忍不住,"哇"的一声大哭了起来。可就在巴掌即将接触到她的脸的时候,不知火明日香身后的墙壁里忽然蹿出了一只手,握住了许仙的手腕。许仙一愣,却见到一个浑身漆黑的清秀男人从墙中缓缓走出。他戴着半副红色面具,身后长着一双漆黑的翅膀。"啊,大天狗万骨坊!!"不知火明日香流着眼泪大喊道。

"我说,今天是周一吧。"万骨坊无奈地看了看不知火明日香,"平日里叫个不停，真出了问题却像个傻瓜一样呆在这儿。"

不知火明日香跟个孩子一样一下子抱住了万骨坊："呜呜呜，我都吓坏了啊，脑子里面一片空白……"

许仙疑惑地看着眼前的男人。最近真是怪了，怎么到处都是妖啊、鬼啊？可是这个男人说起话来叽里咕噜的，他完全听不明白。是什么南蛮的土语吗？"这男人活腻了吗？居然敢对我的主人动手。幸好我往你这里看了一眼。"万骨坊抓住许仙的手腕轻轻一推，力道大得惊人。许仙立刻飞了出去，摔到了床上。

万骨坊不断地摸着不知火明日香的头，说道："好啦、好啦，别哭了，你好歹是我的主人，哪儿有主人抱着式神哭个没完的？"

不知火明日香就像块膏药一样，紧紧抓着万骨坊不松手。万骨坊只能苦笑一下，回头对着墙壁说："本来我想教训一下那个男子，如今脱不开身了，你要有空就出来玩会儿吧。"

墙壁里面似乎还有人，听到万骨坊这么说，整堵墙都颤抖了一下。另一个清瘦的少年从墙壁中缓缓地走出来，他的眼眸漆黑无比，穿着扶桑学生制服，头上戴着漆黑的头巾，嘴中叼着一根香烟。更奇怪的是，他的背后背着一个巨大漆黑的酒葫芦，酒葫芦上用喷漆画了一个骷髅头。"酒、酒吞？！"不知火明日香一愣，不断地抽泣着，"你也现身啦？"扶桑最强妖怪酒吞童子虽然也是不知火明日香的式神，但这么多年从未现身过。酒吞童子不耐烦地挠了挠头："你这女人啰里八嗦的，烦死了……喂，谁把你弄哭的？"

万骨坊不耐烦地瞪了他一眼："你是瞎了吗？这里一共几个人？"

许仙这可彻底蒙了。他家的墙壁里面住着两个男人？

酒吞童子看着许仙，不由得露出一丝讥笑："哦？看起来是个杂鱼，居然把小香弄哭了。你这混账野郎是活够了吗？这世上只有我能惹哭那个女人！"说罢，他凭空摸出了一根金属制成的球棒，在手中不断挥舞着。

正在客栈中打坐的法海忽然感觉到了什么，皱了皱眉头，随即猛地睁开双眼。"这、这是何等恐怖的妖气？！"法海立刻抬头仰望星空，"这两股巨大的邪恶妖气是怎么回事？难道那两个蛇妖真的……"

"喂，我怎么处置他？手，还是脚？"酒吞叼着烟，回头问不知火明日香。

"主人，乖，先别看。"大天狗万骨坊温柔地伸出手捂住了不知火明日香的双眼，跟酒吞童子说道，"随便收拾他就行了，别让血溅到主人身上。"

"行。"酒吞童子一握手中的金属球棒，整个房间的空气中都弥漫着杀气。

"啊！不、不行！"不知火明日香赶忙推开万骨坊，又拦住了酒吞童子，"酒吞，不能杀了他，那个人很重要……"

"再重要也要死。"酒吞童子丝毫没有放过许仙的意思，"我生气了，今天谁也救不了他。"

"我说不行，你听不到吗？"不知火明日香忽然大喊一声，吓了两个妖怪一跳。

"欸？"酒吞一脸蒙地回过头来，说道，"万骨坊，刚才这个女人是不是熊我了？"

大天狗万骨坊也有些疑惑："主人，你怎么……怪怪的？"

不知火明日香擦了擦眼泪，说道："我、我虽然很感谢你们，但是你们真的不能杀他。现在是在传说之中，我正在执行任务。你们是我的式神，请听我的话！"

酒吞童子可真是想不明白了，眼前这个丫头还是曾经的那个爱哭鬼吗？

"话说回来，这里不是扶桑吧。"大天狗万骨坊环视了一下房间内的摆设，"是华夏吗？"

"华夏？"酒吞也看了看墙上挂的字画，"还真是啊，都是汉字。我太久没用过了，一个都看不懂……"

万骨坊没有理他，反而对不知火明日香说："主人，看来这次的华夏之旅真的让你成长了不少呢。"

不知火明日香嘿嘿一笑，说道："没错，我长大了，再也不会那么任性地跟你们提出无礼的要求了。"

万骨坊跟酒吞童子互相看了一眼，问道："真的？"

"真的！"不知火明日香点了点头，然后又看了看许仙，说道，"不过我还是想让你们帮我踹他几脚……"

杜羽猛地推开门，发现不知火明日香站在一旁，两个陌生男人把许仙用被子蒙了起来，正在疯狂地踹他。"呃……"杜羽无论如何也想不到眼前会是这种场面，"千秋姐……什么情况？"

董千秋愣愣地说："若是没猜错，那二人一个是扶桑三大妖怪之首的酒吞童子，另一个是扶桑著名妖怪大天狗万骨坊。"

"好家伙！"杜羽惊叹一声，"阿香真是个深藏不露的选手啊……"他一边跑上前去，一边喊着，"别打了，别打了！"

"杜羽前辈？"

万骨坊跟酒吞童子一愣，回头看着杜羽。杜羽虽拦下了二人，却伸出脚来狠狠地踹着许仙。"别打了！别打了！"杜羽一边大喊着，一边疯狂地踹向许仙，心说：你这家伙胆子也太大了，居然敢欺负我带来的人，看我今天不踹死你个臭"渣男"。万骨坊跟酒吞童子明明都没动，可杜羽还是一边"劝架"，一边踹许仙。蒙在被子里的许仙连连惨叫，只感觉这几脚比之前的那几脚踹得都重。过了好一会儿，万骨坊才缓缓地说道："主人……真……真的不用拦住他吗？"

"啊！"不知火明日香这才回过神来，赶忙上前拉住杜羽，小声说道，"不能再踹啦，再踹就踹死啦！"

杜羽气喘吁吁地停了手，感觉还是不解气，又补了一脚："去死吧！"

"没事吧？"杜羽一脸担忧地小声问不知火明日香。

"嗯，杜羽前辈，我没事。"不知火明日香小声回答道，"对了，我来给你介绍！"站在一旁的酒吞童子跟万骨坊都比杜羽高一个头，单看这气场杜羽就有点胆怯。"这位是大天狗万骨坊哥哥，是我的十三个式神之一；这位是酒吞童子，也是我的十三个式神之一。"

杜羽一愣："好家伙，原来你还是个'十三香'……"

"喂喂喂！"酒吞童子明显不高兴了，"凭什么先介绍万骨坊啊，浑蛋？"

万骨坊却得意扬扬地看了看酒吞，说道："我跟主人关系好，你管得着吗？"

杜羽看了一眼不知火明日香，说道："阿香，这种厉害人物你身上带了十三个？"

"哦，也不是每个人都像他们这么厉害啦……"不知火明日香不好意思地笑了笑，对万骨坊和酒吞说，"两位哥哥，这位是杜羽前辈，是我来到华夏之后认识的华夏时间师。他很照顾我，我跟着他学了很多东西哦。"

万骨坊微微点了点头，说道："看刚才那几脚，我就知道这人不坏。"

杜羽尴尬地笑了笑，长这么大还没跟扶桑妖怪打过交道呢。

酒吞嘿嘿一笑，凑到了杜羽身前，说道："我能感受到你体内蕴含的奇怪力量，看来你这家伙也是个厉害角色呢。喂，有没有兴趣加入我的组织？"

"组织？"杜羽一愣，心说：你这家伙不是阿香的式神吗？怎么还有自己的组织？

"我的组织叫作'武装妖怪联合'，聚集了一批很棒的男子汉。"酒吞一边说着，一边掏出一张手绘的名片递给杜羽，说道，"我是一代目头领，目前正在招募队员。有兴趣的话，去我那儿坐坐，我介绍兄弟们给你认识。"

杜羽疑惑地接过名片一看，大都是扶桑文，他只看到名片中央画了一个大大的黑色骷髅，又用黑色粗笔写了几个汉字：武装妖怪联合参上。好家伙……这还是个扶桑不良少年？杜羽有点纳闷，但来者是客，他也不方便说什么，恭恭敬敬地把名片放到了口袋中，然后说道："我有空一定去找你玩。"

"哈哈，爽快。"酒吞童子笑着拍了拍杜羽的肩膀，"那咱们就这么说定了。"

杜羽点了点头，却看到酒吞童子从怀中掏出一包香烟，抽出了一根递给杜羽。"呃……算了，我先不抽了……"杜羽缓缓地摇摇头。他怎么也想象不出在宋朝绍兴年间抽上一根香烟到底是什么感觉。"阿香，你看要不要先让他们回去？"杜羽看着不知火明日香问道。

"回去？"不知火明日香思索了一下，说道，"也好……许仙应该不敢欺负我了。"

只见她小声地跟二人交代着什么，二人这才缓缓地点了点头，回头走向了墙壁。在杜羽的注视下，这二人居然径直穿入墙中，非常神奇。不知火明日香刚要上前掀开被子看看许仙的状况，杜羽却拦住了她。"阿香，等我走了再说！"杜羽说完立刻翻窗出去了。

看着杜羽走远，不知火明日香才紧张地扯下了被子，许仙露出一副完全傻了的表情。"许哥哥……"不知火明日香面带歉意地笑了笑，"你还好吧？"

许仙双眼无神地看了看她，心中有些忌惮。这几个女人到底是怎么回事？为什么一个比一个不好惹？

这时候门外忽然响起了敲门声。

"官人，我能进来吗？"白素贞在门外小声问道，"刚才听到屋内有些动静，发生什么事了？"

许仙望着门的方向，慢慢露出了一丝恐惧。前有狼、后有虎，他留在这儿怕是必死无疑了。他四处张望着，不知道自己如何才能活下去。忽然，许仙看到了房间的窗户居然开着。趁不知火明日香不注意，许仙翻下床来，直接跳窗而出。

"啊！"不知火明日香惊呼一声，赶忙在窗口大喊，"许哥哥，你去哪儿啊？！"

站在门外的白素贞听到屋内声音不对，立刻带着美杜莎推门进来，定睛一看，却发现整个房间只剩阿香一人了。

"香妹妹，我家官人呢？"白素贞焦急地问道。

"我也不知道。方才你一敲门，他立刻跳窗逃走了。"

白素贞听后默默低下了头："官人他果然还在害怕我吗？"

美杜莎皱了皱眉头。这样的男人到底有什么值得喜欢的地方？

"白姐姐，你不去找他吗？"不知火明日香问道。

"找？"白素贞的表情有些为难。就算找到了许仙，他能接受她吗？

"哐啷！"几人正在商议的时候，药店老板却忽然闯进屋子。

"咦？"几人一愣，不明所以。

"你们几个丫头快出来帮帮忙，忽然来了好多病人！"

此时的法海正着急地走出客栈。方才有两股邪恶又强烈的妖气一闪而过，此时他有些慌张，总有一种不祥的预感弥漫在心头。"无论如何，老衲都应该去回春堂看一看……"

他还没走几步，忽然见到一个人跪倒在自己眼前。"大师，您一定是法海大师吧？"

法海定睛一看，此人只是一个寻常百姓。"老衲正是。不知施主有什么指教？"

"大师，请救救我家娘子性命啊！"男人着急地对着法海磕头，"久闻大师佛法无边，一定能救我家娘子。我家娘子就要死了啊！"

法海一愣："发生什么事了？"

还不等男人回答，四面八方忽然跑来了好多百姓，纷纷给法海跪了下来。在仔细询问之下，这才知道城中忽然暴发怪病，许多百姓腹痛难忍，更有甚者直接痛死了过去。"速速带老衲前去查看病患！"法海跟着为首的男人走到家中，发现他的妻子正捂住自己的小腹在床上打滚。她满头虚汗，看起来腹痛如刀绞。

173·井中投剧毒

"奇怪……"法海给女人把了半天脉搏，看不出生病的迹象，倒像中毒。"请问各位施主，"法海冲着围观的百姓问道，"诸位家中的病患，都像这位女施主一样腹痛难忍吗？"

"是啊是啊！"百姓纷纷点头。

"怪事……"法海有些纳闷了。若是一个人有中毒的迹象那有可能是仇家下毒，可这么多人同时中毒又是什么原因？

"大师，我娘子怎么了？"男人焦急地问道。

法海无奈地说道："是中毒……施主，老衲斗胆一问，你家娘子今日可曾吃过什么奇怪的东西？"

男人一愣："中毒？"他与他娘子素来不与人结仇，谁会给他们下毒呢？纵观父老乡亲，几乎家家都出现了和他娘子相同的迹象，难道同时被人下毒了？

"大师，实不相瞒，我家娘子近日感染风寒，胃口极差，今天一天只是饮了些水，并未进食啊。"

"水？"法海眉头一皱，好像有了眉目，"哪里的水？"

"我们自己家的井水。"男子回答道。

"施主，你速速去取一碗水来！"

不一会儿的工夫，男子从自己的院中打了一碗井水，送到法海面前。法海端起这碗井水嗅了嗅，味道有些刺鼻，不由得惊叹一声："难道是水中有毒？"

围观的父老乡亲都吓了一跳："大师，你是说有人在井中投毒？"

法海还是不太确定，随即从碗中取了一滴水，用手指捻开。片刻后他翻手一看，手指居然发青了。

"啊！"父老乡亲这才明白法海说得不假，"水中果然有毒！"

"大师，这是怎么回事啊？我们都是平民百姓，从不与人结仇，谁会对我们下这种毒手啊？"

法海皱起眉头，在心中微微思索着什么。这一切难道与那两股强烈而邪恶的妖气有关？"那两个妖女……难道真的开始报复百姓了？"

白素贞、不知火明日香和美杜莎一到药铺就惊呆了，居然有许多乡亲在这深夜前来求医问药。

"掌柜的，发生什么事了？"白素贞问道。

"哎呀，姑娘，你如今是小许的妻子，也算是我药铺的人了。老夫实在没招了，只能请你们帮帮忙！"

"掌柜的，有什么事情尽管吩咐，我和妹妹自当鼎力相助！"

"这些乡亲似乎都中了奇毒，老夫需要给他们煎药解毒，你们快帮老夫按药方抓药、煎药！"

"好！"

白素贞跟不知火明日香赶紧忙碌了起来，美杜莎却在一旁有些不解："这些人中毒了只能说明自己倒霉。你们又不是神，为什么要帮助平民？"

白素贞回头看了一眼美杜莎，说道："妹妹，你这话就说得不对了。难道我们不是神，就不可以一心向善吗？这都是一条条鲜活的人命，我们不出手相助的话，他们很有可能会死！"

美杜莎还是有些没懂。在希腊神域的日子里，她不杀人就已经是万民之福了，如今却要来救助这些毫不相干的人，想想也是可笑。可是看到不知火明日香跟白素贞忙碌的样子，她也只好跟了上去。

"小青姑娘！"药店掌柜说道，"你快去后院打点水。他们应该是吃了剧毒的东西，如今应该先催吐，把水带来给他们灌下去！"

美杜莎微微叹了口气，心说：现在的下民真是越来越无礼了，居然敢让我去打水。虽然心中这样想，但她还是默默地走到后院，从井中打了一桶水，一脸不耐烦地走到那些病患身边，又从旁边拿起一个碗。她正要给他们灌水，却忽然被药店掌柜拦住了。"等一下！"掌柜的一惊，"你这水是从哪里打来的？"

"庭院中的井里啊。"美杜莎有些生气地说道，"不是你让我去打水的吗？"

药店掌柜的自幼就与药材打交道，对气味十分敏感，这桶水一进到屋中他就感觉有点异样。他赶忙放下手中的事情，过来查看了一下这桶水，随即眉头一皱，伸出手指蘸了一点尝了一下。"呸呸呸！"药店掌柜大吼一声，"咱们的井水中有剧毒，有人下毒了！"

"下毒了？！"百姓惊呼一声，"谁这么阴狠？回春堂的井在城中的上游，一旦回春堂的井中下毒了，那半个临安府的人都会跟着中毒啊！"

白素贞发觉不妙。药店掌柜看起来为人和善，如果有人要下毒，八成是冲着她来的。"掌柜的！"白素贞喊道，"方才有谁来过吗？"

"方才？"掌柜眯起眼睛微微思索了一下，"老夫只看到一个年轻和尚匆匆忙忙地跑了进来，直接冲到了后院中。"

不知火明日香瞪大了眼睛，心中暗道：啊，刚才杜羽前辈为了救我飞速地跑了过来，难道他还顺便下了个毒？

美杜莎也有些疑惑。杜羽方才出现过，但是又不知所终，难道真的下毒了？可是剧本里面没有这一段啊……她随即一想，董千秋曾经告诉她，剧本对杜羽来说是身外之物，他随时有可能做出奇怪的事，于是她没有说破。"年轻和尚？"白素贞愤怒地咬着嘴唇，"果然是法海派来的吗！这个秃驴，他始终不肯放过我和官人！"

杜羽跑在深夜的临安府中，甚感奇怪。今夜怎么像是过年一样，处处都是吵闹声啊？"和、和尚，你等等我！"一道声音在杜羽身后响起。杜羽回头一看，只见鼻青脸肿的许仙跌跌撞撞地跑了过来。"欸？"杜羽一愣，说道，"阿弥陀佛，上帝保佑，请问施主有何贵干？"

许仙见到杜羽停了下来，好不容易喘了口气，说道："和尚，'阿弥陀佛'我还能听懂，'上帝保佑'是什么意思啊？"

杜羽没好气地撇了撇嘴，说道："我的行业特殊，所以信的比较多，后面有两句'哈利路亚'和'无上真主'还没说呢。"

许仙摆了摆手，平稳了呼吸，说道："你爱信多少是你的事，我管不着，但能不能带我去见见你师父？"

"见我师父，干吗啊？"

"我、我……"许仙有些难为情，"你师父先前想要救我，可是我没有信他，差点丢了性命。现在我前有狼，后有虎，总感觉那几个女人想要我的命，估计只有你师父能救我了。"

杜羽低头沉思了一下，在心中默默地问董千秋："千秋姐，下面的剧情是什么？许仙应该跟我走吗？"

"是的，杜羽。"董千秋默默点了点头，说道，"按照传说记载，许仙被白素贞救活之后依然很害怕她。在法海的蛊惑之下，许仙跟着他去往了金山寺准备出家。白素贞气愤难当，一怒之下杀了过去，引来了五湖四海三江水，如此便是水漫金山寺。"

杜羽听后面带沉重，又说道："结果呢？"

"结果？"董千秋问道，"什么结果？"

"这一次水漫金山寺的结果。"

董千秋沉默了一会儿，说道："结果是白素贞在斗法中忽然腹痛难忍，产下一名男婴，也因此斗法失败，被镇压在雷峰塔之下，而小青趁机带着男婴逃离了。"

"唉……"杜羽面色复杂地回头看了看许仙，心中只有一个想法——若是我带这个男人走，白素贞就要来送命了。

"怎么了啊，和尚？"许仙不解地看着杜羽，"你们不是常说'救人一命，胜造七级浮屠'吗？我这都快死了，你倒是救啊！"

看着许仙那不要脸的表情，杜羽心一狠，说道："救你可以，但是我有两个要求，你必须得答应。"

"要求？"许仙转了转眼珠子，说道，"行，你说吧。"

"第一个要求，你若想活命，必须得跟随我师父出家，从此当个和尚，不准再祸害任何一个女性，不然我就给那几个女人通风报信，让她们日夜兼程地追杀你。"

许仙一愣。这和尚怎么听起来像是在威胁他啊？只是如今命都要没了，当个和尚也比死了强！"行、行吧……"许仙点点头，说道，"第二个呢？"

"第二个，我要你亲手写一封信，信中说明出家是你自己的选择，与我无关，与我师父无关。你再写明自己本身就是个'渣男'，如实写出玩弄过多少女性，然后承认你根本不是救下白素贞的人，最后写上你美好的祝愿，希望白素贞另嫁他人。从此以后，你们一刀两断，各自安好，莫要寻找，莫要牵挂。"

此言一出，许仙跟董千秋都愣住了。

"杜羽，这……好像不对吧。"董千秋说道，"这样一来，白素贞岂不是再也见不到许仙了？"

"千秋姐，听我的。"杜羽说道，"这次传说我有自己的想法，而且为了许仙这种人，真的要白素贞拼上自己的性命吗？"

"这……"董千秋愣了愣。虽说杜羽说得确实有道理，可是传说的剧情偏差这么多，不知道会产生什么后果。许仙思索了半天，说道："和尚，你当我傻吗？你这明明就是绑票啊！如果我写了这封信，你不带我出家，也不保我性命，反而杀人劫财了怎么办？那个傻婆娘想来救我都不行。"

杜羽冷冷一笑，说道："嘿，你还真提醒我了。如果你不写这封信，我现在就把你打死。"

174·一切的起因

许仙可从未想过眼前这个和尚居然如此心狠手辣，说出"打死"这两个字的时候连眼皮都没眨一下。"和、和尚……不，大师……"许仙明显有点害怕了，"你这到底是为什么啊？我只是个穷学徒，也没钱啊。"

杜羽面色一冷，说道："实不相瞒，这跟钱无关，我就是邻近的英伦村一直通缉的杀人犯，一到午夜就出来接客，顺便杀人。现在，英伦村对我非常忌惮，给了我一个尊称'开膛手接客'。"杜羽说完就凭空摸出了一把细剑，在空中比画着。

开膛手接客？许仙呆呆地愣在原地，只听眼前这个和尚冰冷的语气就知道他没有撒谎，此人应当是说得出、做得到的那种人。"接客大师，您……您别比画了，我写还不行吗？"

"这还差不多。"杜羽微微点了点头，说道，"抓紧吧。"

许仙虽答应了下来，可是又犯了难。深更半夜的他去哪里找纸笔？"接客大师，我没带纸和笔啊，能不能先让我见到了法海大师，然后……"

杜羽大喝一声"放肆"，吓得许仙赶忙闭嘴了。"你身为一个大男人，会被这点事情难住？没有纸和笔，我陪你去买、去偷、去抢，实在不行你就割破你的手指，用血写在衣服上。"杜羽冷冷地看着许仙，说道，"办法总比困难多，是吧？"

许仙瑟瑟发抖，看了看杜羽，只能默默点了点头。

美杜莎推开药铺的门，将一桶水泼向门外，不由得暗骂几声。不是说好侍女要做的事情她都不用做吗？她现在不是正在伺候别人吗？正要回去，她忽然听到漆黑的角落里有点声响。"戈耳工！在这儿，快过来！"一道熟悉的声音在角落里响起。美杜莎的双眼泛起金光，向那暗处一看，只见杜羽顶着一个大光头正在那里朝她挥手。"杜羽？"美杜莎放下水桶，赶忙走了过去，"怎么了？"

"见到你真是太好了。"杜羽坏笑一下，从腰间掏出一个乾坤袋来，说道，"你把这个给白素贞，再告诉她这里面就是一切的起因和许仙的以后，她看了就明白了。"

美杜莎缓缓点了点头，接过了乾坤袋，挂到了自己的腰间。"那你怎么不亲自给她呢？"美杜莎又问道。

"白素贞不是很喜欢我，我怕她拉着我问东问西的。这东西由你交给她最合适了。"

"哦……"美杜莎微微点了点头。

"你怎么看起来不是很开心啊，戈耳工？"杜羽看了看美杜莎的表情，问道，"是不是有点累了？你放心，不出意外的话这个传说马上就结束了，我们就可以回去啦！"

"真的？"美杜莎扬起眉毛问道。

"真的。"杜羽点点头，说，"你只要将这个乾坤袋交给白素贞，一切就可以结束了！"

美杜莎将信将疑地点了点头。她有点想结束这个传说，因为确实有点累了。可她转念一想，传说结束了的话，杜羽是不是就不需要她了呢？那她还有理由留在华夏吗？她的报恩完成了吗？美杜莎好几次欲言又止，那动人的脸上充满了复杂的表情。

"没事吧，戈耳工？"杜羽又问道。

"没事。"美杜莎苦笑了一下，对杜羽说道，"我很好。我们早点把传说结束吧。"

告别了杜羽，美杜莎缓缓地走到了药铺中，里面的人依然忙作一团。

"妹妹，你去哪里了？"白素贞着急地问道，"我这里实在忙得脱不开身了，快来帮帮我。"

美杜莎刚要走过去，却忽然想起了什么，说道："姐姐，你先过来一下，我有东西给你。"

白素贞愣了愣。她认识小青好多天了，第一次见对方这么认真。"怎么了？"白素贞拿起一条毛巾一边擦着手，一边走了过来，"是出了什么事吗，妹妹？"

"刚才我遇到了那个年轻僧侣，他让我把这个东西给你，说这里面就是一切的起因和许仙的以后，你看了之后就明白了。"美杜莎伸手去摸腰间，在两个乾坤袋中拿下了一个，递给了白素贞。

白素贞一愣："年轻僧侣，你是说那个法海的徒弟？"

美杜莎点了点头。白素贞赶忙接过乾坤袋，翻手一倒。乾坤袋中赫然掉出了一朵火红色的蘑菇。白素贞跟美杜莎同时一愣。美杜莎心说：好生奇怪，杜羽给的东西怎么跟自己收藏的那朵红色蘑菇一模一样？白素贞静静地看着这躺在自己手中的红色蘑菇。这东西是一切的起因和许仙的以后？

二人正纳闷，药店掌柜忽然看到了这一幕，不由得大呼一声："两位姑娘，当心！"白素贞跟美杜莎吓了一跳，手中的红色蘑菇掉到了地上。掌柜赶忙上来，用毛巾包住了自己的手，小心翼翼地捡起了那朵蘑菇。"这……"药店掌柜回过头来惊恐地看着白素贞，"姑娘，这蘑菇你是从何处得来的？"

"一个老和尚给我的……法号叫作法海。"白素贞皱起眉头说道。

药店掌柜面露担忧地对白素贞说："法海大师？这朵蘑菇可不能乱碰，其表面含有剧毒，正常人只要舔舔一下就会送命！"

"啊?！"白素贞吓了一跳，"可是那和尚还跟我说……这东西是一切的起因和许仙的以后啊！"

药店掌柜不解地看了看白素贞，然后思索了一下，说道："一切的起因？难道是法海大师投的毒？难怪城中忽然有这么多人中毒……可许仙的以后……坏了！这东西代表着死亡，他怕不是要杀死许仙？"

附近的乡亲一听直接呆住了，没想到那和尚道貌岸然，是个阴险毒辣之人。

白素贞一惊，正要开口说话，却忽然听到门外有人大喊道："妖女，速速现身，老衲有事要与你对质！"

白素贞听后面色一冷，随即冲门外大喊道："法海，你还有脸过来？我也有事正要问你！"

白素贞刚要出门，几个百姓却率先冲进了屋子，直接前往后院打出一桶水。那水中漂着几朵红色蘑菇，几个百姓暗道一声："果然如此。"

白素贞看了看那些蘑菇，冷哼了一下，心中也暗道一声：果然如此。

白素贞随即走出门去，身后跟了一帮百姓。他们想问问法海为什么要在井中投毒。可出门一看，法海的身后也跟着诸多百姓。他们想问问这毒水为何会从回春堂流出来。法海面色严峻，对白素贞说道："老衲本不想为难你们两位妖女，如今你们却残害百姓，让老衲如何能够心安理得地坐视不理？！"

白素贞一听冷笑一声，说道："你这秃驴少在那里血口喷人！我与妹妹彻夜救治中毒百姓，未曾歇息过一刻，又怎会害人？你却一而再、再而三地想尽办法拆散我与官人，到底居心何在？"

法海皱了皱眉头，气不打一处来："这与许仙有何关系？！老衲拆散你们，实则是为了帮助你们，绝无私心，如今你却毒害全城百姓，使得临安府生灵涂炭。是可忍，孰不可忍！"

"笑话！若我想毒害全城百姓，为何要彻夜救治他们？你这秃驴的佛法都白学了吗？！"

"你们所开的是行医救人的药铺，生病的人越多，你们所赚取的银钱便越多。这种浅显易懂的道理根本不需要用佛法解释。你们姐妹俩分明是用人命换取银钱，恶劣至极！"

"一派胡言！"白素贞怒吼道，"明明是你毒害全城百姓，反而将这一切都嫁祸在我们身上。届时你会告知所有人我本来的身份，百姓自然会对我群起而攻之，我与官人的亲事也自然会作废。你才是好狠毒的手段！"

二人言辞激烈地争吵了起来，一旁的百姓却都哑口无言了。这两人说的都有道理……到底该信谁啊？这两人越说越气，都觉得对方在往自己身上泼脏水。法海本是出家之人，一心向善，却没想到有人一心想要嫁祸他，如今就算破戒也绝不能一忍再忍。白素贞少与人接触，本来以为每个人都像曾经救过她的恩人那样善良，她毕竟活了千年，并不痴傻，可今天算是见到了人心当中的黑暗面。二人心中的怒气难以言表，若不是都怕伤及身边的百姓，此时早就动起手来了。

美杜莎慢慢地向后退着，一脸尴尬。若是没听错，她就是那个下毒的人。她可从未想到自己带回来的那些"灵芝"的威力这么大。怎么说也是红色的蘑菇，就算不能救人，但也不至于杀人啊……都怪希腊神域不生长这种蘑菇，要不然她肯定不会出这种糗事。从小，她慈祥的奶奶就告诉她，要小心奥林匹斯山上那些白得像天使一样的蘑菇，它们含有剧毒，可为什么在华夏，红得像火一样的蘑菇也有剧毒呢？此时美杜莎的脸涨得通红，心中只有一个念头——绝对不能让别人知道这件事是我干的。她本来是千里迢迢前来报恩的，结果一不小心酿成了大祸，她的面子往哪儿放？

175·双蛇斗法海

"杜羽，你到底给了美杜莎大帝什么东西？"董千秋问杜羽。

"你不是看到了吗？"杜羽不解地说道，"是许仙的口供。这样一来，白素贞就知道根本不是许仙救的她，这一切就可以结束了。"

"呃……"董千秋愣了愣。这次的传说分三条线进行，分别是美杜莎、不知火明日香跟杜羽，她怕是遗漏了什么重要的情节没有看到。"可为什么……美杜莎大帝从乾坤袋中拿出了一朵含有剧毒的毒蘑菇？"

"什么？"杜羽一愣，"毒蘑菇？"

"是啊！"董千秋也非常不解，"现在白素贞跟法海两个人剑拔弩张，为了这朵毒蘑菇眼看就要打起来了！"

"欸？"杜羽仔细思索了一下，找不到任何头绪，"好端端的，一份口供怎么变成毒蘑菇了？"

"接客大师！"许仙见到杜羽跑过来，赶忙喊道，"信送到了吗？可以带我去见法海大师了吗？"

杜羽一皱眉头。如今法海正在跟白素贞对峙，自然不能带许仙去见他。"我现在有点乱，你先别烦我……"

许仙瞬间露出了一副惊恐的表情："我说……你这和尚不会要反悔吧？我可都按照你说的做了啊！你现在'杀人劫财'可太不讲道义了。"

杜羽不耐烦地看了许仙一眼，说道："你也不撒泡镜子自己尿一下？我真想杀你的话，用得着这么麻烦吗？"

"撒……撒泡镜子……自己尿一下？"许仙被杜羽吓了一跳。虽然这句话说得稀巴烂，但许仙一下子就明白是什么意思了。

"许仙，你先回西街客栈等着，我先去忙点事情。事成之后，我和师父一起去找你。"

许仙只能将信将疑地去往西街客栈，杜羽则扭头奔向回春堂。由于这突如其来的变故，本来应该结束的传说又继续了。他刚跑了没几步，忽然见到远处天空亮起火光，仿佛有人开始斗法。杜羽立刻运起钟离春之力，飞速地向火光之处狂奔。"千秋姐，到底发生了什么事？他们为什么会因为一朵毒蘑菇打起来？"杜羽在城市中一边飞奔，一边问董千秋。

"说来话长，这次可能是传说中的一个桥段——临安府生瘟疫。我一直以为这个桥段是杜撰的。"

"瘟疫？毒蘑菇和瘟疫有什么关系？"

"因为这次的瘟疫其实是下毒。我方才问过蒲松龄先生了，他说在诸多版本的白蛇传说中，都曾记载了这次瘟疫的故事，说法却千奇百怪。有的版本中，白素贞是一个害人贪财的蛇妖，在井中下毒是为了让自己的药店赚取钱财；有的版本中，下毒的是法海，是为了嫁祸给白素贞，从而降服这个蛇妖；当然也有其他版本，说下毒的另有其人。"

"原来如此……"杜羽一微微思索了一下，"不过这样不是更好吗？千秋姐，记得我跟你说过吗？不论她们二人要做什么，尽管随她们去。"

法海与白素贞喝退了诸多百姓，已然各自运起了法力，冲撞在了一起。

"法海，你休想伤我家官人性命！"白素贞掐诀念咒，凭空飞出几个水球。

"老衲何时伤了你家官人的性命？倒是你，绝不可伤城中百姓！"法海一挥袈裟，袈裟便熊熊燃烧起来。巨大的热量让那几个水球瞬间化为蒸汽。白素贞一惊。法海修行的明明是火属性功法，本来应该被她克制，可没想到他的境界过高，已经完全扭转了五行局面，如今竟以火克水。"白蛇，你的法力不敌老衲，休要再抵抗！"法海将自己的袈裟抛到空中，瞬间变成了一条火焰长河，热浪翻腾。这条火焰长河将白素贞团团围住，巨大的热量简直要将她熔化。

"下民姐姐！"站在地面上的美杜莎见到白素贞有难，再也待不住了，脚下生出双翅，瞬间拔地而起。

"哦？"法海扭头一看，只见一道墨绿色身影袭来，运起全力击下一掌，竟被震退一丈。

"僧侣，你想做什么？如果想要争斗，我会陪你到底！"美杜莎冷喝一声，右手拔出一把三叉戟，左手持一面巨大圆盾，整个人如猛兽一般压低了身形，将三叉戟举在身后，大喝一声："斯巴达的力量！"话音刚落，美杜莎的身形亮出金光，头上出现一顶铜制头盔。

法海不由得皱了皱眉头。在这斗法的现场，怎么会有人举起兵刃做出武斗的姿态？但他知道美杜莎毕竟是蛇妖，不可怠慢，立刻从怀中掏出一个金钵，向空中一抛。金钵如同照妖镜一般从天空中射下金光。下一秒，美杜莎如同流星从原地爆射而出，三叉戟直刺法海胸膛。法海面色一惊，念动口诀，远处包围白素贞的袈裟瞬间飞了回来，将法海紧紧护住。美杜莎将三叉戟狠狠地刺在了法海的袈裟上，却不能动他分毫。她脸色一变，收回三叉戟，又举起盾牌："战争的力量！"圆盾的身形变大了几分，美杜莎以整面圆盾为武器，直接撞了上去。法海可从未见过如此法术。袈裟毕竟是柔软之物，无法抵挡这大面积的强力冲撞，他接连后退了几步。

美杜莎微微一皱眉头："僧侣，你不是专门负责跟我争斗的吗？为何你的力量不如我想象中的强大？这样一来，我怎么才能成长？"

法海虽然没怎么听明白，但大约知道这蛇妖是在挑衅他，随即说道："蛇妖，休要张狂！若不是怕殃及百姓，老衲定会将你降服！"

美杜莎听后点了点头："你果然隐藏了实力，很好，那我也可以为了荣誉全力一搏了！"说完，她又握紧三叉戟，整个人泛起幽蓝的光芒，大喝一声，"海洋的力量！"一个巨大的漩涡渐渐从她身旁浮现。法海看后面色一冷，这个蛇妖的修为高得吓人，居然是个水系修仙者吗？这岂不是正好克制住了他？

可还没等法海想出对策，眼前蛇妖的背后隐约幻化出一个怪物。那是一条浑身红色的犬，身形巨大无比，有三个头颅。美杜莎冷笑一声："地狱三头犬，火焰的力量！"三道炽热的火焰瞬间从美杜莎身后喷出，在巨大的漩涡两侧盘旋着飞向法海。法海面露不解。为什么一个人可以同时修行水属性和火属性的法术，而且都有如此威力？他晃起身形，赶忙飞到空中。若不远远逃开，他根本无法接下这种强力的法术，可一抬头，忽然看到天上布满了乌云。

"雷霆的力量！"一道炸雷轰然落下，法海赶忙召回自己的金钵举到空中，迎接这道雷霆。只听一声巨响，金钵被天雷劈得粉碎。法海被击飞了很远，才用尽全力停了下来。美杜莎一握拳，大喝一声："大地的力量！"法海感觉自己的身体瞬间变得千万斤沉重，直接砸到了地上。美杜莎正要再降下天雷，彻底了结法海的时候，白素贞却忽然飞身过来拦住了她："妹妹不可！"

美杜莎眉头一皱，回头望向白素贞："为什么阻拦我？"

"我们给他点教训就可以了，不可以伤人性命！"白素贞说道。

"我不懂。既然是这种规模的争斗，那一定是以一方死亡作为结束的。"美杜莎丝毫没有放过法海的意思，"现在忽然不打了，谁赢了，谁输了？"

"妹妹！"白素贞摇了摇头，"我们并不是要和他分个输赢，只是想证明自己的清白而已。"

法海本以为自己招架不住，却忽然看到白素贞现身，她的这一番话自然也传到了法海的耳朵里。证明清白？若这两个蛇妖真的下了毒，又为何要证明清白？

白素贞缓缓地走上前来，对法海说道："老和尚，今日你冤我、辱我，我都不在乎。只是想让你知道，我与妹妹一同出手绝对有杀死你的把握，但不会那么做，毕竟你也不是大恶之人，只希望你不要再纠缠我和官人了。"

法海自然不傻，白素贞说出来的话绝对不像真正的下毒之人说的，可是毒水确确实实是从这药铺流出来的，这又作何解释呢？若他真在这里跟她们二人拼个你死我活，事后发现此事另有蹊跷，怎么办？"白蛇，你当真没有投毒？"法海问道。

"老和尚，我如果投了毒，怎么会投在自家井里，并且留下把柄？"

法海不由得皱了皱眉头，说道："不管你信与不信，老衲也未曾投毒。"

二人同时面露疑惑。

"老和尚，你说你没有投毒，却有人见到你的徒弟慌慌张张地进入了药店后院，这又作何解释？"

"实不相瞒，老衲已经一天一夜没有见到慧净了。不过慧净心地纯良，一心向善，根本不可能做出下毒之事。"

二人越聊越迷惘，一旁的美杜莎听不下去了。

这要是再聊下去，大家把话说开，不就破案了吗？

下毒的肯定不是杜羽，而是她啊。

"下民姐姐，先不要说下毒的事情了，你忘了许仙吗？"美杜莎说道，"你的最终目的是什么？"

董千秋静静地听着这一切，思考着杜羽的话。他仿佛从一开始就隐隐知道会发生这些严重的错乱，可到底在盘算什么呢？白素贞这下才忽然想起来，说道："对！老和尚，如果不是你下的毒，你又为何把毒蘑菇送给我，跟我说那是许仙的以后？"

法海听后露出一脸不解："白蛇，老衲是和尚，又不是看相的先生，哪里知道许仙的以后？"

176·逃命金山寺

白素贞发现越与这和尚聊，疑点越多，这件事当中说不定真的另有隐情。"既然如此，老和尚，你我都收手吧。"白素贞面色严肃地说，"你早日让我家官人回来，我既往不咎。"

法海念了一句"阿弥陀佛"，对白素贞说道："也罢，但是老衲并未见到许仙。如若相遇，老衲定然让他回来见你。"

二人既不完全相信对方，但也不完全怀疑对方，就在这种将信将疑的气氛之中纷纷落到地上，分别去救治百姓了。躲在一旁的杜羽一直看着几人，如今已经完全没有动手的迹象了，他才悄悄地溜到后院，从水井中拿了一朵毒蘑菇："千秋姐，你找人看看，这蘑菇什么来头？"

不一会儿的工夫，董千秋回话了："杜羽，西王母认识这个蘑菇，生长在昆仑山上！"

"这蘑菇是从昆仑山带来的？"杜羽皱了皱眉头，"那这么说来，下毒的人果然是美杜莎吗？"

她有可能是故意的吗？她居然千里迢迢地从昆仑山采毒蘑菇投到临安府回春堂的井中，这未免也太离谱了。不，美杜莎并不是从临安府千里迢迢赶到昆仑山的，而是从希腊神域千里迢迢地赶到华夏，然后在毫不知情的情况下被迫进入传说，顺便下了个毒。这作案动机听起来简直毫无道理。如此说来，最大的可能就是……美杜莎根本不知道这是下毒。杜羽很

119

快理出了思绪。强如美杜莎，只需要拿出宙斯的长矛就可以杀死半个临安府的人，下毒对她来说见效慢，收益又不稳定，实乃下下策。更何况她彻夜都在救人。杜羽点了点头，将蘑菇丢到一旁。接下来……就看事态如何发展了。

整整忙到第二天正午，大家才齐心协力地为众多百姓解了毒。药店掌柜索性将剩余的解药都倒进了井中，用以中和残留的毒性。他说这些解药都算作自己赠予临安府的，不收取任何人一分一毫的钱财。

"看到百姓平安，老衲也放心了。"法海松了口气，站起身来，对众人说道，"今夜有幸能与诸位一起拯救苍生，实乃老衲的荣幸。如今老衲也该告辞了。"话罢，他转身走向药店掌柜，双手合十，向对方鞠了一躬，"施主大慈悲，日后必有福报，老衲自当在金山寺日夜为你烧香祈福，每天诵经十次。"

"啊！"药店掌柜也赶忙双手合十，向法海行礼，"大师万万不可，老夫只是做好分内之事，不敢劳烦大师。"

"无碍，施主福缘深厚，为施主祈福是老衲的福分。老衲不再叨扰了，告辞。"

法海缓缓地走出门去，白素贞跟了上去。

"大师，"白素贞叫道，"请留步。"

"勿要再送了，白蛇，你我的缘分应当到此为止了。"法海缓缓地向白素贞行礼，说道，"老衲能看出你是心地善良之妖，也希望你日后得道成仙。"

白素贞也向法海恭敬地行礼，说道："大师，小女子目光短浅，并不期待得道成仙之事。若是我家官人真的在大师那里，还望大师……"

"施主，老衲向你保证，绝对没有扣留过许仙。"法海重申道，"若是见到了许仙，老衲一定让他好生与你度过余生。"

"如此甚好。有劳了，大师。"经过一夜，白素贞对法海有些改观，不由得客气了起来。

二人拜别了之后，法海只绕过一个路口，就看到了守在这里的杜羽。"慧净？"法海愣了一下，"这一天一夜你跑到哪里去了？"

"我……"杜羽尴尬地笑了一下，"我去救人了！"

"救人？"法海微微叹了口气，"也对，仅凭一家小小的药店又怎么能救下半个临安府的人……"

"师父啊，你先跟我来，我告诉你个好消息。"

"好消息？"杜羽拉着法海一路跑回客栈，推门一进屋，发现许仙正坐在屋内喝茶。"啊？？"法海一愣，"许、许施主，你为何在这里啊？"

"啊，法海大师！"许仙像见了亲人，"扑通"一声跪了下来，"您可回来了啊！"

法海疑惑地看了看杜羽，问道："慧净，许仙施主是何时过来的？你所说的好消息又是什么？"

"许仙被救活就立刻过来了啊！"杜羽也大摇大摆地坐下，喝起了茶，"我所谓的'好消息'，是这个'渣男'决定以后不再祸害女性了，他准备跟着你前往金山寺，以后就当个和尚了。"

"这怎么能行？！"法海一下子慌乱了起来。他活了这么久可从未撒过谎，如今看来岂不是骗了白蛇？

"不行？"杜羽和许仙都一愣。

"小和尚，你看到了啊，是你师父不收我的！你赶紧让他打死那几个妖怪，让我回去。"

杜羽冷冷地瞪了许仙一眼，说道："我师父不收你，我收你。你叫我'师父'，以后你就是我师父的徒孙了。你这孙子听明白了没？"

许仙一惊，赶忙低下了头，不敢说话。

"慧净，不可胡来！"法海为难地说道，"老衲已经答应了白蛇，若是见到许仙施主，一定让他们夫妻相聚。如今老衲要带着他前往金山寺，这不是出尔反尔吗？"

"夫妻相聚？"杜羽可有点生气了，"师父，白蛇是什么样的人你也知道了，你真的忍心让他们夫妻相聚？"

法海有些犹豫，双眼眯了起来，思索着什么。

"不瞒你说，师父，我认识在回春堂打工的小丫头。你知道这许仙是怎么欺负她的吗？"

法海不解地望向杜羽，问道："那位女施主怎么了？"

杜羽深深地吸了一口气，添油加醋地编了一个丧心病狂的故事。一旁的许仙好几次想打断杜羽，但一想到杜羽心狠手辣，又把这些话咽了回去。

"你说的可是真的？！"法海惊诧地问道，"这……这位许仙施主他……"

"师父，我当着他本人的面，难道还能撒谎？"杜羽反问法海。

"这……"法海看了看许仙，他确实一句话都没有辩解。

"师父，如今这许仙不仅想逃离白素贞，更想让你杀了她。你自然是不会杀她的，可有没有想过，万一他自己动手……后果会怎么样？"法海沉重地低下了头，仿佛知道了事情的严重性。"我们把他带回金山寺，让他与白蛇断了缘分，简直一举两得。不仅能救下那个妖，更能救了天下女性啊。"

在杜羽的再三劝说之下，法海终于软下心来："慧净，你说得对，将许仙施主带回金山寺，让他落发为僧，实则是为了他们二人着想。白蛇深明大义，总会明白老衲的苦心。"

"这就对了！"杜羽高兴地大叫道，"这下白蛇终于安全了……"

杜羽的心放了下来。他曾经在希腊神域救下了一条青蛇，如今不在乎再救下一条白蛇，就算她成了太枢又怎么样？若连眼前的人都救不下来，何谈拯救天下苍生。

三个人很快收拾好了行囊，即刻前往金山寺。

"师父，路程这么远，咱们是不是得走很久啊？"杜羽一边收拾自己的包袱，一边问道。

"慧净，你是在戏弄为师吗？咱们驭袈裟飞行，片刻就能到达金山寺，怎么会走很久？"

"呃……"杜羽一愣。原来他是驭着袈裟来的啊。"师父，我、我就逗逗你……"

三人出了客栈，法海却没有着急驭起袈裟，反而先往人迹罕至的地方走去。按他的说法，这里凡人众多，贸然施展法术怕惊扰了凡人。杜羽无奈地摇了摇头。昨晚法海跟白素贞大打出手的时候怎么没想到会惊扰凡人？可没走出多远，四面八方忽然拥来了一大片百姓，他们各自拿着烧饼、鸡蛋、水果，热情洋溢地走了上来。"法海大师！"百姓热情地问道，"您是不是要走了？我们是特地来感谢您的！"

杜羽一愣。这一幕他只在电视上看过啊。大家你一言我一语地感谢起法海来，并且不断地将礼物塞到他的怀中。老和尚哪里见过这种场面，很快就招架不住了："各、各位施主，老衲是个出家人，救死扶伤，不图回报！"

"大师，您就收下吧！这都是我们的一片心意！"

杜羽苦笑着看着法海，刚想吐槽两句，却忽然感觉不太对。他好像忽略了一个很重要的问题。可是这么多善良的百姓前来感谢法海，会有什么问题呢？

还不等杜羽想明白，一个妇女忽然惊诧道："咦，你这青年，不是回春堂的小学徒许仙吗？昨日才听说你成了亲，今天要去哪儿啊？"

杜羽一愣。坏了！只见法海冲众人微微一笑，说道："实不相瞒，这位许仙施主已经决定拜入金山寺，落发为僧了！"

听到这句话，杜羽直呼不妙，一不小心让许仙跟着法海走了的消息传了出去，很快就会传到白素贞的耳朵里了。

177·水漫金山寺

杜羽二话不说，拉起了许仙和法海就往城外跑去。"慧净，发生什么事了？"

"师父，你大意了！"杜羽说道，"本来我们可以神不知鬼不觉地离开，可如今要被白素贞知道了！"

"你是说……"法海一皱眉头，"那白蛇会从中阻拦？"

"我不好说……总之，我们快走吧！"

不出杜羽所料，许仙要去金山寺出家的消息不胫而走，很快就传到了白素贞的耳中。白素贞从未想过一个和尚可以坏到如此程度，居然一而再、再而三地向自己撒谎、隐瞒，并且还道貌岸然地上门问罪。此时的美杜莎正坐在角落里看剧本。杜羽说传说马上就要结束了，可这剧本后面明明还有很长的一个章节。美杜莎默默地念着那用古希腊神域语写成的剧本，一脸疑惑，因为这一章的名字叫作"洪水淹没了金子做成的山上的僧侣的庙宇"，也不知道到底是谁翻译的，看起来非常难懂。"华夏人到底懂不懂古希腊神域的语法啊？"美杜莎没好气地合上了剧本。

"妹妹，我已经无法再忍耐了，必须去把我家官人带回来。"白素贞思索再三，还是站起身来，严肃地跟美杜莎说道。

"带回来？"美杜莎有些不理解，"为什么要带回来？他不是想成为僧侣吗？"

"呃……"白素贞愣了愣，"妹妹，你可能不谙世事，所以不明白。许仙如果成了僧，就不能做我的官人了。"

"奇怪。"美杜莎一脸认真地看着白素贞，喃喃自语，"成为僧侣不是去学习魔法吗？这跟结不结婚又有什么关系？"

远在传说管理局的董千秋看到美杜莎的表现不由得有了一个想法。美杜莎大帝几千年来都是希腊神域的统治者，自然不明白华夏古代的习俗。如果换成西王母去到古代的希腊神域，相信也是一样"违和"。白素贞仿佛没听到美杜莎说话，又开口了："可是那和尚的火属性功法非常厉害，修为也远在我之上……若不想办法克制，根本无法与他抗衡。"

不知火明日香此时正在柜台上学习怎么使用算盘，听到白素贞说话，像忽然想到了什么一样插话道："白姐姐，不用担心，要克制火属性功法的话，你可以水漫金山寺啊。"

"水、水漫金山寺？"白素贞吓了一跳，"香妹妹，你不修习法术，可能不知道金山有多高，金山寺有多大，这个办法不可能有人做到的。"

"白姐姐，你……做不到吗？"不知火明日香感觉眼前的情况和自己拿到的剧本有点出入。

"我当然做不到！"白素贞叹了口气说道，"我虽然修习的是水属性法术，可仅仅会以水汽伤人。淹没一座山，这种可怕的场面恐怕只有仙人才能做到了。"

董千秋一愣。对啊！白素贞没有拜仙人为师，她的法术根本没有那么强大。一个普通的水属性修仙者如何淹没一座山？难道要靠普通的呼风唤雨吗？这得多久才能淹没金山？美杜莎缓缓地吸了口气，看着不知火明日香，说道："香小姐，难道我和姐姐……应该去淹没那座山吗？"

不知火明日香非常小心地措辞，回答道："是的，按照某些道理来说，白姐姐确实应该淹没那座山。"

白素贞有点听不明白了，总感觉小青与阿香更像认识很久的姐妹，自己反而是个局外人。美杜莎忽然站起身来，说道："你们所说的那座山叫什么名字？"

"金山啊。"白素贞回答道。

"金子做成的山？"美杜莎好像有点明白了，"那座山上是不是还有僧侣和庙宇？"

"是的。"白素贞点点头，"法海正带着许仙前往那里出家。"

"你……无法淹没那座山，对不对？"

"对……"

美杜莎忽然笑出声来："洪水淹没了金子做成的山上的僧侣的庙宇……太好了，终于有地方让我表现了！"白素贞跟不知火明日香一愣。明明事态紧急，可她怎么这么开心？"姐姐，你尽管去那座金山，我会亲手将它淹没。"美杜莎左手一翻，手中赫然出现了一把海蓝色的三叉戟。

"妹妹……你、你竟有如此神通吗？"

美杜莎冷哼一声，说道："我要是早点看懂那个该死的翻译，早就有这个神通了。"

白素贞还是没懂，但小青如此说了，肯定不会欺骗自己。"妹妹，既然如此，姐姐就真的要借助你的力量了！"

杜羽三人坐在法海的袈裟上，像是逃命一样地赶往金山寺。

路上杜羽一直在询问董千秋接下来的剧情，面色十分沉重。

"也就是说，千秋姐，现在的剧情跟传说记载的基本上差不多？"

"不能说基本上差不多，单就结果来看，应该是完全一致……"董千秋不由得有点佩服杜羽。这一次若不是他执意让美杜莎为所欲为，一切恐怕没有这么顺利。

"完全一致，"杜羽点了点头，"那接下来呢？"

"接下来……白素贞得知许仙前往金山寺出家，便会发动通天法力，引来五湖四海三江水，为水漫金山寺。"

"你的意思是，接下来白素贞马上就要带着一大片海水、湖水、江水杀过来了？"

"呃……这次的情况有点意外。白素贞并不会这么强大的法术，引来五湖四海三江水的反而是美杜莎，但是结果都是一样的。"

"嗯……"杜羽点点头，"也对，美杜莎毕竟有海神三叉戟。虽说美杜莎帮了大忙，可如果真的引起这么大规模的斗法，我和阿香怕是会有危险啊！"

"危险不止如此。"董千秋面色严肃地跟杜羽说，"按照传说中记载，给金山寺造成威胁的不仅是水，更是水中的十万虾兵蟹将。"

"嗯？白素贞这么狠吗？十万虾兵蟹将把法海一个人围起来踹，就这样居然还没打赢？"

"当然不是十万个人打一个人。很多版本的传说中，白素贞一旦请来了虾兵蟹将，法海则一定会请来天兵天将。"

杜羽一听直接蒙了。接下来居然是二十万人的战场？"不对啊，千秋姐，法海又不是西王母，为什么会叫来十万天兵天将啊？！"

"可是传说确实是这么记载的。具体的过程我真的不清楚，这是我第一次详细地研究白素贞的传说。"

"算了，走一步看一步吧！"

回到寺院，杜羽来不及跟任何人打招呼，将许仙关到一座高塔里，立刻让法海准备抗洪物资。

"慧净……你说的那些沙袋、沙包到底是干什么用的？"法海不解地问道。

"师父！有这个空间我，不如赶紧让众多师兄弟开始准备。马上就要发大洪水了啊！"法海虽然非常疑惑，但看慧净那紧张的表情，也有些忐忑起来，于是赶忙吩咐下去，让全寺的僧人立刻去寻找空闲的布袋，全部装满沙子。"光是空闲布袋还不够，师父，你让所有师兄弟拆了自己的被褥，也塞满沙子！"

"啊？"法海有些犹豫了，"慧净，虽然为师相信你，但也不能破釜沉舟啊。如果拆了被褥，往后可怎么生活？"

"若是抵挡不住，他们就没有以后了！"杜羽着急地说道，"对了，师父，你是不是跟天上的天兵天将有交情？赶紧让他们准备准备，要是时间差不多就该下凡了。"

"慧净，你是发烧了吗？"法海皱起了眉头，"为师只是一个普通修仙者，如何认识天兵天将？就算为师侥幸认识一个，他又怎么会听从为师的安排下凡？"

"行，跟我想象中的差不多，那没事了。"杜羽叹了口气。一会儿真要动起手来，美杜莎倒是不会伤到他，可那十万个"海鲜"呢？杜羽忽然又想到了什么——既然法海没有办法叫来十万天兵天将，那美杜莎能叫来十万虾兵蟹将吗？显然也不合理。

此时一个小和尚跑了过来，冲着杜羽说道："慧净师兄，我们已经按要求准备好沙袋了，放在哪里？"

杜羽仔细想了想，传说中的事情很少在自己的预料之中，还是按计划准备抗洪吧。"将所有沙袋全部堆在门口——各个房间的门口、寺院的门口，还有许仙那座高塔的门口。确保水不会轻易淹进屋子！"众多僧人赶忙抱着上百个沙袋去摆放。

就在此时，法海微微皱了皱眉头，仿佛听到了什么巨大的声响。他看向四周，却只见远处雾气蒙蒙，完全看不清状况。杜羽也听到了声音，跑到寺院门口，冲着远处看。远远的地方忽然起了大雾，甚是奇怪。巨大的声响越来越近，寺院中的僧人们纷纷走出了屋子，疑惑地看向远方。"来了！"杜羽严肃地说道。一直等到声音的源头近在眼前，众人才发现远处那根本不是雾，而是高达百米的海浪。海浪之上站立着两个身影，一白一青。

法海面色一愣，大吼一声："何人扰我金山寺？"

青色身影手持一个海蓝色武器不断地指引着海水的方向，一声大喝随之传来："吾乃小青大帝，命你速速释放我的姐夫！"

178·懂的自然懂

杜羽定睛一看，确实是"小青大帝"和白素贞，只不过这高达百米的海浪的底部还有一个小黑点。杜羽远远一看，不知火明日香坐着一片奇怪的荷叶居然偷偷跟了过来。"我去……"杜羽心说：这丫头看起来真是胆大包天，不管多么危险的地方，她都想跟来看看。寺院里的僧人们几乎都被吓破了胆，平日里连大海都难得一见，更不必说百米高的海浪了。"师父……你真的不认识天兵天将吗？"杜羽又问了一遍。

"为师真的不认识……"法海无奈地说。法海也有些心慌。此等威力的法术莫不是大罗金仙来了？

"师父，不管怎么说，你一会儿先应付那两条蛇。按理来说，她们会输给你，但是你绝不能伤了她们。"

法海似懂非懂地点了点头，还想说什么，回头一看慧净却不见了。

杜羽飞身跑下了山，正在驭海浪前进的美杜莎忽然看到了他，不由得收起三叉戟，巨大的海浪也停下了。

白素贞看到飞身向这里跑来的年轻和尚，面露一丝不悦："妹妹，不要管他，我们直接冲过去。"

"不行。"美杜莎当机立断地回答道，"你忘了我说过什么？"

白素贞这才想起，这位年轻和尚是小青的恩人。"也罢，那就等这个年轻和尚逃命了之后再对付法海吧。"

等了没一会儿，杜羽跑出了二人的视野。美杜莎放下心来，举起三叉戟指引着海浪继续前进。可杜羽没有走远，直接飞身跳上了不知火明日香乘坐的大荷叶。

　　"杜羽前辈！"不知火明日香激动地挥了挥手，"你来啦！"

　　杜羽二话不说就敲了一下不知火明日香的头："阿香，你这丫头找死是不是？这种地方是你该来的吗？就算要来，你也得找条船啊，怎么坐着荷叶就过来了？"

　　"嘿嘿！这种场面太宏伟了，我在扶桑的时候从没……哕！！！"杜羽一愣，好像忽然想起了什么。不知火明日香擦了擦嘴，又说道："从没见过。华夏的传说真的好精彩啊，如果有机会，我……哕！！！"

　　"阿香，你……"

　　"我想多去看看，也算是修行了。你说对吧？杜羽前……哕！！！"

　　杜羽恨不得让董千秋现在就召不知火明日香回去。这丫头为什么这么会添乱啊？"阿香，有时候我也不想敲你，可你真的太欠揍了……你自己晕船不知道吗？为什么非得过来啊？"

　　不知火明日香面色如常地说："没关系，杜羽前辈，我已经练……哕！！练成了一个特殊技能，就算我一直吐，也能……哕！！！也能正常交流。"

　　"我的天！你这技能也太……"杜羽捂着脸，实在不想聊这个问题了，"随你便吧。我可提前跟你说好，如果有危险，你趁早把你那十三个式神全都叫出来。这种场面我自身难保，更不用说保护你了。"

　　"我明白的，杜羽前辈。"不知火明日香忽然想到了什么，又说，"对了，这水里面，好像有……哕！！好像有人在说话！"

　　"有人说话？"

　　杜羽低头看了看海水，里面果然有不少影子。还没等他看清楚，一个虾头人身的怪物忽然钻出水面，吓了两人一大跳。"我去！！"杜羽想直接溜，可是附近都是水，根本没地方去。只见那虾头怪环视了一下，目光停留在了杜羽和不知火明日香的身上。

　　"哥们儿，什么情况？"虾头怪问道。

　　"什么情况？"杜羽有些不解，"你又是什么情况？"

　　"不是……"虾头怪挠了挠自己的虾头，说道，"声势怎么这么大？你俩也是妖吗？"

"欸？"杜羽感觉跟虾头怪的聊天没在一个频道上，"我是不是妖和你有什么关系？"

还不等虾头怪回话，忽然又蹿出来个螃蟹怪。

杜羽心说：猜得没错的话，他们就是虾兵蟹将？

"老九，干啥呢？！"螃蟹怪不耐烦地问道。

"哦，副将，咱们不是都不知道这次忽然出兵的情况嘛，我就想找其他妖怪问问。"

"啥呀？"螃蟹怪不耐烦地敲了一下虾头怪的脑袋，"你凭啥知道他们两个是妖怪？万一是凡人可咋整？咱可不能瞎露面呀！"

"不是，副将，你自己感受一下，这两人体内都有不小的力量啊。"

螃蟹怪听完后看了看杜羽和不知火明日香，二人不由得往后退了一步。他们长这么大还没被螃蟹盯着看过。"哎呀妈呀，还真是！"螃蟹怪又敲了一下虾头怪，"他俩是妖怪，你干啥不早说？俺差点以为惊扰了凡人。"

"我这不是没来得及说嘛……副将，他们是什么妖怪啊？"

杜羽和不知火明日香不知道该怎么回答，螃蟹怪却知道："你看这男的，明明是个和尚，身上却有两股极阴的女性之力，可能是个死了很久的淫棍。"

虾头怪觉得言之有理，点了点头，又问道："那个女的呢？"

"你是不是傻？那女的身材矮小，又一直往外吐东西，肯定是个茶壶精呀！"

杜羽实在是听不下去了，打断他们道："先别聊我俩是什么妖怪了，你们到底为什么来这儿啊？是不是来攻打金山寺的？"

螃蟹怪无奈地摇了摇头："哥们儿，你说啥呢？！谁敢问啊？这么大规模的海水翻动，肯定是因为龙王令呀！俺们只能跟着海水来，跟着海水打。"

"啥玩意儿？"杜羽有点没听懂，"原来你们都不知道是来干什么的，就跟无头苍蝇一样跟着海水来？"

螃蟹怪摇了摇头："刚才俺不是说了吗？龙王令一出，根本不用问啊。只有四海龙王联手发令才有权将这么多的海水移动过来。"

虾头怪在一旁撇着嘴，小声说道："要我看，肯定出事了，出大事了！上面瞒着不说，让咱们冲前面去。"他老气横秋地摇了摇头，说道，

"仙界恐怕要变天喽。"

螃蟹饶有兴趣地看着杜羽，问道："哥们儿，你俩不是海里的，也来到这儿，是不是知道些什么内幕？"

杜羽微微一思索。原来脚下这十万虾兵蟹将都不知道为什么来。那可真是太好了！于是他心生一计。他清了清嗓子，说道："其实这次的出兵，里面的利害关系真的挺大的。至于我的身份呢，你俩明白就行。总而言之，眼前就是这种情况了。我只能说，有的事情懂的人都懂，不懂的人永远不懂。就算你们不懂，我也不会告诉你们，毕竟懂的人都已经升官发财了。关键是懂的人都是自己悟的，你们也不知道谁是懂的人，所以也没法请教。其实很多事情自己知道就好，别人知道了反而不好。这件事水很深，牵扯到很多东西，有的事情知道少了不行，知道多了更不好。你问的话可以，你不问的话也没问题。我其实很想让你们懂，但实际上呢，你们懂就懂，不懂就不要装懂。社会上的事情少打听，因为打不打听有的时候都是一样的。我这么说……你们懂了吗？"杜羽说完睁眼一看，海面上居然密密麻麻地浮出了一大片虾兵蟹将，大家都被杜羽的这番话搞蒙了。海面上虽然漂浮着成千上万个妖怪，却出奇地安静。

过了好一会儿，虾头怪才戳了戳身边人，问道："兄弟，你懂了没？"

"好、好像懂了。"

杜羽大吼一声："该说的我都说了，你们懂了的话就赶紧去吧！"

众多虾兵蟹将带着疑惑的眼神默默地又潜入了水中，本来没有目标的他们现在更加没有目标了。

"杜羽……你搞什么鬼？"同样一脸蒙的董千秋问道。

"先别管这个。千秋姐，我问你，十万天兵天将是谁号令的？"

"是托塔天王李靖。"

"明白了！他住在什么地方？"杜羽又问道。

"住在天庭的毗沙宫。你要做什么？"

杜羽坏笑一下，伸出手在空中画了一扇非常小的传送门。这传送门看起来只有巴掌大，董千秋完全不知道他打的什么鬼主意。杜羽往传送门里一看，传送门的另一头坐着一个雄姿英发的中年人，必然是李靖。于是他把嘴凑到传送门边，吸足了气，大喊一声："龙宫造反啦！！！"

李靖一愣，赶忙抬起头。杜羽立刻关上了传送门。李靖面带惊慌地环视着，完全找不到声音的出处，但确确实实听到了什么。他赶忙冲着屋外大喊，叫来自己的手下大将千里眼和顺风耳，让他们看一看、听一听凡间是否有什么异样。果然，十万虾兵蟹将前往金山寺的情况被千里眼和顺风耳抓个正着。从未听说龙王令颁布，海水为何倾巢而出？这下李靖可犯了难。情况紧急，他必须马上出兵，可是不去昆仑山通报西王母，私自出兵的话就会犯天条。

"天王，怎么办？"千里眼问道。

李靖捋了捋胡子，仔细思索了一下，说道："此次事关紧急，马上召集天兵天将，即刻下凡！"

千里眼面带担忧地说道："天王，没有西王母批准的天尊令，如何召集十万天兵天将？"

"来不及去申请天尊令了……"李靖沉默了一会儿，叫来了四大天王，然后将自己的七宝玲珑塔递给了他们，交代道，"魔家四将，你们速速将本王的本命法宝带去给西王母，向她禀明情况。若她同意出兵，你们即刻带着法宝下凡与我会合；若她有心怪罪，可直接击碎本王的本命法宝，本王便会身死道消。"

179 · 天兵战虾蟹

平日里不知李靖是以什么方式教导众多天兵天将的，尽管千里眼清清楚楚地告诉他们"此次没有天尊令，事出紧急，为救苍生，乃将军私自调遣"，但天兵天将还是聚集了十之八九，和十万相比差不了多少。众多天兵天将穿好了战甲，林立在天云之上。李靖简单检视了一下，随即挥起天王旗，引领近十万天兵天将下凡。整片天空黑压压的，亮起了各色法宝的光芒和五色灵气。天兵天将虽然对李靖忠心耿耿，但实在不知道这一次聚集的目的，以及对战的敌方是谁。虾兵蟹将刚刚靠近金山寺，忽然抬头看到了天上林立的天兵天将。

在杜羽身旁的螃蟹怪看后冷冷一笑，说道："看来真如虾老弟说的，这次出的事不小啊。金山寺是出了魔吗？天兵天将都来了。加上俺们虾兵蟹将，这可是整整二十万啊。"

杜羽露出了一丝不易察觉的笑，然后对一旁的虾兵蟹将说道："看来我说了那么多，你们还是不明白啊……"

"哎，哥们儿，啥意思？"螃蟹副将跟虾头怪一脸疑惑地看着杜羽。难道这里面还有隐情？

"李靖造反了，"杜羽意味深长地说，"现在还看不出来吗？这种机密的任务只能到了现场才告诉你们啊！快把这条消息传下去，让虾兵蟹将做好对战准备，对手可是那个李靖啊！！"

"啥玩意儿？！"螃蟹副将要不是浮在水里，早就被吓得坐到地上了，"托塔天王李靖造反？！"

附近还有许多螃蟹与虾兵，听到杜羽这句话后都面色沉重起来，不一会儿的工夫就四散而去，将消息一层层地传递下去。海浪终于停在了金山寺的门口，众多虾兵蟹将也做好了迎战准备。

寺院里的和尚哪里见过这种场面？放着这百米高的海浪不说，里面攒动的虾兵蟹将又是怎么回事？原来传说中的虾兵蟹将真的存在呀！虾兵蟹将也有点不解。大家都得到了消息，这次对战的乃是托塔天王李靖引领的十万天兵天将，可海浪怎么把他们引领到一座寺庙了？他们原先都在水里，闲来无事，却忽然被大海给卷走了，只能在汹涌的海浪中换好了装备，严阵以待，一直到阵前才知道对方乃是托塔天王和十万天兵天将，难免有些紧张。

法海和众多僧人还没反应过来眼前的情况，却听到空中出现众多声响，抬头一看，原本的白云皆已变成乌黑的，当中密密麻麻地站满了天兵天将。李靖停住挥舞的天王旗，让众多天兵天将不要轻举妄动，毕竟眼前的情况没搞清楚，万一冤枉了龙宫可就不好了。美杜莎跟白素贞也有些愣。看着这满天的人，白素贞不由得胆怯起来了。

"妹妹……那些好像是天兵天将。天兵天将为何会赶来支援？难道是你叫来的？"

"不可能。如果是我叫来的众神守卫，根本不会穿这么多衣服。"

"呃……"白素贞可为难了。难道真的是法海叫来的？她再一低头，发现海浪里面居然有无数的虾兵蟹将探出头来，虎视眈眈，看着天上。"啊！"白素贞吓了一跳，但随即一想，这海浪都是小青呼唤来的，虾兵蟹将也应该是吧。

这种紧张的气氛持续了不到三分钟，美杜莎忽然掏出一个巨大的号角，大吼一声："纷争开始！"她随即吹响了号角。虾兵蟹将一愣，不知道是谁发的号令，但此时此刻敢说话的肯定是个指挥官啊，于是他们赶紧运起法术。瞬间，十万根水柱齐齐射向了天空。

李靖大惊失色："果然如此！速速列阵！"

天兵天将不敢怠慢，纷纷掏出了护体法宝，抵挡住了这十万根水柱。虽说大多数天兵天将的修为都高于虾兵蟹将，可虾兵蟹将毕竟是妖，体质的坚韧程度远超凡人，这样想来也是一番苦战。"听我号令，全军冲锋！勿下杀手，生擒敌人！"一声令下，天上的大片云彩仿佛被撕碎了。众多天兵天将呐喊着、嘶吼着，脚踏云彩，俯冲而下。虾兵蟹将也不再犹豫，各自踏着海浪飞身而起。在美杜莎、白素贞、法海等人的一脸不解之下，二十万上仙与真仙冲撞在了一起，这气势让任何人看了都为之一震。

"妹妹，你早就知道这里会有十万天兵天将埋伏，所以才唤来了虾兵蟹将吗？"

"呃……"美杜莎根本听不懂这些都是谁，但是混乱的场面确实有助于完成任务，于是她只能说道，"下民姐姐，还是赶紧抢回许仙吧。"

"哦，对！"白素贞似乎被这战场气氛感染了，立刻大喝一声，"法海，你还我的官人来！"

法海咬着牙，说道："白蛇，虽然老衲愧对于你，但你此番作为未免太过夸张了！怎可让无辜的仙家为了你拼上性命？"

白素贞运起法力，从身后的海浪中凝结出一根根水柱，对法海说道："若不是你提前做好准备，我妹妹又怎么会招来虾兵蟹将？"

提前做好准备？法海觉得有点冤枉。难道他提前准备好了抗洪的沙袋，就值得如此大动干戈吗？还不等他解释，白素贞驭着众多水柱冲向法海。她在平地与法海对战完全不占优势，可如今四面八方都是海水，一瞬间攻击力大增。法海虽然不占地利，但也没有道理任人打到家门前却无动于衷。他立刻扯下袈裟，化作一堵巨大的火墙，一边抵挡奔涌而来的海水，一边迎击白素贞的法术。

远处站在高塔上的许仙见到眼前这一幕差一点又被吓死了。这女人到底怎么回事？非要他的性命不可吗？如今怎么这么声势浩大地杀过来了？许仙不由得有些生气。他玩弄过这么多女人，可从来没被人把他逼到这个境地。他越想越气，不由得大喊一声："喂！你这臭婆娘，赶紧给我滚啊！快束手就擒吧，就你这种货色，我一抓一大把。我再也不要你了！"由于海浪声实在太大，白素贞虽远远看到了许仙，却听不清他说的话。隐约之中只听到了几个字："喂！你……赶……快……救（就）……我……"赶快救我？

"官人休要着急！"白素贞大吼一声，"我收拾完了这个老和尚，马上就过去找你！"

许仙一愣。怎么着？还非要杀了他不可吗？看来待在法海这儿，他也要死了。他立刻跑下高塔，本想就此逃命，可山下四周都布满了海水，哪里才是生路？许仙四下寻找，找到了一把寺里僧人砍柴用的柴刀，把柴刀藏到怀中。它好歹是个护身利器。

此时杜羽把不知火明日香拽到了寺庙中，一抬头就看到了许仙："喂，许仙，你要去哪儿？"

许仙一愣，回过头来对杜羽说："啊！你这和尚实在太狡猾了，我都已经按照你说的做了，那个白素贞还要来杀我，这是为何啊？"

杜羽无奈地叹了口气："俗话说'不做亏心事，不怕鬼敲门'，看来你实在是做了太多亏心事。你以为这世上的人都像你一样内心肮脏吗？"

许仙不明白。他刚逃离临安府没多久，白素贞就如此声势浩大地杀了过来，不是要他的命那是什么？

白素贞远远看见杜羽正在接近许仙，不由得大惊失色："小和尚，你不许动我家官人！"

就在这分神的工夫，一根禅杖缠绕着浓浓的火属性灵气飞了过去，正好撞在了白素贞的胸前。白素贞一口鲜血喷出，飞了出去。美杜莎起身稳稳地接住她，帮她稳定了身形，随即说道："姐姐，交给我吧！"

天上的千里眼看了看寺庙之中打作一团的人，不由得问李靖："将军……那里有一群奇怪的人也打起来了，什么情况啊？"

李靖远远一看，甚是不解。这种仙人交战的场面怎么还有其他妖和凡人？

"先不要管他们，专心抵挡眼前的进攻！"

美杜莎手一挥，身上就布满了武器和装备，然后划破长空，冲着法海飞了过去。

法海与美杜莎交过手，自然知道她实力非凡，完全不敢怠慢。如今附近再也没有百姓了，他可以放手一搏了。只见他念动佛经，幻化身形，身后陡然出现一尊巨大的金佛的幻影。此佛伸出一只手掌，如泰山压顶般伸向美杜莎。美杜莎虽然知道法海隐藏了实力，可从来没想到他隐藏了这么多。看着遮蔽了半个天空的手掌，她立刻大喊一声："泰坦的力量！"话罢，她整个人的身形不断放大，俨然是另一个巨人，与那佛像的体形相差无几。两个巨大的身影各自伸出手掌，对撞在了一起。两个巨大的身影不断地使出各自的神通，在众多天兵天将和虾兵蟹将之间激烈碰撞。此地仿佛已经化作了众神战场。

远在传说管理局的哪吒皱了皱眉头，用胳膊肘捅了捅杨戬，说道："老杨，你看这大佛的幻影，熟不？"

"是啊……"杨戬严肃地说道，"佛家的招牌招式。这招式与何所以当时使用的招式差不多。只不过何所以幻化的是黑佛，法海幻化的是金佛。"可黑佛到底是什么？

180 · 奇怪的刺客

杜羽可真是体会到了什么叫作"神仙打架，凡人遭殃"。天上，雷霆、水汽、火焰、土块、狂风、树叶都噼里啪啦地乱飞。战场中央有两个巨大身影在交手，地面被震得不停晃动。凡人稍不留神就会送命，估计连死在哪种法术之下都不知道。

"好家伙……这可怎么收场？"杜羽着急地看向四周，快速思索着方法。虽说已经按传说记载的，让十万虾兵蟹将跟十万天兵天将打起来了，可如今既害了龙宫，又害了李靖，他们会平安无事吗？不知火明日香来到地面上，终于不晕船了，不由得松了口气。"阿香，你帮我看好了许仙，绝对不能让他跑了！"杜羽说道。

"哦，好！"许仙看到不知火明日香之后也有点忌惮，知道这丫头也不简单。

杜羽正想去美杜莎身边跟她交代点什么，一回头，却发现身边不知道什么时候站了两个年轻人。这两个年轻人赤裸着上身，露出一身伤疤，又同样赤着脚。他们带着温和的笑容向杜羽走来。杜羽不由得一愣。这寺庙里怎么还有不是和尚的人？话说白蛇传说里还有两个笑容爽朗的小伙子吗？

两个年轻人走来之后，向着杜羽微微行礼，领头的一位问道："您好，您是杜羽吗？"

杜羽皱了皱眉头，问道："谁？"

"杜羽。您听过这个名字吗？"

"哦，你说杜羽啊。"杜羽点了点头，"我刚才见到他了，就在那边……"

杜羽缓缓地背过身，面色一冷，不动声色地掏出一把细剑。不知火明日香一愣。发生什么事了？杜羽怎么忽然掏出武器了？只见杜羽不给二人反应的时间，立刻回过身用细剑刺去，可二人早就做足了准备，几乎与杜羽同时出手。一个人直接伸手握住了杜羽的细剑，瞬间鲜血迸溅；另一个人面容癫狂地打了过来。杜羽立刻运起钟离春之力，伸手接住了这一拳。不知火明日香吓了一大跳。怎么还有人对杜羽下手？剧本之中有这一段吗？

二人微微一笑，说道："果然是您。虽然您现在装扮怪异，让我们差点没认出来，但您比我们想象中的聪明多了。"

杜羽冷笑一声，说道："我进入了这么多次传说，这是第一次有人在传说中说出了我的名字，你们究竟是谁？"

"我们只是两个不值一提的下人，能不能请您死在这儿呢？"手握杜羽细剑的男人更紧地握住，虽说手掌已经被细剑完全割开，他却完全没有松手的意思。

"我要是不呢？"杜羽又问。

"我们知道您会拒绝，所以来帮您死去。"握住细剑的男人忽然一收手腕，杜羽的身形就站不稳了。杜羽接连前进三步，让细剑直接刺进了男人的胸膛，可男人面无表情，一拳打在了杜羽的脸上。这一下的力道非常大，杜羽握住细剑的手松开了。

"杜羽前辈！"不知火明日香大叫一声，赶忙跑过去查看他的伤势。领头的男人慢慢地从自己身上抽出了细剑，看了看上面的血迹，说道："阿香，放心，很快就结束了。"

不知火明日香一愣："你们认识我？"

远在传说管理局的众人见到这一幕不由得紧张起来。怎么会有人无缘无故地对杜羽出手？他们是谁？"战其胜！"董千秋大喝一声，"快去帮帮忙！"战其胜面色严峻地点了点头，随即运起法力，正要直接穿越的时候，一股神秘的力量却把他挡了回来。"咦？"战其胜一愣，从未遇到过这种情况，"这传说怎么进不去了？"说完，他又试了一次，整个白蛇传说仿佛被一股奇妙的力量包围，外人完全无法进入。

"怎么了？"董千秋问道。

"怪事……好像有结界。"战其胜喃喃自语，"这个结界像是专门抵挡我的。"

董千秋不可置信地看着屏幕，只见屏幕上那满身伤疤的男人缓缓抬起头来，仿佛在盯着董千秋，说道："对了，董千秋，您不要白费力气了。我们来之前已经在四周布置了结界，战其胜是无法进入这个传说的。"

这一下众仙家可坐不住了。仿佛有什么人有备而来，要取杜羽的性命。

"阿、阿香，我们这边出了问题，战其胜无法进入传说了。你能救下杜羽吗？！"董千秋着急地大喊道。

"啊，我会尽力的！"不知火明日香瞬间感觉到了事态的严重性，立刻掏出自己的法器，摇晃起了铃铛。只见领头的男人缓缓地回过头，看向另一个男人，问道："弟弟，今天是周几？"

"今天是周二，哥哥，阿香能唤出河童或者玉藻前。"另一个男人冷冷地回答道，"河童不是战斗型的式神，方才应该变成荷叶带着阿香渡海了。如今只要小心玉藻前即可。"

"欸？！"不知火明日香一惊。他们为什么会知道？与式神之间定下的时间只有自己和式神知道啊！式神术已经发动了，不知火明日香也只能硬着头皮大吼一声："式神降临！九尾狐玉藻前！"话音刚落，四周的空气忽然变得诡异起来。一只手从空气中伸出，随之走出来一个奇怪的女子。这个女子虽然长相姣好，但是肤色偏黑，穿了一件运动背心，胳膊上的肌肉线条分明。她用绳子拴了一块巨大的石头背在自己身上，石头上面贴满了符咒。她看起来并不像一只妖媚的狐狸，反而像一个运动健将。玉藻前回头看了一眼不知火明日香，问道："小香，我说过，你如果叫我出来，就说明你答应了我哦！"

"玉藻前姐姐！"不知火明日香着急地说道，"情况有些危险，你对我的表白晚点再说……你要小心啊！"

"危险？"玉藻前回头一看，自然锁定了敌人是谁："喂，你们两个男人想对我的女人做什么？"

"玉藻前，您好。"领头的男人缓缓地说道，"我们从未准备对不知火明日香出手，也不想对您出手。您可以带着您的主人退往安全的地方，我们保证不会有其他人受伤。"

玉藻前冷冷一笑，说道："这种缓兵之计我听得太多了。我和小香一走，你们就会打过来，以为我不知道吗？"

领头的男人缓缓地叹了口气，说道："若是动起手，我会牵制住您的正面，而我弟弟则会全力攻击您背后的杀生石。杀生石若碎，九尾狐便会现出原形。届时不需要我们出手，您自己就会失去理智而杀死不知火明日香。对吗？"

玉藻前一愣，不由得握了握拳头。这是什么情况？连小香都不知道自己的弱点在哪儿，这两个男人怎么会知道？"小、小香，他们是谁？"玉藻前问道。

"我也不知道啊，玉藻前姐姐……"不知火明日香摇了摇头，"但是他们很危险啊，他们要杀死杜羽前辈。"

玉藻前再三思索，说道："小香，这件事我们管不了……"

"啊？"不知火明日香快要急哭了，"为什么啊？！"

"因、因为……"玉藻前有些为难，"我恐怕不是他们的对手。"

眼前被称为"弟弟"的男人缓缓走了上来，说道："哥哥，不可以弄哭不知火明日香，否则会引来万骨坊和酒吞，咱们速战速决吧。"

"嗯。"领头男人答应了一声，回头面对杜羽。

董千秋见到不知火明日香居然也奈何不了这二人，赶忙给美杜莎传音："美杜莎大帝，杜羽有危险！"

正在与法海激烈交手的美杜莎听到这句话顿时一愣，赶忙四下寻找，发现杜羽已经倒地，有两个奇怪的男人正在接近他。于是她赶忙缩小身形，放着法海不管，直接飞向杜羽身边。

两个男人抬头一看，不由得念叨着："戈耳工要来了。"

"你们要做什么？！"美杜莎大吼一声，俯冲下来，"如果要争斗，可以找我！"

站在前面的哥哥不由得叹了口气，说道："真如圣所说，杀死杜羽需要费不少功夫。"

弟弟活动了一下自己身上的筋骨，说道："只是费功夫而已。我去会会戈耳工。"

哥哥点了点头，说道："嗯，但是要小心，不要伤了她，不然没法跟圣交代。"

美杜莎冷冷地看着二人，手中摸出了一根长矛："雷霆的力……"

话音未落，那弟弟立刻飞身过来，在美杜莎的嘴巴上贴了一张符咒。这张符咒仿佛融进了她的身体，瞬间消失不见。"不好意思，戈耳工，请您安静一会儿。"美杜莎发现自己说不出话了。手中的长矛接收不到她的命令，完全发挥不出威力。弟弟看了看，说道："要不就这样吧，她应当不会再阻拦我们了。"美杜莎一惊。为什么这二人会有克制她的办法？！他们到底是谁？！美杜莎掏出了许多圣物，都发挥不出威力，非常着急。只见那二人又冲着杜羽走去，于是她心一横，直接全身幻化出了诡异的光芒。

哥哥一看，不由得笑了一下："弟弟，闭上眼睛，她没有放弃。"

美杜莎在二人面前直接涨大了身形，完全化成妖兽的模样。

181 · 意外的变化

两个奇怪的男人从腰间各自抽出一条黑色的纱巾，绑在了自己的眼部。

"戈耳工，放弃吧。"一个男人说道，"你如果以现在的形态和我们交战，难免误伤，估计会亲自杀死杜羽。"

美杜莎左右为难。正如他们所说，她的妖兽形态敌我不分，完全有可能误伤杜羽，让他变成一块石头，可如果不动手，杜羽立刻就会被他们杀死。

杜羽缓缓地站起身来，问道："你们……是何所以的人？"

两个人一愣，回过头来问道："何所以……那是谁？"

杜羽咬了咬牙，说道："你们在跟我装傻吗？这世上想要我的命的人就他一个！"

"是吗？"哥哥不置可否，耸了耸肩，"那您可能对自己不太了解，这世上想要您的命的人很多。"

杜羽脸色一冷，问道："既然我要死了，那我要死个明白。告诉我，是谁要我的命？"

"是圣。"哥哥冲着杜羽笑了笑，说道，"他不是人、不是仙、不是神、不是妖、不是阴灵、不是魔，而是圣。"

杜羽皱了皱眉头。圣，这世上居然还有这么一号人？杜羽思索了一会儿，冷冷地说："戈耳工……你不用担心，收拾这两个人还用不着你。先收起你的妖兽形态，我能应付。"

两个人听后一惊，不动声色地往后退了一步。能应付？难道……美杜莎思索了一下，变回了人形。两个奇怪的男人不由得谨慎了起来，慢慢摘下了眼上的黑纱，做出了应战的姿态。杜羽也没想到自己的虚张声势居然这么有效，但如今能依靠的人就只有一个了。他随即抬起头来大喊一声："师父，救命啊！！！"

法海一愣。他还在寻找小青的身影，却忽然听到了慧净求救，一转头就发现了声音的来源。两个男人中的哥哥听到杜羽求救，不由得松了一口气："呼！吓我一跳，我还以为咱们降临的时间出现了问题呢。"

弟弟也一阵后怕，说道："我也以为他要请刑天附身……现在看来刑天好像还没有被他收入《八方鬼录》。"

法海幻化巨大的身形，看向杜羽，问道："慧净，发生何事了？这妖女是不是对你动手了？"

"不是啊！"杜羽大吼一声，"这儿忽然来了两个'异域和尚'，居然大骂如来佛祖，还说要拆了金山寺啊！"

法海一愣："当真？！"

"真的真的！"杜羽一边喊着，一边拉起美杜莎和不知火明日香，小声说道，"这一次事态紧急，我一会儿打开传送门先送你们走。"美杜莎点了点头。

"咦？！"不知火明日香一愣，"戈耳工姐姐，你怎么答应得这么痛快啊？我们不能走啊，我们走了杜羽前辈怎么办？"

杜羽轻轻地敲了一下不知火明日香的头，说道："阿香，你跟戈耳工好好学学，电视剧里老有这种桥段，让你走你非不走，最后就成了添乱的。"

"啊……这能行吗？"

"能行，不过先别着急，我们需要等个机会。"杜羽面色沉重地说。他知道这二人如果能从其他地方进入传说来阻击自己，必然也是操作员的体质，若一直追进传送门可就麻烦了。

法海运起一个巨大的手掌，冲着那两个奇怪的男人伸了过去。两个男人面不改色。哥哥说道："本来以为万无一失，没想到还是出了意外。如今真要对战法海吗？"

"哥哥，你以为我们要杀的是谁？在你记忆中，他是那么容易死掉的人吗？"弟弟一运气，右手变得巨大无比，直接与法海对撞了上去。

杜羽四下寻找着逃跑的时机，此时却发现许仙不见了。"许仙呢？！"杜羽一愣，"阿香，不是让你看住许仙吗？"

不知火明日香也吓了一跳："啊？刚才见到你受伤，我就去查看你的伤势了，就这一走神的工夫他怎么不见了？"

白素贞见到法海转头攻向别人，自然没有纠缠，直接飞身在山上寻找着许仙的身影。不一会儿的工夫，白素贞发现已经下了山坡的许仙。他背山面水，正在想办法下海，可是一来没有船，二来有些忌惮这水中长相奇怪的各种生物。虾兵蟹将看到有个凡人准备下海，自然想仔细询问——此处正是战场，任何人想要进入海中都需要将其盘问清楚。可他们还没等问几句就看到天上飞来一名白衣女子。虾兵蟹将认出来，此女就是刚才战场的暴风眼。她一直在战场的中央与人斗法，显然是一个修为高深的妖，说不定是这次的指挥官。

许仙远远地见到白素贞，忽然变了脸色："你你……你给我滚啊，别再过来了！再过来的话，信不信我杀了你？"

白素贞一愣。许仙为什么对她这么说话？但她很快就明白了过来——这句话不是跟她说的，而是对他身旁那些虾兵蟹将说的。"虾兵蟹将，你们要做什么？放开我家官人！"白素贞一挥手，直接震退众多海妖，"官人莫怕，我来救你了！"白素贞立刻站到了许仙身前，把他护在身后，不断地查看海中是否还有其他妖怪。

许仙瑟瑟发抖，看着白素贞的背影，心说：这女人到底是怎么回事？他都说得这么清楚了，她还非要纠缠不清吗？

"官人，他们没有伤到你吧？今天事态紧急，我……"白素贞还没说完话，忽然顿住了。她的腰上传来了一阵冰凉的感觉。白素贞不可置信地回头一看，自己的腰上正插着一把锋利的柴刀。"官、官人？"白素贞的神情有些不太自然，"你……你是不是吓坏了？放心，有我在这儿，不会有人伤害你的。"

许仙咬着牙，把脸凑上去，恶狠狠地说道："白素贞，我躲的就是你，你还一直纠缠个没完。今天这个下场，只能是你自找的。"说完，他又将柴刀往里送了半寸。

白素贞微微皱了一下眉头，脑海当中一片空白。她觉得天旋地转，整个人都不受控制了，皮肤微微开始发白，鳞片如浪花一般铺开。到底是怎么回事？许仙第一次见到她就说了许多深情的话语，那些都是假的吗？他与她成亲，是假的吗？他方才呼唤她来救他，也是假的吗？

许仙不由得往后退了几步，看着白素贞的变化："妈呀，你、你还真是一条大白蛇？"

白素贞一愣，问道："你说什么？"

"我以为你只有半身是蛇，没想到你居然就是一条大白蛇啊。这样的话，谁想跟你同房啊？你想吓死谁？"

"我居然……是条白蛇？"白素贞露出了一丝苦笑，随即完全化作了蛇形，身长十丈，目光冰冷，"哈哈哈哈……说得好，我居然是一条白蛇。"这个男人今天才知道她的真身是一条白蛇，又怎么可能在一千八百年前救下她呢？仔细回想一下第一次见面的情景，许仙口口声声说自己救下的是姑娘，从未提过白蛇。

"我本将心向明月，奈何明月照沟渠。"我付出了所有真心，却换来了这个结果吗？她的目光冰冷无比，转身投入了海中，血将海水染红了一片。

许仙冲着那泛红的海面吐了一口口水："现在知道我的厉害了吧，死妖精。"

按理来说，白素贞不会被凡人的利器刺破身体，可她无论如何也想不到自己背后的许仙会对她下此毒手，甚至连护体法术都没有施展。而许仙就在这时，将柴刀误打误撞地刺入了她的要害。杜羽看着打作一团的法海和两兄弟，偷偷地在角落里打开一扇传送门，先把不知火明日香送了进去。

另一头，八大引渡使已经在传送门旁边守候，见到不知火明日香出来，立刻将她护在了身后。"戈耳工，快，该你了！"杜羽冲着美杜莎伸出了手。美杜莎刚要走，心中忽然有一种极度不祥的预感，不由得回头望向远方。"怎么了？"杜羽问道。

"我……我不知道……"美杜莎伸手摸着自己心脏的位置，"我这里忽然狠狠地跳了一下。"

杜羽顺着美杜莎的目光望去，那里不是斗法的现场，看起来很安静。"杜羽，我不能走，我想去看看。"美杜莎面色沉重地说道，"姐姐可能出事了！"

"你说白素贞？"杜羽狐疑地看了一眼美杜莎。如今法海被牵制住了，还有谁能伤白素贞？一条巨大的白蛇在海中缓缓下落，附近的虾兵蟹将都渐渐后退。这白蛇方才对他们出过手，如今不知是敌是友，于是谁也没有前去搭救。水中的规则就是这样。一鲸落，万物生。巨大妖兽死亡，代表着其他妖兽的活路。巨大的尸体会养活水中数以万计的生灵。

就在此时，一条翠绿色的水蛇忽然从一群海妖中伸出头来，看着眼前的大白蛇："咦？真是奇怪……怎么还有其他的蛇？"这条翠绿色的水蛇实在是想不通，自己刚刚从师门里溜下山，一跳入水中，整片海水就忽然被人卷走了。无奈之下，它只能跟着这附近诸多妖跌跌撞撞地来到这里。本以为自己水蛇的身份与他们格格不入，可忽然看到另一个蛇妖，不由得心生好感，它赶忙游动，靠近查看。它却发现这条巨大白蛇七寸的位置插着一把柴刀。

182·镇压雷峰塔

"打蛇打七寸，好狠的手段呀。"翠绿的小蛇不断摆动身体，找到了一个最好的角度，然后用嘴咬住了那把柴刀。它用尽全力往后一拔，却发现白蛇的肉体格外强韧，这把柴刀居然拔不出来。白素贞吃痛，缓缓地睁开了眼，却发现一条翠绿色的小蛇正咬住那把刀不断地往外拔。"小蛇，你走吧。"白素贞说道，"我心已死，勿要再救。"

"不行，这位姐姐！"翠绿色的小蛇摇了摇头，"我还以为这世上只有我一个会说话的蛇妖呢，如今见到了你，怎么也得让你活下来，跟我做个伴也好啊！"

白素贞看着这条翠绿小蛇清澈的双眼，不由得有些感触。她这么大的时候，游荡天地间，多么天真快乐，如今历尽千年才有了如此道行，真的要为了一个骗子放弃自己的生命吗？这世上难道就没有她关心的人了吗？白素贞忽然想到，她的妹妹还在外面苦战，她却像个缩头乌龟一样藏在水中。这一切因她而起，怎么说也一定要保妹妹平安。"妹妹……"白素贞喃喃自语。

"欸？"翠绿色的小蛇吓了一跳，"你怎么看出来我是个女的？"

白素贞没有理会翠绿色的小蛇，慢慢幻化成人形，一伸手，从自己的腰上拔出了那一把沾血的柴刀。"小绿蛇，外面危险得很，你就在水中不要出去！"话罢，白素贞脚踩浪花，流着鲜血飞身而出。小绿蛇顽皮地笑了笑。它怎么会听话呢？

两个奇怪的男人与法海对了几招之后面露难色。

哥哥对弟弟说道："弟弟，这老和尚难缠得很，跟圣请示一下吧，问问能否杀了这个和尚，不然杜羽要跑了。"

弟弟听后微微一点头，立刻飞速向后退。他一伸手，用手捂住自己的耳朵，低声说着什么。没一会儿的工夫，他面露疑惑，随即连连点头。"哥哥，走了。"弟弟说道，"传音员有令，任务终止。"哥哥听后一愣，然后微微一点头，也飞速向后退去。二人以肉眼不可见的速度消失在空中。

法海定睛一看，白蛇、青蛇战到一半不见了，两个外国和尚战到一半也不见了。法海看了看，如今在此大打出手的唯有众多仙家了。战事过半，许多仙家都负了伤，更有甚者已经碎了法宝，冲撞在一起肉搏了起来。受到四面八方涌来的海水的影响，寺庙中的众多僧人有一大半都已经丧命了，这让法海甚是心痛。"不行，老衲要阻止这场灾难……"话罢，他驭袈裟飞身而起，直直地冲向天上，随意抓住了一个天兵，着急地说道，"老衲乃金山寺和尚，法号法海！敢问仙家这次引领天兵天将的是哪位上仙？"

天兵眼睛亮起精光，扫了一眼法海，确定他只是个凡人之后说道："本次号令天兵天将的乃托塔天王李靖。大师有何贵干？"

"仙家，望请通报一声，老衲有紧急情况想与天王汇报！"

"紧急情况？"天兵愣了愣，说道，"大师随我来吧！"

二人踏云而起，步步高升，一路飞到众多天兵天将的后方。

白素贞捂住自己的伤口，在空中不断盘旋，感觉有些奇怪。方才幻化成巨大身影的法海怎么也不见了？她的身后跟着一条翠绿色的小蛇，它饶有兴趣地看着周围。此时美杜莎拉着杜羽在四处寻找白素贞，刚才总有些不祥的预感，希望那个下民不要真的出了什么事，她也是个可怜的女人。不一会儿的工夫，美杜莎就看到了远处的白色身影。"啊，姐姐！"美杜莎大喊一声。白素贞刚要说话，腰腹却有些吃痛，喊不出声来。美杜莎赶忙前来扶住白素贞，问道："你怎么了？"

"我……"白素贞面色有些黯淡，"别提了……"

杜羽查看了一下白素贞的伤口，不由得一愣："刀伤？"

"那个男人干的？"美杜莎冷冷地问道。

"嗯。"白素贞点了点头，"算了，这也算是一刀两断了。"

美杜莎却完全没有放过许仙的意思："你是说……那个男人骗你、玩弄你、抛弃你，最后还想杀死你？"

"我……"白素贞想否认什么，可仔细想想，真实的情况就是如此。她的心给了他，可他却要杀了她。

杜羽也面色微怒，不由得握紧了拳头。白素贞身后忽然蹿出一条翠绿的小蛇。它看了看美杜莎，一双眼睛瞪得大大的："哇……哇……哇！！！"

杜羽和美杜莎都一愣，疑惑地看着这条小蛇："哇什么？你是谁？"

那条小蛇凌空而起，亲昵地缠在了美杜莎的胳膊上："姐姐，你是一个法力强大的青绿蛇妖呀！"

美杜莎皱了皱眉头："所以呢？"

"我好崇拜你啊！你简直是咱们青绿蛇妖的翘楚，我什么时候也能像你一样呀？！"翠绿色的小蛇不断用头蹭着美杜莎的胳膊。

几人都有些心烦意乱，没有理会这个意外来客。

"杜羽，我要去杀死许仙。"美杜莎冷冷地说道。

白素贞一愣："啊？不、不可以……"

杜羽微微叹了口气，说道："一定要让他死得很痛苦，去吧。"

美杜莎得了令，立刻飞身而出，寻找许仙的身影去了。

传说管理局的众人可真是吓了一跳。这剧情对吗？

"杜羽！"董千秋大吼一声，"你做什么啊？！"

"对不起，千秋姐。"杜羽咬着牙，看着白素贞那被鲜血染红的衣裳，说道，"你们自己说说，这许仙还是个人吗？我以为白素贞与他成亲就会改变一切，可是呢？我们一走，一切都会崩塌。"

此言一出，董千秋有些语塞："虽、虽然他这么做确实是很过分，但他是传说里的人啊……"

"那又怎样？"杜羽笑了一下，说道，"'传说里的人'这几个字就是他的免死金牌吗？他如此心狠手辣，我们却只能置之不理吗？白素贞也是传说里的人，若不是命大，现在已经死了。这次传说出的问题根本不在于谁救了白蛇，也不在于小青是谁。因为白素贞依然是白素贞，故事肯定可以继续，这次传说最大的问题在于许仙错了，我们不需要这个许仙。"董千秋无奈地叹了口气。杜羽说得确实有道理，可这里是传说管理局啊，保证传说顺利进行是他们的职责。这是董千秋第一次面临两难的抉择。现在的她能彻底了解当时战其胜和杜羽的心情了。"千秋姐，还记得我说过的赌博吗？"杜羽又问道，"我赌许仙死了之后，传说依然会完成。"

"什么？！"董千秋一脸不解。传说的男主角若是死了，这传说要怎么完成？

没一会儿的工夫，美杜莎缓缓地飞了回来，说道："搞定了。"

杜羽看了看她，她身上一丝血迹都没有。于是他问道："他死得惨吗？"

"他还没死。"美杜莎冷冷一笑，"我把他的头部以下变成了石头，如今他动也动不了、走也走不了，用不了多久就会饿死的。"

缠在美杜莎胳膊上的小蛇叫道："这位姐姐真的太厉害啦，刚才真是太帅啦！"

"很好。"杜羽点了点头。

李靖大惊失色，不由得大吼一声："大师，你说的都是真的？！"

"是真的！！"法海无奈地说，"天王，这一切都是那条青蛇引起的。若不是她以妖法引来了虾兵蟹将，你又何须带着天兵天将下凡？"

李靖感觉这件事有些严重，于是赶忙回头对顺风耳说："马上给四海龙王传音，看看他们是否在龙宫。在的话，马上让他们过来收兵！"千里眼得了令，立刻退到一边传音。"本王现在就去降服那条青蛇。"李靖顿了顿，又问千里眼，"魔家四将回来了吗？本王的本命法宝还在他们那里。"

"回天王，还没有！"

李靖皱起眉头思索了一下。他的法术是凭驾驭宝塔施展的，若是没有宝塔，怕是镇压不住那条青蛇。"千里眼，你帮本王看看，方圆千里可有什么集日月之精华的宝塔？"李靖只能就地取材，借凡间的宝塔一用了。

千里眼立刻睁开双眼，横扫了一圈，说道："回天王，距离最近的、集日月之精华的宝塔只有临安府的雷峰塔了！"

"雷峰塔？好！"李靖眼色一冷，冲着临安府的方向一伸手，没多久的工夫，只听"呼呼"的破风之声，一座巨大的宝塔飞了过来。越靠近众人，它的体形越小，最后稳稳落在了李靖手中。

"大师，劳烦告知本王，哪个是你所说的青蛇？"

法海往下一看，那青蛇居然正站在显眼的位置，跟身边的几人说着什么。令他不解的是，慧净也在一旁。"天王，那个身穿墨绿色衣服的姑娘便是青蛇！"

李靖随即点了点头，手中一震，宝塔凌空而起，见风就长，慢慢地幻化成了一座巨大的高塔。杜羽几人正在说话，忽然听到了空中传来巨响，抬头一看，一座巨大的建筑物居然从天而降。三人各自用起身法，冲着三个方向退去，而那高塔直直地冲着美杜莎压下。美杜莎一皱眉头，脚上生出双翅，又闪了几次，可这宝塔似乎锁定了她，她无论如何都闪躲不开。正当宝塔迎头而下的时候，白素贞以全力冲了过去，大喊一声："妹妹小心！"

美杜莎跟胳膊上的小绿蛇同时大喊一声："姐姐不要！"

可白素贞完全没有退缩的意思，在最后时刻将美杜莎连同小蛇一起推飞了出去。随着一声落地的巨响，整个地面一阵晃动。尘埃落定，白素贞被压在了雷峰塔之下。美杜莎和她胳膊上的翠绿色小蛇都睁大了眼睛，心中冒出了一个同样的想法：这个姐姐居然为了救我而牺牲了自己？

183·真正的答案

"该死的东西！"美杜莎愣了一会儿，瞬间怒目圆睁，左手变出一面圆盾挡在身前，狠狠地撞在了雷峰塔上，"该死，把她还给我！"整座塔仿佛有巨大的法力加持，生生地挨了美杜莎好几击却完全纹丝不动。"没有人可以抢走我的东西，把她还给我！！"

杜羽静静地看着眼前这一幕。许仙明明马上死了，传说却还是促成了。果然，这次的赌局……美杜莎胳膊上的翠绿色小蛇看到这一幕大为震惊，立刻幻化成了人——一位十五六岁的少女。只见她念起口诀，向着雷峰塔放出法术。杜羽实在不太明白为什么平白无故多出来一个蛇妖小姑娘。他仔细地盯着那姑娘的面容，又看了看她翠绿色的衣衫。"难道……"杜羽一愣，"会有这么巧的事情吗？"

"你这臭塔，快把白蛇姐姐放出来！！"绿衣少女抽出一条翠绿色纱巾，不断地击打在雷峰塔上。

杜羽不禁疑惑了起来。这个小姑娘如果真是她，年龄也太小了啊。

眼看雷峰塔渐渐支撑不住，正要被完全击碎的时候，整个塔身却疾速缩小，瞬间变得只有巴掌大。

"咦？"美杜莎和绿衣少女一愣，见这座塔直直地向天上飞去，落到一个人的手中。

此人身披战甲，不怒自威，冷冷地向下看着。

"是他？"美杜莎面色一冷，"这就好办了！"美杜莎一眼认出手持宝塔的那个男人曾经被她击败过。她第一次来到华夏神域的时候，这个男人就带着四个奇怪的大汉阻挡她，她当时都能够打赢他，现在更可以。她刚要飞身而出，却被杜羽一把拽住。"戈耳工，够了，传说结束了。"

"结束了？！"美杜莎一咬牙，"不行，我要救那个女人出来！"

"她会出来的！"杜羽严肃地说了一句，然后转头看向身旁穿翠绿色衣衫的少女，说道，"只不过放她出来的不应该是你，而是……"

绿衣少女一愣，反问道："你们什么意思？你们不是跟那位白蛇姐姐认识吗？她遇到了危险，你们却不去救她吗？"

杜羽微微思索了一下，回答道："如果我们不去，你准备怎么样？"

绿衣少女气得跺了跺脚，说道："你们不去，我去！"话罢，绿衣少女飞身而出，冲着天上的天兵天将和托塔天王义无反顾地打了过去。到底是什么样的人才敢以一人之力对抗满天神明？

杜羽看着那个瘦弱的背影，不由得笑了笑，说道："戈耳工，放心吧，真正关心白素贞的人出现了。"

美杜莎还是没懂。杜羽不准备在这里解释，打开了一扇传送门，将美杜莎送了进去。美杜莎一落地，黑无常立刻冲了上来，替她进行回魂。

大家此刻都在看屏幕上的杜羽。

"千秋姐，那两个刺杀我的人呢？"

"他们好像撤退了！"董千秋切换出了好几个画面，都没有看到那二人的身影。

"撤退了？"杜羽有些不解。按照那二人的身手，明明可以杀死法海，然后再杀死他的，可他们处处留手，仿佛怕伤到法海。难道他们也怕传说失败？

"千秋姐，你认识那个叫作圣的人吗？"杜羽又问。

"我从未听过这个名字，而且刚才问了问西王母和道德天尊，他们也没有听过。"董千秋缓缓地说道。

"算了，该来的总会来。"杜羽冷冷地说，"至少现在我知道除了何所以，还有另一个人想要我的命。"杜羽伸出手，在空中划了几下，却发现自己打不开传送门了。"咦，查达，我怎么使不出那个法术了？"杜羽问道。

查达正在跟钟离春聊天，听到杜羽说话，赶忙查看了一下他的状况，然后说道："杜先生，我的传送门短时间内只能使用两三次而已，你睡一觉就会恢复体力啦。"

"好家伙，我第一次知道这技能还有冷却啊。"杜羽无奈地摇了摇头。

"技能冷却，那是什么意思？"

"算了，没什么，你们继续。"杜羽抬头一看，那个翠绿色的少女在众多天兵天将中跟他们打得有来有回，虽年幼，可一招一式却使得有板有眼，像是师出名门。

不知为什么，好几次法海想出手制服那个少女，李靖都拦住了他。

"千秋姐，召我回去吧。"杜羽说道。

"已经在准备了，稍微等一会儿就好。"董千秋的语气听起来有些低落。

"怎么了，千秋姐？"杜羽察觉到了董千秋的变化，于是开口问道。

"我、我没事……"董千秋缓缓地说，"只是这次的传说剧情偏离得有点大，我心里有些忐忑。"

"是啊。"杜羽无奈地摇了摇头，"是我的问题。我本以为忍一忍，能让传说走到结束就算了，可那个许仙……"

"不，杜羽，不能全怪你，因为你有句话说得对……就算一切正常，白素贞遇到了这个许仙之后也不可能谱写出可歌可泣的爱情故事，所以这个结果是早就注定的。"

"可是千秋姐，你知道吗？"杜羽顿了顿，说道，"这一次传说，要完成了。"

"要……要完成了？"董千秋一愣，"什么意思？"

杜羽走到战场中央。他思索了一下，开口问道："千秋姐，孩子呢？"

"孩子？"董千秋有些不解，"什么孩子？"

"白素贞跟许仙的孩子啊。"杜羽笑着说，"你不觉得这个传说缺了点什么吗？"

"缺了……"

"按理来说，许仙不是会跟白素贞有一个孩子吗？许仕林。我小时候看过的电视剧里演过，这个许仕林长大之后会跟小青一起来救白素贞。你不是也说过，这次斗法是白素贞在水中产子才导致失败的吗？"

一种诡异的"违和"感在董千秋心中一直盘旋。"这……"董千秋也有些不解，"这次的传说已经错乱成了这个样子，就算没有孩子也正常吧。"

"不……"杜羽摇了摇头，"该发生的因都发生了，该结的果却没有结出来。"

难道白素贞从未跟许仙洞房？？董千秋的心脏怦怦直跳，之前发生过的剧情如同走马灯一样在心中闪烁。到底哪里出现了"违和"感？懵懂的白素贞、和蔼的法海、浪荡的许仙、丢失的小青、没有出现的许仕林。他们没有一人与传说记载的相同。如果杜羽不出现，这个故事会发展成什么样子？没有断桥相会和游湖借伞，白素贞和许仙见面第一天就直接成亲，这样的开端真的正常吗？如今一切的剧情可以说是传说管理局一手促成的，与他们本人完全没有关系。

"所以，千秋姐，现在先不要召我回去。"杜羽交代一声，向山顶走去。

"你要做什么？"董千秋看着杜羽的样子，已经完全猜不到他的举动了。

"我带你去看一切的答案。"杜羽加快了脚步，飞快地奔向山顶。只有山顶才能清清楚楚地看到天空中的斗法，一切的答案即将浮出水面了。

法海又一次被李靖拦住，不由得面露怒色："天王！为何始终不让老衲击杀这个妖女？！"

李靖着实是有些为难，因为眼前这个少女他曾经见过一面。她乃骊山老母的亲传弟子。骊山老母曾经得意扬扬地举办收徒大会，众仙家受邀参加。这个青蛇少女在众仙的注视下成了亲传弟子。他私自出兵已经违反了天条，西王母那边还不知如何交代，如果再击伤骊山老母的亲传弟子，可就同时得罪了两位仙界大能，其中的利害关系他自然知道。"大师，其中有隐情，确实不能伤了这位姑娘。"李靖说道，"况且引来大水的也并不是这位姑娘，大师就此收手吧。"

"收手？"法海咬着牙狠狠地说道，"就算这个姑娘不是引来大水的妖，也一定是那两个蛇妖的同党。这次的大水淹没了金山寺，伤亡了多少僧人？天王若不给老衲一个合理的理由，老衲绝不收手！"

李靖皱着眉头看着法海，问道："大师，你是个出家人，怎的如此易怒？实不相瞒，那个女子是骊山老母的亲传弟子，就算她法力不如你我二人，咱们也得给骊山老母三分薄面。"

"薄面？"法海被彻底激怒了，"骊山老母的真传弟子是命，我金山寺的僧人就不是命了吗？如今寺内被大水淹没，几百人丢了性命，你却让我给她们薄面？！"

爬到山顶的杜羽恰好将这一幕看在了眼里，此时此刻，法海的气势与传说中记载的完全一致。

"大师，你是想要兴师问罪吗？"李靖有些不悦，说道，"今天这个姑娘确实不能被你杀死，里面牵扯到太多关系了。若真出了事情，连西王母也无法给骊山老母交代！"

"哈哈，笑话！"法海冷喝一声，整个人已经完全癫狂了，"老衲曾经错信了那两个妖怪，使得我金山寺生灵涂炭。从此老衲与妖类势不两立！这个妖女今天必须得死！"

184·另一个开始

李靖有点被气笑了，说道："大师，你身为一个凡人，还未修成仙体，居然在本王面前大言不惭。本王已经迁就了你好几次，希望你不要不识抬举。"

法海却吃定了李靖不会对他出手，怒喝一声："李天王，你要么杀了老衲，要么让老衲杀了那个妖女。今天必须有个结果！"

杜羽一看这法海确实是有点丧心病狂了。整件事情和那个少女本来没有关系，他却动了杀心，但他……如今和记载中的样子一模一样。

"大师，本王不再和你过多纠缠，劝你趁早离去。你已经犯了诸多戒条，佛心难保！"

法海听完李靖的话语面不改色，直接掏出了袈裟法宝："老衲已经不在乎佛心，只想要一个公道！你们仙仙相护，却苦了我们凡人！有妖不除，却在乎颜面！如今老衲谁都不信，只信自己！"说罢，他就驭起了火焰，居然冲着李靖奔袭了过去。李靖动也不动，一旁的千里眼却飞起一脚，接住了法海的袈裟："天王暂且回避，由我来对付这个疯和尚！"

李靖无奈地点了点头，说："他也是个苦命人，莫要伤他性命。"

正在此时，远方的天空上四道身影飞奔而来。杜羽定睛一看，是四个仪态端庄的中年人，他们面带惊慌，疾驰而来。

"坏了坏了！怎么会这样啊？"其中一个中年男人着急地说道，"敖广啊敖广，我早就说过，你好端端的为什么要去凡间酒楼品尝啊？耽误了多大的事！"

"敖闰，你这话就不对了。当时我也问过你，你同意了啊。"

"老四，别忘了刚才投壶的时候你赌输了，欠了二十块灵石，回去记得给我。"

"咱们有命活下来的话，我一定给你……"

四个人说话间就来到李靖面前。李靖赶忙上前微微行了个礼："见过四海龙王。"

四个中年人赶忙挥手让他平身。为首的一个说话了："李天王，莫要客气。什么情况了？西王母知道了吗？"

"呃……"李靖不敢撒谎，只能实话实说，"应该是知道了，本王老早就派魔家四将前去通报了，只是不知道为何现在还不见回信。"老早就去通报，至今不见回信？

"啊呀！"一个看起来比较年轻的龙王大喊一声，"我知道了，今天是瑶池浴啊！西王母会带着众多仙女在瑶池沐浴一整天，魔家四将肯定被拦在门外进不去啊！"

杜羽无奈地苦笑了一下："大猫，你从宋朝开始就这么清闲了吗？"

"怪不得！"李靖点了点头，"按照魔家四将的速度应当早就见到了西王母，难怪至今都没有回来……"

四海龙王中为首的一位转了转眼珠子，说道："李靖，你一直欠我一个人情，如今该还了。"

"人情？"李靖微微一皱眉，知道他说的正是三太子的事情，于是赶忙赔罪道："回东海龙王，犬子顽劣，当年误杀了令郎，我这个做父亲的实在是……"

东海龙王摆了摆手，说道："过去的事情勿要再提。李靖，你也是个聪明人，你说这次的事故……会不会是洪水突发造成的？"

李靖一愣。洪水突发？他随即快速地思索了一下，连连点头，说道："东海龙王说得是！本王也看到了，突发洪水，殃及虾蟹，不小心伤及了凡人。本王派天兵天将前来救灾！"

"哈哈哈！"东海龙王大笑道，"是了是了！难怪李将军能坐到今天的位子，真是一个开明的人啊，如今你我之间的恩怨一笔勾销了。"

李靖自然知道得罪四海龙王没有任何好处，更何况东海龙王一直为了三太子的事情耿耿于怀，如今能还上这个人情最好了。"顺风耳何在？"李靖大吼道。

"属下在！"

"速速给魔家四将传音，让他们封锁消息，打道回府！"

"呃……是！"

四海龙王赶忙谢过李靖，回头引领海水回撤。双方正在争斗的仙、妖都停了手。这次的争斗在混乱中开始，又在疑问中结束。众人心中都想要一个说法，可是阶级差别太大，任谁也不敢上前问一问龙王或者天王。

杜羽看着停止争斗的众人，不由得笑了起来，整座金山上只有法海与千里眼仍在斗法。李靖正要喝住千里眼，却发现自己手中的宝塔剧烈晃动了起来。"真正的答案……"杜羽喃喃自语。

"哦？"李靖一看自己手中的宝塔，这才想起来这次镇压用的乃是雷峰塔，并不是自己的七宝玲珑塔。白素贞的妖气强盛，眼看就要破塔而出。李靖一皱眉头，破塔而出是小事，如果损坏了临安府的建筑可难以交代了。于是他主动撤去了法力，让白素贞现身。白素贞挣脱束缚，破塔而出。她落地之后疑惑地看了看李靖，李靖也并不想为难她。谁会无缘无故得罪一个千年蛇妖？更何况她看起来与骊山老母的弟子交情不浅。"你……"白素贞想开口说点什么，又不知从何说起。

"与其在这里和本王僵持，不如趁那和尚没发觉，带上你的小姐妹快走。"李靖说道。李靖在仙界立足这么多年，靠的就是精通面子理论，谁都不想得罪，永远保持中立。

"小姐妹？"白素贞一扭头，看到远处站着一个气喘吁吁的少女。她似乎刚与人争斗了一番，甚是疲劳。

"你这小姐妹为了你可拼上了性命。本王也不再留你们了，快走吧。"

白素贞疑惑地四下一看，自己认识的人都消失不见了，只有那名少女孤零零地站在那里。她冲李靖微微点了一下头，飞到了绿衣少女身边："妹妹，我们走。"

"咦！白蛇姐姐，你出来啦？！"绿衣少女高兴地问道。

"不错，若不是你替我拼上性命，恐怕我不会这么顺利脱身。"白素贞说道。

杜羽明显发现此刻白素贞的眼神已经变了。经历了这一次的变故，她变得更加成熟和冷静了。

"妖孽休走！"法海见到白素贞要走，立刻甩开千里眼，冲着她飞去。

千钧一发之际，李靖飞身过来，挡在了法海前面："本王说了让她们走，明白吗？"

法海面带怒火地看着白素贞，却什么都做不了。

白素贞不明所以，但此时她身负重伤，不宜久留，赶忙带着绿衣少女逃离了。

杜羽微微一笑，自言自语道："果然，白素贞根本没有被雷峰塔压住，这也说明了她为什么没有产子。"

"杜羽，什么意思？"董千秋不太理解。

"千秋姐，召我回去吧，顺便安排另一次降临。"

"另一次降临？"

"没错，我和戈耳工要再降临一次。"

说来也奇怪，杜羽离开传说之后，并没有提示传说失败，反而显示"进行中"。按照杜羽的吩咐，董千秋开始在屏幕上寻找时间点，安排第二次降临。"杜羽，真的没问题吗？"董千秋说，"只要白素贞出现在断桥，就可以降临？"

"是的。"躺在传送仪器上的杜羽点了点头。果然，在快进到二十年以后，白素贞真的出现在了断桥边，身旁还站着一个亭亭玉立的绿衣姑娘。"就是这里了。千秋姐，送我和戈耳工过去吧。"

降临之后，杜羽和美杜莎在暗处观望着白素贞和那个绿衣姑娘。"戈耳工，准备好了吗？"杜羽小声问道。

"虽然准备好了，但我不明白这么做的意义……"美杜莎一脸疑惑。她现在斗篷遮面，谁都看不出她的样貌。

"其实没有什么意义，我只是……想给这个传说画上一个完美的句号。"

美杜莎微微点了点头，从乾坤袋中掏出一物，走上前去。

远处，白素贞与绿衣姑娘缓缓地来到了断桥上。

"姐姐，我们来这里做什么？"绿衣姑娘问道。

"小青，你还记得我跟你说过，为什么给你取这个名字吗？"

"记得，你说是为了纪念那位青绿色的姐姐。"小青点了点头，说道，"这和断桥有什么关系吗？"

"我和她就在断桥附近相遇。短短几天的时间，我们却成了生死之交。"白素贞苦笑了一下，说道，"如今连她在哪里我都不知道，甚是想念，只能回到这断桥看看，而且这断桥……对我来说，还承载着另一段难以释怀的记忆。"

白素贞正说着话，肩膀忽然被人撞了一下。她抬头一看，眼前这人斗篷遮面，看不出容貌，但她那双墨绿色的眼睛却让白素贞觉得分外眼熟。这人与白素贞对视了一眼，没有停留，匆匆离去了。白素贞愣愣地看了看那个身影，恍然间失了神。二十年前，仿佛也见到过这么一个高傲冷峻的身影。"姐姐，那人好像掉了样东西！"小青低头一看，地上静静地躺着一个信封，信封上赫然写着几个字——许仙的口供。这是当年许仙写给白素贞的认罪书。虽说许仙已死，可这封信毕竟是白素贞的东西，杜羽决定无论如何都要交给她。此时天空中淅淅沥沥地下起了小雨，仿佛连老天都为这段苦痛的回忆哭泣。

白素贞微微苦笑了一下："你在烟雨蒙蒙的街头再次现身，就是为了把这封信交给我吗？"她俯下身缓缓地捡起这封信，却丝毫没有想看的欲望，手中微微一用力，信就化成了粉末，随着细雨的拍打坠入湖底。就让这段孽缘永远尘封在西湖水中吧。

二人站在小雨纷纷的桥上，静静地看着远方。听着那雨水坠入湖中，仿佛带走了身上隐藏的忧愁。水中撑船的船夫拿出斗笠戴在头上，在这细雨中，唱起船歌，摇向远方。一把油纸伞缓缓地从二人身后出现，挡在了她们的头顶。那油纸伞如同一堵墙，轻缓地隔绝着世界。白素贞和小青一愣，同时回头看去。一个看上去刚二十岁的小伙子紧张兮兮地站在二人身后，结结巴巴地说道："两、两位姑娘……此时正在落雨，你二人勿要冻坏了身体。"

白素贞怔怔地看着眼前男人的容颜。他仿佛是许仙，又仿佛不是许仙。"你……是谁？"白素贞问道。

"啊？！"年轻男子的脸唰地红了，"实在是失礼！在下姓许，名宣，贸然撑伞，恐有不妥。这把伞借与二位姑娘！男女授受不亲……在下告辞了！"

看着男人慌乱跑走的身影，白素贞沉默了。"姐姐，你认识那人吗？那个许宣。"

"我好像认识，又好像不认识。"

细雨绵绵，杜羽远远地看到了这一幕，扭头对美杜莎说道："回去吧。"

185·健忘症

许……宣？董千秋一愣，立刻回头问道："蒲老，许宣是何人？难道不应该是许仙吗？"

"原来如此……"蒲松龄仿佛想到了什么一样，点了点头，"老夫原先一直有个疑问。因为清代之前的话本中，白蛇传说的主人公叫作许宣，可在后世的演化中，男主角的名字逐渐演变。清代的小说话本《义妖传》问世，彻底以'许仙'的名字将故事记录了下来。老夫今日才明白，这根本就是两个人。由于后世的人混淆了事实，所以才出现了记载的失误……"

正如杜羽所说，只要加入传说管理局，就可以见证与历史中不同的故事。为什么所有人都与传说记载的不同？因为这件事情发生得太早了，早了整整一代人，与白素贞谱写伟大爱情故事的男人还没有出现。真正与白蛇相爱到老的人并不是许仙，在诸多记载中，此人都名许宣。

可是那一场场惊心动魄的斗法，却都有许仙的身影。不知是谁书写的故事，让版本杂乱不堪。有人说许仙天生就是浪荡子，有人说许仙一生专情白蛇。有人说法海是得道高僧，有人说法海是个恶人。有人说小青是个清冷男人，有人说小青是条可爱青蛇。甚至还有传言说小青与法海的徒弟慧净有着某种不可告人的关系。如果把这些不同版本的故事当成两个故事，那一切便都可以成立了。若不是到过传说管理局，谁又会明白其中的道理？

杜羽缓缓现身。接连两次降临让他险些体力耗尽。好在整个传说进入了真正的结局。让一切回归原点，从断桥相会开始，就算不发生日后的这些斗法……传说也已经完成了。因为在后人口中，这些事迹会永远流传。

"杜羽……"董千秋缓缓地走到杜羽身边，轻声问道，"你一开始就知道这个结果吗？"

"我？"杜羽微微一笑，从降临设备上坐起来，"怎么可能呢，千秋姐？若是知道一切，那就不叫赌博了。"

"可你这一次的举动……"

"千秋姐，若有一天时机合适，我会告诉你一切的。"

接连多次进入各个不同的传说中，不仅让杜羽成长了不少，更是让诸多仙家大开眼界。过去了九百年，众多仙家差点忘了，传说管理局的重要性无可替代。怎能让这么重要的机构继续在这阴暗潮湿的鄷都运作？还不等回到天庭，便有许多仙家给玉帝和西王母上奏，希望恢复传说管理局昔日的地位。玉帝没敢搭话，西王母却说她自有分寸。"如今与各国传说操作员的交流也告一段落了，诸仙在此休整一日，明天随本宫返回天庭。"西王母站起身来说完此话，径直走出了院子，刚到院中，却发现这里跪着三个哆哆嗦嗦的老者。一人是在白蛇传说中露面的南极子老寿星。为首的一人大腹便便，身穿大红色长衫，手持一把玉如意。还有一人看上去完全就是一个古代官员。三个老者将头深深地埋下去，一声不吭。

"嗯？福、禄、寿？"西王母一愣，"你们三个怎么来了？"

福、禄、寿三星疑惑地抬起头，然后说道："娘娘，难道不是您让我们来的？"

西王母这才想到，之前因为那朵假灵芝的事情让织女给这三个老家伙传音，叫他们在传说管理局的院中听候差遣，可这次的剧情太过引人入胜，她完全忘了这回事。现在让她上火的已经不是福、禄、寿三星了，而是托塔天王李靖和四海龙王。若不是她亲眼所见，真是难以想象这些老家伙都有自己的小心思。

"不知西王母叫我们来此……到底有何事啊？"福星声音颤抖地问道。几个老头先前已经跟织女反复打探过，西王母仿佛又因为先前那一朵假灵芝的事情生了气，当时已经用天雷劈掉了寿星的千年道行，不知这次又要怎么发威？

"也对。"西王母点了点头，"本宫既然把你们叫了过来，自然得给你们个交代。"

三位老仙家无奈地叹了口气，早知道西王母已经忘记这回事，不如趁早溜了。只见西王母从怀中默默掏出一物，随手丢给了老寿星。"咦？"老寿星虽然恭恭敬敬地接住了此物，可完全不明白何意，这难道又是什么新的刑罚？他翻手一看，手里竟是一块粉红色的小糕点。"本宫上次劈掉了你一千年道行，仔细想想，这事做得欠妥。你把这糕点吞了，走吧。"

三名老者面面相觑，实在有些不明白。老寿星看着手里那粉粉嫩嫩的小糕点，更是一头雾水，拿鼻子嗅了嗅，只闻到一股仙桃的芳香。难道是下毒赐死吗？"西、西王母……小仙实在不知……这是何物？"老寿星问道。

"这是本宫托织女做的仙桃冰皮糕，赏给你了。七颗蟠桃方能做出这么一块，保你平添千年道行。"三个老者彻底听不懂了。听这意思……好像还是个奖赏。"怎么，还不走？"西王母冷冷地问道，"难道还要本宫亲自给寿星道个歉吗？！"福、禄、寿三星听闻此言立刻磕了个头，慢慢站起身来，恭恭敬敬地退走了。

西王母不动声色地松了口气，正要扭头离开，却看到杜羽一直站在身后，倚在墙上，静静地看着她。"臭小子，怎么一声不吭的？"

"嘿嘿，大猫，这事处理得不赖嘛。"

"本宫听不明白。"西王母皱着眉头凶巴巴地说，"倒是你，不去休息，看起来闲得很。"

"倒也不是闲得很……本来想去休息一下，但是实在有问题想跟你探讨一下。"

"跟本宫探讨？"西王母缓缓走到了杜羽身边，问道，"什么事？"

"关于圣的事。"杜羽严肃地说道，"大猫，你在仙界待的时间久，知道这个圣到底是谁吗？"

西王母微微思索了一下，说道："臭小子，说实话本宫也没有什么头绪，在本宫认识的人当中，从未有人自称圣。"

得知西王母也不知道这件事，杜羽明显沉默了。最让人担心的敌人就是看不见的敌人。此时此刻，任何人都有可能是圣，毕竟这个圣对他非常了解，甚至很了解不知火明日香、美杜莎，有些连他都不知道的事情，圣却知道。

就在此时，织女拿着一部老年手机走了过来，对西王母说道："娘娘，亚瑟王那边有回应了。"

"哦？"西王母看了织女一眼，知道恶魔的事情有了结果，于是问道，"他怎么说？"

"亚瑟王表示，英伦仙界与华夏仙界的双边关系正处在有史以来最为关键的时间点。英伦方愿与华夏方一道，探索创新型仙界发展的可行性道路。同时，他对此次恶魔事件造成的损失深表遗憾，对西方恶魔做出的恶劣行径表示强烈谴责，对当街杀人的行为表示坚决反对。亚瑟王还指出，在未来的发展中，英伦仙界将继续尊重华夏仙界的基本原则，对华夏仙界灵石贸易的……"

"别跟本宫废话，跟本宫说结果，那几个恶魔抓到了吗？"西王母不耐烦地打断织女，开门见山地问道。

"呃……没有。"织女摇了摇头，"亚瑟王说这几个凶手都掌握时间魔法，极难捕捉，但他会尽一切努力进行调查，跟一切不法行为说不。"

"唉……"西王母叹了口气，"我就说当时应该打给耶稣的，为什么让亚瑟王去处理啊。"织女尴尬地笑了笑，唯独杜羽觉得问题不大。毕竟查达能见到女儿了，这件事情算是有了最好的结果。"对了。"西王母忽然想到了什么，看着织女，缓缓说道，"织女，你向来冰雪聪明，方才杜羽问本宫关于圣的事情，你可有什么看法？"

"圣？"织女皱了皱眉头，说道，"娘娘，织女不敢妄言圣的身份，但总感觉这圣不是我们身边的人。"

"哦？"杜羽一下子来了兴致，"织女姑娘，你看出了什么名堂吗？"

"织女认为，那二人完全熟知你身边人的一切，应当是做好了一切准备。他们并非修为通天，只是兵来将挡、水来土掩。如此说来，这个圣恐怕和传说管理局脱不开关系，但不可能是何所以的人。"

"传说管理局？"杜羽这下子可犯了难，"难道传说管理局里又有内奸？可是你刚才不是说……圣不是我们身边的人吗？还有，他们为什么不可能是何所以的人？"何所以的事情还没有解决，居然出现了第二个卧底？！这算什么，《无间道》的拍摄基地吗？

"跟他们比起来，何所以的手段可谓低劣至极——他居然谎称东岳泰山大帝想要造反。只要熟悉传说的人就会知道，整个鄷都只有东帝不可能造反。你仔细想想那二人的手段，他们居然提前调查了你们所有人的信息。我觉得这件事不是内奸这么简单，因为那两名刺客说到了一件事让我很在意……"织女缓缓地说道，"杜羽，你也是个聪明人，难道没有注意到吗？"

杜羽微微点了点头，说道："实不相瞒，我也很在意一件事。"

二人几乎异口同声地说出一个名字："刑天。"

织女笑着点了点头，说道："是了，那二人提到了'刑天'这个名字。你身怀《八方鬼录》，这件事恐怕很多人都知道，在传说中，他们却以为你要请刑天附身，这件事实在是太诡异了。"

"是的。"杜羽也应和道，"我的《八方鬼录》中并没有刑天这个人，可为什么他们会对刑天如此忌惮？"杜羽扭头问西王母道，"'刑天'这个名字很耳熟，我记得也是一个古老的神仙吧？"

西王母微微点了点头，说道："炎帝手下的上古战神——刑天。"

杜羽眯起眼睛微微思索了一下。好家伙，不仅是个上古神仙，还是个上古战神，那力量得强大到什么程度？"这么厉害的人物……怎么可能会进入我的《八方鬼录》？那两个男人是傻了吗？"

"杜羽，现在不会，不代表以后不会。"

听到这句话，杜羽明显怔了一下。"这……如此说来，只有一个可能……"杜羽大胆地猜测，"这二人来自未来，知道以后的事情！"

"我也这样认为。"织女说，"现在的你，无论如何也无法揪出未来的凶手，因为这个人还没有做出这件事，这正是最可怕的地方。况且他们想要杀你，一定是因为你做出了什么，让他们不得不杀你，而这件事情，现在的你可能没做。"

杜羽咽了下口水，不由得对织女高看了一眼。他来酆都的时间也不短了，织女恐怕是他认识的人中最聪明的一个了。

"这样的感觉也太难受了……"杜羽无奈地叹了口气，"这样一来，我想要调查清楚，岂不是只能等待那个圣再次出手杀我？"

"其实……也不是。"西王母忽然插话道，"臭小子，你可能不知道有一个人和刑天的关系非常要好，说不定能帮你。"

杜羽也想到了，刑天确实是个突破口。于是他转过头，看着西王母，问道："和刑天关系交好的人……是谁？"

"她就是后土。"

186 · 后土的秘密

杜羽慢慢地回到了传说直播间。各路仙家都已经走得差不多了，此时只剩一个女人坐在座位上，倚在座位靠背上睡着了。她虽然戴着面具，但看起来仿佛很累。杜羽刚想叫醒她，却隔着面具看到一滴眼泪从她微闭的眼中滑下。"此次别离，永不再会……"后土娘娘嘴唇微动着，念出了几个字。

杜羽看着后土悲伤的神情，不由得触动了一下，没有忍心叫醒她，反而轻轻地在她身边坐下。他看了看眼前这个女人，心说：后土娘娘真是个奇怪的神仙，别人不需要吃饭，她需要；别人不需要睡觉，她需要。不仅如此，她的脾气直来直去，完全不像舍弃了七情六欲的神仙。而且她的记性也很差。杜羽在脑海中回想着自己进入传说直播间之前，西王母跟他说的最后一句话。"臭小子，本宫事先跟你说好，后土虽然与刑天交好，但在这件事上是否能帮你，主要取决于她本人的意愿。若她不想提起，你也不可再问，否则本宫一定要你好看。"

"真是奇了怪了……"杜羽微微念叨着，"那个西王母居然这么关心后土娘娘吗？"杜羽正在愣神，后土醒了。她疑惑地看了看杜羽，问道："你小子想干什么？怎么偷偷摸摸地坐在老娘旁边？"

"呃？"杜羽一惊，"领导，你把我想成什么人了？我就在这儿坐着，啥也没干啊。"

"算了。"后土娘娘缓缓地站起身来，说道，"老娘正好有件事要问你，就是……呃……就是……"

后土娘娘皱了皱眉头，说道："坏了……"

"坏了？"杜羽有些疑惑地看着后土，"什么坏了？"

"老娘想不起来为什么找你了……小子，老娘刚才睡着了？"

"是啊。"杜羽点了点头，"睡得可香了，我都不忍心叫你。"

"坏了坏了！"后土着急地说道，"没有魑魅魍魉那几个看住老娘，老娘居然睡着了……"她说完话就不断地摸自己的额头，看起来很搞笑，仿佛在自己的额头中寻找什么东西。

"领导……你没事吧？"杜羽轻声问道。

"没、没什么事。"后土娘娘看起来有些慌乱，"老娘得赶紧回去了……"

"啊！"杜羽一把抓住后土，说道，"领导，先别走啊！我还有事要问你。"

"有事要问老娘？"后土狐疑地看了杜羽一眼，"什么事？"

"呃……"杜羽有些语塞，想起刚才西王母说的话。后土娘娘定然和刑天有什么故事，极有可能是电视剧里经常演的那种情伤情节，所以他必须非常小心措辞才可以。"领导，那个啥……上古战神里面，有没有你认识的人啊？"

后土娘娘听后认真思索了一下，说道："没有。"

杜羽苦笑了一下，心说：你果然受过伤，直接装作不认识了。"我听说有个人叫刑天，领导，你认识他吗？"

"刑……天？"后土娘娘微微思索着、回想着，过了半天才摇了摇头说道，"不认识，那是谁？"

"咦？"杜羽单看后土娘娘的表情和神态，她绝对不像是在隐瞒什么，反而像真的不认识刑天，"领导，你再好好想想啊，刑天啊！有句诗是'刑天舞干戚'，听过吗？！"

"刑天……舞干戚？"后土娘娘有些生气了，说道，"老娘管他舞什么戚，就算舞亲戚老娘也不认识。小子，你知道老娘记性不好，所以故意来笑老娘吗？问谁不好，偏问老娘上古时期的事情，那谁能记得？"

"可是大……西王母说你认识他啊，而且跟他关系好。"

"老娘……跟他关系好？"听到这句话，后土才微微动容了一下，眯起眼睛思索着。

正在此时，西王母缓缓地走了进来，看着正在说话的二人。"啊，大猫，你来了！"杜羽着急地说道，"后土娘娘怎么想不起来这件事了啊？你快帮我提醒她一下，那个刑天还有什么特征？"

西王母神色复杂看了一眼后土，问道："后土，你是不是不认识刑天？"

"小瑶，不知道，老娘想不起来……"后土娘娘抓着自己的头发，一脸痛苦。

西王母仿佛松了一口气，说道："后土，不用再想了，本宫记错了，跟刑天关系好的人不是你，而是轩辕氏。"

"轩辕氏？"后土扭过头来看着西王母，问道，"所以……老娘没有忘掉什么，是吧？"

"是的，"西王母点了点头，"你回去休息吧。"

杜羽这下可蒙了。大猫怎么忽然改了说法？

后土娘娘的面色十分不自然，匆匆出了屋子，向不归山走去。

西王母见到后土走远，回头对杜羽说："臭小子，这件事情就此作罢。今天发生的事情不许跟任何人提起，明白了吗？"

"我不明白！"杜羽干脆利落地回答道，"为什么忽然不让问了啊？刚才你还说后土娘娘跟那个刑天关系好……"

"本宫记错了，不行吗？"西王母说道，"你这臭小子怎么这么不听话，不知道本宫的厉害吗？"

"大猫啊，放下刑天的事情不说，后土娘娘病得这么严重，你身为她的闺密难道不应该管管吗？"

"闺密？"西王母一愣，微微有些发怒，"什么闺密？这么说也太轻浮了！本宫与后土只是千年好友……"

"那不就是闺密吗？"杜羽说道，"我也打听过，大家都说后土娘娘这病是因为脑容量不够用了，可我今天看来好像不太对啊……这里面是不是有什么别的隐情？"

西王母缓缓地回过头来，盯着杜羽，问道："臭小子，如果本宫告诉你，你能帮她吗？"

"呃……"杜羽不敢贸然答应，毕竟对方是西王母。

"这件事情整个仙界恐怕只有两三个人知道，不仅跟后土的健忘症有关，更和那个刑天有关。千年来，本宫一直没有想出更好的解决办法，一直是一个心病。"

"这……"杜羽的心里非常纠结，既好奇，又不敢问，想了想之后，说道，"大猫，你得把事情的缘由先告诉我，我再帮你想想对策。不过丑话说在前面，你们这是仙界大能和远古战神之间的爱恨情仇，我不一定能摆平。"

"无碍，你若是真的有对策，本宫可以出手，你只需要帮本宫动动脑子。"

"那可太好了，"杜羽说道，"我洗耳恭听。"

"唉……实在说来话长了。"西王母微微叹了口气，"简单来说，后土跟刑天关系确实非常好，只可惜二人都勇武好斗，对男女之情这种细腻的感情一窍不通，最终没有戳破那层窗户纸。一次别离之后，刑天再也没有回来。从此后土便像丢了魂，终日只知道厮杀，连女性的最后一丝阴柔之美也舍弃了。在那上古时期，凡是提到后土的名字，敌人皆闻风丧胆。"

杜羽点了点头，又问："可是这跟健忘症有什么关系？"

"问题就出在她的执念上。由于刑天跟敌人几乎是同归于尽的，所以后土根本不知道该找谁报仇，只能将自己的一腔仇恨发泄在其他人身上。那时候，她身上的杀气极重，长此以往，必将入魔。原先黄帝要让后土掌管海洋，可就因为如此可怖的魔气，他最终让她掌管了酆都。"

"好家伙……"杜羽一愣，"原来后土娘娘差一点就是龙王爷了啊。"

西王母缓缓地走出屋子，杜羽跟了出去。

"臭小子，你可知这酆都原先并不是这么阴暗诡异的地方。正是因为后土来到了酆都，再也找不到人厮杀泄恨，只能终日在这广袤的土地上徘徊，她的阴气四溢，所以使得酆都产生永夜，再也见不到阳光了。"

杜羽忽然有些不理解，打断了西王母，问道："不是吧，大猫……后土娘娘的修为顶多只是仙界大能水平，怎么可能有如此大的影响力？"

"仙界大能？"西王母冷哼一声，反问道，"你觉得本宫会任凭一个仙界大能叫本宫'小瑶'而无动于衷吗？"

"呃……"杜羽一想，还真是。就算太上老尊贵为天尊，也要尊称西王母一声"娘娘"。

"后土的修为在本宫之上，只不过她的修为都去做另一件事了。"

"另一件事？"

"没错，那就是抵挡孟婆汤的药效。"

"啊？！"杜羽吓了一跳。这里面居然还有孟婆的戏份？

"为了忘掉刑天，洗去魔心，后土曾经在忘川河河畔脚踏望乡台，背靠三生石，连着喝下了十八碗孟婆汤。"杜羽不由得倒吸一口凉气。听说正常人喝一碗就可以忘掉前世的所有记忆，后土娘娘却连喝了十八碗，这是要上景阳冈打老虎吗？"别人不知，难道本宫还不知吗？"西王母面色担忧地说道，"她每日每夜都在用法力抵抗着孟婆汤的效果，丝毫不能懈怠，所以几千年来不能合眼，稍不留神，孟婆汤就会生效。更可笑的是，若是后土遇到了强大的对手，不得不拿出修为斗法，会变得无法抵挡孟婆汤的效果，使她加速失忆的进程。如此说来，她除了隐居，还有什么更好的去处？"杜羽无奈地摇了摇头。原来有些事，就算喝下孟婆汤，也永远不想忘记。

第七卷

黑白无常

187 · 忘川河上渡亡桥

"但是现在……似乎好了。"西王母抬头望着酆都的夜空，缓缓说道，"后土终于忘掉了刑天。"

"大猫，我有点不明白。"杜羽皱了皱眉头，开口说道，"她既然不想忘，为何要喝下孟婆汤？既然喝了孟婆汤，又为什么以自己的修为去抵挡？"

"这世上的事情，唯有情最苦吧。"西王母暗叹道，"你可能发现了，后土与别的仙家不太一样，她的七情六欲都在，因为她出生便是仙人之体，也正因如此，后土无法自己斩断情缘。若不借助孟婆的力量，这件事会一直困扰她，永远纠缠。"杜羽沉默着，陷入了沉思。后土娘娘是何等坚强的一个人？她从未和任何人说过这些事情，躲在一个洞府中生活了几千年。"臭小子，你觉得这件事该怎么解决？"西王母问道，"问题出在后土、刑天，还是孟婆身上？"

杜羽微微思索了一下，说道："我感觉都不是，而是出在事情的起因上。"

西王母微微沉思了一会儿，问道："什么意思？"

"大猫，你好歹是传说管理局的局长，难道想不到吗？只要我能回到传说中改变这个起因，救下刑天，那后土娘娘就会直接好起来了啊。"

"万万不可！"西王母着急地说道，"刑天若是不死，影响实在是太过深远了……一旦后土没有掌管酆都，酆都就不会是现在的样子，往后的所有事情都会改变。"

"呃……"杜羽愣了愣，又说，"也对，酆都的本质发生了变化，连我都会消失不见。"

"不过好消息是……后土已经忘记了刑天是谁。将近五千年过去，她终于忘记了刑天。"

"是吗？"杜羽不置可否，回答了一句，"我刚才还看到后土娘娘掉眼泪了呢，看起来不像是忘了。"

西王母暗暗叹息了一声，说道："要不然去问问孟婆吧。孟婆汤的功效，没人比她更了解了。"

杜羽刚要说什么，西王母却脸色一变，直接向着一个黑暗的角落里伸出了手，大喝一声："什么人鬼鬼祟祟的，活腻了？！"

西王母手掌一握，一个娇弱的身影被生生吸了过来。西王母一把捏住了她的脖子，冷冷地说道："谁人安排你偷听本宫说话的？你是圣的人吗？卧底到传说管理局究竟有何目的？！"

杜羽一惊，这个被西王母从暗处拉出来的人正是曲溪。她被扼住了喉咙，眼看就要喘不过气了。曲溪是卧底？杜羽心中一愣。不可能啊，这个曲溪是被他生拉硬拽地带来传说管理局的，甚至还拒绝了他好几次，怎么可能是卧底呢？可若不是，她为什么要在角落里偷听？只见曲溪伸手不断地挥舞，缓缓吐出两个字："孟婆……"

杜羽忽然想到了什么，赶忙上前制止了西王母："大猫大猫！别伤了她，她不是卧底！"

西王母一皱眉头，缓缓地放开了手。曲溪瘫坐到地上，不断地咳嗽着。"臭小子，每个人都有自己的秘密，你如何知道她不是卧底？"

杜羽无奈地叹了口气，回答道："大猫，她确实有自己的执念，但这个执念不是杀我，而是忘记过去。"

曲溪终于平顺了呼吸，抬起头来，说道："我本来不想偷听的，但听到你们谈论孟婆，所以就忍不住……"杜羽无奈地叹了口气，在伊邪那岐的传说中自己就应该意识到，曲溪绝不可能那么容易就放弃。"杜羽……你要去找孟婆对不对？能不能带上我？"

"曲溪……我知道你要干什么，直到现在你还不肯放弃吗？"杜羽有些担忧地说，"每个人都有痛苦的记忆，可没有多少人能够忘掉那些记忆。"

"这些记忆压在我心中，我根本活不下去。"曲溪使劲摇着头，说道。

杜羽看着曲溪那悲伤的眼神有些于心不忍："大猫，这个小姐姐的经历非常悲惨。我如果带着她去找孟婆，孟婆会帮她忘记痛苦吗？"

西王母走到一个座位前缓缓坐下，回答道："臭小子，这不是帮不帮的问题。你以为人的记忆是可以随便掌控的吗？只想忘掉痛苦是不可能的，要么全都忘记，要么全都记得。"

杜羽听后面带沉重，回头问道："曲溪，你听到了吗？就算是这样，你也要去见孟婆吗？"

曲溪沉吟了一会儿，点了点头，说："就算是让我死心也好，我要让孟婆亲口告诉我。"

西王母见状不再阻拦，叫来了织女，让她给二人引路。毕竟两个人都是新人，在这人生地不熟的地方想要通过忘川河和渡亡桥找到三生石旁边的孟婆真是太难了。织女好像很乐意去见孟婆，赶忙脱下自己的披肩，在空中一丢就幻化成了一张长毯。杜羽和曲溪跨步而上，三个人飞往酆都城。

"织女姑娘。"杜羽叫了一声。

"怎么了？"

杜羽沉默了一会儿，问道："你和牛郎的传说是真的吗？"

织女沉吟了一会儿，回答说："传说记载的有一半是真的。"

"一半？"杜羽一愣，"是你的那一半，还是牛郎的那一半？"

"我俩的都是真的。"织女苦笑了一下，"西王母用天河阻挠我们俩的那一段是假的。"

"是啊，我也感觉是。"杜羽搭话道，"西王母看起来很疼爱你，肯定不忍心阻挠你。"

"呃……我看你是误会了。"织女小声说，"我是说王母娘娘不只用天河阻挠了我们，还差一点把牛郎活活打死。"

杜羽一咧嘴："呃……这么一说，这还真像是西王母能做出来的事。"

说话间，三人已然飞到了酆都城。

织女收起披肩，带着二人入关。和之前不同的是，这酆都里的大小引渡使几乎都认识织女。他们一路上畅通无阻，没有一人上前阻拦。杜羽第一次踏上了渡亡桥。"正常来说，渡亡桥上不回头。"织女跟二人说道，"若是引渡使带你们走过了这座桥，你们就再也没有回头的可能了。"说来也奇怪，一踏上这座桥，几人身旁就升起了大雾。站在桥下看起来短短二三十米的距离，在桥上却怎么也走不到尽头。杜羽甚至都怀疑自己在原地踏步，毕竟前后都是大雾，看起来一模一样，根本不知道是不是在前进。

走了没一会儿，杜羽忽然听到桥下的河中有细微的声响，不由得扭过头，向着河中看去。不看不要紧，一看吓一跳。只见那淡蓝色的忘川河里浮起来一个个冤灵的身影，他们都带着幽怨的眼神看着桥上走过的三人。杜羽简直像走进了恐怖片的现场。为什么这河水中还有冤灵啊？这难道不是酆都吗？这些冤灵不用去投生吗？怎么在这儿吓唬过桥的人啊？

　　"不用怕，这都是一个个痴情人。"织女淡淡地说道。

　　"痴情人？"杜羽用奇怪的眼神看了织女一眼，"你是不是对痴情人有什么误解？这些人哪里和痴情人沾边了？"

　　"你可能不知道，这忘川河里的蓝绿色河水，是天下痴情人的泪水组成的。"

　　织女面带敬意地看了看那河中的冤灵，那些冤灵却一个个疯疯癫癫的。有的点头；有的摇头；有的面无表情，呆呆地看着前方。这些真的是天下痴情人？

　　"杜羽，你知道吗？想要轮回，并不一定要喝下孟婆汤。"杜羽跟曲溪都一愣。难道真的有人可以带着前世的记忆投入轮回吗？"如果选择不喝孟婆汤，那么就要在这忘川河中浸泡一千年。熬过这一千年，便可带着记忆投生。"

　　杜羽怔怔地看了看那浮在水中的冤灵，淡淡地说："如此说来，这么泡一千年倒也可以接受……毕竟可以记住曾经最爱的人。"来到酆都之前，不必说一千年，就连一年杜羽都觉得漫长，但自从他认识了这么多仙界人物，才发现一千年对他们来说根本不算什么。

　　"你错了。"织女缓缓地摇了摇头，"真正的难点并不是浸泡一千年。这看起来容易达成的条件，却让亿万人在中途就放弃了。"

　　"那是什么？"

　　"因为在这一千年中，他们会不断地看着自己曾经所爱之人一遍一遍地走过渡亡桥，可那些爱人却再也不记得他们了。这无疑是一种折磨。"

　　杜羽听完之后叹息了一声。是啊，只要心中还有希望，那便可以熬过千年的时光。可当他们发现自己所爱的人毅然喝下孟婆汤，一次一次投入轮回，无论他们在水中如何呼喊都再也不被记得的时候，还愿意浸泡在这永远不见天日的忘川河中吗？难怪他们的泪水汇成了一条永远哀号着的长河。

一座看起来只有二三十米的短桥，三人走了将近一个小时才渐渐感觉浓雾散去，露出了对岸的影子。

"到了。"织女淡淡开口说道。杜羽心中不由得后怕。如果不是织女带路，估计这走上一个小时桥就能把他逼疯。说来也奇怪，三人的身边渐渐出现了正在排队的黑白无常，每一对都带着一个阴灵。方才站在对岸的时候没看到这桥上有人，如今他们却像早就站在这里一样，实在不知道这座桥是什么构造。众多黑白无常见到织女之后向她点头示意，织女非常礼貌地向众人回礼。终于走下了桥，杜羽感觉像穿越到另一个世界一样，这里居然遍地开满了鲜花。杜羽在酆都这么久，第一次见到鲜花："这里好美……"杜羽又抬头望去，眼前还有一排店。跟之前步行街不同的是，这里所有店的门头挂的都是同一个招牌——孟小姐的茶。

杜羽不由得发笑："这孟婆看来也是个时尚人，身为一个老太太，店的名字却叫得这么洋气。"

无数阴灵在黑白无常的带领下排队领取孟小姐的茶。让杜羽感到好奇的是，不少黑白无常也买上了一杯，边走边喝。他们难道不会失忆吗？

"想喝吗？"织女问道。

"不不不……不想。"杜羽的头摇得像拨浪鼓，"我还不想忘了我的过去。"

"哈哈。"织女笑了一下，说道，"别怕，孟小姐的茶是不会让人失忆的，孟小姐的汤才会。"说罢，她就找到一个人少的窗口，掏出几块灵石购买了三杯茶。曲溪站在织女身后，问道："神仙姐姐，能不能借我点钱？"

"借钱？想买汤吗？"织女回过头来，将一杯茶递给了她，说道，"你以为孟小姐的汤是掏钱就可以买到的吗？"

"不是吗？"曲溪愣愣地问道。

"当然不是。如果这东西随处可得，天下怕是要大乱了。"织女一边将那杯看起来翠绿色的茶插上了吸管，一边对曲溪说道，"想要领取孟小姐的汤，必须有黑白无常陪同，然后出示投生证明。这份投生证明会由黑白无常在渡亡桥上和你签署。你签下姓名，代表愿意喝下孟婆汤投生，如此就可以领取孟小姐的汤。在三生石前看一看凡间的爱人，在望乡台上看一眼之前的家乡，然后就进入轮回台了。"

"原来如此……"杜羽接过茶喝了一口，发现这茶好像是一种花茶，味道格外清香，对织女说道，"我还从来不知道投生的流程这么复杂。"

"这还只是轮回的其中一道，所谓'六道轮回'，还有其他五道呢。"织女向二人挥了挥手，说道，"走吧，我带你们去见见孟小姐。"

二人不明所以地跟着织女走。杜羽有些好奇，这里的每个门店都有不少店员，可是谁才是孟婆？

"杜羽，等会儿见到了孟婆，你可要小心言行。"织女淡淡地说道，"忘川河的两岸完全是两个世界。如果说酆都城的那一侧是东帝和北帝的世界，那三生石的这一侧就是孟婆的世界。"

杜羽有些疑惑。一个老太太……还能掀起大的风波？"我以为孟婆就是酆都里一个寻常的引渡使，她却有这么特殊的地位，自己有一个世界？"

"'世界'只是个陈述词，这里并不大。"织女说道，"凡人都不了解孟婆，关于她来历的说法也千奇百怪。实际上，两位大帝和孟婆是同一个仙阶的。"

不一会儿的工夫，几人穿过了满是鲜花的步行街，绕到了后巷，走了一段路后，眼前的景象开始逐渐发生变化。这里依然是一条步行街，但看上去阴森诡异，更有许多奇形怪状的、看上去像人的生物在其中活动。看到杜羽三人走来，这些阴灵明显露出了警惕的目光。"怎么回事？！"杜羽一愣，"为什么过了忘川河还有这么多人？这些人不用投生吗？"杜羽的声音很明显被附近的那些阴灵听到了。他们渐渐包围了过来。

织女面不改色地说道："每个地方都有阴暗面，酆都也一样。这里就是酆都的另一个世界，我们称为'里黄泉'。有一些阴灵在酆都服满了刑期，却不愿意投生，实在无处安置，孟婆就接收了他们。"

"好家伙……"杜羽惊呼一声，"这不就是无法地带？"

一群奇形怪状的阴灵将三人包围了起来。杜羽仔细看了看他们，每个阴灵看起来都凶神恶煞，更有一些长着奇形怪状的犄角、尖牙，完全不像人。

"很久没见过新面孔了。"一个男人推开人群缓缓走了过来，众多奇形怪状的阴灵都给他让路。杜羽定睛一瞧，这个男人看起来比较正常，他身材匀称，身穿一件随意的黑色 T 恤，只是一双眼睛红得瘆人。

"耳哥，放心吧，我们来教教他们里黄泉的规矩。"一个驼背男人一边捏着自己的拳头，一边走了过来。

　　杜羽也算是见过大世面的了，眼前这小混混完全没有让他的内心掀起波澜。

　　"曲溪，婴宁还在你身上吗？"

　　"在。"曲溪看起来也不紧张，伸手一掏就拿出了一支毛笔。

　　男人不动声色地掏出了一支烟，点燃了。"看起来这几个人不像会乖乖挨打的样子。"男人吐出了一口烟雾，说道，"随便收拾几下，带他们去见郎哥。"说完，男人就背过身去准备离开。可下一秒，那个驼背男就从他背后飞了过来，躺在了他眼前。连杜羽和曲溪都一愣，因为出手的不是他们，而是织女。织女活动了一下手腕，说道："新面孔？看来你舒服了太久，记性都变差了。你要是走了，眼前这些人可挡不住我。"男人一愣，缓缓地回过头来，端详着织女的面孔："织……"男人直接惊掉了下巴，嘴中的烟也掉了下来。

　　"执耳，这条街轮到你来管了吗？"织女冷冷地问道。她像是忽然变了一个人，一脚踢翻一个喽啰，直接踩在了他的背上。杜羽和曲溪面面相觑。之前织女给人的印象一直都是一个冰雪聪明的乖乖女，可如今……

　　"织姐……"被称作执耳的男人一阵后怕，差一点就闯了祸。

　　"带我去见孟姐。"织女冷冷地说道，"另外，我忽然过来的事情不要告诉牛郎，我要突击检查。"

　　"织女对这里如此了解……原来是因为牛郎在这里！"杜羽皱起了眉头。这也太离谱了，牛郎最后不是化作了天上的牛郎星吗？但杜羽仔细想了想，化作牛郎星又怎么可能每年与织女相会呢？看来牛郎在传说结束之后来到了这个所谓"里黄泉"的地方……可这里不是整个鄞都的阴暗面吗？他怎么流落到这里了？

　　"耳哥，这女人谁啊？"见到驼背男被打飞，剩下的混混一脸愤怒地问道。

　　执耳回过头去，狠狠地一巴掌甩在了一个混混脸上："什么女人？叫'织姐'！"

　　混混实在是理解不了。里黄泉什么时候出了一个织姐？可看到执耳那骇人的表情，谁也不敢问，只能嘴里嘟囔着"织姐"，纷纷让开了路。

　　执耳带着三人一直往阴暗街道的最深处走去，那里比鄞都其他地方都漆黑。一路上，杜羽感觉自己进入了整个世界的背面，这里有各种在人间犯了重罪，又在酆都中待了几千年的可怖恶灵。他们身上没有丝毫人的气息。若不是有执耳在前面带路，不知还会有多少阴灵找他们的麻烦。毕竟杜羽身为一个凡人，带着两个面容姣好的姑娘，怎么看都是个软柿子。不一会儿的工夫，几个人走到一间巨大的房子面前，无数身穿黑色西装的男人站在四周守卫。

"织女回来了，要见孟姐。"执耳冷冷说道。

身穿黑色西装的门卫听到"织女"这个名字时明显惊诧了一下，仔细打量了一会儿执耳身后的姑娘，甚至连通报都没有，立刻打开了房门："孟姐说了，织女回来了不须通报，直接上去就可以了。"

执耳点了点头，回身向织女示意，然后说："织姐，以我的身份上去不方便，就不陪你了。"

织女不动声色地看了看执耳，说道："如果你敢去跟牛郎通风报信……"

"我不会的，织姐，出来混最重要的就是道义。我坐到今天的位子，跟织姐的提拔脱不了关系。"

"哼。"织女冷哼一声，"刚才差点就没认出我，这就是你所谓的'道义'？"

执耳一脸为难，说道："织姐，你穿这身衣服我真的不习惯，什么时候恢复往日的风采啊？"

"多事，要你管？"织女扭头进了屋子，杜羽和曲溪赶忙跟了上去。

这屋子里的装修风格是很古老的欧式风格，甚至布置了许多欧式小摆件。杜羽不由得心跳加快。孟婆居然能在这种地方成为首领，到底是个多么厉害的老太太？

189·元气少女孟小姐

屋子里，杜羽不断环视着这里的保镖。让他感觉奇怪的是，他连续看到了四五个阴灵，居然都像魑魅魍魉一样，在太阳穴的位置长出一对巨大的鹿角。不知道他们之间是不是有些关系。

织女就像回到自己家一样，踩着吱呀作响的木地板，带着两人来到二楼。一看到二楼的景象，杜羽就有些疑惑了。这里有三个男人正在围殴另一个男人。说是围殴，但看起来更像是发泄。只见一个披头散发的男人被绑在椅子上，赤裸着上身，露出了一身伤口。一旁的三个男人拿着各种武器，不断地击打在他的身上。那个被打的男人看起来很奇怪，仿佛完全没有痛觉，每当受到致命的重击，也仅仅是闷哼一声。而离这几个男人不远处的桌子旁，有一个看起来十七八岁的少女，她正在一边轻哼着流行歌曲，一边插花，声音非常好听。她那清新脱俗的形象跟旁边鲜血洒了一地的男人形成了强烈的对比。

"孟姐。"织女一笑，轻轻说道。

插花的少女听到这个声音之后把手上的动作停了停，缓缓地回过头，露出了一个甜美异常的笑容，俨然是一个元气少女。"是织女呀！"她的声音像她的身体一样轻柔。只见她放下手中的花，拿起毛巾擦了擦手，兴高采烈地走了过来："姐可没想到你会来找姐。"

杜羽眉头一皱。他又先入为主了……孟婆就一定是婆吗？身为这种不法地带的老大，就一定要凶神恶煞吗？与凡间不同，这里看的并不是谁的拳头大，而是谁的修为高。就算是眼前声音轻柔的十七八岁少女，一出手也有可能万人不敌。

"你怎么来啦？"孟婆的一双笑眼微微弯着，"牛郎欺负你了吗？告诉姐，姐给你出气。"

"那倒没有，孟姐，只是有两个朋友想找你帮忙。"织女一侧身，让身后的杜羽和曲溪露了出来。二人此时都有点不知道该怎么开口。孟婆虽然看起来很和善，但确实是那些混混的老大啊。而且现在正有一个人在旁边挨打，谁敢开口求她帮忙？

"织女的朋友就是姐的朋友。"孟婆冲着杜羽和曲溪笑了笑，说道，"姐有什么可以帮忙的吗？"孟婆说完就找了一张老板椅缓缓地坐了下来，手一伸，身后的人就递过来一支香烟，给她点燃了。看着这一群彪形大汉毕恭毕敬地伺候眼前的元气少女，杜羽实在是不知道该怎么形容这种诡异的画面。"我……呃……"杜羽每次想说点什么，旁边的手下就抢起武器打那个男人，搞得杜羽好几次都开不了口。

"喂，你们几个要打就赶快打呀，没完啦？没看到姐这儿有客人来啦？"孟婆嘟着嘴对那几个男人说。

"孟姐……"一个手下为难地回头过来，说道，"实在对不起，不是我们不想，只是这个男人真奇怪啊，身体强韧得可怕，又好像感受不到疼痛……"

"哼，那就用点力。"孟婆吐出一口烟雾说道，"不会需要姐来出手吧？"

"不……不用不用。"手下赶忙加大了力气。

这样一来，杜羽实在不知道该怎么开口问孟婆汤和后土娘娘的事情。他转念一想。不如先套套近乎吧……于是他开口问道："孟婆姐……我是传说管理局新来的操作员杜羽。"

"哦？"孟婆弹了弹烟灰，说道，"你就是那个操作员？姐听说你很久啦，一直没机会见见。还有，别叫姐'孟婆'，像他们一样叫'孟姐'就可以啦。"

"哦，孟姐……"杜羽干笑了一下，往前走了一步，指着旁边的男人问道，"对了，这个男人犯了啥错啊？怎么发这么大火？"

"倒不是什么大错。"孟婆无奈地摇了摇头，"只是闯入了姐的住所。姐问他为什么，他也说不明白。总之，很可疑就是啦。"

杜羽和曲溪听后一愣。闯入住所就被打成这样？他和曲溪可是大摇大摆地走进来的啊。

"孟婆……"曲溪先开口说话了，"我想让您帮我洗掉我痛苦的记忆。这些记忆一直折磨着我，我要疯了。"

"哦？"孟婆用两根手指夹起烟，挠了挠头，说，"继续说，姐听着。"

"孟婆，我叫曲溪，之前被一个极度恶心的男人玷污了。最可怕的是，他因为心脏骤停而倒在了我的身上。从那以后，我患上了极度严重的抑郁症。我本以为会忘掉这一切，可没有想到整个地下世界是真实存在的。虽然我身上的病症消失了，可那些记忆更清晰了。我本来应该喝下孟婆汤去投生，可是杜羽有句话说得对，就算我投生，过的也不一定是我想要的生活……孟婆，我现在也在传说管理局工作，虽然这里很奇怪，但我觉得很开心。我现在唯一的念想，就是忘却那些痛苦的记忆，以一个全新的身份活下去。"孟婆听完之后面无表情，继续吸烟。杜羽总感觉这种桥段好像在哪儿看过。一个无助的人拜托一个极有威望的人办事，在哪里看过来着？"如果需要钱，多少我都会想办法凑出来的。"曲溪继续说道，"孟婆，只要您能帮我。"

杜羽皱着眉头。这感觉越来越熟悉了啊。孟婆微微摇了摇头，站起身来，缓缓地说道："曲溪啊曲溪……姐到底做了什么，才让你如此不尊重姐？"

曲溪一脸疑惑，不明所以。孟婆继续说道："里黄泉虽然建立在酆都的阴暗面，但你知道每天有多少人来求姐办事吗？下到游荡阴灵，上到大罗金仙，没有人对姐如此失礼。我们承担了酆都的所有脏活儿和地下交易。姐之所以会帮他们，是因为他们足够尊重姐。可是你呢？"曲溪还是不太理解孟婆的意思。孟婆缓缓地看了她一眼，说道："你第一次见面就求姐帮你办事，可你甚至都不愿意叫一声'孟姐'。"

"我去！"杜羽惊呼一声，"你这不就是《教父》吗？"

他实在是忍不了了，不由得出声了。他一进到这个房间就感觉怪怪的。到处都是古老的欧式摆件，如今加上孟婆这奇怪的说话方式，简直就跟教父一模一样啊！这算什么，黑帮模仿秀？"嘿嘿嘿嘿嘿！姐演得像不像？"孟婆忽然笑出声来，"原来你看过《教父》呀？！"

"当然啊，《教父》可是男人的浪漫啊！"杜羽回答道。

"什么呀？《教父》也可以是姐的浪漫呀！马龙·白兰度真的太帅啦！"

"不是……"杜羽无奈地挠了挠头，"你到底是崇拜教父，还是崇拜演员？"杜羽感觉这个孟婆怪怪的，但是托《教父》的福，二人居然直接熟络起来了。

"教父就是马龙·白兰度，马龙·白兰度就是教父，姐都崇拜！"孟婆的眼中冒出了小星星。

"好好好，你都崇拜。"杜羽无奈地摇了摇头。谁能想到酆都著名的阴仙竟然是马龙·白兰度的粉丝？

孟婆换了一副口气，扭头对曲溪温柔地说道："曲溪妹妹，不是姐不想帮你，只是你所说的情况比较特殊，不是那么好处理的。"

"特殊……难道忘掉痛苦的记忆很难实现吗？"

"是的。"

孟婆点了点头，从桌子上拿起一条纯白的手绢，然后把手绢丢到地上蹭了蹭，又用脚踩了踩。等她再次将手绢拿起来，手绢已经脏了，沾满了灰尘。"曲溪妹妹，你看，假如这条手绢就是你的人生，上面所有脏掉的地方就是你的人生中一小段记忆。"曲溪仔细地看着，点了点头。孟婆又拿起一支钢笔，滴了一滴墨水在手绢的正中央，那里瞬间出现了一个硬币那样小、十分显眼的黑点。"而这一滴墨水，就是你的痛苦回忆。"孟婆继续说道，"对你来说，它浓烈而难忘。"曲溪又点了点头。孟婆将这手绢拿在手里，问道："假如去清洗这条手绢，最先被洗掉的是什么？"

曲溪瞬间明白了什么。这个比喻简直太形象了。"孟姐……您是说，最先洗掉的会是我的其他记忆？"

"是的。"孟婆点点头，"越难忘的记忆越难洗掉，这是谁都可以想到的事情吧。想要去掉这一滴墨水，最简单的方法只有……"说罢，孟婆就一挥手，将手绢扔进了垃圾桶里，然后从抽屉中取出了第二条崭新的纯白色手帕，说道，"只有把它完全换掉，才能成为白纸一张，这就是轮回。"曲溪无奈地低下了头，若是洗掉了其他记忆，只留下了痛苦，那她会瞬间疯掉的。孟婆顿了顿，又说："曾经有人不信邪，告诉姐可以用法力护住其他的记忆，只让痛苦的记忆消失，可据姐所知，她没有成功。"

190 · 哥哥？

"啊！"杜羽惊呼一声，"孟姐，我就是来问你关于后土娘娘的事情的。"

"欸？"孟婆吓了一跳，"你怎么知道姐说的人是后土？这事没几个人知道啊。"

"这个你就别管了！"杜羽说，"说来也惭愧，这件事本来不需要麻烦你，但是我确实想知道谁要杀我。若是想弄明白那人是谁，我就需要先知道我和刑天发生了什么事。如果要知道我和刑天发生了什么事，就需要拜托后土娘娘。可是要拜托后土娘娘，就先要找回她那些若有若无的记忆。要找回她那些若有若无的记忆，我就只能来找你……孟姐，你明不明白？"

虽然杜羽说得已经非常清楚了，可是对第一次听这件事的孟婆来说，她还是一头雾水。"姐当然不明白啊……"孟婆疑惑地看着杜羽，"你为了搞清楚谁要杀你，居然一路找到姐这儿来了。你有这工夫，为什么不直接从凶手的身份查起啊？"

"就是因为情况特殊呀！"杜羽说道，"唉，怎么说呢？那个凶手不是现在的凶手，是未来的凶手，他现在还没有杀我……不不不，不能这么说，毕竟他已经动过手了。总之，他在这个世界没有杀我。你明不明白？"

孟婆挠了挠自己的额头，一脸蒙。织女在一旁点了点头。杜羽说得确实非常清楚了，可是对一般人来说，这种事实在是太匪夷所思了。"要不然……"孟婆开口说道，"你还是说说想让姐怎么帮你吧。"

"哦！"杜羽点了点头，说道，"就是刑天呀……后土娘娘把刑天给忘了！"

"把刑天给忘了？！"孟婆一愣，"你说的是真的？"

"是啊！"

"难道成功了……"孟婆仔细思索了一下，随即摇了摇头，说道，"不对，这酆都的天空依然阴暗，这里的怨念依然沉重，不像是成功了。"

"可是后土娘娘确实不记得刑天是谁了。"杜羽说道，"如果没忘掉，她不至于跟我撒谎吧。"

"姐应该怎么让你理解呢……"孟婆想了想，又从垃圾桶中掏出了那条丢掉的手帕。

"对，孟姐，你用手帕给我演示吧，这样我比较容易懂。"杜羽说道。

只见孟婆手中一用力，一股水属性魔法悄然而出，包围了手绢，席卷了一番之后撤去，整条手绢都被清洗了一番。孟婆将洗过的手帕缓缓舒展开，之前在地上蹭出来的灰尘已经不见了，只有中间那个褪色的墨点。经过水属性魔法洗涤，这个黑点也变浅了。"杜羽，姐已经清洗过这滴墨水了，你看到了什么？"

"就像你说的一样，就算其他的记忆都没了，那个黑点还存在。"

孟婆摇了摇头，说道："不，你再仔细看，这还是个黑点吗？"

杜羽仔细看了看。虽然它曾经是黑点，但是现在充其量只能算个灰点，毕竟清洗过后颜色变浅了。"你是说……它的颜色已经不是黑色了，"杜羽问道，"而是灰色？这代表什么？"

孟婆缓缓地把手绢放下，说道："正如你所说的，黑点已经不在了，只剩下灰点。若你现在问这条手帕上有没有黑点，姐会说没有。"

杜羽皱起眉头仔细思索了一下，瞬间明白了："孟姐，你是说后土娘娘不记得刑天的姓名了，但她心中依然有这个人。"

"没错。"孟婆点了点头，"你很聪明。其实最难洗掉的不是黑色，而是灰色。你洗衣服的时候，或许第一遍清洗就可以将黑色洗成灰色，但剩下的灰色却八次、十次也洗不掉。你们询问后土——刑天是谁？她说不记得了，不代表真的不记得了，下一次你可以换个问法，问一问她记不记得那个手持巨斧的高大男人。"

杜羽微微叹了口气。原来是这样的吗？如此说来，后土娘娘的记忆已经被清洗过无数次了吧。她终日都在用自己的法力抵挡孟婆汤的药效，该忘的早就忘了，该记得的也一直记得。就算她真的记得那个手拿巨斧的高大男人，但会记得更多的其他事情吗？一切仿佛回到了原点。杜羽像是丢失了一切线索，失魂落魄地站在原地。

忽然一阵巨响，吓了众人一跳。杜羽扭头一看，孟婆的一个手下抡起了一根巨大的铁棍，狠狠地打在了那个被绑住的男人的头上。那个男人闷哼一声，鲜血流淌了下来。虽然杜羽不认识这个人，但始终觉得这种殴打手段有些残忍。

"放了我……"那个男人忽然开口说话了，"你们打碎了我的头，我也不会死，不如放了我……"虽然他的头深深地低着，看不见样貌，但还是能听出来这声音当中透着一股坚忍。"我不能死在这里，有人在外面等我……"那个男人的嘴唇滴着鲜血，看起来非常骇人。

"呃……"杜羽扭头看了看这个男人，又看了看孟婆，不知道要不要管这件事，毕竟在人家地盘插手人家的家务，实在不好，况且他对这人也不了解，分辨不出孰是孰非。"那个……要不然我们就先告辞了吧。"杜羽尴尬地笑了笑，"我再回去问问后土娘娘，如果有什么不明白的再来找孟姐。"

"好的，随时欢迎。"孟婆点了点头又看向织女，"织女，你要去见见牛郎吗？"

"嗯，我要去搞个突然袭击，看看他有没有背着我勾搭其他女人。"织女说道。

"啊，哈哈！"孟婆笑了一下，说道，"放心吧，你永远是这街上的一分子，所以姐会替你管教牛郎。"

三人各自怀着不同的心思向孟婆告别，当走到那几个男人身边的时候，那个被捆住的男人却忽然抬起头来看着三人。这一看不要紧，可三个人几乎都惊叫出声了。虽然这个男人的脸上沾满了鲜血，身上的伤疤也四处绽裂，但三个人还是一眼就认出了这个人。这个人他们都见过。他就是在白蛇传说中负责行刺杜羽的那个哥哥。

"我去！"杜羽大呼一声。这事不管也不行了。

"你你你你你你……"杜羽激动得不知道该说什么好，"你被抓了？！"

孟婆看到这一幕不由得愣了愣："呃，杜羽小弟，你们认识？"

"孟姐，他就是我说的那个刺客，是想杀我的人啊！"杜羽手舞足蹈地指着那个男人说道。

"哦？"孟姐一扬眉头，"既然如此，那姐就亲自出手帮你杀了他，你这次也算没有白来一趟。"

"欸？"杜羽听到孟婆这么说，居然丝毫没有开心的感觉，总觉得哪里不太对。

"等等。"织女忽然往前一步，说道，"我有几个问题要问他。"

杜羽看了看织女，知道织女的心思异常缜密，让她帮他问一问也好。只见织女缓缓地走了过去，问道："你为什么会闯入孟婆的住所？也是因为圣的支使吗？"

那个男人没有回答问题，往地上吐了一口血水，看了看织女，又看了看杜羽，问道："你们认识我？"

织女和杜羽同时一皱眉头。这件事情好像不太对。

"告诉我，我是谁。"那个男人冷冷道。

织女回过头来小声问杜羽："你怎么看？"

杜羽思索了一下，低声说："他身上的伤痕是新的，可是在传说中，他身上的伤痕都是旧的……这说明眼前的哥哥是现在的哥哥，他还没有想要杀我的意思，也可能还没有遇到圣。"

"是的。"织女点了点头，"说白了，只要我们一直跟着他，早晚可以找到圣。"

杜羽看了看织女，眯起眼睛思考，忽然露出了一丝笑容，说道："不，我有更好的主意。"

"更好的主意？"织女一愣，"什么主意？"

"我们如果选择一直跟着他，直到他见到圣，这期间不知道未来的他还会来行刺我多少次。我们不如直接改写他的过去，让他彻底遇不到圣。"

织女听后呆住了。这脑回路也太奇怪了吧。"那你准备怎么做？"

杜羽没有回答，反而转身看着孟婆，说道："孟姐，我想救下这个人，然后带他走，你能不能给我个面子？"

织女和曲溪都有点不明所以地看着杜羽。"哦？"孟婆愣了愣，"倒不是不可以，只是……你不是说他是行刺你的刺客吗？这样真的好吗？"

"我都不介意，你怕什么？"杜羽嘿嘿一笑，说道，"那咱们就说定了。我救他走，你们也别再为难他了。"

孟婆点了点头，然后挥了挥手，几个手下就给这个男人解开了绳子。

"兄弟，你没事吧？"杜羽把男人缓缓地扶起来，开口问道。

"我没事，谢谢……"那个男人有气无力地说着。

"哦，别客气啊。"杜羽笑了笑，"我先带你去治伤，你现在的伤势非常严重。"

"不……不行……"男人摇了摇头，"惭愧，有人在等我，我不能跟你走……"

191·酒吧

杜羽扶着那个受伤的男人，身后跟着曲溪和织女，四个人走出了孟婆的屋子。

"兄弟，你要去哪儿啊？"杜羽问道，"真的不去治伤吗？"

"不……"男人摇了摇头，"真的很感谢你救我出来，但我得先告辞了……"男人慢慢地推开杜羽，独自向前走着，可是他的一条腿被打断了，走一米都非常困难。

"喂！"杜羽大喊一声，"你这样走不了几步就死了啊。"

"就算要死我也要走。"

杜羽无奈，只能上前再次扶住了男人，说道："这样吧，我帮人帮到底。你要去找谁，我扶你去。"

"帮我？"男人的眼睛忽然瞪大了，"不……你已经帮我一次了。我们非亲非故，我不敢奢求你再帮我一次。"

杜羽赶忙摇了摇头，说道："我如果帮了你，你却死了，那我帮你还有什么意义？所以你干脆让我一路帮到底，我也图个安心。"

男人抬起充血的双眼不断打量着杜羽，又说了一句："谢谢。"然后他将手掌缓缓地下移，摸了摸腿上的一个伤口，一咬牙，抠出了几块灵石。

杜羽惊呼一声："你把灵石藏在伤口里？！为什么啊？"

"只有这样……才不会被那几个人找到。"男人看了看杜羽，将这些灵石塞到了杜羽手里，"兄台，我怕是撑不住了……我弟弟在南街等我，他需要这些灵石……"

杜羽一愣。弟弟？好家伙，这两人都在这儿啊？他们不仅修为过人、肉身强韧，还都是操作员的体质，能收服的话，绝对是两个好帮手。既然圣在未来，他在过去，那么就由他来感化这一对兄弟，让他们从此为他办事，这样不就万无一失了吗？未来有未来的优势，过去有过去的战术。不管圣是谁，他都可以不断地修改圣的手下的过去。就算以后来的刺客不是这对兄弟也没事，他只要见到一个就修改一个。这样想想，说不定哪一天圣一觉醒来，身边再也没有小弟可以使唤了。这是杜羽和圣的斗争，也是过去和未来的斗争。"我真是个天才啊……"杜羽缓缓说道。

"你、你说什么？"男人愣愣地看了看杜羽。

"没事、没事。"杜羽说，"你放心吧，你不会死，你弟弟也不会有事。这些灵石你收着吧，如果需要灵石，我会出的。"杜羽说完就将灵石塞给了男人。

"啊？"男人手握灵石的手不断地颤抖着，说了一声，"对不起……"

"对不起？"杜羽一愣，"什么对不起？"

"没想到你真的会帮我，我骗了你……"男人叹了口气，说道，"这些灵石我施加了法术，一小时后就会爆炸，而且我弟弟也不在南街。你如此帮我，我还居心叵测，实在惭愧……"

杜羽不由得点点头。这个男人的人品还是不错嘛，果然是跟错了主人，以后就由我来教你好好做人吧……"兄弟啊，只是几块灵石而已，我不会让你为了这点灵石而送了性命。"杜羽把男人背了起来，跟他说道，"放心，你不需要告诉我你弟弟在哪儿，因为我会带你一起去。如果这一路上我做出任何可疑的举动，你可以立刻从我身后扭断我的脖子。"

曲溪和织女看到这一幕都有些担心。这个男人不是刺客吗？杜羽为什么这么放心啊？

被杜羽背起来的男人看起来万分惊慌："万万不可！你已经为我做了很多，我不能再这样使唤你……"

"别废话了，走吧。"杜羽不顾男人的阻拦，背着他就这样行走在漆黑的街道上。

曲溪和织女只能默默地跟在后面。

"兄弟啊，你叫什么？"杜羽问道。

"我……不记得了……"

"失忆吗？"杜羽微微点了点头，"你失忆了却还记得自己有个弟弟？"

男人苦笑了一下，说道："我虽说他是弟弟，但我们都只是流浪在这里的游荡阴灵而已。他和我一样，都不记得自己是谁了，所以我管他叫

'弟弟'，他管我叫'哥哥'，只是个称呼。"

"哦哦！"杜羽有些明白了。难怪这二人长得不是特别像。"说白了就是结拜兄弟。我也认识八个结拜兄弟，有机会把他们介绍给你认识。"

"结拜？"男人喃喃自语，"我们都是朝不保夕的游荡阴灵，每一天都在绞尽脑汁地活下去，哪里有心思结拜。"

"不一样。从今天开始，你们不再是游荡的阴灵了。"杜羽说，"如果你们不介意，我愿意收留你们。"

"欸？"男人感觉自己像是在做梦。他已经在里黄泉游荡很久了，这世上居然有人会救人、送钱，然后又收留他吗？这人真的没有所图吗？"我能问问……这是为什么吗？"男人说道。

"其实也没什么。"杜羽说道，"我感受到你身上有一股特殊的力量，我们单位正好需要你的力量。"

"特殊的力量？"男人问道，"什么力量？"

"穿梭时空的力量。"杜羽认真地回答道，"这力量说不定跟你们的失忆有关。"

男人渐渐感觉到杜羽的身份似乎并不简单，于是赶忙问道："兄台，你是不是知道些什么？"

"简单来说……你们和我一样，是这个世界的错误产物，但每个错误产物诞生的情况都不同。你们没有以前的记忆，很有可能是因为某一天忽然出现在这条街上的。"

"我……我听不太懂……"男人皱了皱眉头。

"没关系，只要你跟着我，以后会慢慢明白的。"

杜羽背着男人有一搭没一搭地聊着，不知不觉走了十几分钟。织女越看越觉得这附近的景色有些熟悉，不由得疑惑起来。这条街道的管理者可是牛郎啊。没一会儿的工夫，几人在男人的指引下，来到了一条繁华的小巷。男人慢慢地伸出手，指着眼前的一家酒吧，说："我弟弟在里面……"

杜羽一愣："这不是个酒吧吗？你在孟婆那里挨打，你弟弟在这儿喝酒啊？"

"当然不是，兄台。"男人微微摇了摇头，说，"先前我弟弟受了重伤，我们逃到这家酒吧门口。这里的老板收留了我们，但他说给弟弟治病需要钱，所以我只能去偷。"

"所以你就去偷孟婆的灵石？"杜羽无奈地叹了口气，"这里这么多游荡的阴灵，你又这么能打，随便抢一抢就凑够了吧，干吗非招惹这条街上的王者？"

"我并不知道她是谁。"男人说，"只是看到她的房子很大，应该能偷到很多钱……"

"你还真是个直性子……"杜羽摇了摇头，"走吧，我们去见你弟弟。现在身受重伤的不只是他了，还有你。"

"呃……实在惭愧。"男人尴尬地说道。

织女的面色一直不太自然。杜羽要推开酒吧门口的时候，织女却往前一步，一脚将酒吧的门踹碎了。杜羽、曲溪，以及杜羽身后的男人直接惊掉了下巴。

"织织织……织女，你干吗啊？"杜羽可从未想过织女会忽然惹事。能在这种地方开酒吧的人会是软柿子吗？果然，见到有人闹事，一大群打手冲了出来。他们都穿着黑色衬衣，虽然长得奇形怪状，但看起来都是一脸横肉。"谁闹事？！"一个光头大汉站了出来，黑色衬衣紧紧地勒在他暴起的肌肉上。

织女往前一步，冷冷地盯着大汉："我有事要问牛郎，让他滚出来。"

大汉很明显愣了一下，随即怒吼道："你是混哪儿的？！我们郎哥的名字也是你叫的？！"

杜羽倒吸一口凉气。好家伙，这酒吧是牛郎开的？可这是为什么啊？织女怎么忽然生气了？按理来说牛郎收留了弟弟，那他不应该是个好人吗？那光头大汉看起来并不认识织女，伸手就冲她打了过来。杜羽虽然看不见灵气，但知道织女的修为绝对不亚于八大引渡使的。只见她伸手一握，直接将光头大汉巨大的拳头握在手中。旁边的打手一看此女果然是来惹事的，纷纷运起法术，更有甚者还掏出了法宝。织女冷哼一声，身上的披肩自动飞起，围绕着她飞速旋转，几人的法术和法宝都被震开了。"快通知郎哥！"光头大汉回头大吼一声，"肯定是荒山的人来砸场子了！"

织女手中一震，大汉直接被震飞了出去，然后她又掏出一根细长的银针，凭空缝制了一根绳子。这绳子像是有生命，瞬间将几个打手绑了起来。

"谁人在我店里撒野？！"酒吧二楼传来一声怒吼，一个身穿貂皮大衣的人飞身下来，接住了大汉，"放心，敢伤我兄弟的人，今天都要给我跪下！"这个男人将大汉慢慢地放到地上，缓缓地抬起头来。他在这漆黑的酆都里还戴着一副墨镜，貂皮大衣下面是黑衬衣和金色的项链。此人一出现，整个酒吧外的气氛都变了。他看起来虽然修为不高，但气场惊人。只见他抬起眼扫视了一下这几个闹事的人，目光最终停留在了织女身上。空气凝滞了三秒之后，这个气势惊天的男人"扑通"一声跪下了。

192·阿惭

"媳妇，这还不到七月七……你怎么来了？"牛郎愣愣地问。

"我不能来是吧？"织女越想越气，"你刚才说伤了你兄弟的人都要跪下是吧？来啊，我给你磕一个，来！"

牛郎瞬间哭笑不得。这算哪门子的事？谁能想到忽然过来砸场子的人居然是老板娘啊？众多打手一听，这下可捅马蜂窝了。既然是牛郎的媳妇，那眼前的女人不就是织女吗？"媳妇啊……你得给我留点面子啊，这样我还怎么面对兄弟。"

"行！"织女冷哼一声，"你有一个真仙级别的媳妇给你丢人了是吧？得了，以后你和你兄弟过吧。"织女说完就转身走出了酒吧，牛郎见状赶忙追了上去。

杜羽在旁边暗暗发笑。虽说织女平日里冰雪聪明、谦逊有礼，可是在牛郎面前却完全换了一个人，不但无理取闹，而且智商为零，可见牛郎对织女来说真的很特殊。这才是真爱啊。

"媳妇媳妇，你等等！"牛郎着急地拉着织女的手，织女一直乱动不让他碰。"媳妇，你为啥忽然发这么大的火啊？"牛郎问道。

"哦，对了！"织女忽然想到什么，怒气冲冲地问牛郎，"你不说我差点忘了，你问我为什么发火，你自己心里没数吗？我听说你这里刚刚收留了一个伤者？"

杜羽一听，果然是因为这件事，可是收留一个伤者为什么会让织女发这么大的火？

"是啊，媳妇。"牛郎点了点头，"那兄弟受了重伤，我不收留他，他就魂飞魄散了呀，我这是在帮他。"

"你收留那个伤者我不管，但你告诉我，为什么为那个伤者治病还需要单独付钱？"织女一步步往前走，逼得牛郎一直后退，"你这里整天有人受伤，早就有了自己的医疗队伍，如今却向那个人单独收钱？"

"啊……啊这……"

织女一把揪住了牛郎的耳朵："可以啊你，挣私房钱的手段越来越高明了啊！你知不知道差点害死他们俩啊？"

"不是不是不是……"牛郎赶忙摇头，"媳妇，你误会了。"

"误会？来，你给我解释。"织女双手环抱在胸前，没好气地跟牛郎说道。

"我……"牛郎环视了一下，说，"媳妇，你跟我来，这里说话不方便。"

"有什么不方便的？！"织女生气地问道，"有什么话还需要背着人说？"

杜羽无奈地摇摇头："织女……你平日里也不像是这种人啊，就听牛郎的吧，有些话还是要私下说的。"

听到有人为自己说话，牛郎赶忙点头称是，随后又觉得不太对，扭头望向杜羽："你是谁？"

杜羽尴尬地笑了一下，说道："反正不是情敌就对了。我身后的男人你还记得吗？"

牛郎定睛一看，惊呼一声："哎呀！你不是那个去拿钱的哥哥吗？怎么弄成这副样子了？"

"还说呢！"织女推了牛郎一把，"要不是你贪财，他至于被打成这样吗？偷钱都偷到孟姐那里去了！"

"啊？！"牛郎一愣，"我只是说这件事需要钱，可并没有让他去偷啊，我说要给他垫上，他非不要……"

"算了，别在这儿说了，"杜羽插话道，"先带我们去看看弟弟吧。"

黑白无常坐在无常殿里，安安静静，谁都没有说话。

两个人面色沉重，仿佛有心事。

"老八，你在想什么？"白无常问道。

"没什么……你在想什么？"黑无常反问道。

"没什么。"

二人说完话之后又陷入了沉默。

过了没多久，白无常终于坐不住了。

"我就直说了吧，你看到行刺杜羽的刺客……长什么样子了吗？"

黑无常冷冷地点了点头："看到了。"

"你有没有觉得……你有没有觉得……"白无常想说什么，却似乎始终卡在喉咙里，说不出话来。虽然白无常没说出口，但黑无常还是点了点头："是的，我和你想的一样，我们认识那个人。"

白无常终于知道这下不是自己看走了眼，连老八都记得啊！"你也是这么想的吗？是阿惭。阿惭回来了！他当年和我们一样，都只是老城隍庙的乞丐而已，"白无常喃喃自语，"可是他……为什么会成为刺客？我想不通。他只是个凡人，不是应该早就投生了吗？"

"凡人？"黑无常冷冷地说道，"我倒不觉得。他和我一样，都感受不到疼痛，怎么会是凡人？"

白无常不再说话，只是默默地思索了一会儿，又问道："你说……他行刺的事情，不会牵连到我们吧？"

黑无常看了看谢必安，说道："八百多年没见过面，他现在跟谁做什么，我们完全不知情。我们不是帮凶，更不是主谋。"

白无常缓缓点了点头："小杜子现在肯定想知道是谁要害他，我们要不要把这件事告诉他？"

"老谢，你是不是忽略了什么？"黑无常问道。

"忽略了什么？"谢必安皱起眉头思索了一下，"你指什么事？"

"你第一次见到杜羽是什么时候？"黑无常问道。

"当然是老城隍庙的……"谢必安刚要开口，愣住了，"欸？"

老城隍庙？"在你的记忆中，你、我、杜羽、阿惭、阿愧、小年，当年都是乞丐，是吧？"谢必安眼睛瞪得大大的，陷入了沉默。黑无常面色沉重，伸出一根手指点了点自己的太阳穴，又问道："这段记忆是早就存在的吗？还是那个阿惭现身之后才出现的？"

杜羽几个人跟随牛郎来到了酒吧的后方，这里的走廊看装修像是酒店的。看来这里不仅提供酒水，可能还提供某些其他服务。牛郎熟门熟路地推开一扇房门，床上正躺着一个年轻人。杜羽定睛一看，正是那个弟弟。他身上也受了伤，但都被包扎过了。看到他沉沉地睡着，杜羽身后的哥哥放下心来，牛郎又吩咐手下给哥哥包扎。"真是太惭愧了……谢谢您。"哥哥冲牛郎苦笑着。

"你这不是都给那个弟弟包扎完了？"织女没好气地说，"那你还为难人家做什么？让人家去弄钱做什么？"

"哎呀！"牛郎都快急死了，"媳妇，你好歹听我解释啊。"

"哼，你解释吧！"

牛郎让几个人进了屋子，回头看了看没人跟来，随即开口说道："媳妇啊，这兄弟可不是受伤那么简单，他让人抽走了一魄啊！"

"抽走了一魄？"织女一愣，"也就是说这人现在是三魂六魄？"

"是啊。"牛郎点点头，"我当时跟那个哥哥说，要立刻去黑市买一个黑魄给他弟弟加上，要不然他弟弟肯定灰飞烟灭，结果他二话不说就要去筹钱，我怎么拦都拦不住。"牛郎无奈地叹了口气，"他甚至都没跟我打听一个黑魄需要花费多少钱，就匆匆跑出门了。你说说，媳妇，我哪里想到他会去偷孟姐的钱？"

原来是这样。杜羽点了点头。听起来这牛郎不像个坏人。"呃……牛郎大哥，那他的那个魄现在'安装'上了吗？"杜羽问。

牛郎疑惑了一下："兄弟……这个魄一般不用'安装'这个词，听起来怪怪的。我们一般说回归……"

"啊，是是是……"杜羽点点头，"它回归了吗？"

"是的，已经买了黑魄，花了三万灵石。"牛郎点点头说道，"希望这兄弟命大，这魄能与他相容，要不然真是惨咯……"

"三、三万灵石？！"哥哥正在一旁包扎，听到这句话直接翻身下床，身上的绷带掉了一大半，"这么多钱？！我……我筹到的钱只有……"

"罢了……"牛郎摇摇头，"你们以后就在我的酒吧打工当作还债吧。每个月我给你们一百灵石，债务一笔勾销。虽然挣不到什么钱，但好歹不会有人欺负你们了。"

杜羽微微思索了一下。虽然牛郎一番好意，但这事不能这么办，要不然他的立场会比较尴尬。"牛郎大哥……不，郎哥！"杜羽冲着牛郎一拱手，说，"小弟有个不情之请啊，能不能帮帮忙？"

"呃……"牛郎看起来还是对杜羽有点防备，淡淡地问道，"兄弟有什么需要我帮忙的？说说看。"

杜羽思索了一下，从自己的腰包中翻了翻，掏出了一个乾坤袋："这里是三万灵石，那个黑魄能不能当作是我买的？"

牛郎不太明白杜羽的意思。黑魄已经买到了，他也不打算要钱，这时候怎么还有人插一脚呢？"兄弟，你这是什么意思？"牛郎愣了愣，"我西街郎哥是那种人吗？出来混讲的是道义，并不是钱！"

"我也不是那个意思……"杜羽硬是把乾坤袋送到了牛郎手里，说道，"郎哥，这件事对我很重要，我需要这两兄弟帮我个忙，所以要把他们带走。这点钱既是买下黑魄的钱，也是买下他们兄弟二人的钱，怎么样？"

牛郎听到这句话，面色才缓和了一些："原来是这样……兄弟，你早说啊，不过你到底是谁？"

"我是传说管理局的操作员杜羽。"杜羽介绍道，"这次因为一些机缘巧合来到了郎哥的街上，希望没有给郎哥添麻烦。"

"操作员？"牛郎扬了扬眉毛，思索了一下，随即将手中的乾坤袋给杜羽塞了回去，"既然是操作员，我西街郎哥当然要给足面子。那三万灵石就当是我和你的见面礼，我不能收。"

193·极恶王

杜羽可没想到牛郎如此有魄力。按传说记载，他只是一个平凡的放牛娃啊，现在看起来真有点老大的派头。"虽然我不喜欢欠别人人情……"杜羽说道，"但我也不是一个啰唆的人。这钱你不要我就收回来了，如果日后有需要我帮忙的地方，你尽管吩咐。我虽然欠你的是三万灵石，但还给你的绝不止三万灵石。"

牛郎笑了笑，说道："你这性格跟孟姐还挺像。"

此时正在包扎的哥哥不由得对杜羽心生感激，好几次想站起身来，都被给他包扎的护士按住了。

杜羽察觉到异样，回头说道："你就别乱动了啊，怎么这么不老实？"

"真是惭愧……"哥哥苦笑了一下，"我只是想好好谢谢恩公，不仅救了我的命，更让我继续活了下去。"

"你这说的是什么话？"杜羽反问道，"难道活下去很困难吗？以后传说管理局就是你们的后台。你们最上面的人，只要说出名字就足够震退大罗金仙了。"

"呃？"哥哥一愣，不知道杜羽是不是夸大其词。一个普通的管理局，就算上面的人再大能大到哪里去？光凭名字就能震退大罗金仙，这也太夸张了，难道是西王母不成？

正在此时，一直躺在另一张床上的弟弟皱了皱眉头，缓缓地睁开了双眼。

"哟，醒了？"牛郎说道。

几人回头一看，弟弟果然醒了，他面带痛苦地慢慢坐了起来，疑惑地看着众人。"咦？"眼前的人他几乎都不认识，一扭头却看到了同样身负重伤的哥哥，"哥哥，你怎么弄成这样了？他们没有放过你吗？"弟弟有气无力地问道，"我明明已经将自己的一魄交给他们了，他们还是打伤了你？"

"不不不……"哥哥摇了摇头，"当然不是，我这伤是我咎由自取的……但也多亏了这一身伤，能够给你补上那一魄。"

"补上那一魄？"

"是的，我遇到了两位恩人。"哥哥笑着对弟弟说，"我来给你介绍一下，这一位是郎哥。昨晚你昏迷了，是郎哥收留了我们，他从黑市给你买了一魄。"

弟弟冲着牛郎恭恭敬敬地低下了头，说道："郎哥好。"

"这位是羽哥。"哥哥又对弟弟说，"羽哥不仅救了我，还准备给我们找一份差事，以后我们不用再惶惶度日了。"

弟弟又对杜羽说："羽哥好。"

杜羽总感觉怪怪的。他怎么成羽哥了？

"别叫'羽哥'了，我可是正经人啊……"

牛郎一愣："兄弟，你说谁不是正经人啊？"

弟弟刚要说什么，忽然面露痛苦，重重地躺了下去。几人还没搞清楚发生了什么事，弟弟就在床上挣扎着打起滚来，面色忽明忽暗，表情也阴晴不定，看起来有些诡异。

"糟了！"牛郎立刻走出屋子，冲着门外大喊道，"快叫回魂师来看看！"

不一会儿的工夫，一个白发苍苍的老者挎着一个医药箱跌跌撞撞地跑了过来。

"郎哥！怎么了？"那个老头慌慌张张地问道。

杜羽不禁感觉有点别扭。一个老头居然叫一个年轻人"哥"。

"这兄弟出问题了，你快看看是不是买的那个黑魄有问题！"

老者听后不敢耽搁，立刻上前查看弟弟的情况。只见他拿出一个铃铛摇了摇，又拿出一把米撒了出去，最后拿出一张符纸烧了起来。说是查看魂魄的情况，在杜羽的眼中看起来更像是驱赶魂魄。"郎哥，买的黑魄按理来说没有问题，问题出在这个少年身上……他的体质很特殊，寻常的魂魄无法相容，此刻您从黑市上买来的黑魄已经快要被其他魂魄蚕食殆尽了。"

"魂魄相吞？"牛郎一愣，"这少年的魂魄这么凶残吗？"

弟弟咬着牙，一脸痛苦地挤出一句话："没保住您买的魂魄……真是惭愧……"

杜羽皱着眉头吐槽道："你们两兄弟咋回事啊？除了'惭愧'，会说点别的吗？"

此时两兄弟却异口同声地说道："惭愧……"

"好好好……"杜羽无奈地摇摇头，"咱不聊这个问题了。郎哥，魂魄被吞了会怎么样？"

牛郎面露一丝担忧，说道："这样一来，他还是少了一魄。若不赶紧去买新的魂魄补上，他还是活不下去……"哥哥一听就犯了难。黑市里一个魄就要三万，哪还能再买一个？牛郎却丝毫没有犹豫，立刻回头对手下吩咐道："马上去打听哪里正在出售强韧的魂魄。有的话，不用跟我汇报，不管多少钱都先拍下。"

老者为难地看了看牛郎，说道："郎哥，不是不想买，只是寻常的魂魄估计还是会被蚕食殆尽。我们需要先知道这位小哥究竟是什么血统，然后再去寻找同类魂魄才可以……"

牛郎觉得老者说得有道理，于是回头问道："兄弟，你是什么血统？妖、阴灵、精，还是兽？"

弟弟一边痛苦地翻滚着，一边为难地说："郎哥，我……记不起以前的事了，也记不得我的血统。"

"这可难办了……"牛郎眯起眼睛思索了一会儿，回头对织女说，"媳妇，你比我聪明多了，快想想有没有什么好办法。"

织女已经消了气，见到这种状况自然有心帮忙，可身为天仙，本来就很少涉及魂魄之事，如今不知道弟弟的血统更是没辙。

一旁的杜羽忽然开口说话了："呃……我不懂就问啊，你们到底在为难什么啊？"

"为难什么？"牛郎说道，"自然是在考虑去哪里找一个合适的魂魄给这位兄弟回归啊。"

"你们的思路是不是歪了？"杜羽说道，"不是有一个人抢走了他的魂魄吗？咱们去抢回来不就得了？"

织女听后一愣："对啊，为什么不去抢回来？"

"唉……"牛郎叹了口气，轻声说道，"不是我没想过这个办法，只是……里黄泉喜欢收集别人魂魄的只有一人，与其和他正面碰撞，不如想办法买个黑魄。"

"哦？"杜羽扬了扬眉毛，"郎哥，以你的势力都没法对抗吗？"

"是的，羽哥。"牛郎点点头，"此人的势力比我更强大，手下恶灵无数。"

"不是……你怎么也叫我'羽哥'啊？"

"这是我们这儿的习惯。"牛郎冲杜羽笑了笑，"羽哥，你还是听我的吧。我们尽快想办法购买黑魄，大不了将所有血统的黑魄都买来试试。"

虽然牛郎这么说了，但是杜羽心里还是觉得欠妥。此刻应该让这对兄弟欠他的人情，而不是欠牛郎的人情，虽然牛郎人还不错，但他不得不要点小心思了。"郎哥，你一个一个买黑魄，应该要花费相当久的时间吧。要不然你和我说说，那个人到底是谁？"

牛郎见杜羽始终不愿意放弃，只能开口说道："是一个叫作荒山的组织，他们的首领是酆都十大恶人之首的安禄山。"

"你刚才说啥？！"杜羽惊呼一声。

"安禄山。"

"不不不，上一段。"

牛郎想了想："荒山？"

"不不不，下一段。"

"呃……酆都十大恶人之首？"

"对对对！"杜羽连忙点头，"你说他是酆都十大恶人之首？！"

"是啊，怎么了？"

杜羽干笑一声。他听过这个称呼啊！自己体内可是有一个实实在在的酆都十大恶人之首啊！"这个……这个安禄山是什么时候成为酆都十大恶人之首的？"杜羽问道。

"呃……应该是不久之前吧。"牛郎回忆着，"原先他只居于第二位，可是上一代十大恶人之首的恶人春已经很久没有活动迹象了，可能已经死了，所以安禄山自然而然成了新一代的恶人之首。"

"得了，这事你们别管了，我去会会这个安禄山。"杜羽拍了拍牛郎的肩膀，转身就要出门，出门之前又转身对曲溪说，"曲溪，你就别跟来了，替我照顾一下这两位兄弟，以后你们就是同事了。"

曲溪似乎有些走神，杜羽叫了她两声她才答应。"曲溪，你是不是还在担心记忆的事？"杜羽问道。

"是的……"曲溪缓缓地点了点头。

"别想了。"杜羽说道，"我想到了一个办法，等机会合适了就说给你听。"

"欸？"曲溪一愣，"你有办法了？"

"怎么说呢……"杜羽沉吟了一会儿，"虽然有一个办法，但我不想用。"曲溪并没有明白杜羽的意思。杜羽转身走出屋子，牛郎、织女，还有那对兄弟都吓蒙了。

"羽哥！"牛郎赶忙追了出去，问道，"你要干吗啊？"

"干吗？"杜羽也有些疑惑，"这不是明知故问吗？去抢魂魄啊。"

"不、不行！"牛郎惊呼一声，"我没记错的话，传说管理局的操作员……是个凡人吧。你为何要以凡人之力去对抗恶灵啊？"

"嘻！"杜羽笑了笑，"我不是凡人那么简单……总之，我先去会一会他，'酆都十大恶人之首'这个名号可不是他想拿就能拿的。"

牛郎始终觉得不妥，于是赶忙说道："羽哥你真的要去叫板荒山的话，我这就召集兄弟一起杀过去！"

"欸？"杜羽一愣，"要搞得这么大吗？"

"实不相瞒，荒山一直跟我们作对，我早就想收拾他们了！如今兄弟你要去，我们整个郎组也要舍命相陪！"

"郎组？"

正在包扎的哥哥赶忙接话道："惭愧……要不是我兄弟二人有伤在身，此时一定和羽哥杀过去。"

弟弟也一脸痛苦地说道："是的是的，惭愧……"

"别惭愧了啊！"杜羽实在是害怕这对兄弟了，"你俩这么喜欢说'惭愧'，不如从今以后哥哥就叫作阿惭，弟弟就叫作阿愧吧，反正你们也没有名字！"

194·里黄泉的斗争

杜羽本以为只是开个玩笑，没想到兄弟二人却认真地思考起这个建议来。"欸？"杜羽吓了一跳，"看你俩的表情怎么接受了？！我是开玩笑的啊……"

"不，我还挺喜欢这个名字的。"哥哥说道，"按照羽哥的意思，以后我就叫作阿惭吧。"

弟弟有气无力地说道："以后我就是阿愧了。"

"呃……"杜羽本想阻拦二人，可仔细想了想，自己的一切安排都是改变历史的一种方式。如今这二人的命运改变了，名字也改变了，必然会从未来的圣的身边消失，从侧面来说也是件好事。"行了，你二人就先养伤吧，我们去去就回。"杜羽冲二人笑了笑，然后走出了房间。牛郎一脸认真地跟了上去。

"牛郎！你……"织女本想说什么，可忽然觉得此刻的牛郎很迷人。

"媳妇，有些事不得不做。放心，我不会有事的。"

织女思索了一下，说道："想让我不管你？做梦！"

杜羽本以为织女会阻拦牛郎，却没想到织女将手伸进了自己的乾坤袋，掏出了一件漆黑的皮衣。"我正好也有些怀念里黄泉的日子了……"织女轻轻施法，那件黑色皮衣就穿在了她的身上，"就让他们回顾一下曾经砍刀织姐的风采吧。"

"好家伙……"杜羽瞬间哭笑不得，"'砍刀织姐'……这像仙女的名号吗？"

织女没答话，又从乾坤袋中拿出了一根发带，将头发扎了起来，随后摸出了两把砍刀。织女看砍刀似乎太久没磨，有些钝了，于是又从乾坤袋中掏出了一块磨刀石，把刀磨了几下。

"你这乾坤袋里到底都放了啥啊？"

牛郎微笑着看了看织女，说了声："你还是这么穿好看……"

"什么意思？！"织女一愣，"我之前不好看？！"

"呃……不是不是不是……"牛郎不愧是个"钢铁直男"，一句话就激怒了织女。

"别废话了，快走吧！"织女说道。

牛郎点了点头，跟一个小弟说道："摇旗叫人，今晚我们去平了荒山！"

小弟得令之后，立刻掏出手机拨打电话。杜羽、牛郎、织女三个人缓缓地走出屋子，街上已经站满了牛郎的小弟。

见到三人出来，众多小弟纷纷让路。

"准备好家伙。"牛郎说道，"新仇、旧账今天一起跟那个胖子算。"

"是，郎哥！"

杜羽只在电影中见过这种场面，不由得有些紧张。他回头一看，身后上百个小弟杀气腾腾，纷纷掏出了砍刀、铁棍等武器，看起来一点也不像是恶灵，反而像是古惑仔。

他们刚走过一个十字路口，迎面走来了一群人。为首的男人身材清瘦，身后跟着的小弟的数量丝毫不比牛郎的少。"呃？"杜羽不知什么情况。难道一出门就遇到敌人了？直到那男人缓缓走近，杜羽才认出他就是之前见过的执耳。牛郎冲着执耳点了点头。执耳恭恭敬敬地叫道："郎哥、织姐。"话音刚落，执耳身后的众多小弟一起喊道："郎哥好！"

牛郎脚步没停，继续往前走着，执耳的小弟纷纷给他让路。待到牛郎走过，几百个小弟加入了队伍。杜羽不由得一惊。他本以为牛郎只是个酒吧老板，顶多有点小势力，可没一会儿的工夫就已经聚集了快一千个人了啊。他又转念一想，这么大的势力，他居然不敢招惹那个安禄山？

走了没多远，又有两队人加入了这声势浩大的队伍，他们的领头者是一个扎着脏辫的女生跟一个身材高大的赤红色独眼恶灵。牛郎给杜羽介绍，女生叫作"乱童"，赤红色独眼恶灵叫作"丧鬼"，都是他的手下。按照牛郎的说法，执耳、乱童、丧鬼，以及另一个没有出现的人，是他手下最得力的四个首领，里黄泉的人称他们为"牛郎四煞星"。"好家伙，还挺有气势啊……"杜羽不由得想：我以后也可以搞个小队，取个吓人的名字，比如"三侠五义""江南七怪"什么的。

孟婆正在屋里插花，一个手下急急忙忙地走过来，对孟婆说道："孟姐，西街郎哥摇旗了！"

孟婆插花的动作停了停，随即不动声色地问道："对面是谁？"

"听说是荒山。"

"荒山吗？"孟婆将那朵鲜花插上，然后说道，"什么规模？"

"执耳、乱童、丧鬼都到场了，没有见到刘伶。其余还有不少依附于西街郎哥的大小势力正在不断地加入队伍。"

孟婆刚要说话，门外却传来了敲门声。不一会儿的工夫，孟婆的保镖带着一个小混混走了进来。小混混见到孟婆之后微微低下头，说道："孟姐，郎哥让我通知您一声，今晚摇旗，血洗荒山。"

孟婆笑着点了点头："看来牛郎还把姐这个前辈放在眼里，居然按规矩来给姐汇报了吗？"

"郎哥一直很尊敬您，所以这次摇旗按规矩行事。"

"行，我知道了，你去吧。"

小混混又向孟婆点了下头，算是行礼，然后离开了。

"你们通知安禄山，让他自己做好准备，若是死了，便是气数已尽。"孟婆说道。

"是！"

手下得了令，正要走，孟婆又把他叫住了："等等！"几个手下赶忙过来低下头，听孟婆的吩咐。"看好北街的李莲英和南街的强女，他们若是有动作，第一时间来向姐报告。"手下得了令，纷纷离去了。

"看来里黄泉的格局要变了啊……"孟婆看着桌子上的花，喃喃自语。

杜羽真是越走越忐忑。他身后怕是跟了快两千个人吧？出发之前，他无论如何也想不到会是这种场面啊。好在现在的杜羽见多识广，不仅亲临过战国时期的沙场，还参与过张家寨的千人斗法反击战，前不久又去了十万天兵天将大战十万虾兵蟹将的现场。虽然跟那些场面比起来，现在的场面不算什么，可是这一次的争斗是他引起的啊。

"杜羽，你怎么了？"一旁的织女问道。

"没、没啥事……"杜羽静了一下思绪。这个时候有人和他说说话也好。"织女，你们以前经常发生这种规模的争斗吗？"

"小的倒是天天有，这种规模的不多见。"织女回头看了一下身后长长的队伍，"四个街区平日里大多井水不犯河水，所以很少有人会倾尽整条街的力量进攻另一条街。"

"那……"杜羽忐忑地说道，"我们不会违规了吧？孟婆不管吗？"

"孟姐只是监督者，而不是执法者。对她来说，这条街上的所有争斗都是正常现象，只要不出现违背道义的行为，她都会默许。"

"违背道义？"

"是的。如果我们偷袭安禄山，就丢了道义，可如果堂堂正正地过去，后面发生的事情孟姐就不会管了。"

杜羽不由得苦笑一下。这是什么管理方式？但他仔细想想，想要统领里黄泉的一大群极恶人员，除了要有通天的修为，更要有让任何人都信服的处事方式。杜羽心生好奇。孟婆究竟是个什么样的人？她明明有着和北帝、东帝一样的修为，如今却在里黄泉里独居一方。

在几位首领的带领下，人群已经来到了东街。这里便是荒山的地盘。荒山的人似乎早就收到了消息，街上一个人影也看不到。牛郎没有停留，带着大家一直在东街深入。众多恶灵掏出布条，将自己的兵器缠在手上。牛郎越走越觉得有些诡异。他明明已经通知了孟姐，孟姐定然会让安禄山做好准备，可是都快走完了东街，怎么还没有见到安禄山和他的手下？将近两千人的队伍走到东街的广场上缓缓停了下来，再往前走可就是安禄山的住处了。

牛郎缓缓地看了看四周。这空气中总有一股阴谋的味道。"执耳、乱童、丧鬼。"牛郎叫道。

"在，郎哥。"

"做好准备，安禄山要来了。"

几人慎重地点了点头，纷纷让自己的人做好了应战准备。四周安静得可怕。织女皱了皱眉头，跟杜羽说道："看来此次不管郎组成功与否，荒山都会受到惩罚。"

"什么意思？"杜羽不太理解。

下一秒，一道烟火在远处升空，众人抬头一望。烟火绽开的瞬间，四周忽然传来了喊杀声。各个方向拥来了无数恶灵，他们早就做好了准备，叫喊着冲杀过来。"安禄山这死胖子果然搞偷袭。"织女手持双刀，冷冷地笑着，"这下我们可以名正言顺地杀掉他了。"还不等杜羽反应过来，双方人马已经冲杀在一起了。

这种街头搏斗，杜羽有点为难。一来分不清楚敌友，二来看不清楚方向。他只能手持细剑，谁冲上来就将谁击倒。里黄泉的搏斗果然和他曾经见过的不同，很少施放法术，毕竟大都是恶灵和妖，完全靠着强韧的肉体进行拼杀。

195·刘伶醉酒

一片厮杀的街巷上，忽然有个庞然大物轰然落地。众人放眼一瞧，来的是一个身材粗壮的胖男人。他手持一根石棒，一脸凶狠。"安禄山，你居然搞偷袭？"牛郎冲着胖男人冷喝一声，"不怕孟姐怪罪吗？"

"偷袭？"安禄山讥笑一声，"你的人杀气腾腾地走了过来，我的人恰好在你们四周逛街，同一时间发起进攻而已。哪儿有偷袭？"

"可笑，你以为这点伎俩就能打倒我们吗？"牛郎一边脱下自己的貂皮大衣，一边向前走去，"今天咱们新仇、旧账一起算。当年你打伤乱童、刺瞎丧鬼眼睛、抢夺我三家店铺的事情还历历在目，不要指望我会对你手下留情。"

"笑话，你一个刚刚成为上仙的杂狗，怎么敢对我一个真仙叫嚣？"

安禄山手持石棒迎着牛郎走了过去。

二人叫喊一声，冲撞着厮杀在了一起。

"织女，不去帮牛郎吗？"杜羽看到远处的战事，回头问织女，"那个安禄山看起来比牛郎厉害些啊。"

织女的面色异常冷峻："牛郎没有开口，所以我不会出手，这是他应该面对的战斗。"

杜羽面带担忧地看着牛郎。果然，他的修为和肉身都不如安禄山的强大，很快就负了伤，但他的身上有一股独特的气势，尽管被一次次击倒，也没有露出一丝胆怯的表情。

"牛郎，带着这么多人过来，我倒要看看你怎么收场。"安禄山一边挥动着石棒，一边说。

牛郎擦了擦嘴角的鲜血，说道："安禄山，这次怎么没看到你的那个得力干将？"

"对付郎组，还需要出动我手下的得力干将？"安禄山讥笑道，"你以为自己是强女，还是李莲英？"

"哈哈哈哈！"牛郎忽然大笑道，"安禄山，我真是高看你了。没猜错的话，你那个手下现在正带着人清扫我的地盘，对吗？"

安禄山冷哼一声："是又怎么样？"

"在你看来，对付我们郎组根本不需要倾巢而出，你只需要带着部分小弟在此抵挡，让剩下的人去侵占西街。这样一来，就算我们战胜了，也会无处可去。郎组的势力今夜无论如何都会从里黄泉消失。"

"所以呢？"安禄山冲着牛郎笑了笑，"你明知道我会去抢占西街，却还是带人大肆杀了过来，看来你的眼界也不过如此。"

牛郎重新站起身，做出应战的姿态："安禄山，我若没有十足的把握，又怎么可能孤注一掷？"

话音刚落，远处传来阵阵惨叫。安禄山扭头一看，一个手持两把砍刀、身穿黑色皮衣的女子居然爆发了惊人战力，眼前的小弟毫无招架之力。再一扭头，看到一个身法鬼魅的男子在人群之中穿行，安禄山觉得他的身法好生眼熟，只见他手持一把细剑，将自己的小弟一个个刺倒。"原来你请了帮手？"安禄山冷笑一声，"你以为这就能稳操胜券吗？"

"至少，这是我赢面最大的一次。"牛郎说完话便又和安禄山冲撞在一起。他仅凭赤手空拳就和修为高于自己的安禄山肉搏，这种气势让身边的小弟都为之一振。

里黄泉，西街。

一队人马正在这里匆匆前进，奉安禄山之命接管西街。可让他们感到奇怪的是，这里家家户户都门窗紧闭，仿佛看不到半个人影。这支队伍已经在这里转悠了二十多分钟，连一个郎组的人也没看到。难道真像牛郎说的，这一次他们舍弃了大本营，直接倾巢出动？

"大哥，现在怎么办？"一个小弟冲着领头的男人问道。

领头男人微微思索了一下，说道："如果这样无功而返，山哥怕是会大发雷霆……"

"可是这里确实没有任何郎组的人啊。"

领头的男人环视了一下，说道："无论如何得有个交代。我们去拿下牛郎的酒吧！他们如果真的倾巢而出，牛郎的酒吧肯定防守薄弱，只要拿下牛郎的大本营，山哥应该就不会怪罪了。"确定了目标，几百个喽啰冲着牛郎的酒吧匆匆赶去。如今就算酒吧里还有人在防守，数量定然也不会太多。

"大哥，到了！"小弟叫喊一声。

领头男人放眼看去，这酒吧果然没什么防守力量。整座建筑物安静得可怕，门口甚至还有一个醉酒的书生正抱着酒罐子呼呼大睡。

"走。"领头男人带着众多小弟刚要走进酒吧，却被人拉住了裤脚。他扭头一看，门口这个醉酒的书生居然伸手拉住了他。"喂，你想死吗？"领头男人冷冷说道，"这事和你没关系，赶紧滚。"

醉酒书生艰难地睁开双眼："没、没关系？不不不……"

书生摇摇晃晃地站起身，睁着一双迷离的眼睛看了看眼前安禄山的人，刚想说什么，却一下子没站稳，扑在了领头男人身上。领头男人面露不悦，将醉酒的书生狠狠地推了出去。这一下醉酒的书生有点醒酒了，稍稍调整身形，说："牛郎让小生在这儿守着，这里面有两个重要的人需要保护。你们快走吧，否则会死的……"

"牛郎？！"安禄山的手下疑惑地看了这个书生一眼，"你是郎组的人？"他们不明白牛郎为何会安排一个醉汉在这儿守门。

"喂，你要是郎组的人，那就别怪我们不客气了！"一个小弟喊道，"今天就让你魂飞魄散！"

为首的男人点了点头："这家酒吧我们要了！"

书生为难地挠了挠头："所以……你们不肯走吗？"

"我们不走又怎么样？！"为首的男人没好气地骂道，"你自己小看了我们山哥，以为肯定不会有人杀过来，所以喝得酩酊大醉。难道仅凭两句话就可以劝退我们吗？你如今就算魂飞魄散了，也是你自找的！"

醉酒的书生没有回答，反而用惺忪的醉眼看了看他们，问道："你们喜欢听评剧吗？"

"评、评剧？"

只见醉酒的书生慢慢抚着衣袖，摇摇晃晃地开口唱道："我只得在醉中逃灾避难，哪怕人耻笑我狂妄疯癫！"他的唱腔悠扬婉转，虽说带着一股醉意，却有一种引人入胜的魔力。

一个小弟听闻不由得往后退了一步，说道："大、大哥，好像不太妙……"

为首的男人还不知道什么意思，眼前的书生却瞬间不见了，那悠扬婉转的戏腔还在耳边盘旋。"往东喝到东洋海，往西喝到老四川。往南喝到云南地，往北喝到塞外边。"

"装神弄鬼！唱的什么东西？！"

为首的男人赶忙回头寻找书生的身影，却见到自己身后众多小弟在这隐隐约约的评剧唱腔中一个个被击倒了。下一瞬，书生出现在为首的男人面前，带着一股扑鼻的酒气，缓缓唱道："东南西北全喝遍，未曾把我醉半天。"

此刻男人终于感觉到一股极度恐怖的气息从自己的脚底开始蔓延，他的双脚想逃离这里，双手想保护自己，于是非常怪异地一边向后跳着，一边伸手打向醉酒的书生。书生微微一笑，身体诡异地左右扭了几下，躲开了为首男人的攻击之后又醉倒在了他的身上。这一下男人再也不敢碰他，不断地向后退着，大吼一声："你是谁？！"

不等书生回答，最后一个存活的小弟大喊道："大哥，快跑啊！他唱的评剧是《刘伶醉酒》，他就是刘伶啊！"

刘伶向身后一挥手，这个小弟也倒下了。

"刘伶？！"一种复杂的表情在为首的男人脸上浮现，"刘伶不就是郎组从未露过面的四煞星吗？居然有这种实力！郎组有这种人，为什么会被我们荒山压制啊？！"

眼前，带来的几百个小弟短短几瞬的工夫已经全部横躺在地，这种可怕的实力就算是牛郎本人也不一定能有啊。刘伶摇摇晃晃地笑着说道："小生只是不爱打打杀杀，你们却杀过来了，怎么办呢……"

为首的男人"扑通"一声跪了下来，带着哭腔说道："是我该死，是我有眼不识泰山！伶哥，您大人有大量，饶我一命吧……小的也是听令行事啊！"

刘伶笑着将男人扶了起来，说道："放心、放心，小生不会杀你。"男人颤颤巍巍地站起身，完全不敢说话。"小生若是杀了你，后续人马还会源源不断地过来进攻，是吧？"刘伶笑着说道，"所以小生要让你活着回去，将这里的事情告诉他们，这样他们就不会再来了，小生也能痛快地喝酒了，对不对？"

"对对对对对！"为首的男人疯狂地点着头。

"可是小生也很为难。如果你毫发无伤地回去对付牛郎，那也给他平添麻烦。"刘伶又说道，"所以小生得让你不能对牛郎动手才可以，对不对？"

"对对对！伶哥，您放心，小的回去之后绝对不会对郎哥……"

刘伶不等男人说完话，随意挥了两下手，男人的双臂就断了。

安禄山觉得怪怪的。他的手下分出几百个去侵占西街，现在算来已经一两个小时了，怎么完全没有动静呢？难不成是那几百个手下占领西街后另立山头了？这里的人数本来就不占优势，若是再出了其他意外，他定然会以惨败收场。更何况牛郎带来的两个帮手实力强大得惊人，他已经是上仙修为，却看不透那两个人的深浅。只是他们仿佛遵循着什么不成文的规定，始终没有对他出手。

就在这时，一个双臂断了的男人跌跌撞撞地跑了过来。安禄山见状立刻震退牛郎，赶忙去查看自己手下的情况。"山哥！"那个男人咬着牙，看起来活不久了，奄奄一息，"咱们的计划失败了……西街有刘伶坐镇。他实力太过惊人，一个人瞬杀了几百人。"

"刘伶？！"安禄山的眼睛一下子瞪大了，"兄弟，你在跟我撒谎吗？刘伶在这条街上的名声还不如执耳的大，怎么可能有这种实力？"

男人苦笑了一下，喷出一大口鲜血，看着安禄山，有气无力地说道："山哥，我即将魂飞魄散了，和你撒谎还有什么意义？我这双手就是被他断掉的，连反抗的机会都没有……"

安禄山瞬间感觉自己有些失算了。牛郎隐藏了实力？而他怀中的兄弟在抽搐了几下之后没了动静。安禄山不由得心想：如果那个从未露过面的刘伶也杀了过来，配合那个双刀女侠和身法诡异的男子，我还有胜算吗？"就算我今天真的败在这里，也要让牛郎陪我死。"安禄山很快厘清了思路，抬起头来看着牛郎。牛郎感觉到眼前这个胖男人的气势有些变了，刚才顶多是在羞辱他，如今却动了杀心。"牛郎，你千不该万不该……不该亲自来挑战我。"安禄山说道。

"但我还是来了。"牛郎微微一笑，"如果我死在这儿，只能证明我没有能力管理这条街。"

"那你就去死吧。"安禄山大喝一声，踏碎地面，手中的石棒瞬间扩大，冲着牛郎挥下。牛郎不善法术，只能以肉身抵抗，抬起双手，接住石棒，脚下的地面也碎裂了。牛郎咬着牙，死死地抵挡住这股攻势，一张嘴，大吼一声，身后幻化出一头巨大的水牛。水牛的犄角向天上一扬，击飞了安禄山的武器。随即牛郎和水牛的幻影一起飞身冲向了安禄山。安禄山似乎早就料到这招，轻轻一侧身便可躲过去，在即将擦身而过的时候，伸手握住了牛郎的脚腕。牛郎大呼不妙。他居然被这个怪力的胖子抓住了。

安禄山冷笑一声，抓起牛郎的腿，将他整个人狠狠地摔在了地上。牛郎直接咯出一口鲜血，身上萦绕的各种法术也都失效了。安禄山不等他恢复元气，又将他整个人抢了起来："我这次要摔断你全身的骨头！"他刚要挥手而下，手臂却被人抓住了。他扭头一看，身旁站着一个拿着细剑的清秀年轻人，对方正是牛郎请来的帮手之一。安禄山的眼珠子转了转，问道："阁下是混哪儿的？如果是受雇于牛郎，我荒山愿意出十倍的价钱。"

"羽、羽哥……"牛郎艰难地开口叫着。

"放心，郎哥，织女已经知道你多么有魅力了，"杜羽冲他笑了笑，"剩下的事情交给我吧。"杜羽手上一用力，安禄山瞬间吃痛，直接放开了牛郎。

牛郎捂着自己的胸膛站起身来，说道："羽哥，千万小心……"看到杜羽点了点头，牛郎便回身加入了其他区域的战斗。

"阁下到底是谁？"

杜羽没答话，面色一冷，随即眼神一变，露出了一股浓烈的杀气。"我是……谁？"杜羽缓缓地开口问道，"我倒想问问你，你何时成了酆都的第一恶人了？"

安禄山听后瞬间汗毛倒立。"不……不可能啊。"他捂着自己的手腕，颤颤巍巍地向后退着，"你……你这声音、这气势，难道是……"

"你是不是忘了我和你说过，若让我再见到你，一定让你魂飞魄散。"

安禄山这下可没辙了。他当年确实不开眼，招惹过恶人春。当时只是想和她争一争这头号恶人的名头，却没想到被打得毫无还手之力。往后的日子里，他只能隐居在里黄泉，从不敢轻易露面，就是怕有朝一日碰到钟离春。可如今钟离春怎么自己找上门来了？"你……你没死？"安禄山看了看杜羽，实在想不明白这是怎么一回事，"有消息说你在三生石步行街被几个引渡使打伤了，之后你就销声匿迹了，怎么可能还活着？"

"我不配活着吗？"杜羽缓缓地往前走，而安禄山却步步后退。

"不、不是，我……"安禄山赶忙思考着对策。绝对不能以正常手段对付这个人，硬碰硬的话，谁都不是对手。"此刻形势严峻……"安禄山下了决心，"留得青山在，不怕没柴烧！"说罢，他从怀中掏出一个黑球，狠狠地往地上一摔，一股巨大的阴气瞬间弥漫开来。杜羽被这一阵阴气吹得睁不开眼睛。片刻时间过去，阴风散开，眼前的安禄山已经没了身影。

"杜羽，怎么办？！"钟离春着急地问道。

杜羽往外一看，远处安禄山正扭着那庞大的身躯钻入一条小巷。"不能放他走，阿愧的魂魄还在他手里！"杜羽喝道，"换我，我去追！"钟离春听完之后将身体的控制权交还给杜羽，杜羽立刻飞身追去。

织女一扭头看到远远跑开的安禄山和杜羽，大喊一声："杜羽，安禄山诡计多端，别追！"

"放心吧，织女，我自有分寸！"杜羽自然知道眼前这个胖子选择往小巷里跑肯定有所准备，但自己也不是好惹的。结合钟离春和查达的力量，就算安禄山是真仙，他也有十足的把握击杀对方。杜羽一边跑，一边运起钟离春的身法，很快就和安禄山拉近了距离。转过街角，杜羽发现这里居然是死胡同。而安禄山此刻正站在胡同的尽头，回过身来一脸讥笑地看着他。"哟，死胡同？"杜羽环视了一下，说道，"有什么手段就使出来吧。"

安禄山从乾坤袋里掏出了一件金属制成的衣服穿在身上，又从怀中掏出来一个引爆器，微微一笑。不知什么机关在此时发动了，杜羽身后赫然立起一堵墙。"我在这条小巷里布满了炸药，任你有多强的力量都会魂飞魄散的。现在你走也走不了，出也出不去，就永远留在这儿吧！"

杜羽挠了挠头，真没想到会是这种手段，用查达的传送门应该可以逃跑。但就算逃跑成功了也没什么意义，阿愧的那一魄还没拿回来啊。杜羽正在犹豫，安禄山却觉得他害怕了："怎么样，要不要和我做个交易？你出去杀了牛郎，咱俩拜个把子，这事就算了。"

杜羽微微皱了下眉头，说道："这样吧，你把昨天抢到的那一魄交给我，我就先不杀你了。"

"魄？"安禄山此时才知道杜羽的目标是什么，"原来你要的是魄？那就好办了！"他慌慌张张地从乾坤袋中掏出好多个玻璃瓶，全都放在自己眼前，说道，"这是最近收集到的魄，你若是需要就都拿去！"

杜羽微微摇了摇头："我只要昨天你抢到的那一魄。"

安禄山转了转眼珠子，说道："那好，你过来拿！"说完，他就从地上捡起了一个瓶子，说道，"就是这个！"

"呵。"杜羽冷笑一声。过来拿？这安禄山还不死心吗？以为他是三岁小孩？"好，我过去拿。"杜羽微笑着，"如果你敢有什么其他想法，我保证你按下引爆器之前就会死。"安禄山被杜羽说的话吓了一跳，但又不敢承认自己确实有什么其他想法。杜羽慢慢地走了过去，安禄山紧张地看着他的一举一动。这条巷子刚刚走到一半，杜羽就感觉自己脚下好像踩到了什么东西，瞬间觉得不太妙。安禄山刚才应该是虚张声势。这条街不可能全部布满了炸药，否则安禄山就算有法宝护身也必死无疑。如今……应该只有他脚下才有炸药。

"哈哈哈，去死吧！"安禄山大喝一声，左手刚要按下引爆器，他的胸前却忽然蹿出一只手，仿佛有什么人从背后刺穿了他。他一愣，口中随即流出了鲜血。"欸？"安禄山根本没明白是怎么一回事。他身穿玄铁宝衣，居然会被人用一只手贯穿了身体？他手中的引爆器慢慢地掉到地上，整个人也缓缓地倒了下去。

安禄山一倒，杜羽才发现他的身后站着一个上身赤裸的年轻人。明明是死胡同，这个年轻人却仿佛早就站在了那里。"阿惭？"杜羽一愣，"你怎么来啦？身上的伤不要紧了吗？"说完这句话，杜羽却觉得有些不太对。眼前的阿惭身上并没有伤痕，反而都是伤疤。他抬起头来看着杜羽，微笑着说道："惭愧，上一次您穿着和尚的衣服，导致我没有第一时间认出您来，这次一定要了您的命。"

197·颠覆历史

杜羽大骂一声，心说：你为什么不晚点来啊？只要我拿回这个魄，收服了阿惭和阿愧，未来的你们就会走上正轨了啊。可他转念一想，圣在短时间内接连派出刺客来袭击他，只能说明一个理由——圣着急了！看来他的战术并没有问题，对方越着急，就越说明他的计划的成功性。收服惭愧兄弟，刻不容缓。"喂，我说，你来杀我就杀我，为什么要顺便杀了安禄山啊？"杜羽问道。

"我不该杀他吗？"他看了看倒在自己脚下、此刻魂魄正在消散的安禄山，"当年若不是他抢了我弟弟的魄，我们的一生怎么会就此改变？"

杜羽干笑了一下，说道："现在你们的人生可能很痛苦，但马上就会不一样。你说有没有这么一种可能，在你们的记忆里，有个人会忽然出手帮助你们，然后你们就会从此过上幸福、安定的新生活！”

“您误会了。”男人笑了一下，说道，“我们的人生并不痛苦，您也不可能理解我们的感受。”

“不信就算了。”杜羽叹了口气，“你们已经被洗脑了，知道不？”

“您不要再说废话了。”男人的手上慢慢地散出一阵红光，“这一次，您一定会死，一切都会结束。”

“一定会死？”杜羽皱了皱眉头，“笑话，我上次不也没死吗？”

“上一次是圣为了保护白素贞而让我们紧急撤退了，但这一次不同。”男人一边往前走，一边说道，“我们查看了前后二十分钟的时间线，不会有任何一个人经过这里，也不会有任何人出手帮您。”

杜羽往后退了一步，说道：“你果然是未来的人……”

“二十分钟，足够我杀死您。”男人步步紧逼。

“你错了。”杜羽说道，“你只是说不会有其他人经过，但你别忘了，我不一定会输给你。”

“是吗？”男人反问道，“您身上现在只有小钟离和查达，其他六方全部空缺。如果没记错，婴宁也不在您身上吧？”

杜羽的心跳不由得加快了。他千算万算，也没算到他们会在他的时间线里动手。一个这么了解他的对手，他要如何应对？“也就是说，我如果不做点什么出格的事情，今天是跑不掉了？”杜羽问道。

“是的，您说得对。”男人冷笑着说道，“按照历史来说，您会在这里杀死安禄山，然后回去与牛郎织女会合。我们选择在这个时间点降临，第一时间杀死安禄山，就是为了给自己争取时间。除非出现颠覆历史的变故，否则您今天必死无疑。”

“好家伙……我在你们眼里已经是历史了？”杜羽一愣，“你们究竟来自多么久远的以后？”

“对不起，这我不能说。”男人摇了摇头，随即又问道，“问题问完了吗？能不能请您去死呢？”说罢，他爆起一阵红光，以极快的速度袭向了杜羽。

杜羽同时运起钟离春和查达的力量，集于一身，用力跃向空中。“喂！附近有人没人啊？杀人啦！！！”跳到空中的杜羽大喊一声，可他追得实在有点远，距离战场已经有一段距离了，而且战场那边的厮杀声比他这里的大得多，任何人都不可能听到他的呼喊。还不等杜羽落地，他的身旁就闪出另一道身影。他同样赤裸着上身，一身疤痕。杜羽看到后苦笑一下："阿愧弟弟，你也来啦？"

弟弟可没心情跟杜羽谈笑风生，狠狠一脚将他踢到了地上。两个人缓缓落地，以前后包围之势将杜羽困在了中间。杜羽趴在地上，头脑飞速地运转着。究竟做什么才能逃命？忽然，他想到了——说不定它就是颠覆历史的那个变故！想到这里，他伸手入怀，悄悄掏出了一颗玉珠。当时东岳泰山大帝曾经在传说管理局重新建设的时候来访，将这颗玉珠交给了杜羽。他说过，只要有危险就捏碎这颗玉珠，不管他在哪里都可以感受到，一定第一时间过来帮忙。杜羽不动声色地将玉珠握在手中，刚要捏碎，却忽然被人扼住了手腕。只见阿愧的手上闪烁着蓝光，死死地捏着杜羽的手："东王珠，捏碎了之后东帝会现身，我差点忘了。"阿愧冲着那颗玉珠吹了口气，玉珠立刻结上了厚厚的冰。任杜羽如何用力抓握，那冰层都如同钻石，岿然不动。

杜羽瞪大了眼睛，看着阿愧，说道："你怎么可能会知道这件事？关于这颗珠子……应该只有我和东帝本人才知道！"难道……东帝……

"不要再浪费时间了，弟弟，动手吧。"阿惭开口说道。

二人身上的杀气开始弥漫，渐渐靠近杜羽。在这种实力的绝对压制面前，任杜羽有再多小聪明也无济于事了。这两个人已经调查好了一切，他的立场太过被动了。兄弟二人同时伸出了手，一前一后地站在杜羽身旁，正准备刺穿他的心脏的时候，一股金光赫然升起，将杜羽包裹了里面。二人一皱眉头，尝试理解眼前的状况，可无论怎么想也想不明白。按照历史记载，不可能有任何人出现在附近。

"别管了，强行动手。"哥哥一声令下，二人伸手就冲着金光冲了上去，可这金光比他们想象中的更坚硬，受到兄弟两人的攻击却丝毫不动。

"是大慈悲印。"弟弟咬着牙说道，"果然有颠覆历史的变故出现了。"

杜羽抬头一看，胡同尽头处的墙壁上陡然亮起了一股金光，一个天竺和尚缓缓地走了出来。

"阿弥陀佛。"

"瓦、瓦让大师？！"杜羽惊呼一声。

哥哥看到瓦让之后面色一冷，缓缓地走上前去，说道："瓦让大师，您知道自己在做什么吗？"

"二位施主，贫僧只是感觉到传说剧情即将偏离，所以出手纠正而已。"瓦让冲着兄弟二人俯首行礼，"希望两位施主高抬贵手，勿扰乱了传说，杜羽施主不该在此丧命。"

杜羽一愣。这个瓦让和尚居然跟惭愧兄弟认识？

"瓦让大师，我不理解，我们的最终目的明明一样。若您不插手，一切就可以结束了。"哥哥说道。

瓦让微笑了一下，说道："二位施主误会了，贫僧从来没有什么最终目的，曾经给过杜羽施主选择的机会，他也做出了他的选择，所以贫僧的目的早就已经达成了。"

哥哥还要说什么，弟弟却拦住了他，转头问瓦让："大师，就算他做出的选择是错误的，您也不会干涉吗？"

"杜羽施主对我们来说是历史，历史不存在对错，所以贫僧尊重他的一切选择。"

兄弟两人听到瓦让这么说，面色都严峻了起来。"所以，瓦让大师，今天您要保下他？"弟弟说道，"您应该知道这没什么实际作用，圣不会放弃的。就算您在这里杀死我们俩，圣也不会放弃。"

"贫僧并不是保下他，而是保下真正的历史。贫僧也不想杀死两位施主，只想劝你们回头是岸。"

兄弟两人面面相觑。

"哥哥，怎么办？"

哥哥听后苦笑一声："还能怎么办？要么杀掉瓦让，要么再次撤退。"

弟弟一咬牙，说道："圣对我们有再造之恩，刺杀杜羽的命令我们已经失败了一次。如果再失败，有何颜面去见他？"

"可是瓦让身后尚有八百太枢罗汉，我们不见得能占到便宜……况且你忘了圣是怎么交代的吗？"哥哥说道，"他说如果我们遇到了任何解决不了的困难，可以无条件撤退，一切以我们二人的安危为重。"

弟弟虽然不想放弃，但也明白其中的利害关系，于是扭头对瓦让说道："大师，您能保他到什么时候？"

"只要贫僧看得见，就会保到底。"

"原来如此。"弟弟冲着瓦让行了礼，说道，"大师，您确实是个值得尊敬的人。我们只想提醒您，执行刺杀任务的不是只有我们，圣七杰全都出动了，您怎么防得住？"

"防不住也要试试。"瓦让笑了笑，"这是贫僧的使命，贫僧生来就是为了保护传说。"

哥哥和弟弟相互看了一眼，向瓦让低头行礼，然后回身慢慢地遁入了黑暗。

瓦让见到二人已走，也准备离开。

"这就结束了？"趴在地上的杜羽一头雾水，"瓦让大师……"杜羽站起身来，喊住了这个只见过几次面的天竺和尚。

"杜羽施主，您有什么事？"

"您……没有什么话要和我说吗？"杜羽问道。

"没有，贫僧的所有话在上次与你饮酒而谈的时候就已经讲完了。"

"呃……"不等杜羽说话，瓦让的身形就消失在墙中。虽说这一次行刺的开始和结束显得没头没尾，但杜羽还是得到了很多关键信息。他感觉所有信息只差一条线就可以穿起来了。

198·再造之恩

杜羽翻身跳出了胡同，一边往回走着，一边思索着刚才发生的事。他总感觉哪里怪怪的，可是始终没有想明白问题所在。到底是哪里怪怪的？是惭愧兄弟？是瓦让和尚？是圣？"圣……圣七杰……"杜羽喃喃自语，"原来这么厉害的刺客一共有七个人，看来以后不管是在传说中，还是在日常生活中，我都要万分小心才是……"

没多久的工夫，杜羽就回到了街斗的现场。安禄山已死，再加上荒山这次的人数本来就不占优，所以他们的失败是必然的。牛郎织女的战斗力本身就不容小觑，再加上执耳、乱童、赤鬼在一旁辅佐，里黄泉已经稳定了三百多年的形势发生了改变。"已经到收尾阶段了？"由于荒山的势力节节败退，很多人都已经放弃了抵抗。

"杜羽，你回来了？"织女看了看杜羽，问道，"安禄山呢？"

"羽哥！"牛郎回头叫道。

"放心，安禄山死了。"杜羽挥舞了一下手中的玻璃瓶，"我从他那儿拿回来不少魄。"

牛郎赶忙上来查看了一下，果然都是一个个鲜活的魄。"羽哥，安禄山真的死了？"牛郎不可置信地问道，"你的神通竟然可以击杀安禄山吗？"

"呃……"杜羽挠了挠头，"这事说来话长，但他确实是死了，还在那条巷子里，你派人去查看一下吧。还有，帮我找找这些魄的主人。"

杜羽将几个瓶子塞给牛郎，看起来有些落寞，双眼无神。

牛郎用胳膊肘捣了捣织女，问道："媳妇，羽哥这是咋了？"

"我也不知道。"织女摇摇头。

"那个……郎哥、织姐，我就先回去给阿愧送魄了。"杜羽说完之后转身离去。留下牛郎和织女两人不明所以地看着他的背影。

不知道走了多久，杜羽回到了牛郎的酒吧。让他没想到的是，这里居然躺着几百个阴灵，魂魄都还没完全散去，看来刚死没多久。一个醉酒的书生此刻正抱着酒罐子在酒吧门口呼呼大睡。"什么情况？"杜羽一愣，"老巢让人端了？"他分不清地上的阴灵到底是谁的人，只好走上前去叫醒了那个书生，"兄弟、兄弟，醒醒！"杜羽摇晃着书生。

没多久的工夫，书生睁开了眼，迷离地望着杜羽："哟，来啦……我还以为不会来了呢。"

杜羽皱了皱眉头，问道："什么来了？"

书生缓缓地站起身，伸了个懒腰，问道："你要进去吗？"

"嗯，"杜羽点了点头，"我当然得进去。"

书生用醉眼环视了一圈，问道："就你一个？"

"是啊，就我一个。"杜羽实在不明白这书生想干吗，一醒来就像查户口一样问东问西。

"那看来你也是个狠角色……"书生伸了个懒腰，打了个哈欠。

"狠角色？"

"你爱听评剧吗？"

"不爱听。"杜羽回答道。

"呃……"这次轮到书生有点蒙了，"你怎么能不爱听呢？"

"我就是不爱听啊。"杜羽没好气地说道，"你这人挺奇怪的啊，我爱不爱听和你有什么关系？"

"算了……"书生摇了摇头，"就算你不爱听，小生也要唱。"

杜羽心说：真是遇见疯子了，这书生难道是在酒吧卖唱的？

"我不爱听，你为啥要唱啊？"杜羽实在理解不了，"我爱听周杰伦，你唱《七里香》吧，唱得好我就再点一首。"

书生尴尬地挠了挠头，说道："这……这不是你爱听什么的问题，小生必须得给你唱评剧。如果唱完了，你还想进去，那小生也不拦你了。"

杜羽本来就心烦意乱，没想到被这种人缠上，现在想死的心都有了。"算了算了算了。"杜羽摇了摇头，"这样吧，我不进去了。你把这个玻璃瓶带进去，交给一个受伤的年轻人，让他们养好伤之后去不归山脚下找我。"

醉酒的书生一愣，有点醒酒了："你……你不进去了？"

"是啊。"杜羽想了想，确实没什么必要非得进去不可，"你帮我带进去，顺便把里面一个长相好看的小姐姐带下来，告诉她该走了。"

书生眨了眨眼睛，叹了口气，说道："你进去吧。"

"欸？"杜羽有点恼怒，"你这人是不是有病啊？我要进去的时候，你非要唱戏，我不进去的时候，你又让我进去。"

书生缓缓地坐下来，说道："荒山的人说不出这种话。越想进去的越不能进，越不想进去的小生偏要让他进，剩下的事小生懒得管了。"

杜羽这才明白眼前这人居然是个看门的。难道那些阴灵是这个醉酒的书生击倒的？但很快他就摇了摇头，觉得自己好像傻了。有这种人牛郎为什么不带他去前线，反而留他在这儿喝得大醉？杜羽不再理会书生，推开门进了酒吧，来到二楼，找到惭愧兄弟所在的房间："我回来了……"杜羽一推门，发现曲溪正在给二人喂药。一见到这兄弟两人，杜羽的表情有些不自然。说来根本不会有人相信，不久之前这两个人差点要了他的命。

"羽哥！"二人异口同声地叫道。

哥哥率先开口说话了："羽哥，我们实在是太担心你了。非亲非故，你却如此帮我们……实在是惭愧啊。"

杜羽厘清了思路。圣七杰是圣七杰，惭愧兄弟是惭愧兄弟，不能混为一谈，他们是不一样的人。杜羽从怀中掏出了玻璃瓶，说道："我把阿愧的那一魄抢回来了。"

"真的?！"兄弟二人瞬间瞪大了眼睛。

"真的。"杜羽点了点头，将玻璃瓶递给阿愧，说道，"你快看看这是不是你丢的魄，外表都一样，我根本认不出来，不过安禄山说是这个。"

阿愧拿过瓶子看了看，自然也分辨不出，索性扭开瓶盖将那一魄吞了下去。

"怎么样？"杜羽问完却发现有点多余，因为明显能感觉到阿愧的气场变得强大了。

"是真的……"阿愧的高兴之情难以言表，他扭头看了看哥哥，又看了看杜羽，"羽哥，这是真的！"

"那就好。"杜羽苦笑了一下，说道，"为了这个魄，郎哥也没少帮忙，你们也要记得以后感谢一下他。"

兄弟二人带着一身伤痛翻床而下，直接跪了下去。

"羽哥，你对我们兄弟二人有再造之恩。今后的日子里，就让我们兄弟二人给你做牛做马！"

再造之恩？杜羽感觉这几个字有点耳熟。他叹了口气，将二人缓缓地扶起来，脸色有些难看。他始终有些芥蒂。到底应不应该相信这对兄弟呢？他们看起来为人不错，但先前要杀死他的时候，却不带一丝感情。"阿惭、阿愧，我要问你们一件事。"杜羽开口说道。

"羽哥，你说！"

"假如……我是说假如……"杜羽支支吾吾地说道，"以后有人想要你们杀我，你们会怎么做？"

兄弟二人对视了一眼。弟弟说道："羽哥，你的敌人就是我阿愧的敌人，今后我会为你扫平一切障碍，唯你马首是瞻。"

哥哥对杜羽拱了下手，说道："谁想杀你，我们就杀死谁。"

"是的……"杜羽点了点头，仿佛早就想到了这个答案，"你们确实会这么说，可是以后发生的事谁说得准呢。"

兄弟二人有些疑惑。杜羽出门之前还好好的，回来之后怎么好像变了一个人？

曲溪看了看杜羽，轻声问道："杜羽，你好像有什么心事？"

"我没什么，只是有些事情想不明白。"杜羽长叹了一口气，说道，"算了，不想了。你们兄弟二人就在这儿养伤吧，等伤势好得差不多了就去不归山找我，以后那里就是你们的家。"

兄弟二人听后居然站起身来了。

"羽哥，我们兄弟二人的伤已经好了。"哥哥说道，"以免羽哥需要我们的时候找不到我们，我们决定此刻就跟你走。"

弟弟附和道："是的，这点伤对我们来说不算什么，一点都感觉不到痛。"

杜羽瞥了一眼兄弟二人的伤口，知道他们在撒谎。他们不仅面色惨白，伤口还在渗血。"你们……现在就要跟我走？"杜羽问道。

"是的。"二人回答。

"回到不归山路途遥远，你们很有可能死在路上。"杜羽说。

"我们的命本来就是羽哥救回来的，死了就当还你了。"

杜羽沉重地点了点头，此刻完全相信了兄弟二人的忠心程度："好的，你们二人收拾一下东西，等到织女回来咱们就出发。"说罢，杜羽就掏出自己的手机，给董千秋打了个电话，"千秋姐，帮我去请四大名医来，我这里有两个病患需要他们照顾一下。"

董千秋的语气听起来有些着急："杜羽，你去哪儿了？赶快回来啊，美杜莎大帝和不知火明日香决定要回去了！"

杜羽一愣："欸？"他差一点忘了美杜莎和阿香是远道而来的客人，如今办完了事情，她们自然要回去了。"千秋姐，你先把她们稳住，我尽快赶回来！"

199 · 圣

织女和牛郎清扫完战场之后就回到了酒吧。据牛郎说，他把安禄山的地盘暂时交给执耳打理了，后续可能还有不少麻烦的事情需要解决。杜羽则跟他们二人说明了情况——他需要尽快赶回不归山。杜羽交代了几句之后，和牛郎互换了手机号码，又去拜别了孟婆，就此离开了里黄泉。返回的路上，一行人坐在织女的披肩上急速飞行。惭愧兄弟不断地打量着鄷都的风光，一切对他们来说仿佛都很新鲜。而杜羽却一直有心事，低着头沉默不语。

"杜羽，你不打算说说吗？"织女轻声问道。

"说……说什么？"

"你杀了安禄山之后就变得很奇怪，发生什么事了吗？安禄山是你的亲生父亲吗？"

杜羽差点从正在飞行的披肩上掉下去："什么鬼啊？安禄山不是安史之乱的始作俑者吗？我俩能是一个朝代的人吗？"

"呵呵！"织女掩嘴轻笑了一下，看到杜羽还能开玩笑，她放心了一些，"所以呢，到底是因为什么？"

　　"我……"杜羽实在是不知道该怎么开口。此刻惭愧兄弟就坐在他身后，若是说出来他们行刺了他，他们会怎么想？

　　织女看着杜羽一直往惭愧兄弟那里瞅，不由得想到了什么。

　　"你……不会又遇到那两个刺客了吧？"织女问。

　　"呃……"杜羽皱了皱眉头，"织女，你是算命的吗？我不说你都知道。"

　　惭愧兄弟听到二人说话赶紧插话道："刺客？！羽哥，有人想杀你吗？"

　　"这……"杜羽有些语塞，不知怎么解释，"确实有人想杀我，但目前看来已经没事了。"兄弟二人微微点了点头，不再追问。杜羽继续小声跟织女说："织女，我总觉得这件事有点怪怪的，可是我说不出哪里有问题……都说'当局者迷，旁观者清'，你有什么看法吗？"

　　织女仔细思索了一下，说道："你觉得哪里有问题？"

　　"就是……"杜羽不知道该怎么表达，"怎么说呢？那两个刺客出现的时机完全出乎我的意料，我怎么也不会想到，他们会出现在安禄山那里。"

　　织女面色一冷，说道："是了，你不可能料到。在你的潜意识里，认为自己绝对不可能在那里遇到刺客。"

　　杜羽眨了眨眼睛，问道："什么意思？"

　　"杜羽，你为什么要去安禄山那里？"织女问。

　　"为什么？当然是去帮阿愧抢回……"杜羽话说到一半就愣住了。他好像忽略了一个至关重要的问题。

　　"杜羽，你是为了帮阿愧抢回那一魄，所以才会去找安禄山，他们却像早就知道一样，对吧？"

　　杜羽一脸惊恐地思考着这件事，一切的答案仿佛正在慢慢浮出水面。自己明明是临时起意而选择帮助惭愧兄弟的，可这居然是历史？明明想打未来的圣一个措手不及，可是呢？他本就注定了要帮助这对兄弟。所以……惭愧兄弟会提前守在那里，因为这是早就发生过的历史。也正因如此，瓦让会出面阻止惭愧兄弟，来保护这段历史。"难怪你会说在我的潜意识里，认为他们不会出现在那里，因为我以为自己在改变历史，以为他们不会预料到……"要是这么推算，一切好像都说得通了，但是又显得更加诡异了。"如果我所做的一切都是命中注定的……"杜羽颤颤巍巍地对织女说道，"那么那两个未来的刺客，他们的主人就是……"

"就是你。"织女说道。

"也就是说，我……我就是……"杜羽简直不敢相信自己推断的内容。此刻惭愧兄弟正在有一搭没一搭地跟曲溪聊天。

哥哥阿惭小声问道："曲姑娘，我们羽哥……到底是什么仙阶啊？"

曲溪想了想说："我也不太明白仙阶是怎么分的。总之，杜羽不是仙、不是神、不是人、不是妖、不是阴灵，也不是魔。"

杜羽喃喃自语："我是……圣？"

曲溪一愣，回头看着杜羽："你说什么？"

杜羽拼命摇了摇头。这不对啊。如果他是圣，为什么要派人杀死过去的自己？这样一来，未来的他不会跟着死掉吗？是我，想杀了我？他用力地揪着自己的头发。明明已经接近了真相，可是一切显得更加扑朔迷离了。

织女面色沉重地看着杜羽。如果未来的杜羽真的是圣，那他的做法太匪夷所思了。

"怪不得……怪不得……"杜羽咬着牙说道，"怪不得在传说里的时候，他们叫美杜莎'戈耳工'，叫不知火明日香'阿香'，叫钟离春'小钟离'，这些都是我才会用的称呼……怪不得他们对我这么了解，怪不得对所有人都这么了解……"

杜羽只感觉天旋地转，整个人都要晕倒了。要问杜羽最不想和谁成为敌人，那无疑就是自己。因为有时候连他都不知道自己下一步会做出什么出格的事。未来的自己和现在的自己比起来，不论是人脉，还是实力，无疑都是全面碾压。他如果要让自己死，自己活下来的概率微乎其微。他会制订个周密的计划，用出其不意的方法，让自己死无葬身之地。杜羽是第一次感觉到如此恐慌。"织女……我该怎么办？"杜羽问道。

"你问我？"织女苦笑了一下，"杜羽，你是不是有点病急乱投医了？"

"病急乱投医？"杜羽失落地叹了口气。是啊，他真是慌不择路了，跟织女认识不过几天，织女能给出什么好建议？可如今谁又能帮助他呢？杜羽回过头来静静地看着惭愧兄弟，看得他们心里发毛。他心里不由得产生了一个可怕的想法——若我现在杀掉这两个人，会不会安全一些？至少未来的惭愧兄弟不会再来杀他了。

"杜羽，我知道你在想什么，"织女说道，"但你仔细想想……那样做对吗？"

杜羽扭头看了看织女，随即明白了她的意思。惭愧兄弟是按照他的命令来杀他的，没有做错任何事，反而比任何人都忠心耿耿，不该为了这个理由而死。

杜羽还没有摆脱这种杂乱的心情，几个人已经飞到了不归山。许多同事已经带着几个老者在门外守候，见到织女的法器飞来，几人赶忙迎了上去，将惭愧兄弟扶了下来，带去疗伤了。传说管理局的众人一看到这兄弟俩的样貌，纷纷瞪大了眼睛。这不是那对刺客吗？杜羽赶紧将惭愧兄弟支走，然后将前因后果告诉了董千秋他们。当然，他隐瞒了自己是圣的那部分。大家听后都面带担忧，但仔细想了想，杜羽做得没错。和他们成为朋友，总比成为敌人好。"千秋姐，现在什么情况了？她俩呢？"

"她俩已经收拾好了东西，在院子中等候了。因为不知道你的意思是什么，所以我也不敢挽留她们。"董千秋说。

"还能有什么意思？"杜羽着急地说道，"传说管理局正是用人之际，肯定要留下她们呀！"杜羽慌张地跑到院子中，果然看到美杜莎跟不知火明日香正在院子中说话。"戈耳工、阿香，你们要走了？"

"呀，杜羽前辈！"不知火明日香冲杜羽挥了挥手，"我俩一直没找到你，还以为见不到了呢。"

美杜莎面色复杂地看着杜羽，说道："希腊神域还有许多事情需要处理……"

杜羽总感觉有些不舍，虽跟这二人认识的时间不长，但都是生死之交。跟不知火明日香更是从陌生到了解，他们是战友。美杜莎走向了杜羽，开口问道："杜羽，我再问你一次，你真的不需要希腊神域的圣物吗？如今连宙斯长矛我也可以一并给你。华夏仿佛有什么人要杀你，你带着这些圣物，多少会有点帮助。"

杜羽苦笑了一下，说道："戈耳工，真的非常谢谢你，大老远跑来给我送礼，却被我安排到传说里面一顿折腾……"

"不，我很快乐。"美杜莎赶忙说道，"你的做法并没有让我不开心。"

杜羽点了点头，继续说道："你知道吗？之前……我很喜欢玩游戏。"

"游戏？"

"是的，就是电脑上的游戏。"杜羽说道，"我在玩游戏的时候发现了一个真理——若是静下心来玩，一款游戏足够我玩上几个月，可我如果开挂，使用修改器，那再好的游戏对我来说也会变得索然无味，'寿命'会变得只有两三天而已。"

"我……不是很明白。"美杜莎摇了摇头。

"你的那些十分强大的圣物对我来说就是开挂。它们很强，但也会让我剩下的日子索然无味。"杜羽说，"我想让自己的人生过得更精彩一些，所以只能拒绝你。"

"原来如此。"美杜莎终于算是听明白了。

"不过世事难料，说不定将来我会遇到开挂也打不过的情况，到时候真的要去找你借用一下希腊神域的圣物了。"

"没问题。"美杜莎点了点头，然后上前拥抱了一下杜羽。一股异香扑面而来，没等杜羽反应过来是什么情况，美杜莎那略带温热的身躯就直接贴在了他身上。

"呃？戈、戈耳工……"杜羽有些不知所措。

"杜羽，不仅是圣物而已，如果有一天你需要我，整个希腊神域的众神都会为你而战。"美杜莎在杜羽耳边轻声说道。

200 · 消失的黑无常

杜羽又低声和美杜莎交代了几句，扭头看向不知火明日香："怎么说，阿香，整个扶桑神域也会为我而战吗？"

不知火明日香没好气地看了看杜羽，说道："杜羽前辈，我看你是疯掉了吧。扶桑神域的众神连我的死活都不一定会管，还让他们为你而战呀？"

杜羽敲了一下不知火明日香的头，说："你就不能跟你的戈耳工姐姐好好学一学吗？咱们这都要分别了，你说点好听的话会死吗？"

杜羽说完这句话就愣了一下，想到了一个奇怪的问题——如果他和不知火明日香就此分别，那未来的惭愧兄弟怎么会对阿香这么了解呢？难道……果然，不知火明日香坏笑了一下，开口说道："谁说我们要分别啦？我只是回去拿我的行李，准备在华夏常住啦。"

"常……常住？"

"是呀！我刚才打电话给家族里的长辈，和他们讲明了情况。没想到他们不仅没有怪罪我，还说我这次将伊邪那岐的传说纠正得很好，建议我在华夏多跟你们学习一下先进的技术，所以我一时半会儿……可能走不了啦。"

"欸？！"杜羽心中非常复杂，觉得又气又喜。气的是这个丫头从不在乎有没有给他添乱，居然自顾自地决定留下；喜的是他对她已经有了感情，知道不会分别，反而有点开心。

"不知火小姐……"美杜莎看了看不知火明日香，说道，"我真的很羡慕你。如果我没有整个神域需要管理，也想在这里常住。"

"戈耳工姐姐！按照我们扶桑的习惯呢，你不用叫我'不知火小姐'这种敬称啦，因为我们的感情已经很好了。你可以叫我'明日香''香酱''小香'……"

杜羽又敲了一下不知火明日香的头："你能不能别整天宣扬你这套诡异的理论？别人爱怎么叫就怎么叫呗。"

不知火明日香气鼓鼓地捂着自己的头，说道："杜羽前辈，你要是再敲我的头，我就不客气了！"

杜羽不好意思地说道："我真的忍不了，你实在是太欠揍了。"

美杜莎从怀中掏出两张字条，分别递给了杜羽和不知火明日香，说道："这是我的电话号码。你们如果有事，可以随时联络我。"

不知火明日香接过电话号码之后疑惑地看了看美杜莎："戈耳工姐姐，有事才可以联系你吗？没事的话，可不可以联系你？"

杜羽正要扬起拳头敲她，想了想还是放下了。

"可以。"美杜莎微微一笑，露出一副动人心魄的表情，"别人不可以，你们俩可以。"

几人又寒暄了几句，然后在传说管理局的门口正式分别。

不知火明日香跟出来送行的人一一鞠躬行礼，并且大言不惭地告诉所有人："我马上就会回来的。"

送走了不知火明日香跟美杜莎，杜羽又送别了诸多仙家。

他们已经在此住了一天，如今也该离去了。此次的传说直播让他们大开眼界，相信传说管理局在仙界的地位又达到了一个新的高度。

"臭小子，本宫也要回去了。"西王母对杜羽说道，"你们这地方离本宫住的地方太远了，没什么事的话，就别烦本宫了。"

"呃……"杜羽一愣，"大猫，你是局长啊，怎么能完全不管传说管理局的事情？"

"可是长期奔波对本宫的皮肤不好。"西王母伸出纤细的手指摸了摸自己精致的脸，"本宫的皮肤最近是不是很干？"

"呃……"杜羽第一次听到这种问题，实在不知道怎么回答，只能满脸堆笑着说道，"怎么会干呢？明明吹弹可破、白里透红啊！"

"吹弹可破？"西王母的脸一红，"真的？"

"真的。你不信的话，我给你吹一吹、弹一弹。"杜羽说完就要伸手。

西王母大惊失色："放肆！放肆！你小子活够了吗？！"

"呃！"杜羽吓得赶忙缩回了手，"不不不，我跟你开玩笑呢！"

"总之……本宫懒得来回跑，你要是有事就去瑶池找本宫。"

杜羽思索了一下，说道："大猫！我要是能够解决交通问题，你是不是就愿意来了？"

西王母淡淡地看了看杜羽，说道："你小子口气倒不小，要给本宫解决交通问题，你还能给本宫买辆神兽马车不成？"

"那确实不行。"杜羽干脆利落地回答道，"我顶多能想办法做个传送阵。这样一来，传说管理局就像你的后花园一样了，想来就来，想走就走啊。"

西王母犹豫地看了看杜羽，说道："这话如果让别的仙家听到，非问你的罪不可。"

"哎，怎么啦？"

"臭小子，你以为瑶池是什么地方？"西王母没好气地说道，"瑶池如果出现传送阵，有人想刺杀本宫的话，岂不也想来就来，想走就走？"

"啊！"杜羽觉得这确实是个问题。传送阵一旦建成，任何人都可以从传说管理局直接通往瑶池了。这就跟在皇帝住的寝宫里打开一扇谁都可以进入的后门一样，甚是不妥。

"不过……"西王母想了想，说道，"如果建造在别的仙家看不到的地方，应该就没什么问题了吧。"

"看、看不到的地方？"杜羽不太明白西王母的意思，"大猫，你到底是同意还是不同意？"

"臭小子，还记不记得你跟本宫第一次见面的地方？"

"第一次见面……"杜羽回想了一下，"就是我'撸猫'那个地方？"

西王母面色微怒，说道："你若是再提这事一次……"

"啊，是是是！"杜羽赶忙点头，"我记得那地方，怎么啦？"

"传送阵的另一头就建在本宫的闺房中吧。"西王母小声说道,"这样就没有人会看到了。"

杜羽面无表情地看着西王母,三秒之后才开口说道:"不是……我不是很明白。你不是说怕人家刺杀吗?直接建到你的闺房里……岂不是更危险?"

西王母冷哼一声:"你真的以为本宫害怕刺杀?就算是大日如来,想跟本宫交手都需要三思,更何况是其他人。本宫只是怕其他仙家看到了传送阵,落下口实,引起不必要的麻烦。"

"大猫啊,那……那你不怕……有人偷偷摸进你的闺房,有其他的危险?"

西王母瞪了杜羽一眼,问道:"你以为本宫是谁?"

杜羽无奈地耸了耸肩:"好吧……"

"不过……"西王母又想到了什么,问道,"你认识精通阵法的仙家吗?"

"当然啊。"杜羽说道,"虽然说不上有多熟,但好歹认识一个。就在七爷、八爷府上,有个叫谢玉娇的阵法师,估计是史上第一批钻研阵法的修仙者呢。在张家寨的时候就托她的福,连通了五大门派。"

西王母听后微微一皱眉头,说道:"臭小子,看来你累坏了,抽空就多休息一下,别让人担心。"

杜羽感觉西王母这句话说得没头没脑,于是开口问道:"什么鬼?我怎么就累坏了?"

西王母看了看杜羽,面露一丝疑惑:"你说的七爷我倒认识,可是酆都哪儿有八爷?你自己封的吗?"

杜羽坏坏一笑,说道:"大猫,你跟我开玩笑是不是?你就算要吓唬我,也用点好手段啊。我跟七爷、八爷都认识这么久了,还能被你忽悠住?"

西王母面带担忧地叹了口气,说道:"罢了,本宫不和你争。你毕竟是个凡人,若是不忙了就睡一会儿吧,否则让其他仙家知道你连七大引渡使都记不住,会笑你的。"

"七、七大引渡使?"杜羽一愣,感觉这件事好像没有那么简单。

"得了,本宫这就走。阵法师来的话,让她直接到瑶池找本宫就行。"

西王母刚要走,杜羽却把她叫住了。

"大猫,我有最后一个问题。"

"你说。"

"七爷……是谁?"

西王母叹了口气，说道："本宫说你累坏了，你偏不听。酆都七爷就是人称'活无常'的谢必安呀。"

"活、活无常？！"

西王母看到愣在原地的杜羽，不再理会，默默摇了摇头，飞走了。杜羽赶忙冲进传说管理局，发现同事正在各自忙碌着："千秋姐，到底出了啥事？黑白无常的传说怎么了？"

董千秋愣愣地看着杜羽，问道："黑白无常？杜羽，你在说什么？无常爷还分黑、白吗？"

"就……就是之前那个出了问题，却一直没有处理的传说黑白无常呀！"

董千秋疑惑地看着杜羽，说："杜羽，你怎么了？现在传说管理局没有任何出问题的传说呀。"

"坏了！"

杜羽明白过来了。由于这个传说出了问题，却一直没有处理，最终导致结局发生变化，黑无常消失了！

"老战呢？！"杜羽问道。

"在自己屋子里。"

杜羽赶忙去战其胜的屋子里把他拽出来，问道："老战，你记不记得七爷、八爷？"

战其胜没好气地看了看杜羽："你是不是有病？黑白无常我会不认得吗？"

"那就好！"杜羽点了点头，"传说闪回了！"

201·忘记

传说管理局，几个重要人物正坐在一起开会。

"所以……"董千秋听了半天，终于开口了，"你们是说这酆都以前有两个无常，叫作黑白无常？"

杜羽、战其胜、曲溪、婴宁纷纷点头。

小七和董千秋疑惑地对视了一眼，问道："真的闪回了吗？我怎么完全没有印象了呢？"

杜羽无奈地说道："就是因为你完全没有印象，所以才说闪回了啊。咱们之前还有一个同事，叫作范小果，现在也不见了。"

"如果真的是这样，情况可太严重了。"董千秋说道，"大家的记忆被篡改，留下的漏洞非常大，比如华夏文化里面讲究好事成双，酆都七爷的排列却非常奇怪，分别是文判官、武判官、牛头、马面、金将军、银将军、活无常。不论怎么看，活无常都是单独的一个设定。前面都是成双成对的，到了无常这里却是单独的一个。相信会有越来越多的人发现这种漏洞。"

杜羽站起身来，说道："恐怕不止如此。如今酆都只剩下一个无常，那他引渡阴灵的能力也有限。若不赶紧把八爷黑无常找回来，七爷肯定忙不过来……"

"那现在怎么办？"董千秋问道。

"我先去一趟无常殿看看情况。"杜羽扭头向几人说道，"你们赶紧整理一下黑白无常……不，活无常的传说，我回来之后尽快去纠正。"

"可是那个传说现在看起来没有出现问题……"董千秋说道，"我是说，我们不知道这个传说应该纠正哪里。"

"老战，"杜羽看了看战其胜，"你应该还记得黑白无常传说的内容吧？"

"记得。"战其胜点了点头。

"你帮千秋姐查看一下，哪里是和你记忆中不同的地方，把那些地方标注下来。"

"好。"

所有人紧张地忙碌起来，杜羽趁机走出了传说管理局，把一张传送符贴在身上，转眼便来到了无常殿。无常殿的变化确实不小。原先大门被黑、白两色分割，如今却变成了纯白颜色的。杜羽推门而入，院中正有不少人在来来往往地忙碌着，居然全都穿的是白衣。一个白衣大汉听到有人进门，回头看了看杜羽。杜羽一眼就认出了此人。他上一次闯入无常殿时，此人曾经拦下了他。"谢杀！"

被称为谢杀的男人一愣，随即想起了什么："你是……操作员？"

杜羽赶忙走了上去，问道："我要问你件事。"

谢杀思索了一下，点了点头："你说。"

"你还记得范屠吗？"杜羽说道，"一个和你一起守护无常殿的心狠手辣的小孩。"

"范屠？"谢杀想了想，说道，"还有这个人？他姓范，为什么会跟我一起守护无常殿？"

杜羽不再言语。看起来跟范无咎有关的所有事情全都消失了。

"七爷呢？我要见七爷。"杜羽说道。

"七爷这两天怪怪的。正好你来了，我带你去见他。"

谢杀领着杜羽一路走进正殿，原先两把椅子分放左、右两侧，如今只在中间摆了一把。谢必安正失魂落魄地坐在当中，若有所思。"老祖宗，操作员来了！"谢杀说道。

听到这句话，谢必安微微一抬头，看着杜羽："小杜子……"

"七爷啊，你……你没事吧？"杜羽看着谢必安的样子，感觉他怪怪的。

"谢杀，你先下去吧。"谢必安挥了挥手，支走了大汉，"小杜子，你陪我坐一会儿……"谢必安轻轻挪动手指，一把椅子平移了过来，正放在他面前不远处。

杜羽也不废话，走上前去坐了下来："七爷，你怎么了？"

"小杜子……"谢必安无奈地摇了摇头，"我也不知道自己怎么了，只是有一种扑面而来的孤独感。"

"孤独感？"

"我感觉我的心里忽然空了一大截，像是丢了什么一样，可是仔细想想，并没有丢掉什么、失去什么。这种感觉非常奇怪，你可能不会明白……"

"不，我明白。"杜羽斩钉截铁地说道，"你丢掉了千百年来情同手足的兄弟，当然不会像其他人一样毫无察觉。"

谢必安眉头一皱："小杜子，你说什么？"

"七爷，你真的忘了吗？忘了范无咎是谁？"

"范……无咎？"谢必安听到这个名字的时候全身如同有电流通过，有许多诡异的画面在他脑海中闪现，可是仔细回想的时候又什么都想不起来。

"范无咎……很久以前，我和他都是乞丐，可他应该早就死了，又怎么会和我一起度过了千百年？！"

杜羽不禁暗叹这世界的可怕，强若西王母、谢必安这种角色，也无法抵抗时间自我修复的力量。若他不是操作员体质，又要随波逐流地忘掉多少事情呢？"七爷，你第一次去传说管理局，看我操作羿射九日传说的时候，一直在和一个人讲话，你不记得那人是谁？"

谢必安仔细思索了一下，说道："当天我独自前去传说管理局，全程只跟何所以和董千秋说过话。"

"好。前两天白蛇传说，有一个人从美杜莎的身上勾出了她的魂魄，那个人是谁？"

"是我。"谢必安说道，"天下的阴灵不管是善是恶，都由我一人处理。"

"好，我再问你，我身上的《八方鬼录》，是后土娘娘托谁带给我的？"

"也是我。"谢必安说道，"是我安排小辈，让他亲手将《八方鬼录》带给你的。"

"七爷，将《八方鬼录》带给我的那个小辈叫什么名字？"杜羽继续追问道。他不相信和黑无常这么亲密的谢必安居然一丝一毫都想不起来。

听到这个问题，谢必安明显一愣："好像叫……什么小果？"

杜羽一皱眉头，赶忙问道："什么小果？"

谢必安眯起眼睛仔细地思索着，但那段记忆就好像浑身黏腻的鱼，一抓就跑，越抓越跑。"我记错了。"谢必安的眼神一变，说道，"是谢锦，是我托谢锦把《八方鬼录》带给你的。"

本来以为有一丝希望，但杜羽此时面色又黯淡了下来。看来随着时间的推进，那些细小的漏洞都会被一一修复。于是他也不再纠结，缓缓地站起身来，说道："七爷，你内心缺失的部分我会给你治好的。在那之后，希望你答应我一个条件。"

"什么条件？"

"把你府上的谢玉娇借我一用。"

"谢玉娇？"谢必安愣了愣，"那是谁？"

"欸？"杜羽没想到连姓谢的也会被牵连，"你的子孙里面没有一个叫作谢玉娇的人吗？"

"我谢家的每一个人我都记得清清楚楚，确实没有一个叫作谢玉娇的。"

杜羽听罢只能无奈地摇了摇头。看来谢玉娇的消失和范无咎有关，这一切只有完成传说才行了。"虽然你想不起来谢玉娇是谁，但也麻烦你答应下来吧。说不定有一天你就想起来了，到时候得把她借我用用。"

"没问题，小杜子。"谢必安点了点头，"传说管理局有需要帮忙的地方，我自当义不容辞。"

拜别了谢必安，杜羽神色慌张地回到了传说管理局。董千秋和小七已经在战其胜和婴宁的帮助下将传说梳理了出来，此刻正在圆桌前等待杜羽。

"怎么样了？"

"按照战其胜所说，确实发现了一个问题。"董千秋说道，"传说中，谢必安和范无咎本是两个官差，约定一起去执行公务。不料天降大雨，谢必安让范无咎在桥头等待，自己回去拿伞，可没想到大雨引发了洪水，范无咎在洪水中没有离去，最终淹死。谢必安回到桥头没有找到范无咎，知道他定然遇难，悲痛万分，随即上吊自尽。后土娘娘恰好看到了这一幕，念在他们有情有义，又有责任心，便收纳为第七、第八大引渡使。"

现在的杜羽听到这种逻辑不通的传说已经面无表情了，随意地点了点头，问道："传说的问题出在哪儿？"

"这次传说的问题出在谢必安看到范无咎死去之后没有自杀，只是有些痛苦，随后继续当差。他的业务能力非常出众，引起了后土娘娘的注意，最终将其收纳成仙。"

杜羽仔细思索了一下。这样看来也算是人之常情，哪儿有人会为了这种奇怪的理由而自杀的？

"也就是说……"杜羽想了想，"范无咎被淹死的时候，我只要想办法让谢必安'陪葬'就可以了？"

"恐怕没有那么简单。"战其胜开口打断道，"我感觉问题并不是出现在范无咎死的那一天，我们需要知道他们之间为什么出了问题。原先可以生死与共的兄弟，却仿佛有了隔阂。"

"那按照你的意思……我们要在哪里降临？"

"范无咎和谢必安少年时期，老城隍庙的乞丐帮。在我的印象中，范无咎和谢必安一直都是两个人相依为命，可是咱们收录的传说中，却出现了第三个人。"

"是谁？"

战其胜指了指远处的屏幕，谢必安和范无咎果然是两个乞丐，正在得意扬扬地跟一个清秀的女孩子聊天。那个女孩虽然长相好看，但身上很脏，应当也是一个小乞丐。"老城隍庙的第三个乞丐——小年。"

202·曲溪的办法

让杜羽比较在意的点有三个。第一个点是黑白无常的外貌问题。七爷白无常谢必安，杜羽不是没见过，说他是酆都第一美男子都不为过，可是屏幕中的白衣小孩实在是太丑陋了。他的眼睛很小，皮肤干黄，牙向外翻，脸上长满了麻子。而八爷黑无常范无咎就更让人捉摸不透了。他的长相和杜羽印象中的没什么不同，清冷而高傲，可是看起来嘴唇发白，步履蹒跚，气息虚弱，仿佛从小体弱多病。可按照很多仙家的说法，黑无常极善争斗，他与钟馗可谓是八大引渡使中的战力"天花板"。这两个人在屏幕上的形象简直和杜羽心目中的大相径庭，不知道究竟发生了什么样的故事。

第二个让杜羽在意的点，就是他们二人的身份问题。方才董千秋说黑白无常是官差，可如今看来他们都是乞丐。杜羽虽对古代的官僚制度不太了解，但也明白，一个人想从乞丐摇身一变成为官差，定然难度不小。

第三个点便是那个多出来的人——小年。按照战其胜的说法，在以前的黑白无常传说中，一直都是范无咎跟谢必安二人相依为命，可为什么会忽然多出来一个女孩呢？都说"红颜祸水"，难道就是这个女孩从中作梗，让二人反目成仇吗？可这是为什么呢？在以前经历的传说中，杜羽见过的最严重的问题也只是剧情发生错误，如今却多了一个活生生的人。多出来的这个人是怎么出现的？她是太枢吗？真的要从源头纠正这个传说的话……难道要想办法解决掉那个女孩？杜羽把这三个问题在圆桌上提了出来，问众人的看法。

董千秋首先开口说道："关于他们的外貌……杜羽，无常爷的样子是死了之后才改变的。不过这个传说是迷雾级的，有些地方看不到，具体发生了什么也不清楚。"

"等等！"杜羽愣了一下，"你说迷雾级？"

"是的。"董千秋点了点头，"跟玉皇大帝的传说一样，黑白无常留下的传说资料非常稀少，它也是迷雾级。"杜羽面色沉重地皱起眉头，仿佛在思索着什么。"你怎么了，杜羽？"

"我……"杜羽顿了半天才终于开口了，"实话说，我有些害怕。"杜羽第一次将"害怕"这两个字说出口。众人自然知道他心里的压力有多么大。"那两个刺客是从未来过来的。"杜羽低声说道，"如果现在将要发生的一切都已经被记录在他们的历史中了，那他们一定会在这个迷雾级的传说中动手，因为这是一次绝佳的时机。我已经侥幸逃脱了两次，不可能再逃脱第三次了。"

众人听到杜羽这么说，都沉默着没有说话。

董千秋愣了半天，说道："杜羽……你也不要想太多了，那个圣的想法通常很奇怪，他不一定会按照我们的想法行事。"

"不！"杜羽有些激动地说道，"我如果是圣，那就绝对不会放弃这次机会。由于迷雾级的特性，所有人都不会看到这个传说的内容，所以就算想帮我也没办法出手。"杜羽心里明白，即使是瓦让，想在传说中帮忙都出不了手。

"可你不是圣啊。"董千秋说道，"我第一次见到你这么害怕。原先不管什么场面，你都可以自信满满地应对……你怎么了，杜羽？"

杜羽深深地低下了头，心里很乱。当知道圣是自己的时候，杜羽就开始胆怯，如今如果贸然进入一个迷雾级的传说，自己百分之百会死。

"不如让婴宁陪你去吧。"董千秋淡淡地开口说道。

战其胜叹了口气，说："恕我直言，就算婴宁在场，也不一定能击退那两个刺客。"

众人正在为难的时候，会议室的门口却传来了一道虚弱的声音："让我们陪羽哥去吧！"

众人扭头一看，那两个刺客此时缠满了绷带，大摇大摆地站在那里，但是杜羽说过，未来的他们才是刺客，现在的他们是朋友。

"不行！"杜羽摇了摇头，"你们的伤还没有养好，添什么乱？"

"羽哥！"阿惭缓缓走了过来，说道，"我记得你说过，我们兄弟二人有穿梭时空的能力，对吧？刚才我们问了四大名医，他们说传说管理局就是穿梭各个时空去拯救苍生的机构。如果我们兄弟二人能帮得上忙，自然再好不过了。你一直说有刺客惦记你的性命，我们兄弟二人会全力护你周全。"

杜羽又要拒绝，董千秋却悄悄握了握他的手腕："杜羽，我觉得这个方法可行，让这对兄弟陪你去吧。"

"可行？千秋姐，你也糊涂了吗？他们的伤势还没好，怎么可能……"

董千秋却缓缓地凑到杜羽的耳边说了一句话："你忘了？传说之中，不见自己。"

杜羽一愣，随即明白了董千秋的意思。他只要带着惭愧兄弟，那未来的惭愧兄弟就不可能出现来刺杀他，否则他们就会与曾经的自己见面。虽然杜羽也不知道见面之后会产生什么样的后果，但如果圣真的是自己，自然也会考虑这个问题。

杜羽带着惭愧兄弟，跟他们的伤势无关，仅仅是把他们当作护身符而已。

"董千秋说得有道理。"战其胜低声说道，"就算他们现在受了重伤，但依然非常重要。只要他们进入传说，你就会安全很多。"

"好……"杜羽思索半天，最终点了点头，站起身来，说道，"那咱们就按照这个计划开始准备吧。"

大家各自离去，开始准备降临工作。唯独曲溪还坐在圆桌前，没有动弹。"杜羽……"曲溪叫道，"你……"

杜羽叹了口气，缓缓地坐到曲溪身边，说道："曲溪小姐姐，我知道你想问什么，我现在就可以告诉你那个方法是什么。"曲溪睁着一双大眼睛，看着杜羽。"其实很简单。"杜羽说道，"只要我打开一扇传送门，回到过去，在周壮实玷污你之前解决他，你就不会有那段记忆了。这缠绕着你、折磨着你的记忆，全部都会消失掉。"

曲溪一愣，整个人仿佛呆住了。"这么简单？"曲溪思索了一下，又说道，"那你为什么说不太想用这个方法？"

"看了八爷黑无常的例子之后，你还不明白吗？"杜羽苦笑着看着曲溪，"若是这么做，你就不会出现在鄠都，所以后续的故事全都会发生变化。除了我和老战，这里所有人都会忘掉你。由于改变的是你自己的过去，你也会忘掉我们。"曲溪听后忽然感觉有点悲伤。原来这世上从来没有两全法，想要得到，注定就要失去。"但是我想明白了。"杜羽说道，"虽然我们认识的时间不长，也度过了一段快乐的日子，但我不能以自私的理由要求你留下。这一次的黑白无常传说之后，我就回到你的过去，替你去掉这段记忆。任何人都没有权利让你平添痛苦，尤其是在知道解决方法之后。"曲溪眯起眼睛，陷入了沉思。"如今我有了敌人，让你继续留在传说管理局反而是害了你。如果你能换个地方快乐地活下去，我也会很开心。"杜羽再次站起身来，对曲溪说道，"曲溪小姐姐，我进传说的这几天应该是你在传说管理局最后的日子了，你可以收拾一下自己存在过的痕迹，这样你消失的时候……不会太突兀。"杜羽心中有些难受。他虽然很舍不得曲溪，但还是咬着牙，尽量把话说得漂亮一些。可他不知道，这些温暖的话语像一束奇妙的光，刺穿了曲溪那一潭死水一样的心灵。

"杜羽，不管怎么说，谢谢你。"曲溪说道，"其实我不知道在这个节骨眼离开传说管理局是否合适，但你能把这个方法毫无保留地说出来，我就已经很感谢你了。"

"没关系。"杜羽努力压抑着自己的心情，说道，"咱们第一次见面的时候说好了的，你只是过来看一看，如果有什么不满意的地方，随时都可以走。如果你不想让我改变你的过去，我也可以介绍你去投生……"

曲溪看了看杜羽，微微点了点头："杜羽，若是有一天，只有你记得我的存在，你也会很孤单吧。"

杜羽想了想，苦笑了一下，说："我的体质生来特殊，指不定有多少记忆是只有我才记得的呢，所以你别有压力。我的记忆里……多你一个不多，少你一个不少。"

曲溪微笑了一下，站起身来默默离去了。杜羽跟着笑了笑，想说什么，却说不出口。他仿佛能理解谢必安所说的、那种扑面而来的孤独感了。这世上又有多少人失去了自己的挚爱亲朋，却完全不知情呢？和他们比起来，他算是幸运的了。

203 · 必安与无救

时间：元末明初

地点：莆田县，老城隍庙

人物：乞丐阿惭、乞丐阿愧、乞丐阿羽降临

三个人一落地，还不等看清周围的情况，阿惭和阿愧就跪倒了下去。激烈的时空传送让他们身上的伤口多处崩裂。杜羽见状赶忙上前搀扶他们："没事吧？"

"没、没事……"阿惭挥了挥手，"羽哥，我们到了？"

"到了。"杜羽点点头，"这就是传说里。"

二人抬头一看，整条街上破破烂烂。房屋破败，街市脏乱，甚至连代表信仰的城隍庙也已经荒废了。

"怎么感觉这里……还不如里黄泉繁华？"二人开口问道。

"这……我也不知道。"杜羽在心中呼叫了一下，"千秋姐，现在看得见我吗？"

"看得见。"董千秋说道，"目前还没有进入迷雾，你们的情况我都能看到。"

"那就好。这里为什么这么破？"杜羽环视了一下，"应该是我见过的传说中最破的了……"

"这跟你们所在的朝代有关系。此时正是元末明初，两个朝代更迭之际，到处兵荒马乱，百姓流离失所，不过这和传说没有太大关系。"

杜羽点了点头，又问道："七爷、八爷在哪儿呢？"

"就在你们眼前的城隍庙中。"

杜羽搀扶着惭愧兄弟来到庙里。这地方看起来比外面还破败，可让他不解的是，城隍庙的漆看起来还是新的，庙里却一片狼藉，看起来像是刚刚建好就荒废了。三人刚刚进到庙里，一个白衣身影就蹿了出来。由于这个少年长得实在太丑，三个人都吓了一跳。

"是谁敢闯我们的地盘？！"

三个人愣愣地看着眼前这个白衣少年，杜羽首先开口了："呃……兄弟，我的两位朋友受了伤，能不能借贵宝地休养一下？"

"养伤？"白衣少年看了看杜羽，又看了看他身后的惭愧兄弟。二人确实绷带缠身，伤口渗血。不等他拿定主意，他的身后走出了两人。一个黑衣少年，看起来极度虚弱，不断地咳嗽；一个貌美的少女，脸上很脏，穿得很破。杜羽看着她的样子，不由得想到自己第一次见到小钟离的时候。

"必安，怎么了？谁来了？"少女问道。

"有几个难民要在这儿养伤。"被称作必安的少年回头说道。

听到少女叫此人"必安"，杜羽才非常不情愿地相信这个人就是谢必安。范无咎此刻咳嗽了几声，说道："既然都是苦命人，收留他们也无妨吧。"那个少女却一直盯着杜羽看，看得杜羽很别扭。

"怎么了？"杜羽问道，"我脸上有什么东西吗？"

少女摇了摇头："不……那倒不是，只是你的脸上太干净了，真的是难民吗？"

杜羽这才发现跟眼前这三个人比起来，他们三个干净得过分了。"呃……"杜羽思索了一下，说，"我们刚刚成为难民，还没来得及弄脏，用不了几天就和你们一样了。"

几个人似懂非懂地点了点头，让三个人进来了。

"这里就是我们的地盘。"谢必安说道，"既然来了，你们以后要叫我

'七哥'，旁边这是八哥、年姐。"

杜羽把惭愧兄弟扶到一堆干草上坐下，有些疑惑地回头问道："七哥、八哥？什么情况，你们这么早就排上辈分了？"

谢必安得意扬扬地指着城隍庙里的六尊雕像，说道："别看老城隍庙的乞丐们都死了，可这里还有'六个人'一直在此坐镇，所以按辈分排，我们是老七和老八。"

杜羽抬头一看，城隍庙里赫然立着六尊凶神恶煞的雕像，这就是谢必安所说的"六个人"。要不是雕像下面写着字，杜羽实在认不出来这些都是谁。"文判官崔珏、武判官钟馗、阿傍牛头、马头罗刹马面、金将军枷爷、银将军锁爷。"杜羽念叨着这一个个名字，"原来城隍庙供奉的是这些神仙？可为什么要做得这么凶神恶煞？一个个跟夜叉一样……"

谢必安没好气地看着杜羽，说道："你说的就跟见过他们一样。他们若不凶神恶煞，怎么管理鄷都的阴灵？"

杜羽扭头看了看谢必安："你说的有点道理。"

"好啦，以后你们就是老九、老十、老十一了！"

杜羽微微叹了口气："七爷，你这热情的毛病果然是天生的啊。"

谢必安一愣："你叫我什么，'七爷'？"

"对啊……你不是老七吗？"

谢必安笑了笑："这个名号好，比'七哥'气派多了，可是……你为什么说我这热情是天生的？你以前认识我吗？"

杜羽笑着用手肘捣了捣他，说道："瞧你这话说得，咱们这不就算是认识了吗？"

"哦？嘿嘿！"谢必安坏笑着看杜羽，"你这小子还挺好相处的嘛！"

看到谢必安的样子，杜羽放心了一些。只要他的性格没变，这一次的传说就会轻松一些。

"我们自我介绍完了，你们叫什么名字？"

"身后是我的两位兄弟，阿惭和阿愧，我是……阿羽。"

谢必安点了点头，然后扭头问道："老八，咱们还有粮吗？"

"粮？"范无咎转过身，在一个破烂的木桶里翻了翻，"还有几两粟米和一些认不出的谷物。"

"都拿出来，我们今天煮了吃，欢迎老九、老十和老十一！"

杜羽几人一愣，赶忙摆手："不、不用吧……你们的食物也不多，还是自己留着吃吧，况且我们也不饿啊。"

范无咎咳嗽了几声，说道："兄弟，七哥是对的。不要再推托了，同是天涯沦落人，能在这里相遇也是缘分，咱们今天就饱餐一顿吧。"

一旁的少年缓缓地开口道："将这些煮了吃，咱们确实可以解燃眉之急，可往后的日子要怎么过呢？"

"既然如此，你们就放心吧。"杜羽说道，"我来了，你们就饿不死了。"

"哦？"谢必安和范无咎听到杜羽这么说都扭头看向他，"兄弟……你很会要饭吗？"

"呃，"杜羽一愣，"你们这是什么思路？想不挨饿，难道只能去要饭吗？难道不能做点小生意或者打打猎？"

谢必安苦笑了一下，说道："兄弟，你真是爱说笑。我和老八都是弃婴，从小就目不识丁，更别提做生意了。况且老八从小体弱多病，多走几步路就会喘不上气，我们又怎能去打猎？"

杜羽疑惑地看了看二人，总感觉哪里不太对。黑白无常的设定跟自己记忆里的相差甚远。"我得小心问清楚才是，别最后搞个乌龙，又成黑白无常前传了……"

"兄弟，你说什么？"谢必安问道。

"没什么……"杜羽摇了摇头，"七爷、八爷，你们为什么会成为弃婴啊？如果小时候就被丢弃了，你们又怎么会知道？"

"实不相瞒，我和老八都是城中大家族的弃婴，我们的故事很早就在街坊邻居里流传，想不知道都难。"谢必安缓缓地叹了口气，说道，"我娘一生下来就嫌我丑陋，甚至连名字都没取就把我直接扔到了城隍庙，好在那时的老乞丐收留了我。我想着自己必在这里安身立命，所以给自己取名为'必安'。"

"什么啊？！"杜羽一惊。以美貌著称的七爷居然因为生得丑陋而被丢弃了？"'谢必安'这名字是你自己取的？"

世人都说谢必安的名字的意思是"酬谢神明者必安"，可谁又能想到这个名字的真实意思是"谢姓少年必安身立命"呢？谢必安听后明显顿了顿，疑惑地看着杜羽，问道："兄弟，我有说过……我姓谢吗？"

"呃……有、有啊，刚才他们不是叫你'谢必安'吗？"

"是吗？"谢必安思索了一下，不再追究了。他缓缓地坐下，又说道，"老八和我不一样，他一岁才被丢弃。因为得了重病，郎中说他活不成了，所以父母将他丢在了城隍庙，并随信一封。当年城隍庙中的乞丐无一人识字，谁也看不懂那封信。几年后，老乞丐相继离世，老八就拿着这封信去找街上的算命先生，想知道自己叫什么名字。算命先生说，信中有一句话写着'小儿范无救，敬以城隍侯'，所以他叫'范无救'。"

"什么鬼？"杜羽皱着眉头说，"这就叫范无救了，能不能找个靠谱的算命先生？"

"怎么了？"

"虽然我也不是什么文化人，"杜羽摇着头说，"可也知道'小儿范无救，敬以城隍侯'的意思应该是'我范家的小儿救不活了，所以献给城隍爷'。怎么可能是'我家儿子叫范无救，献给城隍爷'？找的那算命先生也太坑人了吧。如果是大户人家，谁会给孩子取'无救'这种名字啊……"

"当时我们不懂，所以就按照'范无救'这么叫下来了。不过好消息是虽然老八的身体一直不好，但总归活下来了。"谢必安说道，"又过了几年，老八觉得这名字不好。毕竟他一直体弱，整天叫作无救怕是更活不成，于是用两个面饼作为交换，让那个算命先生给他改个名字。算命先生便将'无救'改成了'无咎'，意思是'没有过错'。他说阎王爷一旦知道老八没有犯错，就不会带他走了。"

"唉，这都什么跟什么啊……"杜羽无奈地叹了口气，虽然这次算命先生没把意思弄错，可他总觉得太随意了。都说黑无常的名字"范无救"代表的是"犯罪者无可救"，谁又能想到这是一个算命先生信口胡诌的。

204·小年

很快，范无咎煮好了一大锅粟米粥，用几个破旧的木碗盛了出来，小心翼翼地分给了几人。杜羽看了看。所谓"粟米粥"，像极了今天喝的小米粥，只是当中除了粟米，还有很多认不出的谷物。杜羽发现范无咎在自己的碗中盛的粟米最少、汤水最多，而在其他几人的碗中尽量多盛了些粟米。通过这个微小的举动，杜羽能看出范无咎是个不错的人。可他还是觉得有点奇怪，当时认识范无咎时，对方虽然不是什么坏人，但总感觉很看重得失，与现在的状态不太一样。杜羽接过木碗，向范无咎表达了感谢，可是他是个枉死者，感觉不到饥饿。他看了看惭愧兄弟，他们居然吃得津津有味。

"这是南坊街的张大婶给我们的粟米，她人很好，有空的话，我们去帮她多干点活儿吧。"谢必安一边喝着粥，一边说道，"现在兵荒马乱，吃了这一顿，就不一定有下一顿了。"

杜羽本来还想吃一口，可听到谢必安这么说，就默默地将自己的粥碗拿起来，给谢必安、范无咎、小年、惭愧兄弟每个人倒了一点。"怎么了？老九，你不吃吗？"谢必安问道。

"我……我不太饿，你们先吃。"杜羽坐在一旁看他们大口喝粥，心里有些不是滋味。在这战乱的时代，最难过的莫过于普通人。对他们来说，一碗粥就是饕餮盛宴了。

"哈，吃饱啦！"谢必安也不管烫不烫，狼吞虎咽地将粟米粥喝了个干净，摸着自己的肚子，仰坐在那里。

"哎，老八，你快摸摸我的肚子！"谢必安一脸惊奇地跟范无咎说，"我的肚子好像不瘪了！"

范无咎傻笑了一下，伸手去摸。杜羽第一次知道范无咎还会笑。

"怎么样？老八，见过这么有底气的肚子吗？"谢必安说道，"来，让我摸摸你的肚子。"摸了半天，谢必安摇了摇头，说道，"看来你没有我吃得饱，很快就要饿喽。"

杜羽有些好笑地看着谢必安。他和八爷应该从小就很少吃饱过，居然用"谁的肚子不瘪"这种形式来炫耀。趁杜羽没留神，谢必安一下子摸在杜羽的肚子上。

"呃……"杜羽一愣，"七爷，咱们有这么熟吗？"

"欸？"谢必安的眼睛瞪得大大的，"你……你肚子怎么是鼓鼓的啊？"

"鼓？"杜羽低头看了看自己的肚子，虽然没什么腹肌，但也算不上胖，"你可能……摸在我的小肚子上了？毕业之后我就很少锻炼了，小肚子都出来了。"

"小……肚子？"谢必安一愣，"你还有小肚子，你以前吃得多饱啊？"

"这……"杜羽想了想，"也没有吃得多饱，反正很少挨饿就是了。"

"我听人家说，越有钱，人的肚子就越大。你都有小肚子了，以前家里非富即贵吧？"谢必安问道。

"怎么说呢？其实只要不是战乱年代，弄个小肚子出来还是比较容易的。"杜羽一脸尴尬。怎么还有人以小肚子为话题聊个不停？

"以后……我就叫你'小肚子'吧。"谢必安说道，"这样我还好记。"

一句话出口，身旁的范无咎、小年、惭愧兄弟都被他逗得哑然失笑。只有杜羽愣愣地看着他，喃喃自语道："七爷……原来你一直叫我'小杜子'是这个意思吗？说我胖呗。"

几个人吃饱了之后心情都很好，不断地说说笑笑。杜羽默默地站起身来，看了看惭愧兄弟的情况。按照阿惭的说法，他感觉不到疼痛，只是身体很虚弱。杜羽知道要尽快给他们弄点药和纱布，否则伤口随时有恶化的可能。只不过这次降临的条件实在有点恶劣。开局一乞丐，装备全靠讨。

不知不觉，天色将暗，谢必安和范无咎说今天就不出去讨饭了，好好休息一天，第二天再开工。杜羽顺着他们的意思，在城隍庙中找了一个还算干净的角落躺下了。由于知道这一次未来的惭愧兄弟不会出现，杜羽感觉心情很放松。这或许是阿香他们来到华夏之后，他第一次这么放松。不一会儿的工夫，杜羽有了睡意。

"杜羽，你要休息了？"董千秋在杜羽耳中轻轻问道。

"嗯，是的，千秋姐。"杜羽微闭着双眼说道，"第一天没出什么问题，也不知道有什么事情需要纠正，等我睡醒了之后再好好琢磨一下。"

"哦……"董千秋的语气中有些担忧，"你们……都没事吧？"

"嗯？"杜羽睁开了眼睛，"没事啊，怎么了？"

"也没什么事，只是现在的传说被迷雾覆盖了，只能听得到声音，看不到你们的人了。"董千秋缓缓地说，"我担心你害怕，所以不太敢讲。"

"被迷雾覆盖了？"杜羽思索了一下，"没事，按照我的经验，越是迷雾覆盖，说明发生的内容越是重要。相信明天起床后就会有情况发生了。"

董千秋微微点了点头："也对，不过你还是要小心一些。"

"放心吧，千秋姐。"杜羽也不知道自己是什么时候入睡的，毕竟已经很多天没有睡过觉，有些累了。

黑暗中，杜羽感觉自己怪怪的。他明明睡着了，身体却不受控制地动了起来。他想睁开眼睛，却怎么也睁不开。这感觉不像是做梦，反而像是醉酒。有一股奇妙的力量控制着他的行动，身体完全不听自己的使唤。杜羽用力反抗着这一股力量，终于，那股力量仿佛感觉到了什么，瞬间烟消云散，他也睁开了双眼。一睁眼，杜羽就感觉有点不对。此刻还在城隍庙中，外面依然是黑夜，他正站在地上，面前站着那个乞丐少女小年。杜羽现在正伸手死死掐着小年的脖子。"欸？"杜羽一愣，完全不清楚发生了什么事。眼前的乞丐少女不断地捶打着杜羽的手臂，眼看就要喘不过气来了。杜羽吓得赶忙放开了手。小年摔倒在地上，捂着嘴轻轻咳嗽了几声。杜羽慌张地环视了一下，不远处惭愧兄弟、黑白无常正在休息，可他为什么会忽然站在这里掐住小年的脖子啊？难道他成了曹操，喜好梦中杀人？

还不等他想好怎么解释，小年却手忙脚乱地爬走了，回到她的"床"上，躺下了。她仿佛当作一切都没发生过一样，理都没理杜羽。杜羽还想跟她道个歉，可她就这么跑了。此时只剩下他一个人站在这空荡的城隍庙中央，四周静悄悄的。"我……不是在睡觉吗？"杜羽想说点什么，却看到谢必安翻了个身，缓缓地站起来了。

"哎，小杜子？"谢必安一眼就看到了杜羽立在月光之下，"你在那儿干吗呢？"

"我……"杜羽实在不知道怎么解释了，"我睡不着，起来转转。"

"哦……我要撒尿，你一起去吗？"谢必安问道。

"呃，我就……我就不去了。"杜羽摆了摆手，有些心烦意乱，于是回到自己的角落里躺下了。他回想着刚才那种奇怪的感觉。有人控制住了……他的身体？如果他没有一直挣扎，夺回自己身体的控制权，现在的情况会如何？小年应该已经被他杀了吧。黑白无常和小年一直相依为命，杜羽不敢想象小年如果死在他手中会有多么严重的后果，这个传说应该会直接走向结局了。可这世上有谁能控制住他的身体呢？他忽然想到了什么，闭上眼睛，进入了自己的内心世界。查达此刻正在角落里睡觉，小钟离却站在那里。

"小钟离？"杜羽愣了愣。

"杜羽。"钟离春回过头来面色复杂地看着他。

"你是不是知道些什么？"杜羽问道。

钟离春点了点头："对不起，是我私自占用了你的身体。"

杜羽听后一愣，随即笑着上前拍了拍钟离春的肩膀："小钟离，你在说什么傻话？咱们不是约定好了吗？只要你想，我的身体你可以随时借用，不需要通知我。"

钟离春点了点头，说道："但我好像闯祸了。"

"闯祸了，关于那个小年吗？你能不能告诉我，为什么要掐住那个小年的脖子，她有什么不对吗？"

"我不知道。"钟离春皱起眉头，语气有些犹豫，"我看到她大半夜起床，经过你身边的时候，带有一丝极难捕捉到的杀气，所以我立刻起身掐住了她的喉咙。"

"哦？"杜羽一愣，"原来是这样的。这样说来……小钟离你不仅没有闯祸，还有可能救了我一命。"

"救了你？"

"我现在说不准……"杜羽说道，"如果下次再遇到这种情况，你不必着急出手，可以等一等，抓她一个'人赃并获'。"钟离春听后似懂非懂地点了点头。

杜羽开始思索起来。这个小年难道是圣七杰？可她的实力未免太差了。不必说钟离春，就连刚刚睡醒的他掐住她的脖子，她都挣脱不开。这实力定然不是修仙者，怎么看都是一个实实在在的凡人，圣会安排一个凡人来刺杀自己吗？

205 · 街头骗局

天蒙蒙亮，杜羽就睁开了眼睛。昨天的事情让他一直心有余悸，怎么也想不明白。谢必安跟范无咎也起床了，准备去街上要点东西吃。此刻小年站在他们身后，若无其事地看着杜羽。杜羽也只能装作没事发生。

"小杜子，你去讨饭吗？"谢必安问道，"虽然你以前是大户人家的少爷，不过沦落至此就别讲究那么多了。如果不去讨点东西来吃，今天就要饿肚子啦。"

杜羽缓缓地站起身，说道："七爷，一直要饭也不是个出路。我要想办法给阿惭和阿愧买点药，靠要饭是要不来的。"

"嗯？"谢必安问道，"那你想怎么办？"

"我们要想办法搞点钱。"杜羽坏坏一笑，"我说过，我既然来了，就不可能让你们饿肚子。"

"搞点钱？"谢必安无奈地看着杜羽，"现在兵荒马乱，百姓穷荒，搞钱哪儿那么容易啊？"

杜羽仔细想了想。做生意的话，他确实不擅长，否则当年就不选择打工，而选择自己创业了。不过他身上有一个人，对搞钱应该很有心得。

"查达，我需要你帮忙。"

"嗯？"查达听到杜羽的呼唤，随即开口道，"需要我做什么，杜先生？"

"我想在没有本钱的情况下，快速挣到一大笔钱。"

查达听后微微思索了一下，借着杜羽的眼睛向外看："杜先生，你现在在一个封建时代吗？"

"是的。"杜羽点点头。

"那很好办，一个最简单的庞氏骗局就可以卷走城内三分之一的财产，不需要你出一分钱，见效快，获利高。封建社会没有相应的法律来管制你，所以你可以放心施展。"

杜羽一愣："庞氏骗局不就是传销吗？我是挣到钱了，卷走城内三分之一的财产，可是被卷走财产的那些人可怎么活啊？不都得被我害死吗？"

"杜先生，你们华夏有句话，叫作'无奸不商'。如果担心赚钱会让其他人变得贫穷，那还怎么赚钱？每个人的钱都是从别人那里赚来的，不是吗？"

"呃……这……不……"杜羽犹豫了半天，说道，"算了，我换个说法吧，有没有那种……赚钱不那么快、不怎么害人的方法？"

查达想了想，说道："有，我知道一个以概率学为依据的街头骗局，应该可以让你赚到足够生活的钱。"

"好家伙，怎么又是骗局啊？"杜羽叹了口气，说，"行吧，特殊情况特殊应对……街头骗局总比庞氏骗局强一些，就这一次，以后再也不干了。"

杜羽眼神一变，向着身边几人说道："各位先生、女士，早上好，现在我准备带领你们出去赚钱。"

"呃……"谢必安跟范无咎都有点蒙，"'先生''女士'是什么意思？你语气怎么变得怪怪的？"

"不要在意这个，只要你们按照我说的做，保证今天的晚餐每个人都能喝到牛奶。"

"牛……奶？"谢必安挠了挠头，"那东西能喝吗？"

"这位先生，能找二十四个大小相同的石子过来吗？"杜羽说道。

谢必安虽然感觉杜羽很奇怪，但要找的东西也不难，于是点头说道："有……我去拿。"

杜羽又对范无咎说："这位体弱的先生，能去找一个布袋过来吗？"

"哦……好。"

"这位脏兮兮的小姐，"杜羽对小年说，"有颜料吗？"

"颜料？前些日子翻修城隍庙的师傅留下了一些墨水和朱砂。"

"我不太明白，那是两个颜色的吗？"杜羽皱着眉头问道。

"是的，黑色和红色……"小年点点头。

"很好，帮我取过来。"

几个人在杜羽的指挥之下，将他说的各种材料都拿了过来。杜羽拿起二十四个石子看了看，把那些形状有些怪异的石子在地上打磨了几下，让它们的手感尽量相同。"现在我需要将八个石子涂成红色的，八个石子涂成黑色的。"几个人虽然不太明白，可看到杜羽如此自信，只能照做了。很快，地上的二十四个石子变成了八个黑色的、八个红色的、八个无色的。"我有件事想问，你们有钱吗？"杜羽说道。

"钱？"几个人有些防备。

谢必安问道："小杜子，你要钱做什么？"

"我需要一点钱作为本钱，不多，一点就好。"

谢必安想了想，说："我们攒下了二十枚铜板，准备以后给小年当嫁妆……"

"铜板？很好，有了这二十枚铜板，我们就可以出去赚钱了。"杜羽微微一笑，说道，"大家都把脸擦干净，衣服也弄得平整一些，穿得不够好，赚不到钱。"

"赚钱？"几人一愣，"用这些石子就能赚到钱？"

范无咎有点紧张地说："兄弟，你不会是要做什么违法的事情吧？"

"不会。"杜羽微微一笑，说道，"请问谁会写字？"

几个人面面相觑。小年缓缓开口说道："我会……但是认的字不多。"

"很好。"杜羽点了点头，找了一块破旧的木板，"不是什么太复杂的字，我说，你写。"

"哦……"小年点了点头，从一旁拿起一撮干草，扭成笔的形状，蘸了蘸墨水，"你说吧。"

"游戏规则——从布袋里一次取出十二个石子，按照不同颜色计数。"小年听后认认真真地将这句话写了下来，不太会写的字就用其他的字代替，但好歹能看明白。"石子的三个颜色分别是黑、白、红，三个颜色分别计算数量。"杜羽继续说道，"若拿出的石子数量为五黑、五白、二红，则记为'五五二'，以此类推。"小年又记了下来，反观谢必安和范无咎一脸疑惑。"然后再根据不同的分数，赢取钱财。"杜羽说道，"若拿出的石子数量为'八四零'，即八个同色、四个同色，另一种颜色没有，便可以赢取一百铜板。"

"啊？！"范无咎一愣，"兄弟，你这是做什么啊？咱们哪儿有一百铜板给人家啊？"

杜羽挥了挥手，让小年尽管记下来。"若是拿出'八三一''八二二''七三二''六六零'，则可以赢得十枚铜板。"小年一边写，一边满脸疑惑地看着杜羽。"若拿出其余情况，则赢得一枚铜板。"杜羽一脸笑意地看着小年，问道，"记下来了吗？"

"记……记下来了。"小年点了点头。

"最后写上一句话，唯独拿出'五四三'，即第一种颜色五个，第二种颜色四个，第三种颜色三个，需要给我们十枚铜板。"这段话写下来，几个人都觉得杜羽疯了。杜羽看了看写满游戏规则的板子，笑着说道："太好啦，咱们这个游戏设定一枚铜板玩一次，今天晚上就会赚到很多钱了。"

"小杜子……"谢必安皱着眉头说，"你疯了吧，你这不就是在赌吗？"

"赌？"杜羽一愣，"怎么会赌呢？这可是稳赚不赔的。"

"稳赚不赔个头啊！"谢必安没好气地说道，"你写了这么多种情况，只有一种是我们赚钱，其余的都是玩的人赢钱，咱们怎么可能稳赚不赔？"

"哦？"杜羽看了看谢必安，"看来你好像不信？"

"我当然不信啊！"

"那这样吧，这位先生。"杜羽将所有石子都装进了布兜里，说道，"我不收你的钱，和你连玩三次，你敢玩吗？"

"那有什么不敢的？"谢必安撸起袖子就走了过来。

"请。"杜羽将布兜往前一递，任由谢必安在其中摸索。不一会儿的工夫，他就掏出了十二个石子。放在地上数了数，四个红色、四个黑色、四个无色。谢必安数了数，说道："你看，这就是'四四四'吧，我赢一枚铜板！”

"嗯。"杜羽面不改色地点了点头，将所有石子又装了回去，"恭喜。还有两次，看看你能赢得多少铜板。"

谢必安胸有成竹地伸手一摸，拿出来一数。五个黑色、四个无色、三个红色。"这……"

"先生，这就是'五四三'，你欠我十枚铜板。去掉刚才您赢得的那枚，欠我九枚铜板。"

谢必安叹了口气说："这不就是赌吗？我再多摸几次，你就分文不剩了。"

"不必在意我，你继续。"谢必安又伸手掏出了十二个石子，放在地上一看。五个无色、三个黑色、四个红色。"又是'五四三'，您总共欠我十九枚铜板。"杜羽笑着说道。

"欸？"范无咎和小年面面相觑。他们讨了大半年的饭才要来二十枚铜板，杜羽这随便一搞，就让谢必安欠他十九枚铜板了。

"我不信。"范无咎走上前去，将石子全都装了起来，摸出了十二个。放在地上一数，又是"五四三"。几个人疑惑地看着杜羽："你使诈了吗？"

"怎么会呢？"杜羽耸了耸肩，"布袋、石子都在你们那里，我连碰都没碰到，怎么会使诈？"

范无咎不信邪，将石子全部放在一起，摇晃了几下布袋，抓出一把数了数。依然是"五四三"。

206 · 搞点钱

到底是怎么回事？几个人都被震惊得说不出话来。

"很简单，这是个概率问题，也就是出现某一情况的多少。"杜羽笑着说道，"这位丑陋的先生刚才说，如果和我多玩几次，便可以让我必赔，这是不可能的。"

谢必安一愣："你说谁丑啊？"

"玩的次数越多，你们输的概率就越大。"杜羽缓缓地开口说道。

"可这是为什么啊？"几个人都不太明白。

"总共二十四个石子，三种颜色，每种八个。这样算来，人们随手摸出十二个，总共能够摸出二百七十万四千一百五十六种可能。能够让玩家赚到一百铜板的'八四零'组合，只占了四百二十种可能，而给店家赔十枚铜板的'五四三'组合，却占了一百三十一万七千一百二十种可能。你们明白了吗？"

几个人几乎是异口同声地说道："不明白……"

"简单来说，摸到'八四零'的概率是 0.02%，而摸到'五四三'的概率是 48.17%。以概率论算下来，玩家每玩一次，平均损失 4.87 枚铜板。虽然这些你们肯定听不懂，但知道结果就行。"

"呃……"谢必安思索了一下，说道："意思就是你使诈了，对吧？"

杜羽的眼神一变，刚才精明干练的气息消失了，取而代之的是一脸嫌弃，直接开口说道："七爷，你怎么这么笨啊？反正就是肯定会赚！"几个人被杜羽的变化弄得不知所措。"总之，一句话，就是'稳赚不赔，越玩越赚'！"杜羽说道，"咱们赔钱的概率非常小，小到可以忽略不计。"

几人本来还是将信将疑，可试了几次，确实如此。杜羽趁热打铁，拿着木板和布兜，带大家出了门。他本来想让惭愧兄弟在房间里养伤，可他们担心他的安危，始终要跟着。就这样，三个"难民"加三个乞丐组成的搞钱小队正式成立。他们在菜市口一个看起来还算繁华的街角支上摊位，几个人往后一站，开始等人上钩。可能是因为杜羽几人穿得实在太过破烂，等了好一会儿都没人往他们这里看一看。

"好家伙，他们不会以为咱们在这儿要饭吧。"杜羽思索了一下。想要成功把人引过来，果然还得有点噱头啊。

"来，瞧一瞧、看一看了啊。石子摸一摸，单车变摩托！"杜羽大喊一声，身旁的小年"扑哧"一声笑了出来。杜羽一愣："小年，你笑什么？"

谢必安皱了皱眉头，说道："估计是笑你胡言乱语吧……这单车是何物，摩托又是何物啊？"

"呃……失误。"杜羽想了想，又喊道："石子摸一摸，小鸡变大鹅了啊！"果然，最直白的话语能达到最直观的效果。很多百姓被他们吸引了，走过来看这个奇怪的摊位。"一文钱一次，赢了有奖，输了有罚！"杜羽喊道，"最高白赚一百文钱，快来看看呀！"

百姓看着摊位上的牌子，微微思索着什么。在码头搬货的话，一天才能赚十文钱，可是在这个摊位一次却能赚到一百文。

"你们不是城隍庙的那对黑白乞丐吗？这是发大财了，要救济乡亲？"

范无咎的尴尬之情难以言表。他倒也想救济乡亲，可是他们从小就吃百家饭，莫说救济乡亲了，不被乡亲救济就不错了。"倒也不是救济乡亲，只是和大家玩个游戏。"谢必安说道，"这个游戏有输有赢，有可能是我们赚钱，也有可能是你们赚钱。输了、赢了大家都不往心里去。世道这么差，咱们就当找个乐子，如何？"

听到谢必安这么说，乡亲们果然有些跃跃欲试。不一会儿的工夫便有一个青年走上来，说道："你们不会骗人吧？"

"骗人？"谢必安笑了笑，将手中的布袋递了过去，说，"你把石子全都倒出来让乡亲看看。"

青年接过石子，在地上一撒，果然是二十四个，每个颜色八个。石子没有任何问题，布袋也没有任何问题。

"怎么样？"谢必安看着眼前的青年，像之前杜羽挑衅自己的时候那样问道，"你敢玩吗？"

"这有什么不敢的？"青年把石子都装进了布袋中，掏出一枚铜板，说道，"我来一局！"

谢必安收了钱，说道："请！"

青年第一把掏出了八个石子，数了数，还差四个，于是又摸出了四个。

他数了数："五五二。"

"嘿！"青年一笑，说道，"这是不是就算赢了？"

"是啊。"谢必安将青年之前交给自己的铜板还给了他，"你赢一枚铜板，这枚铜板还给你。"青年一愣，没想到自己一分钱没亏，还差点赚到钱了。"还玩吗？"谢必安问。

"不……嘿嘿，先不玩了，我先看看。"青年拿回自己的铜板，默默退到一边。谢必安一愣。这人怎么不玩了？"小杜子，要是每个人赢了钱就走，咱们还是赚不到钱啊……"谢必安一脸担忧地小声问道。

"放心，赢了钱就走，那样更好。"杜羽说道，"这样一来有人赚、有人赔，自然会吸引更多的人。"

"你的意思是……同一个人一直玩，反而不好。"

"当然啊。"杜羽说道，"同一个人玩得越久就输得越多，这样谁都看出来有问题了。"

果然，青年用一枚铜板赚到一枚铜板的事情很快激起了大家的兴趣，谁都没有见过这种奇怪的游戏方式，很刺激，也很有趣。百姓纷纷掏出了钱。就像杜羽说的，有的人见好就收，有的人却很上瘾。可无论大家玩多少次，"五四三"的情况依旧最多，整整一上午的时间，虽然有不少人获得了赢十枚铜板的大奖，但他们的收入还是只多不少。很快，队伍排起了长龙。杜羽几人无奈，只能派小年带着惭愧兄弟开设"分店"，又做了一套一样的设备，在杜羽摊位旁边开始接客。

"七哥……"范无咎小声说道，"咱们这样欺骗乡亲是不是不太好啊？"

"欺骗？"谢必安一愣，说道，"老八，你可不要胡说啊，咱们哪里欺骗乡亲了？"

"呃……"范无咎想了想，说，"这个游戏玩到最后是输钱的，很多乡亲都曾经帮助过咱们。咱们这么做总有点不厚道……"

"别想了，老八。"谢必安想了想，说道，"虽然我没挣过钱，但仔细想想，不都是这样的吗？选择一个大家都能接受的方法，把别人口袋里的钱挪到自己的口袋里。"范无咎虽然觉得谢必安说得对，但他的良心始终有点过不去。

到了下午，来来往往的人粗略估计得有一千个，两个摊位的收入共有三千多文钱，这还去掉了有三个人中了特等奖，共计三百文。如今不必说三个人中了，就算有三十个人中了都给得起。不仅是范无咎和谢必安，连杜羽都没想到能挣这么多钱。

"差不多了。"杜羽说道，"忙完最后一会儿我们就收工，今天带着大家下馆子。"

"下……下馆子？"谢必安一愣，"什么叫作下馆子？"

"下馆子就是去饭馆吃饭，正儿八经地用钱买吃的。"

"啊？"范无咎和谢必安一脸惊恐地问道，"去饭馆，能行吗？我们是乞丐啊。"

"这叫什么话？咱们只要有钱，不管是乞丐还是流氓，他们都得卖吃的给咱们。"

三个人正在商量着去饭馆的时候点什么好吃的，却听到不远处小年、惭愧兄弟的摊位上吵起来了。

"你们肯定是使诈了！"一个大汉高声喝道，"老子都玩二十多次了，扔进去的钱没有一百也有八十，可始终中不了大奖，不是使诈是什么？"

小年赔笑道："这位客人，只能说您运气不太好。石子和布袋都在您手里，我们怎么使诈呢？"

"我不管！"大汉怒气冲冲地说，"不是使诈就是妖法，你们肯定用妖法了！这些不能算，你们得把钱还给我！"

杜羽叹了口气。果然会出现这样的人啊。于是他慢慢走了过去，说道："大哥，俗话说'愿赌服输'啊。我们同样输出去那么多钱，也不见得问乡亲要回来，你输了怎么能往回要呢？"乡亲听到杜羽说的话，自然都觉得有道理，先前有几个赢了一百文的乡亲也高声叫喊表示支持。

大汉看了看杜羽，估计觉得杜羽不太好惹，没有理他，继续追问小年："你这丫头！你自己说，我玩了这么多次，轮也该轮到我了吧。我为什么一直输钱？"

小年也有点生气了："您怎么一直输钱？刚才不是中了两次十文吗？您当时如果中了就走，算一算还有盈余呢，是您自己把中的钱都投进来了，我们没逼您。"

"哟呵？"大汉一愣，"看不出来你这丫头牙尖嘴利啊。老子今天不把钱拿回来，你们这买卖就不用干了！"说罢，他一伸手，直接薅住了小年的衣领。小年随之惊叫一声。站在身后的惭愧兄弟刚想出手，却看到杜羽微微摇了摇头。小年啊小年……让我看看你到底是个什么牛鬼蛇神。

207 · 使诈

"你……你给我放开！"小年精致的脸气得泛红，"你还想当街打人吗？"

"打人？"大汉怒吼道，"打人怎么了？许你们骗人，不许我打人？"

"谁骗人了？规则清清楚楚地写在板子上了，是你自己愿意玩的！"小年据理力争地说道。

"我不管，是你们没说清楚！"

小年一直试图挣脱大汉的手，可她力气不够，怎么也挣脱不开："你快放开！你这是犯罪，我会起诉你的！"

杜羽听到这句话一愣。犯罪？起诉？还不等他想明白，身后蹿出两个身影，直接冲着大汉跑去。"放开小年！"看起来身体非常虚弱的范无咎居然飞起一脚，将大汉远远地踹飞，谢必安打了个滚，直接接住了小年。

"我去！"杜羽吓了一跳，心说：这两人不是乞丐出身吗？身上怎么还带功夫啊？范无咎将大汉踢飞，随之剧烈地咳嗽起来，他的身体和他的身手看起来不太匹配。谢必安将小年稳稳地放在一边，然后扭头看着大汉，问道："你不知道这买卖是谁做的吗？城隍庙的黑白双丐也是你能惹的？"

大汉挣扎着爬了起来，往地上吐了口口水："我呸！黑白双丐，不就是两个要饭的吗？老子还怕你们不成？"

范无咎又想上前去，谢必安将他拉住了："老八，交给我吧，你休息就行。"谢必安拖着消瘦的身体缓缓地冲着大汉走了过去。

"臭要饭的，去死吧！"大汉抡起手臂冲着谢必安一打，谢必安闪都不闪，手轻轻一抬便挡住了这一下。大汉神色一变，随即伸腿就踢。谢必安出腿，将他的腿挡开。腿被踢开，大汉本身就站立不稳，眼看就要摔倒，谢必安又使出一记扫堂腿，大汉应声倒地。但这一下明显没有伤到他，他很快爬了起来，改变了策略，冲上前去紧紧地从身后抱住了谢必安。既然技巧拼不过，只好拼一拼蛮力了。谢必安面不改色，任由大汉抱着他的身体，然后缓缓抬起右腿，狠狠地踩在大汉的脚上。大汉吃痛，立刻放开了手。谢必安回身使出一套组合拳法，带着疾风骤雨之势落下，三拳小腹，两拳胸膛，最后一个摆拳击中面门。大汉终于支撑不住，缓缓倒了下去。

杜羽在一旁都看愣了。这到底是什么情况？七爷、八爷不是成仙之后才学的神通吗？他们当乞丐的时候就这么厉害了？可看他这功夫，为什么不太像是武术，反而像是散打啊？让杜羽始料未及的是，大汉被打倒，附近围观的乡亲们没有恐慌，反而纷纷拍手叫好。看来大汉平日里也不是什么好人，今天不巧碰到了硬茬。

"各位乡亲，我们绝对不是骗子！"谢必安说道，"今天有三个乡亲都赢得了一百文钱，自然知道我们说的不假。只是此人愿赌不服输，非要找我们麻烦，我们不得已才出手。如果此人报官，县尹大人怪罪，还望各位父老乡亲为我们做个证！"

"放心吧，必安！"乡亲中有人叫道，"我们会替你们做证的！"

谢必安拱手拜谢乡亲，回头查看小年的情况。她看起来只是吓坏了，没受什么伤。

几个人商议了一下，决定今天就此收摊。

"必安，你们明天还来吗？"有个乡亲问道。

"明天？"

谢必安跟范无咎一愣。他们本以为经过这一天，不被万人唾弃就已经不错了，可听这意思……反而更受欢迎了。

"你们……希望我们明天来吗？"范无咎问道。

"当然啦！"有个乡亲说，"今天手气不好，看我明天赢你一百文！"

"这……不好吧。"范无咎苦笑了一下说道，"其实玩这个游戏，输的可能比较大，赢一百文的可能比较小……"此言一出，谢必安在一旁龇牙咧嘴，心想：这个木头怎么把实话说出来了？可没想到乡亲像是早就料到了一样，说道："本来就是这样啊。如果一百文那么好赢，岂不是每个人都赢到了？"

"这……"谢必安和范无咎没辙了，只能答应乡亲第二天还会来。

几个人收好了满满的钱袋，在街边的药店买了一些外伤药和纱布，给惭愧兄弟仔细处理了一下，然后准备下馆子。小年认真地给惭愧兄弟包扎伤口，杜羽不由得多看了她几眼，心中有一股很奇怪的感觉，但是形容不出来。

"对了……"杜羽问谢必安，"七爷，你们为什么那么能打啊？"

"哦，小庙里有个老乞丐曾经在少林寺学艺，我们小时候跟他学了一套太祖长拳。"

"欸？"杜羽想了想，说道，"不对啊，太祖长拳我知道啊，武侠小说里面经常提到，这不是个最基本的武功吗？就跟我小时候打的军体拳一样……"

"我没听明白。"谢必安说，"不过小杜子，有一点你说得对，太祖长拳确实是最基本的武功，所以我们的拳脚也不是很厉害。"

"也太谦虚了吧，你们这武功还不厉害？"杜羽皱着眉头说道，"一般人能打倒那么强壮的大汉？"

"嗯？"谢必安跟范无咎一蒙，"你是说我们的武功算是厉害的？别说笑了，我们只练过太祖长拳，怎么可能厉害呢？只是那个大汉太弱了。"

杜羽仔细打量了一下二人的表情。他们好像没有撒谎，真的觉得自己不算厉害，看来这两个人是天生的武学奇才，修炼上估计也是难得一见的体质。难怪后土娘娘会亲自招揽他们二人成为阴仙。"可是我看你打的那几下……"杜羽伸出拳头模仿谢必安当时的那一套散打组合拳，"也是太祖长拳吗？"

"不是，那是无聊的时候跟小年打闹，小年教我的。"谢必安笑着说，"她说距离近的话这样打比较有效，她老家很多人都这样打。"

"哦？"杜羽一皱眉头，看了看小年，那一种"违和"感的原因似乎找到了。

几个人来到餐馆，杜羽率先走了进去。门口的小二看到一群穿得破破烂烂的人进店，本想阻拦，杜羽却直接弹起一枚铜板给他："别废话，这是小费，伺候好的话还有。"

小二可没见过这架势。他在这儿干了十年，第一次收到小费："是是是！六位客官里面请。"

"不错，孺子可教。"杜羽又扔了枚铜板给他。

"小杜子……你这是干啥啊？"谢必安看了有些心疼，毕竟以前的日子里乞讨一天才有可能要到一枚铜板，杜羽这一恍神的工夫就扔出去两枚铜板。"咱们就算有钱也不能这么花啊。"

"今天开心，所以多花一些。"杜羽带着几人在一张干净的桌子前坐下，然后将那一袋钱放到桌子上，足足三千枚。"七爷、八爷，这些钱你们拿着。"杜羽一边给自己倒水，一边说道。

"啊？！"二人一愣，"兄弟，你这是什么意思？"

"什么意思？"杜羽疑惑地说道，"没有什么意思啊，你们拿着这些钱就不会挨饿了。"

"那怎么行？"谢必安连连摇头，"小杜子，你跟我们忙了一天，这钱怎么可以由我们二人拿着？你也要衣食住行的吧。更何况阿惭、阿愧兄弟都有伤，你们比我们更需要钱啊。"

阿惭和阿愧听到谢必安这么说，扭头看向杜羽。"阿惭、阿愧是我兄弟，我肯定会照顾他们的。"杜羽认真地说道，"有我一口吃的，就不会饿着他们。更何况我今天能赚到这些钱，以后也能，所以你们先拿着，别推托了。"杜羽不容二人拒绝，将钱袋子推向了他们。

二人看着这满满的钱袋，不由得心跳加快。生而为人，真的可以这么富有吗？这可是整整三千文啊！

"这都等半天了，怎么没人送个菜单过来？"杜羽纳闷地问道。此时小年又"扑哧"一声笑了出来。"你……又笑什么？"杜羽问。

"别说小年了，我都想笑。"谢必安说道，"小杜子，你总是胡言乱语，这菜单是何物啊？"

"菜单？"杜羽想了想，"就是写明白了都有什么菜的纸，然后好方便我们点菜啊。"

"哪儿有那种东西？"谢必安没好气地说，"虽然我没来过饭馆，但听以前城隍庙里的前辈说过，所谓'饭馆'，就是你想吃什么，直接喊出来，很快就会有人端上来的。"

"哦……"杜羽点了点头，"原来是这样的，不过这也太狂妄了。我直接给他们来一段报菜名，他们可怎么办？"

几人随即喊来了小二，可是谁也不知道在饭馆里应该点什么好吃的。小年思索了半天，跟电视剧里那样，跟小二说："有啥好吃的尽管上。"小二知道这几人是大客户，不敢急慢，赶紧去准备了。杜羽的余光又看向了小年，决定现在就要搞明白自己心中的疑问。"唉……真是无聊啊。"杜羽伸了个懒腰，"忙了一天怪累的。"

谢必安点头说道："是啊，别看这个工作不累，可是吵吵闹闹的，一天下来谁也受不了。"

"是了是了。"杜羽不动声色地回过头看向小年，"对了，小年，你手机还有电没？"

"哦，我手机……"小年说完之后愣了半天，然后支支吾吾地改口道，"什、什么叫作手机？"

208 · 一年前的刺客

杜羽笑了笑，心中已经有数了："手机？你听错了，我没说'手机有电没'，我问你'烧鸡点了没'？"

小年的面色有些复杂，慌张地拿起木碗喝了一口水，说道："哦……你、你要吃烧鸡吗？我……我再给你点一只。"

"那倒不用，我只是感觉烧鸡这东西一般人不知道，但凡知道烧鸡的肯定不是普通人。"杜羽意味深长地说。

这样一来，一切仿佛都说得通了。小年不属于这里，她和他一样，是降临的。难怪她听到他说"单车变摩托"会笑，听到"菜单"会笑，难怪她会说"犯罪"和"起诉"这种词。一个未来的人想在古代生活，不管表现得多么自然也定然会露出破绽。可是话说回来，小年真的是圣七杰吗？她是个凡人，能够被任何一个正常男人轻易地制服，而且她的演技不算太好，短短两天就被他发现了破绽。杜羽不由得自问——如果我是圣，会派这个人来行刺吗？未来的他是得老年痴呆了吗？目前来说，这个女孩对他构不成任何威胁。

"小杜子，你这话说得也太不清楚了，我都听成'手鸡'了，我还想问手鸡是什么鸡呢。"谢必安笑着说道。杜羽听到谢必安说话，瞬间收回了思绪，看了看他，微笑了一下。

很快，小二端着各种酒菜上桌。

杜羽上一次下馆子还是战国时代和小钟离一起。那时候的烹饪水平他实在不敢恭维，基本上都是水煮的。元末明初，人们的厨艺明显大有进步，此时酱油已经被广泛应用，一份简单的烧肉也有着诱人的红棕色。谢必安跟范无咎看着桌子上琳琅满目的菜，震惊得说不出话。尽管这桌上放的只有两盘烧肉、一条蒸鱼、几盘青菜，可这对他们来说是见都没见过的盛宴。"咱……咱们真的能……能吃吗？"谢必安说话都有些结巴了。

"当然了，七爷，这是用自己赚的钱买的。"杜羽笑了笑，说道，"这不比讨饭来的香吗？以后有机会就要多赚点钱，这样才不会饿肚子。"杜羽说完就皱了皱眉头，忽然想起一件事。难怪谢必安第一次知道他的灵信号码之后就在朋友圈大肆出售，这个爱做买卖的小毛病难道是他给谢必安培养出来的吗？

"没想到赚钱比想象中的容易。"谢必安点头说道。

"不不不……"杜羽连忙摇头，准备给谢必安改掉一个小毛病，"我教给你的赚钱方法都是歪门邪道啊，你千万别学。要赚钱的话，还是要踏踏实实的，找点正当买卖，像那种贩卖别人隐私的活儿千万别干啊……"

"贩卖别人隐私？是卖别人的消息的意思吗？"谢必安一听就来了兴趣，"小杜子，这也能卖钱吗？"

"好家伙……还是别聊了。"杜羽无奈地摇摇头，总感觉七爷这毛病不仅改不了，反而加重了一些。

在杜羽的带领下，众人放开了手脚，大吃特吃了起来。十道菜、一盆汤、两壶酒、半盏茶。谢必安跟范无咎做梦也没有想到会吃上这样的一餐。此时大家的肚子都不再瘪了，一个个都有小肚子。唯独小年的胃口不是很好，她只是简单地吃了两口。

杜羽若无其事地问谢必安："对了，七爷，你们还没说是怎么跟这个小年姑娘认识的。小年姑娘长得这么貌美，应该是大户人家的小姐吧？"

谢必安撑得动不了，只能仰坐在椅子上，开口说："大概一年前吧，我们在街上看到小年被人欺负，就把她救下来了，然后就带到城隍庙一起当乞丐了。"

杜羽一愣，以为自己听错了："七爷你说啥？多久以前？"

"大概一年以前啊。"谢必安剔了剔牙，"怎么了？"

大概一年？杜羽不可置信地看着小年。他难道推断失误了？有谁会提前一年进到传说中行刺啊？可是根据小年的表现来看，她绝对不是古人。"这是怎么回事？"

"什么怎么回事？"谢必安说，"小杜子，我跟你说，你可别打小年的主意啊……老八已经喜欢小年很久了。"

"欸？"范无咎正在喝茶，听到谢必安这么说，直接喷得满桌子都是，幸亏大家都吃完了。

"七哥，你说什么啊？"

"嗯？不是吗？"谢必安说道，"要说别人，我不了解，但你我还不了解吗？每次在小年身边，你连咳嗽都能憋住。"

"你……"范无咎紧张得想找条地缝钻进去。

杜羽扭头看了看小年，她居然像个普通的怀春少女一样面色绯红。"必安，你别胡说，我和无救……我只是把他当哥哥。"小年缓缓地开口说道。

范无咎听后面露一丝不易察觉的失落，随即点头说道："是了……我……我也把小年当妹妹。"

"老八，你说真的？"谢必安看了看范无咎，"你要是不喜欢小年，我可娶她了啊。"

"啊？"范无咎吓了一跳，"我……"

谢必安笑了笑，说："我跟你开玩笑呢，看把你吓得。我长相丑陋，自然不能耽误了小年，仔细想想，还是你们最合适了。"杜羽注意到，谢必安说这句话的时候眼神中有一丝悲伤。

几个人吃完了饭，天色已经很晚了。他们说说笑笑，回到了老城隍庙。杜羽把惭愧兄弟安置到一旁休息，又检查了一下他们的伤口，确定没什么大碍之后找了一堆干草坐了下来。范无咎跟谢必安看起来有些疲劳了，躺在那里昏昏欲睡。不远处的小年却不动声色地盯着杜羽。杜羽一笑，知道小年肯定有话要说，于是默默等了一会儿。待到谢、范两人响起鼾声，惭愧兄弟逐渐睡去，他才站起身，走到了门外。小年见状跟了出去。

映着月色，杜羽重新打量小年。她身上的气质有些变化，但具体是什么却说不出。"你有话要对我说吗？"杜羽问。

"这句话不应该我问你吗？"小年反问道。

"那我就开门见山了。"杜羽说，"你是圣七杰吗？"

"是的。"小年点点头。

杜羽做梦也没想到小年会答应得如此干脆，一时半会儿竟不知道该如何应对。"那你是来杀我的吗？"杜羽又问。

"不全是。"小年回答道，"如果可以杀你，我便杀你；如果不能杀你，我也不冒险。"

"这可真有点出乎意料了……"杜羽挠了挠头，说，"你身为一个凡人，凭什么认为自己可以杀死我呢？"

"凭我是圣七杰。"

"那是什么鬼理由？"杜羽疑惑地说道，"就算你是圣七杰又怎么了？要不是昨晚我收住了手，你已经死了。"

"我不会死的。"小年干脆利落地说道。

"你为什么不会死？"

"因为我是圣七杰。"

"好家伙……"杜羽心中好气又好笑，"你们圣七杰是邪教？信圣哥得永生呗。"

杜羽心说：这姑娘不会是被未来的我给骗了吧？她这是活脱脱地来送死啊。幸亏他知道圣的身份，如果一味地把圣当作别人，肯定二话不说就先对付这个姑娘了。"咱俩做个交易吧。"杜羽说，"这次的传说你不对我动手，我也不对你动手。事成之后，咱们各回各家、各找各妈。"

"这我不能答应，毕竟我带着任务过来，会尽量去完成。"

"你这人怎么说不通呢？"杜羽没好气地说道，"你打也打不过我，杀也杀不死我，你怎么完成你的任务啊？"

小年听到杜羽这么说，面无表情地在地上寻找着什么，一边找，一边问道："你知道为什么我会提前一年就在这里等着你吗？"

"不知道。"

"因为我会比你多一样东西。"小年找到了一根树枝，拿起树枝在自己的手臂上划了几道血痕。

这动作把杜羽吓了一跳。"多……多了什么？"

"多了一份谢必安跟范无咎的信任。"杜羽感觉事情不太妙，刚想说什么，小年又开口了，"你知道为什么我会露出破绽故意让你发现吗？"

"你……"

"因为圣说过，只要你发现了一点端倪，很快就会沾沾自喜，所以会自信地在深夜和我见面，而我必须在明天到来之前，让你和谢、范二人出现隔阂。"

杜羽脸色一变，没想到还是掉入了圣的陷阱。小年说完话，眼眶立刻红了起来，将手中的树枝向天上一扔，恰好落在房顶，打下了一块瓦片。瓦片落地摔出极响的声音，小年缓缓坐了下去。谢必安跟范无咎慌张地跑到院子中，只看到站在原地的杜羽和坐地上哭泣的小年。"怎……怎么了？"谢必安问道。

"没事。"小年默默地摇了摇头，左手一直捂着右手臂。

"让我看看！"谢必安一把拉开小年的左手，却看到她的手臂上有几道鲜红的血痕。小年一把推开谢必安，说道："我没事！"然后她起身跑到了庙中。

范无咎微微一思索，抬起头来看着杜羽。杜羽挠了挠头。这可是再经典不过的陷害现场了，该怎么解释呢？

209·情比金坚

"小杜子，你欺负小年了？"谢必安问。范无咎也变了一副表情，一脸凶相地看着杜羽。正如小年所说，谢必安跟范无咎定然很信任她，这是刚来两天的杜羽无法比拟的。这种桥段电视剧里出现得太多了——一个女人装模作样地在兄弟之间游移，兄弟很快会分崩离析。不过小年比电视剧中的女人高明一些，选择什么都不说就跑开，这样看起来更真实一点，留给谢必安和范无咎的想象空间也更大。如果他也像电视剧里出演的那样百般辩解、矢口否认，相信结果也不会太好。

杜羽缓缓地走上前去，看了看谢必安跟范无咎，开口说道："是啊，我揍了她一顿。"

二人压根就没想到杜羽是这个答案，不由得都愣了愣，本来想发的火也没处发，只能一脸疑惑地问道："为什么？"

"为什么？"杜羽耸了耸肩，"虽然咱们认识的时间不长，但你们猜猜我为什么会把三千文钱直接交给你们？"二人面面相觑，不知道杜羽要说什么。"我会把这么大一笔钱直接送给你们，只能说明一点，我把你们当作亲兄弟了。"杜羽叹了口气，故作深沉地继续说道，"今天在餐馆里谈话的时候，我能听出两位大哥都很喜欢那个小年，所以自作主张，想在深夜帮你们问个明白——她喜欢的到底是谁，是我七哥，还是我八哥？"

谢必安跟范无咎的凶相已经荡然无存，取而代之的是一脸好奇。他们赶忙凑上来，问："小年怎么说？"

"还能怎么说？"杜羽默默叹了口气，"如果她给我一个正常答案，我又怎么可能会揍她？"

谢必安想了想，开口说道："不管怎么说，你欺负女孩就是不妥。咱们身为男人，要保护女孩，而不是在深夜欺负她。"他顿了顿，又问，"小年到底给出了什么答案？"

"唉。"杜羽摇了摇头，"她说自己既喜欢七哥的风趣幽默，又喜欢八哥的老实本分，只可惜七哥丑陋、八哥体弱，谁都不是合适之选，所以只能看看你们谁对她更好，她才考虑要不要下嫁。"二人听完之后脸色明显都变了。杜羽趁热打铁，又说："本来我以为这样就算了，可你们猜她又跟我说什么？她问我有没有娶妻的打算，因为觉得我会挣钱，跟着我以后能过上好日子。"谢必安跟范无咎虽然知道这番话说得没错，但听完之后心里依然不是滋味。"可我是谁啊？"杜羽大喝一声，"我以前也是大户人家的公子！我有小肚子啊！这我能惯着她吗？上去一个龙爪手就把她的手臂抓伤了，我说：'七哥、八哥悉心照顾了你一年，可我们才认识不到两天，你居然可以说出这种话？我呸！今天我就要替他们俩教训你这个忘恩负义的女人！'"杜羽绘声绘色地表演着，谢必安跟范无咎看得一愣一愣的。

"我不信！"范无咎开口说道，"我要去问问小年！"

"你去吧！"杜羽冷喝一声，"她能承认才有鬼！她若是想承认，刚才便把情况说明白了，怎么会一言不发就跑掉了？"二人自知杜羽言之有理，为难地站在原地，不知所措。"要我说，儿女情远不如兄弟情来得长久。若不是我今天帮你们问明白，估计很快你们就会因为小年而产生隔阂。十几年的兄弟情因为一个女人而瓦解，你们谁都不想这样，是吧？"

二人听后仿佛也想到了什么。之前一直是两个人相依为命，可自从小年来了之后，一切仿佛都出现了细小的变化。他们不再无话不谈，反而经常在心中暗自琢磨。若真的这样下去，二人还会是兄弟吗？

"对了，你们结拜了没？"杜羽忽然开口问道。

谢必安一皱眉头："小杜子，你说话怎么东一榔头西一棒槌的？怎么聊到结拜的事情上了？"

"我就是忽然想到了，所以问问。"

"我们从小相依为命，俨然就是亲兄弟，哪里还需要结拜？"

"不一样！"杜羽一下子来了兴致，"今天的日子正好。大家不仅把话说开了，还体验了一把脱贫致富。此时结拜不仅能体现出你们苟富贵、勿相忘，更能体现出你们情比金坚，以及兄弟情不会被任何人破坏的决心啊。"

"这……"谢必安思索了一下，觉得杜羽说得没错。他一直把范无咎当作兄弟，可他们终究不是亲兄弟，如果就此结拜，从此就真的不分你我了。

"老九，你说得对。"范无咎开口说道，"七哥从小将我拉扯大，在我心中如兄、如父。既然不是亲兄弟，自然应该成为结义兄弟。"

两个人在杜羽的劝导之下已经换了心情。不论小年到底说了什么、做了什么，杜羽的这番话都没错。若不结义成为兄弟，他们始终是两个毫无关联的人。"可此时正逢黑夜，抬头不见苍天，低头不见神明，不适合结拜吧。"谢必安说道，"不如明天……"

"不行！明天不行！"杜羽说道，"俗话说'择日不如撞日'，现在最好了！"虽然他也不知道为什么明天不行，可刚才小年说过要在明天之前让他跟黑白无常之间出现隔阂。尽管他不知道明天到底会发生什么事情，但跟敌人对着干准没错。今天谢、范两人不仅不会出现隔阂，还要在他的监督下变得情比金坚。"谁说黑夜的天就不是苍天了？谁说城隍庙中的引渡使就不是神明了？你们的结拜在他们的见证之下依然真实有效，放心吧！"

二人似懂非懂地点了点头，随即在这阴冷的夜里正式结拜。他们上拜漆黑之夜，下拜冰冷大地。面前的是文武判官，两侧的是牛头马面，周身是阴风阵阵，远处是夜鹰哭号。二人跪下来，冲着天空说道："我谢必安。""我范无咎。"二人说完话之后不由自主地看向了不远处的杜羽。"嗯？"杜羽一愣，随即说道，"我在这儿有点碍事吗？你们忙你们的，不用管我。"

二人皱了皱眉头，没好气地说："你还愣着干什么？过来跪下呀。"

"欸？"杜羽伸出一根手指指向自己，"我也一起结拜？"

"你废什么话呀！"谢必安站起身来一把拉过杜羽，"跟我们两兄弟结拜让你觉得丢人吗？"

"那倒不是，只是我的记忆中没有这一段啊！"

"你又胡言乱语了。"谢必安无奈地摇了摇头，"你自己都说过，将那三千文钱送给我们的时候，就已经把我们当作亲兄弟了。既然当作亲兄弟，为什么不一起结拜？"杜羽还想拒绝，可仔细想想，实在想不出什么拒绝的理由，只能跟着跪了下来。"我谢必安。""我范无咎。""我……小、小杜子。""今日结为异姓兄弟。皇天后土，共鉴此情。六大引渡使，皆为见证。"杜羽根本不知道词，只能假模假样地跟着念，此时才发现原来每个人结拜的时候都会提到后土娘娘，不知道她能记得多少人。"从此生死相托，吉凶相救，福祸相依，患难与共。若背义忘恩，天人共诛。不求同年同月同日生，但求同年同月同日死。"说到最后一句话的时候，杜羽愣了愣。

这七爷、八爷用不了多久就会死啊，那他不直接就陪葬了吗？不死显得不仁义，死了可就真死了。这不是纯粹的道德绑架①吗？这不是故意杀人吗？

谢、范二人没注意到杜羽的细小表情，相继站起身来。从这一刻开始，他们三人就是真正的兄弟了。躲在庙中的小年看到这一幕之后不由得皱了皱眉头："你果然不是那么好对付的……"

天亮之后，几人收拾了行囊，准备继续出门。杜羽也发现，此时的谢、范二人看小年的眼神都有了些变化。虽然三人还是相敬如宾，但他们眼中更多的是兄妹之间的那种关爱，而非男女之情。小年也很识趣地没有多说什么，努力扮演好一个乞丐的角色。

---

① 指人们以道德的名义，利用过高的、不切实际的标准和要求胁迫或攻击别人，并左右其行为的一种现象。

几个人商议好，今日依然兵分两路，但杜羽思忖再三，还是将队伍重新调整了一下。他跟小年、阿愧一队，阿惭与谢、范二人一队。这样分队也是迫不得已。按照昨晚小年的说法，今天可能会发生什么事情，所以他选择把小年带在身边。毕竟她身为一个凡人，不会不顾自己的安危，和她一起他能够安全些。而考虑到未来的惭愧兄弟随时都有来刺杀他的可能，所以他不得不再带上惭愧兄弟二人中的一个，于是选择了受伤较轻的阿愧。受伤较重的阿惭则与谢、范二人一起。他们三人都有功夫，能保护对方，一般的问题难不倒他们。

几人分好了队，来到了街市，没想到这里已经有很多乡亲在等候了。

210 · 红巾明教

乡亲见到众人如约而至，纷纷挂起笑颜。经过昨天一天，两个摊位已经声名大噪，许多人都早早地在此等候，人数跟昨天相比只多不少。整个街市由于这两个摊位的出现，变得像一次大型集会。有意思的是，不远处一个中年人也学着他们的样子开了一个一样的摊位。只是他的胆子没有杜羽大，特等奖"八四零"只有三十文奖金，自然人迹稀少、门可罗雀。两个摊位摆好之后，人瞬间围了上来。他们没有着急开工。只见杜羽和谢必安从口袋中掏出一沓黄纸放在桌上，每一张黄纸上都写着"抵扣券"三个字，这是杜羽昨夜结拜之后连夜赶制的。

"抵扣券……是什么？"有人问道。

"我们这个游戏的规则相信大家都知道了。"杜羽说道，"昨天让很多人摸到'五四三'而输了十文钱。大家都是街坊邻居，我们甚是心痛啊，所以今天紧急设置了抵扣券这个福利。"

乡亲们还是不太明白："那这个抵扣券怎么用？"

"很简单啊。"杜羽说，"只要你们邀请五个亲朋好友过来玩游戏，就可以免费获得一张抵扣券。每一张抵扣券可以抵销一次'输十文'，说白了就是只赚不赔。"

不远处的谢必安在摊位上也向乡亲说明白了抵扣券的规则。大家听完之后暗自思索了一下，这确实是个稳赚不赔的好买卖。只要邀请十个亲戚过来，获得两张抵扣券，至少可以免费玩两次，距离赢一百文的目标又近了一步。很快，众人纷纷散去，不多久的工夫就带来了更多的人。整个浦县县城已经很久没有这么热闹了。杜羽让那些带来亲朋好友的人站到一起，以小队为单位分别游戏，这样可以保证没有人浑水摸鱼。他们虽然推出了抵扣券规则，看起来像是在造福乡亲，可是短短一上午的工夫，就挣到了跟昨天一样的钱。此时的杜羽居然冒出了一个可笑的想法——挣钱挣累了。这是在现代社会无论如何也体会不到的心情啊。

没一会儿的工夫，杜羽收钱收得实在有点累了，便想让小年替他收一会儿，可一回头，身边只剩下阿愧了。"小年呢？"杜羽问道。

"咦？"阿愧环视了一下。小年不知道什么时候不见了。

这丫头，难道……

"糟了！"杜羽大呼不妙，"阿愧，收摊，快！"

阿愧虽然不知道发生了什么事，但也只能听令行事。如果杜羽预料得不错，马上就要出现变故了。二人慌忙地收拾着东西，跟乡亲交代。杜羽跟将剩余的抵扣券发给众人，并告诉他们下次使用也有效，乡亲这才面带不舍地离去。杜羽又说："阿愧，你去让你哥哥他们也收摊，估计要出事！"

阿愧点头答应了一声，但还没等跑开，街头忽然骚动起来了。本来嘈杂的街头现在显得更为杂乱，但杜羽和阿愧眼前满满的都是人，根本不知道问题出在哪里。杜羽皱眉一看，很远的地方似乎有个人被打飞了，仔细看去还扬起了一道血雾。"果然出事了！"杜羽一惊，"赶快去和他们会合！"

人群渐渐变得混乱起来，远处的风波虽然没有传到他们这里，但人群的走向受到了影响。大家不知为何互相撞在一起，一片混乱。杜羽带着阿愧艰难地挤到谢必安身边。他们还没来得及收摊，只把钱拿了回来。"什么情况，小杜子？"谢必安一脸不解地问，"怎么感觉忽然乱套了？"

"我也不知道。"杜羽说道，"远处像是出事了，可我不明白乡亲为什么挤在原地动不了。"

"小年呢？"谢必安问。

杜羽摇了摇头："骚动发生之前她就不见了，我也不知道。"

范无咎皱了皱眉头，说道："咱们好像被围起来了。"

杜羽定睛一看，范无咎说得没错，四面八方的乡亲都走不了，仿佛被什么东西围在中间了。人群非常混乱，大家的叫喊声、小孩的哭闹声响作一团。杜羽隐约听到有人喊了一句："红巾明教的贼人来了！"

"红巾明教，那是什么？"杜羽扭头问道。

"是造反的人。"谢、范二人面色一冷，"上一次他们来的时候就抢走了不少东西，把街上搞得一片狼藉，没想到这么快又来了。"

杜羽仔细思索了一下。明教？"七爷、八爷，尽量别跟他们起冲突。"如果这个明教真是杜羽记忆中的明教，那他们的实力就太强大了，打起来肯定没有什么好果子吃。说完，他扭头跟阿惭和阿愧说道："兄弟，如果真要动手，尽量肉搏，别用法术。"惭愧兄弟默默点了点头。

没一会儿的工夫，杜羽看到人们缓缓地蹲了下来，他们几人也学着样子蹲下。果然，人们蹲下，杜羽发现远处的乡亲被一群戴着红巾的人包围了。他们守住了这个集市的各个出入口，谁都走不了。这些红巾军的脚下还有一些尸体。那些人八成是想逃离这里却被杀一儆百了。

"这些明教的人想做什么？"杜羽扭头问谢必安。

"无非就是抢钱、抢粮。"谢必安没好气地说，"他们打仗需要军费，最快的方式就是从百姓手里抢。"杜羽放眼望了望人群。无论怎么说，他们几人还算安全，毕竟在正中央，离着明教的人还很远。"小杜子，我跟老八去找小年。这里兵荒马乱的，她一个女孩子不安全。"

杜羽皱了皱眉头："七爷，你忘了我说过什么？你现在还这么看重她吗？"

谢必安摇了摇头："小杜子，我们就算只把小年当妹妹，也不可能不顾她的安危。小年长得貌美，若是落在那群明教的人手里，肯定会被抓到军营里去的。"

杜羽思索了一下，拍了拍阿惭的肩膀，说："阿惭，你跟着七爷、八爷去吧，尽量保护他们。"阿惭点了点头，跟着谢必安和范无咎走了。

"各位乡亲不要惊慌、不要害怕！"红巾军里一个看起来像是将领的年轻人说话了，"我们的本意绝对不是伤害乡亲！只是与狗皇帝决战在即，急需军饷，还望乡亲邻里慷慨相助，我常遇春绝不忘这份恩情！"

"常遇春？好家伙……还是个明朝的开国大将。"杜羽用胳膊肘捣了捣阿愧，"兄弟，咱们找个不起眼的地方待着吧。"

"好的，羽哥。"阿愧点了点头，缓缓地往一旁挪动，杜羽紧跟其后。

"你们两个，干什么呢？！"常遇春身边的一个马前卒指着杜羽大喊道，"常将军在讲话，你们去哪儿？"杜羽一愣。这么远居然能被发现吗？马前卒看到杜羽二人没反应，瞬间来了火气："你们聋了吗？给我过来！"

杜羽和阿愧面面相觑。

"要动手吗，羽哥？"阿愧问道。

"不太好办，那个叫作常遇春的将领不能死。"杜羽无奈地摇了摇头，"走一步看一步吧。"说罢，二人就站起身，缓缓地走向了那群红巾军。二人面色如常，仿佛像逛街一般。不一会儿的工夫，二人就来到了红巾军面前。马前卒看了看杜羽，见他怀中抱着一个鼓鼓的布袋："这是什么？"

杜羽低头看了看，说道："钱。"

"这么多钱？拿来！"马前卒伸手一夺，被杜羽挡开了。

"常将军，"杜羽抬头看了看常遇春，"你刚才说急需军饷，希望乡亲慷慨相助，可惜我不是个慷慨的人，这钱不能给你。"

常遇春皱了皱眉头，说道："这位乡绅，我看你谈吐不凡，应当不是个凡夫俗子。你只要答应效忠明教，日后定有享不尽的荣华富贵。狗皇帝元顺已经危在旦夕，我大明一统天下指日可待。"

"常将军，我很敬佩你的为人，不但勇猛无比，而且忠心耿耿，可是明教喜欢斩杀开国大将，确实不太吸引我，对不住了。"

"笑话，主子待我们恩重如山，怎会斩杀我们？"常遇春面色微怒，"我好言相劝，你们却无动于衷，难道真的要我当个不仁不义的人吗？"

杜羽没好气地看着常遇春，心说：就算不仁不义，你又能怎么样呢？

只见常遇春扭头看了看马前卒，使了个眼色。马前卒点了点头，直接带人围了上去。杜羽一皱眉头。难道真的要逼他动手？他无奈地摇了摇头，倒不是害怕这些人，只是历史上根本没记载这个桥段。他若是动起手来，后患无穷。"算了，钱我不要了。"杜羽暗叹一口气，将手中的布袋交给眼前的马前卒，"常将军，你好自为之吧。"

常遇春有些不知所措，但既然已经要到了钱，自然不方便再说什么了。可眼前的马前卒仿佛不打算放过杜羽。只见他默默往前走了一步，小声地对杜羽说："杜羽，我说过，因为我是圣七杰，所以你一定会死。"

杜羽一愣，瞬间瞪大了眼睛，死死地盯着眼前这个马前卒："你……"

"我提前一年来到这里，还有第二个理由，你知道是什么吗？"杜羽愣愣地看着他，没有说话。"这么久的时间，我可以同时运营很多个身份，能够有更大的把握将你置于死地。"小……小年？

"来人啊！"马前卒大手一挥，"这二人对常遇春将军不敬，对明王不敬，就地斩杀！"

常遇春虽微微皱了下眉头，但也默许了。一大群红巾军围了上来，纷纷拿起了兵刃。杜羽一脸疑惑。这到底是为什么啊？小年不是个女孩吗？眼前的马前卒可是个五大三粗的汉子啊！他为什么会是小年？

"羽哥，需要我动手吗？"阿愧冷冷地问。杜羽皱着眉头思索着。如今动不动手，情况都很不妙。若是开打，必然要击败常遇春。常遇春若在此战败，朱元璋就难重用他，说不定会对历史产生长远的影响。可若不动手，难道让小年得逞吗？"不能动手，咱们只能跑。"杜羽很快做出了决定，回头小声对阿愧说道。

"明白了，羽哥，我会尽全力保护你离开。"阿愧说道。

"你明白个屁。"杜羽没好气地回头看着阿愧，"什么叫尽全力保护我离开？你也不能有事，听到没？"

"这……"阿愧受宠若惊地看着杜羽，"羽哥，我只是个下人，和你比起来……"

"胡说八道什么呢？"杜羽疑惑地盯着阿愧，问道，"自从认识你以来，我哪一次把你当作下人了？"

"好像……确实没有。"

"如今你有伤在身，出了问题，我会保护你的。总之，先想办法离开，这些人不能被咱们杀死。"阿愧这才点了点头，心中对杜羽的尊敬之情又多了几分。"常将军，"杜羽叫道，"我们把全部家当都给了你们，你们却还要对我们痛下杀手，难道这就是明教的处世之道吗？"

常遇春面色一变。本来他不想对杜羽二人下手，可是自己的马前卒已经放出了话来，如果此时反悔反而更加不妥。"这位乡绅，你方才确实对明王不敬。若我们置若罔闻，明教的威信何在？"常遇春说道，"今日杀你为的不是个人恩怨，为的是我明教大义，为的是拯救百姓于水火，为的是终结这个乱世。"

"哟呵，你还一套一套的？"杜羽没好气地吐槽，"大明一旦拿下江山，你离死也不远了。”

“休要再妖言惑众了。张琦，动手吧。”

马前卒点了点头：“是！”

杜羽看了看这个马前卒。现在他叫张琦？可他就算再怎么改名字也是一个凡人啊。“本来我还想放你一马，可仔细想想，你实在是太危险了。”杜羽面色一冷，伸手便向着张琦袭了过去。这一下速度奇快，凡人定闪躲不开。那张琦却面不改色，拿起武器赶忙往胸前一挡，只听“当”的一声巨响，他居然硬生生地扛住了杜羽的攻势，但也连退了几步。杜羽实在想不明白了。如果这个张琦是小年易容的，为什么实力也发生变化了？

“你还敢先动手？！”被叫作张琦的马前卒面露怒色，“反抗红巾军，死路一条！”

还不等杜羽想明白发生了什么事，远处忽然传来了谢必安的叫喊声：“小杜子，找到小年了，撤！家里集合！”

“找到小年了？！”杜羽一惊。什么情况？

虽然杜羽一头雾水，但谢必安说得没错，确实该撤了。而他所说的“家里”，应该就是城隍庙了。“阿愧，分头走，家里集合！”阿愧微微一点头，跟杜羽二人一左一右飞身而出。

常遇春一愣，此时才发现这两人的身手都不简单。若他们刚才选择飞身而出杀死他，他怕是抵挡不住。“常将军，我去追！”张琦大喊一声就冲着杜羽跑掉的方向追了出去。杜羽脚踏几个乡亲的肩膀，辗转腾挪，很快就从人山人海的街市逃了出去，可来到街上才发现这里基本上站满了红巾军。他们看到杜羽形迹可疑，纷纷追了过来。

“怎么这么多人？”杜羽左思右想。现在绝对不能回到城隍庙，否则大伙就被一锅端了。他没头没脑地跑了一会儿，发现自己实在无处可去，只能慢慢停下了脚步。身后的十多个红巾军看到杜羽停下，谨慎地包围了过来。“兄弟们，行个方便，别跟着我了。”杜羽说道。

“你到底是什么人？百姓应该都被围在街市，你是怎么出来的？”

“我怎么能是百姓呢？”杜羽叹了口气，“你们官阶太低，不认识我也正常。我现在着急去给明王报信，你们若是挡路就死定了。”

十多个红巾军一愣，心说：这人难道是个大人物？一个看起来像队长样子的人上前一拱手，说道：“这位将军，不是小的们不相信你，只是与狗皇帝决战在即，任何情况都有可能发生，小的们自当小心行事。"

"是的。"杜羽点了点头，"你们警惕性很高，这点值得表扬，一会儿我会跟常遇春美言几句的。"

杜羽刚要走，又被几人拦下了。"这位将军，小的还没说完。您是大人物，自然知道今天的暗号是什么吧？"

杜羽皱了皱眉头，看了看几人："说到这个，我有点上火。"

"上火？"

"是啊，今天的暗号实在是太难记了。"杜羽摇了摇头，"我早就说过今天的暗号不行，常遇春却跟我说暗号这个东西只是以防万一，不一定能用上，可现在呢，这不是用上了吗？"

几个人面面相觑，赔着笑脸问道："今天的暗号还挺好记的……您如果真的有紧急任务在身，就将暗号说出来，小的也好放您通行。要不然真耽误了军情，小的也担当不起。"

杜羽的眼珠子转了转，开口问董千秋："千秋姐，你看得见我吗？"

"看不见……"董千秋默默地说道。

"那你听得见吗？"

"你说呢？"

杜羽苦笑了一下又问道："你知道明教今天的暗号是什么吗？"

"杜羽，你把我当什么人了……我怎么会知道啊？"

"唉……"杜羽叹了口气。最后的这点希望也没了。他只能冲着那个小队长挥挥手，说道，"兄弟，你附耳过来，我把暗号说给你听。"

小队长点了点头，靠近杜羽，将耳朵凑了过去。

"今天的暗号就是……"杜羽面色一冷，手掌一伸，冲着小队长的后脖颈劈了过去，"啊哒！"小队长一愣，不由得伸手捂住了自己的后脖颈，呆呆地望着杜羽。杜羽冷笑一下，说道："别撑着了，该晕倒的时候就要晕倒。"

小队长面色一变，大吼道："疼死我了，你干吗啊？"

"欸？"杜羽吓了一跳，"你怎么不晕啊？照理来说，有人猛击你的后脖颈，你就应该晕了。"

董千秋默默地叹了口气，说道："杜羽，你真该少看点电视剧，这样打，谁都晕不了。"

杜羽自知失算了，本来想把这些人不动声色地全都打晕，可现在看来根本行不通啊。只能杀了他们吗？眼前的十多个红衣军自然知道杜羽并不是什么高层人员，而是一个信口胡诌的乡野匹夫，于是纷纷抽出了腰间的武器。不等杜羽再跟他们谈谈，远处一个人飞身过来，直接踢倒了一个红巾军。杜羽一看，居然是范无咎，可他孤身一人，没有谢必安。

"八爷，你怎么来了？"

"杜羽，我和他们走散了。咱们先想办法脱身，一会儿去跟他们会合。"

"哦……"杜羽默默地点了点头，"好的，八爷。"

范无咎一边咳嗽，一边击倒了几个红巾军，看起来虽然非常能打，但依旧虚弱。十多个红巾军哪里是范无咎跟杜羽的对手，很快就招架不住，纷纷倒地了。范无咎扶着墙咳嗽了半天，才缓缓地站起身来："杜羽，你没事吧？"

"我没事。咱们现在去哪儿？"杜羽问道。

"回城隍庙吧。"

"不好吧。"杜羽说。

"没什么不好，已经没有人跟着咱们了。"

"就算没有人跟着咱们也不行啊。"杜羽说。

"为什么不行？"范无咎一脸疑惑地看着杜羽。

杜羽挠了挠头，说道："去城隍庙的话，不就见到真正的范无咎了吗？那你这个冒牌货还怎么杀我？"

"范无咎"听后面色一冷，瞬间不再咳嗽了，缓缓站起身来，看着杜羽。过了好一会儿，他才笑了一下，说道："真是奇怪啊，你怎么发现我是假冒的？"

杜羽无奈地摇了摇头："你这扮得也太不细致了。我来到这个传说里后，从来没有跟范无咎说过我叫杜羽。对他来说，我是阿羽、老九、小杜子，可偏偏不是杜羽。你却一口一个'杜羽'，叫得这么亲切，我想不发现都不行啊。"

"范无咎"哈哈大笑了几声，伸手摸了摸自己的脸，问道："别的不说，你就看我的扮相，像不像真正的八爷？"

杜羽点了点头："这个不能否认，你确实扮谁像谁，我有点明白你为什么会是圣七杰了。"

"范无咎"听完之后明显很高兴，拿出一块手帕擦了擦自己的脸，露出了一个陌生女人的容貌。她的真实样貌既不是小年的，也不是张琦的，反而是另一个人的。"杜羽，你一直都是我唯一的观众。"

212·动手了？

杜羽饶有兴趣地看着面前这个陌生的女人。她的容貌并不是十分美丽，反而有些平庸。或许是因为素颜？毕竟之前那些扮相都是她化的装。这样想来，不管是小年、张琦，还是眼前的"范无咎"，通通都是她用易容术假扮的，可杜羽想不明白，她的实力为什么会随着扮演人的不同而发生变化呢？"我是你……唯一的观众？"杜羽思索了一下，说道，"你是说未来的我吧。"

"当然。"女人微微点了点头，"只可惜，这次以后，再也不会有人欣赏我的表演了。"

杜羽觉得现在是个好机会。这个爱化装的女人看起来很好沟通，说不定能从她嘴里套出更多关于圣的信息。"我有件事一直想问……"杜羽说道。

"你问吧。因为是你，所以我都会回答，毕竟这次传说之后，我就再也不能跟你说话了。"

杜羽皱着眉头，看着眼前的女人："这就是我的问题啊——圣为什么这么想杀掉我？他如果想消失，直接自杀啊，效果不是一样的吗？为什么要为难过去的我呢？"

"哈哈。"女人笑了一下，说道，"那是因为有些事他已经做了，而你还没做。杀掉你，能够挽救他存在的未来。"

"那这也太自私了吧。"杜羽有些不能理解，"他可以换个方式啊，比如告诉我什么事该做、什么事不该做，我说不定也会答应的啊。"

"就是因为你绝对不会答应，所以事情才变成了现在这样。"女人一边说话，一边从乾坤袋里掏出了一件红巾军的衣服。

"他怎么知道我不会答应啊？！"杜羽感觉未来的自己也太不讲道理了，"不如你现在就告诉我，我到底会做什么出格的事情，这样我可以提前规避一下，你让圣别这么辛苦了。"

"那不行。"女人开始伸手解衣服上的扣子。

"喂，你干吗啊？"杜羽愣愣地说。

"麻烦你转过身去，我要换衣服。"

杜羽无奈地转过身去，心说：这女人到底怎么回事？怎么当着我的面就开始换红巾军的衣服了？"喂，为什么不行？"杜羽背对着女人，又问道。

"因为圣说过，你们的历史就像是一辆失去了刹车的火车，正在义无反顾地奔向毁灭，就算我们杀掉车上的所有人，火车也不会停。想要制止这辆失控的火车，只能将轨道破坏，把火车掀翻，提前赐予它毁灭。"

"好家伙，我听完之后更糊涂了。"杜羽摇了摇头。

"我换好了，你转过身来吧。"

杜羽转过来，发现这女人穿衣服的速度真的很快，她现在已经换上红巾军的衣服了。她又拿出一堆化妆品，开始在自己脸上擦粉。"我还有个问题。"杜羽说，"圣就这样光明正大地派人到传说里杀我，传说管理局里的其他人不管吗？我那些仙界的朋友都不管吗？"

女人一边擦粉，一边回答道："大家都死了，谁管？"

杜羽听完这句话犹如五雷轰顶，短短的几个字他却理解了一分多钟。"大家都死了？"杜羽愣愣地说，"你是说，未来的世界，只剩我自己了？"

"那倒不是。"女人摇了摇头，"你还有圣七杰。"

这就更诡异了啊！杜羽实在想不明白。难道西王母也死了？仙界的几个天尊都死了？那数量庞大的大罗金仙、真仙、上仙、阴仙、散仙全都死了？！"你是在跟我开玩笑吗？你已经在这个传说里欺骗了我这么多次，以为我还会相信你吗？"杜羽说道。

"哦？"女人的半张脸已经化成了张琦的，看起来很怪异。她思索了一下，撇着嘴说道："我在这个传说里欺骗过你吗？你仔细回忆回忆，我说的每一句话都是实话呢。"杜羽不敢去想。万一这女人说的是真的，那他太难接受了。"问题也问得差不多了吧。"那女人化完了妆，一开口，声音都变了，俨然是刚才那个张琦的。

"你要做什么？"

"做什么？"女人从乾坤袋中掏出一个烟火，拿出火折子点燃了，"当然是继续和你相爱相杀呀。"话音刚落，烟火冲天而起。"我先叫人过来，不然我自己打不过你。"张琦说道。

"烦死了。"杜羽大骂一声，抬腿就跑。他肯定不能杀了常遇春啊。可是他现在能去哪儿呢？现在想来，既然小年是那个女人化装而成的，可为什么刚才谢必安会说"找到小年了"？他说"找到小年了"的时候，张琦也在啊。这不是太奇怪了吗？"总之……先回城隍庙看看吧！"

杜羽躲开街上的红巾军，专挑小道往前走。没多久，一股浓烟映入了他的眼帘，他放眼一望，城隍庙的方向居然燃起了大火。他心说不妙，赶忙又往前跑了几步，果然看到城隍庙已经被人放了火，一股烧焦的味道扑面而来。"糟了……这可怎么办？"城隍庙一烧，没有了会合的地点，该去哪里找他们呢？杜羽躲在暗处，正在思索如何是好，却见到街上的红巾军骚动了起来。远处有人过来通风报信，红巾军们便舍弃了巡逻的地方，纷纷向街市的方向跑去了。

"街市出事了？"杜羽看着红巾军跑远，不由得心生疑惑，"街市那边是一群手无寸铁的老百姓，还有谁能让红巾军这么慌张？"难道……杜羽感觉事情不太妙。那几个人不会跟红巾军在街市动手了吧？想到这里，他赶忙跟了上去。一路上，杜羽发现街上的红巾军居然不见了踪影，不由得有些担心。街市到底出了多大的事情，需要加派这么多的人手。没多久的工夫，杜羽来到了街市。映入他眼帘的景象让他震惊不已——谢必安、范无咎和阿惭浑身是血地站在那里，脚边全都是红巾军的尸体。剩下的红巾军将他们团团围住，常遇春一脸惊恐地看着三人。反观那些乡亲，几千人居然都忘记了逃跑，呆呆地看着眼前这一幕。

杜羽赶忙跑了上去，直接推开了包围他们的红巾军，担心地喊道："七爷、八爷，发生什么事了？"

杜羽仔细一看，发现这二人身上的血都不是自己的，应当是那些红巾军的，可是阿惭的情况仿佛不太妙，他的身上又多了几处伤口。"羽哥，放心，我会听你的话，拼死保护七爷、八爷。"

杜羽着急地大喊道："你们两兄弟怎么一个德行啊？你就当我说的话是放屁不行吗？你自己也要注意安全啊。"

"小杜子……"谢必安缓缓地抬起头看了看杜羽，随即又把头低了下去，开口说道，"小年死了，这些人都得偿命。"

杜羽一愣。小年死了？！杜羽扭头看了看范无咎，说道："八爷，你刚才不是说找到小年了吗？到底是怎么回事？"

范无咎无奈地摇了摇头："都怪我，是我保护不周……七哥明明把小年托付给了我，我却没有保护好她……"

谢必安回过头来恶狠狠地看着范无咎，说道："你这个病痨鬼，为什么不一起死了？"

杜羽一愣："七爷，你说的这叫什么话？！这是对兄弟说话的态度吗？"

范无咎懊恼地不断摇头："七哥说得没错，都是我的错……"

谢必安一把抓住范无咎的衣领："现在说这些还有什么用？！小年笑你体弱，所以你怀恨在心，趁机害死了她，是吧？"

范无咎也有些生气了，回道："我承认我没有保护好她，可为什么要害死她？她也说过你丑陋，难道你也恨她吗？"

"喂，八爷，你怎么也这样啊！"杜羽惊呼一声，"你俩都先冷静点好不好？"

"你……"谢必安咬着牙说道，"好呀，你把实话说出来了是吧？跟我这个丑陋的人结拜，给你丢人了是不是？！"

范无咎也抓住了谢必安的领子，大吼道："我可没那么说，是你自己多想！你明知道我体弱，却让我带着小年，难道就没有责任吗？"

"你……"

"喂喂喂！"杜羽觉得不太妙，赶忙上去按住两人，"你俩有话就好好说，别动手啊！"杜羽把两人强制分开，实在是不太明白——这里为什么会有小年啊？难道那个女人不仅会化装术，还会分身术？"七爷、八爷，你俩先别吵。小年的尸体在哪里？能不能让我去看看？"

两个人都气冲冲地看着对方，谁都没有动。

"真难办……"杜羽回头看了看阿惭，"阿惭，你身体怎么样？"

"还好，我感觉不到疼痛。"阿惭缓缓地说。

杜羽这才算看清阿惭身上那些触目惊心的伤口，瞬间气不打一处来。身后这俩傻子还在为了那个女骗子斗嘴，阿惭受了这么多伤，他们却装作看不到。不等杜羽说话，谢必安跟范无咎又拉扯在了一起。杜羽真是忍无可忍，一咬牙，回头一脚就踢倒了谢必安，转身又一拳打在了范无咎的脸上。二人没想到杜羽会忽然发难，一时间都愣住了。"你俩有完没完？来，打！我看着你俩继续打，今天你俩谁不打死对方谁就是乌龟王八蛋。"

　　谢必安跟范无咎一愣，仿佛被杜羽的变化吓坏了。身旁的红巾军和乡亲也呆住了，不知道眼前是什么情况。

　　杜羽把身后的阿惭往身边一拉，指着他身上的伤口，说道："瞧见了吗？我兄弟为什么受伤？要不是为了保护你们这两个傻子，他会受伤？！"

　　二人这才看到阿惭身上触目惊心的伤口，不由得都张大了嘴巴。谢必安："阿惭兄弟……你受了这么重的伤？"

　　"没关系的，七爷，我感受不到疼痛……"

　　"没关系个屁！"杜羽大骂一声，"阿惭兄弟身上本来就有伤。你们可以在这儿任性妄为，他可是拿命在拼啊！你们对得起他吗？！"

　　谢必安跟范无咎从小就是乞丐，庙里的老乞丐死得又早，自然没有人这样严厉地教育过他们。一时之间，他们竟不知道该怎么回答。"我们……"

　　"而我呢？"杜羽说道，"我都跑到城隍庙了，看到红巾军都往这里跑，担心你们出事，马不停蹄地赶过来。尽管有几百个人围着你们，但我还是担心你们有没有受伤，所以一定要进来看看。"杜羽伸手指着身旁的红巾军。由于离得实在太近，杜羽的手指都快戳到红巾军的脸上了。"可是现在呢？"杜羽无奈地摇了摇头，"好家伙，你们挺自在的，我兄弟快送命了！"杜羽一抓阿惭的小臂，跟二人说道，"罢了，俗话说得好，'烂泥扶不上墙'。以后你俩的事我不管了，我这兄弟也不跟你俩玩命了，你们就在这儿打，谁打死了对方算谁厉害，活下来的那个再把这些红巾军杀了。以后咱们也没关系了，老死不相往来，各过各的。"

　　杜羽说完便要走，可是红巾军哪里会让他走，纷纷包围了过来。只见杜羽脸色一冷，伸手爆发惊天神力，直接将眼前的一个红巾军击飞数十丈。所有人都张大了嘴巴。在场的皆是凡人，谁见过如此阵仗？"你们这些明教的人也是给脸不要脸。"杜羽抬头望着常遇春，"我给了你多少次面子，你还纠缠个没完？我兄弟身上的伤暂时不跟你算，可你要是再敢拦我一下，我就让你从历史上除名。"

　　常遇春可真是吓了一大跳，知道杜羽绝对没有虚张声势，赶忙跟手下说道："不可阻拦，快放这位壮士通行！"

"小杜子，"谢必安终于算是想明白了，"等等！"

"怎么了？"杜羽没好气地回头看着谢必安，"谢先生，你还有事？"

"是我们不好。"谢必安羞愧地说道，"你昨晚和我们说过的话，我们一着急都给忘了。"

范无咎也说道："是的……虽然小年死了我很心痛，但七哥跟我的感受应该是一样的，我不该那么说。"

杜羽缓缓地叹了口气，刚才的怒火也消了一些。"道歉。"杜羽说道。

"啊？"

"你们跟阿惭道歉。"

阿惭一听可吓坏了："羽哥，没这个必要啊……"

"不，很有必要。"杜羽看了看谢必安跟范无咎，"我需要给他们建立一个正确的三观。为了一个身份不明的女人吵得兄弟反目，将来还怎么成大事？"

"阿惭兄弟，真是对不起。"谢必安说道。

范无咎也冲阿惭点了点头，说道："抱歉了……"

"很好。"杜羽点了点头，"握握手。"

"握手？"

"是的。"杜羽指了指他俩，"身为兄弟，你俩握个手，这事就过去了，不能记恨。"二人在杜羽的指挥之下，将手握在了一起。"这样才对！"杜羽叹了口气说道，"兄弟之间哪儿有深仇大恨？"说完，他回头看了看常遇春，说道，"我们兄弟几人想要对付你们易如反掌。我劝你见好就收，不要再徒增伤亡。"

常遇春知道这一次确实碰到了硬茬。这几人的身手太过了得，继续打下去必然全军覆没。他自然也不敢再向乡亲索要财物，赶忙下令收兵。虽然杜羽没说，但红巾军还是放下了从百姓那里敛来的财物，井然有序地退出了蒲县。街上留有许多尸体，但放眼望去皆是红巾军，没有一人是寻常百姓。"你们带我去看看小年的尸体，我对这件事还存有疑问。"等到红巾军走远了，杜羽才开口说道。

几人刚要走，百姓却围了上来，纷纷跪倒在谢必安跟范无咎眼前。"大英雄啊！"乡亲叫喊着。

"大英雄？！"几人一愣，不明所以。

一个乡亲说道："两位刚才手刃了几十个红巾明贼，是活脱脱的反明英雄啊！"

反明英雄？杜羽第一次听到这个词，感觉很新鲜。但他转念一想，这个县的百姓一直都被明教骚扰。难怪在他们心中那些戴着红巾的都是贼，杀死红巾军的都是英雄。可若有朝一日明朝夺了天下又会如何呢？这些乡亲还会把明教当贼吗？百姓纷纷将刚才红巾军归还的财物拿出来，要送给谢、范二人。"这怎么能行？！"谢必安赶忙拒绝，然后说道，"各位乡亲快快请起，我和老八从小是吃百家饭长大的，一直以来蒙受大家的恩惠，怎么可以再收乡亲的财物？"可乡亲死活不肯起来，非要谢、范二人收下不可。

"这样吧……"谢必安实在拗不过他们，于是说道，"这些东西就当我们寄放在大家那里的。以后我们去讨饭的时候，大家再给我们，如何？"

百姓这才作罢，纷纷站起身，夸奖二人的英勇事迹。杜羽不太确定现在的情况是否正常。谢必安跟范无咎注定要成为反明英雄吗？还是说这是此次传说才有的特殊情况？毕竟他们是为了小年才动手的啊。

告别了各位乡亲，杜羽和阿惭跟着谢、范两人来到了昨日吃饭的餐馆。这里已经人去楼空，一楼大厅里躺着一个少女的尸体，阿愧正在一旁守着。"到了，小年就在那里……"谢必安指了指，没敢看。杜羽走过去，跟阿愧打了招呼，便开始查看起小年的状况。正如谢必安所说，小年已经死了。看个头、长相、穿着，这个女生俨然就是小年。她的身体非常冰冷，血似乎流干了。"七爷、八爷，小年是怎么死的？"杜羽问道。

范无咎微微叹了口气，满眼悲伤地说道："我们找到小年之后发现她昏迷了，七哥便让我背着她，一起杀出重围。可是红巾军实在太多，我背着小年行动更加不便，没多久的工夫就受了伤。身后的小年被他们刺中了心脉，没多久就……"

杜羽翻看了一下小年的尸体，确实被人从身后刺中了心脉。若他不知道小年的真实身份，这一切看起来都非常合理。可杜羽怎么想都觉得不太对。他伸手一摸小年的脸。果然……这个小年的脸上擦了粉，应当是那个女人找了一个身材相近的乞丐，替她乔装打扮了。杜羽又翻看了一下这个女孩的手，改变了想法。这个女孩的手掌过于白嫩，有可能根本就不是乞丐，只是一个可怜的替死鬼。那么现在要怎么办呢？直接站起身来告诉谢、范二人这不是小年吗？

杜羽微微思索了一下就打消了这个主意。不……不能告诉他们。他必须说死的确实是小年。小年死了反而更好。因为这样一来，他们二人就再也没有敌对的理由了。杜羽觉得自己还算聪明，这也算是将计就计了。既然你想营造小年死了的假象，我便帮你一把。你以为用小年的死就可以让谢必安和范无咎反目，那实在是……杜羽的思绪忽然停止了。等等，那人是谁？是自己啊。自己会料想不到现在这个局面吗？那个精通化装术的圣七杰已经主动暴露了身份，所以自己肯定会知道小年的尸体有问题，只需要摸一摸她的脸，就知道她是化装假扮的。可圣为什么要使出这么一个拙劣的计策呢？明明可以让小年这个人物失踪，这样对大家都好。可他却硬要营造一场拙劣的死亡。杜羽知道这是第一次自己和未来的自己的正面交锋，他必须比圣想得更多、看得更远，才有可能赢下这一局。如此想来便只有一个可能——圣料到杜羽会看破不说破，杜羽若不说破这件事，便对他有利。杜羽仔细推断着圣的意图。上一次他因为发现了小年的破绽而急于行事，险些吃了亏，这次可不能重蹈覆辙。杜羽又看了看这个女孩白嫩的手掌，忽然发现了一丝异样。

"原来如此，我明白了……"杜羽苦笑一下。他险些又中计了。圣果然不是寻常人物，会用这种逆向思维来对付自己。若他在这里断定死的人就是小年本人，那下一步，所有的矛头都会指向他。那个时候杜羽就百口莫辩了。"七爷、八爷，死的人不是小年。"杜羽坚定地说道，"你们看她的手腕，并没有昨晚被我抓伤的印记。"

214 · 独立的记忆

二人听到杜羽如此言说，赶忙上前来翻看小年的手腕。果然，昨天晚上小年的手腕上还有几道血痕，此时却消失无踪了。"所以这是什么意思？"谢必安不解地问道，"小年呢？"杜羽虽然很心疼这个白白冤死的姑娘，可连对方是谁都不知道，只能伸手在这个姑娘的脸上擦了几下，让她露出了真容。谢、范二人纷纷惊呼出声，这才明白原来有人给此人化了装，让他们误以为死的是小年。

"原来如此……有人杀了这个姑娘，把她扮作小年，妄图挑拨我和老八的关系。"谢必安喃喃自语，"可是谁会这么做呢？这个人同时认识我们三个，而且对我、老八和小年都非常了解……"

杜羽苦笑了一下。若是他刚才一时之间没有想明白，坚持认定死的人就是小年，等到谢必安发觉异样，那情况可就大不一样了。谢必安口中所说的那个嫌疑犯就只能是他了。谢必安虽然有些怀疑杜羽，可知道杜羽既然自己戳破了这个骗局，就肯定不是始作俑者。

"可是真正的小年去哪儿了？"范无咎愣愣地问道。

"你们说……有没有这么一种可能，"杜羽试探性地问道，"七爷口中所说的那个很了解你们的人，就是小年本人。"

"你是说……"谢必安的头脑本就很聪明，杜羽稍微一点拨，他就明白了杜羽的意思，"小年……她自己诈死，想让我和老八自相残杀？"

"是的，我也只是猜测。"杜羽回答道。

"可是不应该啊……"谢必安疑惑地看着杜羽，"她为什么要这么做呢？"

"可能她有别的身份？"杜羽试图让七爷、八爷接受小年是个坏人的设定，可似乎没有那么容易，"万一她是红巾军或者是你们的仇家。"

"这个观点我不敢苟同。"谢必安摇了摇头，"她如果真的有别的身份，为何要跟我们度过一年左右的时间呢？"

"可能……为的是让你们放下防备，然后杀掉你们。"杜羽又说。

"那更不可能了。"谢必安摇了摇头，"我和老八早就放下了对小年的防备。小年如果想在睡梦中杀死我们，那早就成功一百次了。"

杜羽也不知道该如何解释小年确实有别的目的。这个目的他说不出口。总不能说"小年接近你们是为了把我引到这里，然后杀我"吧。"既然如此，你们就当我是胡说八道的吧。"杜羽说道，"我可能误会小年了。"杜羽自知如果一味地往小年身上泼脏水，反而会适得其反，引起七爷、八爷的反感，所以只能见好就收。

几个人出了餐馆，杜羽到药店给阿惭和阿愧买了新的刀伤药和纱布，然后细心地给他们重新包扎好。他们的身体很结实，这才过去了两三天，伤口都有愈合的迹象了。药店老板见到过来买药的人当中有谢必安跟范无咎，无论如何都不收钱。看来经过今天一战，二人已经得到了这条街上的乡亲的尊敬了。其间，杜羽告诉了七爷、八爷城隍庙已经被大火焚烧的消息，二人震惊不已。虽说那座城隍庙非常破烂，但也是他们住了二十年的家，他们无论如何都想要回去看看。

此时天色将晚，几人确实没有任何地方可以过夜，只能回到了城隍庙中。大火已经渐渐熄灭，整座城隍庙散发出一股难闻的烧焦气味，许多角落的余烬还在噼啪作响，但好消息是这里没有那么冷了。就算他们身在城隍庙中，也依然无片瓦遮头。房顶已经全部坍塌，抬头便可望向那无垠的星辰。

"这里完全没有我们存在过的痕迹了。"谢必安失落地说道。

"这些红巾军的胆子也太大了，城隍庙也敢烧，不怕神仙怪罪吗？"范无咎看着废墟愤怒地说。

杜羽也不知道火烧城隍庙到底演的是哪一出，貌似不是那个圣七杰干的，因为城隍庙着火的时候杜羽正和她待在一起。这样想来，难道真的是明教的人吗？看来他们接受不了除明王外的其他神仙啊。

几个人静静地站在这城隍庙的废墟中，想找一个地方坐下都不行。一声惊呼不知道从哪里幽幽地传出来："妈呀，老娘的城隍庙被人烧了？"

杜羽一愣，抬起头来问几人："你们刚才听到有人说话了吗？"

谢必安也一愣："好像有什么奇怪的声音……"

"估计是街上溜达的大婶吧。"范无咎说。

杜羽疑惑地抬起了头："街上的大婶？刚才那个声音我应该在哪里听过啊……"

"这也太不给老娘面子了啊。"那个声音又响起来了。

"我去！"杜羽这才反应过来这个声音的主人是谁。这里可是城隍庙啊，是专拜阴仙的庙啊！他赶忙转身在四周寻找着。难道她会在这里出现吗？这个剧情对吗？谢必安跟范无咎看到杜羽的表情变了，学着他的样子向四周看去。果然，一个女人不知道何时出现，站在了六大引渡使破碎的雕像旁边。"哎，这个大姐是谁啊？"谢必安愣愣地看着那女人的背影。他们进来的时候并没有看到人，刚才一直在出口处，也没有见到有人进来啊。杜羽皱了皱眉头，完全不知道如何应对眼前的场面。那女人缓缓地回过头来，露出了一张美貌和俊俏并存的脸："哎，你们叫谁'大姐'？老娘我……不，是本宫……本宫有那么老吗？"

还不等他们回答，女人就看到了杜羽。"哎呀！"她大喊一声，"是你呀！老娘……不，本宫好久没见到你啦，怎么了？这里也有老虎需要你审判吗？"杜羽实在有点蒙了。后土娘娘到底是记得他，还是不记得他？现在是元末明初，距离唐朝崔珏断虎的故事都过去四五百年了，她怎么一眼就把他认出来了？"领导，你这记忆都是相互独立的吗？你记性这么好，怎么老把我给忘了啊？"

"忘……"后土娘娘的脸色变了变，"老娘曾经忘过你？老娘的记性不太好……如果忘掉了什么事，你多多担待。"

"小杜子，你认识这个大姐？"谢必安问道，"她是谁啊？"

"得了，咱们快跪下吧。"杜羽无奈地摇了摇头，"这位可是后土娘娘。"

"后土娘娘？！"二人听完之后没有立刻跪下，一脸不可思议，"后土娘娘不是个神仙吗？怎么会站在这儿啊？"

杜羽感觉谢必安这句话问得有点怪："神仙为什么不能站在这儿啊？"

"不，我是说……为什么神仙会来到这里？你又为什么认识神仙啊？"

"呃，这……"杜羽想了想，"这事说来话长了，咱们就先不聊了。总之，你们先给这个领导行个礼吧，以后官运会旺一些。"

谢必安一愣："官运？她不是神仙吗？神仙还能给我们官运吗？"

"七爷，你怎么那么多问题啊？能不能听我一次？"

范无咎也插话道："我还是不信，她怎么可能是后土娘娘？年画上的后土娘娘都是老太太。她长得太漂亮了，跟年画不像。"

"哟呵！"杜羽吓了一跳，"八爷，你真是一表人才啊，我从来没想到你这么谄媚。"

"谄媚？我没有谄媚。"范无咎一脸严肃地说，"我只是说实话而已。"

范无咎的这句实话可说到后土娘娘的心坎里了。

"老娘很美吗？"她问道。

谢必安端详了一下后土娘娘的容颜，说道："确实挺美的，比年画上的后土娘娘好看太多了。"

"嘿！你们两个小子还挺会说话的嘛！"后土娘娘走过来一把就搂住了谢必安跟范无咎，"你们这身子骨的构造也很奇特，估计很能打吧。"

二人有些吓坏了。这后土娘娘跟年画上的不一样也就罢了，怎么性格跟个男人一样？

"我们会一点功夫。"谢必安说道。

"太好了，你们有没有兴趣现在就死？"后土娘娘说，"老娘都找一百多年了，还差最后两个就齐了。"

谢必安和范无咎一听可吓坏了。什么叫作"现在就死"啊？

后土娘娘转头问杜羽："小子，你不是说过吗？老娘总共要找八个人。现在你在这里，说明老娘来对了，是吧？"

杜羽深吸了一口气，没敢说话，要是点头称是，这个传说岂不是就直接完成了？可明明少了一大段内容啊。七爷、八爷应该不是被后土娘娘弄死的吧？不等杜羽说话，谢、范二人开口了。"后土娘娘，我们还没活够，不想死……"范无咎说道。谢必安赶紧赔笑，对她说："对对对，您长得这么漂亮，应该不会这么心狠手辣吧？我们虽在城隍庙里白住了二十年，可对您一直敬爱有加，不曾怠慢过……"

后土娘娘疑惑地看了看他们两人："原来你们不是老娘要找的人吗？那老娘去哪里凑最后两个呢？"她一扭头，看到了阿惭和阿愧。

215 · 城市管理者

杜羽也扭头看了看："欸？！领导，你看他们俩干吗？"

后土娘娘坏笑了一下，说道："哎呀，在此相遇也是缘分嘛！让老娘问问他们也无妨！"

"别别别……"杜羽赶忙上前拦住了后土娘娘，"我这两个兄弟不是你要找的人。"

阿惭和阿愧也有点害怕，眼前这个女人体内蕴藏的灵力太过惊人了，而且见面没几分钟就问别人"有没有兴趣现在就死"。若不是杜羽帮他们拦住她，谁也不知道会发生什么事。

"那老娘要找的人到底是谁啊？"后土娘娘有点不耐烦了，"老娘已经找了很久，马上就失去耐心了。你身边站着四个人，哪一个都不是吗？还是说……"后土娘娘扭头看了看杜羽，"还是说你改变主意，准备去老娘那里当差了。"

"哎呀！"杜羽把后土娘娘拉到一旁，说道，"娘娘，你有点偏执了，这种事情急不来啊。"

"老娘现在情况有点特殊，想赶紧找个地方藏起来，要不然会有很多麻烦的……"

"我明白，我明白。"杜羽小声和她说，"我也实话告诉您，那边两个乞丐就是您要找的人，但现在还不是时候。"

"现在不是时候？"后土娘娘一愣，"那啥时候才行？"

"很快了。他们很快就会死，等他们死后，你就可以招揽他们了。"

"真的？"后土娘娘欣喜地说道，"只要把他们招揽了，以后的日子里就能轻松很多了，是不是？"

"是的是的，你可以找个地方藏起来了。"

"那就好。"后土娘娘点了点头，"老娘再信你一次，毕竟之前老娘按照你说的分工让那六个人各忙各的，效果确实很好。"

"是了是了。"杜羽赶忙点了点头。他现在忽然发现，后土娘娘也是这个传说中非常重要的一环。若是他不出现，她便会急匆匆地找人任职，那样的话，传说的结局还是会出现偏差，能提前稳住她也是件好事。

"领导，你切记啊，不管发生了什么事，一定要让那边两个乞丐一起成为引渡使，这样他们才会发挥最大的效用。"

"好、好，老娘记下来了。"后土娘娘频频点头。

杜羽觉得好笑。他就像个老师一样，正在给一个顽劣的学生答疑解惑。"行了，领导，今天没啥事你就先退下吧。"杜羽说道，"城隍庙今天虽然被烧了，但在我的记忆中，明朝掌权之后它会被再次建起来的。"

"哦……"后土娘娘点了点头，然后问道，"你小子是不是太过分了？现在都这么跟老娘说话了吗？"

"啊，哈哈！"杜羽不好意思地摸了摸头，"失误了，我对您还是很尊敬的。"

"行吧。"后土娘娘默默转过身，看了看庙中另外四个男人，说道，"真是可惜啊，只剩最后两个名额了，我看这四人的资质都不错。"

"领导啊，少说两句吧……"

后土娘娘冲着杜羽撇了撇嘴，脚下一踏，凌空而起，消失在了漆黑的夜里。

谢必安跟范无咎直到看到后土娘娘飞走，才"扑通"一声跪了下来。"原来她真的是个神仙啊？！"

杜羽上前把二人搀扶了起来，说道："别想了，你们以后会有很多时间和她相处的。"

二人看了看杜羽，不明白他是什么意思。

"我现在心里有底多了。"杜羽笑了笑，说道，"走吧，咱们去找地方住。"

"找地方住？"谢必安问道，"小杜子，你还知道别的破庙吗？"

"你俩这思维该好好变变了。"杜羽拍了拍自己的腰包，又指了指谢必安怀里的袋子，问道，"这是啥？"

"这是钱啊。"

"对啊！"杜羽说，"你们挣了这么多钱还去找破庙住吗？咱们去住店啊。"

二人虽然明白了杜羽的意思，但还是不太能接受。

"小杜子，咱们这么花钱的话，不是早晚会花光吗？"

"你说的倒也没错，钱早晚会花光。"杜羽点了点头，"可是咱们挣钱是为了干什么？不就是为了过上好日子吗？如果挣到了钱还天天要饭、睡破庙，那挣不挣钱有什么区别？"

"也是……"谢必安点了点头。

"而且只要勤劳一些，一直努力挣钱，很难把钱花到一分不剩的。"

杜羽带着二人穿过街巷，来到了一家客栈。进门之后，掌柜的像之前药店的老板一样，见到是范无咎跟谢必安前来投宿，说什么都不收一分钱，不仅安排了上好的包房，还备了酒菜。二人实在是有点受宠若惊。杜羽也有些纳闷。他们在一个宽大的房间中坐着，守着一大桌子酒菜，互相看着对方。

"七爷、八爷，我要是猜得不错，你们以后应该就告别乞丐生涯了。"

"啊，为什么？乡亲再也不会施舍饭给我们了吗？"谢必安问。

"那倒不是，你们以后出门就会有人把东西送到面前，说是乞讨也行，可看起来更像是被包养。"杜羽抓起一块酱肉放到嘴里，尝了尝，味道不错。

"你是说百姓会因为今天的事情，一直感谢我们？"

"是啊，你们是英雄啊。"杜羽点了点头，"以后就可以衣来伸手、饭来张口了，这样想想也不错。"

"那怎么能行？"谢必安皱着眉头说，"我们怎么能吃白食呢？"

"好家伙，这句话居然是从一个乞丐嘴里说出来的吗？"杜羽疑惑地看着谢必安，"你们以前不是吃白食？"

"那不一样，自己努力乞讨来的跟别人直接送过来的，还是有区别的。"

"你这是什么奇怪的理论？"杜羽实在理解不了，"在我看来都一样。"

"总之，我接受不了不劳而获。"谢必安斩钉截铁地说道。

杜羽叹了口气，心说：真是隔行如隔山啊，乞丐居然是这么有气魄的职业吗？

"你们如果想把这份白食吃得安心一点，我倒有个主意。"杜羽说道。

"什么主意？"

"乞丐自然是当不成了，"杜羽说，"你们可以换个营生。"

"可是我们的情况也和你说过了，实在不知道能够做什么营生，难道天天出去摆摊让人摸石子吗？"

"那算什么营生？"杜羽摆了摆手，"摸石子这事肯定不能久干，不然早晚损了阴德。上一次输了钱的是个恶霸，倒无伤大雅，若下一次有赌徒在这里倾家荡产、妻离子散怎么办？"谢必安皱起眉头思索着，知道这种情况确实有可能发生。

"小杜子，那你所说的营生到底是什么？"

"你们可以当城管啊。"杜羽说道。

"城管是何差事？"

杜羽想了想说："就是在街上巡逻，然后管理一下街上的秩序。有人像之前的恶霸一样闹事的话，你们就出手制止。现在世道这么乱，百姓都民不聊生，明教的人来了都没有衙门的人出来管，更不用说街上的恶霸了。"

谢必安跟范无咎互相看了看。这听起来倒是个不错的营生。阿惭和阿愧却皱了皱眉头。原来这个差事叫作城管吗？之前在安禄山的地盘上看到他的小弟整天都在街上巡逻，维护秩序，原来他们做的是这个营生啊？"可是这样真的能行吗？"谢必安又问道，"百姓能够接纳我们吗？"

"当然了。"杜羽一边偷吃桌子上的菜，一边对二人说，"你们刚刚救了百姓，对他们来说，你们就代表着安全感。况且你们从小就在街上长大，乡亲们也知道你们不是什么坏人，那些钱财都是百姓自愿捐赠给你们的。久而久之，你们不仅能保住'英雄'的名号，街坊邻居们也会更爱戴你们。"

"如此说来，这个城管真的很适合我们啊。"二人点了点头，"明天我们就去街上试一试。"

几个人说完了话想要吃点东西，低头一看，却只剩残羹剩饭了。

"小杜子，你胃口够好啊……"谢必安没好气地说。

第二天，谢必安跟范无咎到裁缝店各自做了一套新衣服。谢必安向来喜欢白色，便做了一身素衣；范无咎向来喜欢黑色，就做了一身青衣。二人穿上新衣裳后果然器宇不凡，连杜羽看到都频频点头。裁缝店掌柜也不想收二人的钱，但杜羽昨晚说过，就算乡亲不收，也一定要给，否则日子久了，肯定会出现问题。二人不容老板推托，便将铜板放在了老板的桌子上。掌柜见状实在是有些不好意思，说道："二位英雄，你们救了全县的百姓，我哪能问你们要这点钱？"

　　"掌柜的，你就收下吧。"范无咎笑着跟老板说，"你要不收，我们心里实在过意不去。"

　　掌柜拗不过他们俩，只能收下了钱。"这样吧，"掌柜说，"为了报答你们的恩情，我再送你们两顶帽子。"

　　"帽子？"

　　"是啊。"掌柜点了点头，"你们穿得如此精致，想必是找到了体面的差事吧。"

　　谢必安想了想，对老板说："实不相瞒，我二人从今日起立志守护百姓，管理整条街道的秩序。"

　　"真的？"掌柜的眼睛放出了光芒，"你们要一直保护我们、抵抗明贼吗？"

　　"是的。"二人点了点头。

　　"既然是这么重要的差事，这两顶帽子你们更得收下了！"裁缝店老板在柜台中摸索了半天，掏出了两顶高帽。

216 · 新官

　　二人一看，有些为难。

　　"掌柜的……这是只有富贵人家才能戴的高帽吧，我们这种身份哪能戴……"

　　"这叫什么话？！"掌柜不乐意了，"你们是百姓心目中的英雄，又立志保护全县百姓的安危，这两顶帽子配得上你们。"

　　二人想了想，老板说的不无道理。二人从小就蓬头散发，就算穿得再光鲜靓丽，看起来也像是穷人。杜羽看了看这两顶帽子，只觉得好生眼熟。

二人接过帽子之后，谢必安又说："掌柜的，虽然你送了帽子给我们，但我还有个不情之请。"

"请讲。"

"能不能帮我们在帽子上刺几个字？"

"当然可以！"掌柜说，"只是这帽子本身是大户人家的装饰之物，你们刺上字之后反而显得不像是富贵之人的。"

"我们本来就不是富贵之人。"谢必安说，"我想在帽子上刺上对乡亲们的祝愿，这样能够表示我们兄弟二人守护百姓的决心。"

掌柜老泪纵横地看着二人："老夫果然没有看错人啊！你们想要刺什么字，尽管说出来！"

谢必安皱着眉头微微思索着："我没什么文化，想不出刺什么字比较好，只是现在觉得钱财这个东西真的很重要。我想守护百姓，让他们多挣些钱，可是该刺什么字才好呢……"

站在一旁的杜羽默默地开口说道："你觉得……'一见生财'怎么样？"

"一见生财？"谢必安瞬间睁大了眼睛，"对对对，这个好！掌柜的，你帮我刺上'一见生财'四个字吧！"杜羽一捂额头。好家伙，原来白无常头上的"一见生财"本意是让蒲县的百姓看到他的时候能够心安。范无咎也开口说话了："我和七哥想的一样，也想刺上几个字。我亲眼见到那些百姓在战乱中受到伤害，昨日更是亲眼见到一个连姓名都不知道的姑娘被他们刺死，希望这世上再也没有战乱。让我想想，我的帽子就刺上……"

"天下太平。"杜羽又说。

"啊！对！"范无咎连忙点头，"天下太平，我希望这世上再也没有战乱！"

杜羽微微叹了口气。七爷、八爷两个人虽然是乞丐出身，但他们的气节丝毫不输给昨日那个常遇春，他们没有愧对"英雄"两个字。

掌柜心灵手巧，很快就刺好了帽子上的字，将两顶帽子恭恭敬敬地交给了二人。二人接过帽子，扎起头发。戴上高帽的一瞬间，二人的气场明显变化了。他们与杜羽记忆中的感觉几乎一致。要说有什么区别……那自然是谢必安那丑陋的样貌和范无咎那苍白虚弱的脸。

"这到底是怎么回事呢？"杜羽有些不理解。

正如杜羽所说，二人来到街上之后，非常受百姓爱戴，巡逻了整整一天，确实发现了几个找麻烦的恶霸。原先他们只在街上乞讨，碰到有冲突的地方便会远离，如今换了身份，自然不能坐视不管。这一天巡逻下来，他们不仅没有引起百姓的不适，反而更受欢迎了。

"杜羽，什么情况？"董千秋开口问道，"他们怎么直接穿上无常的衣服了？"

"呀，千秋姐，你看得到我们的画面了？"

"是的，刚刚看到。"董千秋点了点头，"他们为何这么受爱戴？已经是官差了吗？"

"官……差？"

杜羽差点忘了这回事。传说中的七爷、八爷从乞丐摇身一变，成为官差，难道就是因为这个契机吗？眼下的七爷、八爷比官府的人还受人爱戴，如果这里的地方官有点脑子，自然应该把他们二人招进衙门。这样一来，不仅可以增加官府的威信，还能给这两个抗明英雄名正言顺地发放俸禄。"七爷、八爷，"杜羽叫住了二人，问道，"蒲县的县衙在哪里？"

"县衙？"二人一愣，"小杜子，你去那里做什么？"

"我有点事想找县太爷商议一下。"

"县太爷？"谢必安眨了眨眼睛，对杜羽说，"我劝你还是别去。县衙比城隍庙还破，我们都好几年没看到县太爷了。"

"啊？"杜羽一惊，"什么意思？县太爷不爱出门吗？"

"我听人说，一打起仗来县太爷就带着家眷跑了。"范无咎插话道，"朝廷自顾不暇，顾不得咱们县有没有父母官了。"

"怪不得这街上萧条成这个样子，一个官差都看不见啊。"杜羽这才明白是怎么一回事。可是这样的话，传说的剧情不就卡住了吗？就算七爷、八爷的城管做得再成功，甚至有朝一日成为"城管之王"，但没有官方的认可，他们就始终不是官差啊。可如今县太爷已经不在了，到底怎么才能让他们二人成为官差？七爷、八爷已经备受百姓爱戴，只是差一个名分而已。杜羽心中慢慢浮现出了一个大胆的想法。要不然他去冒充个县太爷？可他仔细想想还是算了。他冒充了县太爷，然后封七爷、八爷为官差，这不就是占地为王，成了造反的人吗？

杜羽在思绪杂乱中，和几人回到了客栈。他来到传说中已经三天了，虽然传说的剧情进展还算紧凑有序，可随时都有卡住的可能。更让他担心的是小年。那个诡异的女人不知道何时出现，能够变化成任何人，他必须时刻小心才是。

几人在客栈的大厅里吃晚饭，发现这里的人不少。杜羽跟他们有一搭没一搭地聊着，传授他们"怎样才能成为一个好城管"的心得，旁边一桌人的谈话却引起了杜羽的注意。

"兄弟，听说了没？昨晚上元顺皇帝带着三宫后妃和太子逃出大都了啊。"

"听说了，听说了。"另一个男人说道，"据说他们舍弃了皇宫，现在正奔着上都去呢。唉，这世道要变咯。"

杜羽微微一皱眉头。元顺帝已经逃离皇宫了？皇宫被朱元璋占领了吗？这不就代表元朝的统治已经结束了吗？

"千秋姐！"杜羽叫道，"我能不能在这个传说中多待些日子？我感觉七天不太够。"

"啊？"董千秋没想到杜羽会提出这个要求，"也不是不可以，但你们需要在第七天的时候回来一趟，超过七天之后，你们再想回来会有困难。"

"好的，我明白！"

杜羽总感觉这件事情不会那么快就结束。黑白无常的传说被划错分类了，和无盐女的一样，应该是一个长期传说。果然如杜羽所料，改朝换代的影响非常深远。原本无人问津的县城里面隔三岔五地出现各种官差，他们只是在此地考察了一下，之后就纷纷离去，谁也不知道他们在做什么。第七天，杜羽趁机离开了一会儿，带着阿惭和阿愧一起回到传说管理局，之后马不停蹄地再次降临。这几天里，七爷、八爷一直兢兢业业地守护着街道的秩序。整条街都显得规范了很多，有更多的人选择出来摆摊做点小生意，基本上看不见流氓、恶霸了。谢必安跟范无咎成了百姓心目中认定的管理者，这个县城也因为他们的出现而日渐繁荣。让杜羽比较在意的是，小年一直都没有出现，这让杜羽一度怀疑圣已经放弃这个传说了。

终于，在第十三天时，县里发生了变故。一大队人马风风火火地走进县城，直接站满了街道。大队伍停稳之后，轿子里走出来一个矮胖的男人。他的胡子很稀疏，表情中带着一种温和慈祥的气质，此时正面带笑意地看着各位乡亲。百姓纷纷围了过来。在这种地方，连马匹都难得一见，自然不必说轿子了。他一挥手，身旁的一个书生样貌的中年人就走了上来，从怀中掏出了一卷金黄色的帛书，当着众多百姓的面缓缓地将帛书展开，宣读了起来。杜羽几人恰巧经过，看到这一幕都驻足凝望。

听了一会儿，杜羽微微皱起了眉头。原来那书生样貌的中年人是一位师爷，正在宣读的是委任状。委任状里讲明，天下已经更改国号为"大明"，眼前的矮胖男人叫作"郎伯仪"，是奉天子之命前来管理蒲县的新知县，而他身后精壮的众多年轻人，便是从京城带来的亲卫军，暂时充当衙役。杜羽总有一种不祥的预感。是的，给蒲县重新安排一个知县，确实是一个很好的选择。这样城市的发展有了保障，百姓也有了父母官。可是……这个新知县是大明的官。听到眼前此人是新来的父母官，有几个人不由自主地跪下了，百姓见状都纷纷跪了下来，毕竟很多年都没有见到知县这么高的官阶的人了。他们操心的并不是这个天下跟谁姓，只希望有人能保护他们过上正常的日子。朗大人微笑着冲大家摆手，让大家免礼平身。等到大家都站起身来之后，他才笑眯眯地开口说话："本官听闻这个县里有两位非常有名的反明英雄，不知是哪两位好汉？"

217 · 决定

诸多百姓回过头来，看着谢必安跟范无常的方向。朗大人顺着乡亲的目光望过去，果然一眼就见到了人群中那两个器宇不凡的年轻人。他们一黑一白，英气逼人，各戴有一顶高帽，一人头上帽子写着"一见生财"，另一人头上帽子写着"天下太平"，好不威风。朗大人满脸堆笑地走了过去："难道反明英雄指的就是眼前这二位少侠？"谢必安跟范无咎二人面无表情地看着眼前这个中年男人，没有回答。"不知道二位少侠有没有兴趣跟本官到县衙一聚？"

谢必安微微一皱眉头，冷冷地说道："大人，您这是要把我们抓起来吗？"

"抓起来？本官为何要把你们抓起来呢？"

谢必安没好气地说道："那还不简单吗？我俩是反明英雄，你却是大明的官员。不管怎么说，咱们都不是一条路上的人吧。"

"二位少侠误会了。"郎大人笑着摇了摇头，"本官已经做过调查，你们二人在这县上颇有威望，所以本官想让你们到县衙当差，谋个一官半职。不知道二位意下如何？"

"当差？！"杜羽、谢必安跟范无咎都有些犯嘀咕。

"你是说让我们俩当官差？"谢必安问道。

"不错，本官正有此意。"

杜羽眯着眼睛思索着这个情况。按理来说，谢必安跟范无咎确实应该去当差，这对他们来说是一条最好的出路。可是这样对吗？他们击杀了许多明教的红巾军，结果却当了大明的官差，这样对吗？这个朗大人是奉朱元璋之命前来赴任的，且一到这里就当众说出自己的观点，说明早有打算。可是朱元璋连开国大将都会一一斩杀，会容许两个反明英雄成为官差吗？况且这件事本身可以私下对谢、范二人说，这朗大人却要当着所有乡亲父老的面说出来，这里面的情况定然不会那么简单。

"大人，能不能给我们一天时间考虑一下？"谢必安开口说道。范无咎有些狐疑地看了看谢必安，本以为谢必安会直接拒绝，情况却不是这样的。

"当然，成为官差可不是一件小事，你二人自当考虑清楚。"朗大人冲着二人微微一点头，便要转身离开。

"大人，小人有一事相求。"谢必安又说道。

"哦？"朗大人转过身来，笑脸盈盈地看着谢必安，"这位少侠还有什么事？"

谢必安回头指着杜羽、阿惭、阿愧说道："我这三位兄弟都和我们一样，武艺过人，有情有义，不知道大人能不能也考虑一下他们成为官差的事？"

朗大人听后略微露出一丝为难之情，随即扭头看了看远处的师爷。师爷知道了大人的意思，开口说道："我觉得不妥，毕竟百姓口中所说的'反明英雄'一直都是这两位少侠，百姓爱戴的也是这两位少侠。如果凭武艺高强就可成为官差，朗大人日后会很难管理。"

"这……"谢必安有些为难地回头看了看杜羽三人。

杜羽没想到这种时候，谢必安第一个考虑的问题居然是这个，心中有些感动："七爷，没关系，你不需要考虑我们兄弟三人的事情，先安顿好你们自己。"杜羽说完这句话就不动声色地看了看那个师爷，没想到那个师爷居然冲着杜羽眨了下眼睛。"原来如此啊。"杜羽点了点头，"这次你是师爷，也难怪你害怕我进入衙门了……"

谢必安点了点头，对朗大人说："既然如此，我这三位兄弟就不劳大人费心了。"

朗大人点了点头，说道："你二人可要尽快给我答复啊，我可是很爱惜人才的。"

告别了这位新官，街上的百姓纷纷散去。几个人神色复杂地回到了客栈中。

"七哥。"客栈里，范无咎冷冷地叫道。

"怎么了？"

"能不能告诉我，你是什么意思？"范无咎问。

"什么叫我是什么意思？"谢必安皱着眉头看着范无咎，"你想说什么？"

"明贼多少次在咱们的眼皮底下烧杀掠夺，咱们现在还要成为大明的官差吗？"范无咎说道，"什么叫你需要一天时间考虑？这件事不是应该直接拒绝吗？"

杜羽感觉气氛有些不妙："八爷，你冷静点，七爷应该有他自己的想法。"

谢必安无奈地叹了口气，说道："老八，我当然知道明教在咱们县的所作所为，可是他们已经夺了天下，你我二人有什么办法抗衡呢？要继续杀掉大明的人吗？要继续扮演这个可笑的反明英雄吗？"

"你觉得可笑吗？"范无咎激动地站起身来，"你觉得拯救百姓、保护百姓很可笑吗？"

范无咎将自己的高帽摘下，狠狠地摔在桌子上，他指着高帽上的"天下太平"四个字又问道："你觉得我们头上的这些字很可笑吗？！"

谢必安也缓缓地摘下自己的帽子，放在眼前："老八，我帽子上写的是'一见生财'。这些日子，我们当城管确实很威风，可你有没有想过，一见生财的是百姓，而不是你我。长此以往，你我二人吃什么？咱们摆摊挣的那些铜板够咱们住多久的客栈？你难道不替以后考虑一下吗？"

"是了、是了！"范无咎怒气冲冲地说道，"我不如你，所考虑的远不及你那么缜密，但我只知道绝不能帮助恶人！我就算把钱都花光了，重新拿起碗来讨饭，也绝对不会帮明贼！"

"你这叫什么话？！"谢必安也很生气，"身为一个男儿郎，怎可这么没有志气？你已经站在了现在的高度，却愿意回到乞丐的身份吗？我们难道不应该往更高、更远的地方走吗？"

"贼人就是贼人！"范无咎说道，"你若是想当贼人，我绝对不拦着，我要继续保护百姓。我们就看看谁能走得更远。"

"你为什么这么死板呢？"谢必安激动地站起来，"百姓、百姓，你心心念念的那些百姓已经是大明的子民了！而你是什么？你是反明英雄啊！你还指望他们会爱戴你多久？！十年、二十年？！"听到谢必安这么说，范无咎一时语塞，竟然被呛得说不出话来。"老八，我知道你向来仁义，就算摆摊的时候，你也不忍心欺骗百姓，可你要明白，这颗仁慈之心会害了你的。"范无咎沉默地低着头，不知道该说什么。"我叫必安。"谢必安又说，"我从小就希望能够有个地方安身立命，如今不正有最好的机会吗？你我二人可以过上正常的生活了。"谢必安知道范无咎已经动了心，于是说，"咱们有了官差的身份，以后找小年也会更方便一些，不是吗？"

"这……"杜羽微微叹了口气，不知道该不该张嘴说些什么。他知道现在小年已经变成师爷了。师爷能够做什么呢？自然是出足够多的损招，来让知县对付七爷、八爷。但说白了，小年的目标不是七爷、八爷，而是杜羽。所以她做的一切，最终目的应该就是折磨七爷、八爷，让杜羽无法忍受，最终露出破绽，她再趁机下手。她说不定还会挑拨几人的关系，想办法用七爷、八爷之手除掉杜羽。

"小杜子，你在想什么？"谢必安问道。

"我……"杜羽心里明白，只要谢必安跟范无咎答应成为官差，那就会死。按照传说记载的，那场大雨造成的意外直接让范无咎丧了命，而谢必安会当场自尽。"我没想什么。"杜羽摇摇头说。

范无咎也看了看杜羽的表情，说道："老九，你主意多，对于这件事有什么看法吗？"

"我……只希望你们多考虑一下，那个朗大人真的会留你们两个在身边吗？"

"你的意思是？"谢必安疑惑地问。

"我感觉他今天当众招揽你们，只是做样子给百姓看，为的是让百姓认为他是一个好官，但实际情况应该比这危险得多。"

"危险？"谢必安想了想，对杜羽说，"小杜子，这一阵子我发现了一件事。"

"什么事？"

"真的像你所说的，我们的功夫并不差，一般人很难是我们的对手。那个大人带着几十个亲卫过来，以为这样就能对我和老八造成威胁，那就大错特错了。如果他敢对我们不利，我就立刻让他见识一下我们的手段。"

"很好！"杜羽点了点头，"七爷，知道你有这种警惕性，我就放心多了。不过你们要答应我，如果那个朗大人要安排你们出远门，你们一定要来告诉我。"

"没问题。话说回来，你倒不需要担心我，"谢必安扭头看了看范无咎，"反而需要担心一下这个木头。他不仅心慈手软，还看不清局势。刚才那番话我如果不说，他无论如何也想不到吧。"

"我……"范无咎还想狡辩，但仔细想想确实如此。他只想到他们是明贼，却从未想到那些明贼也把他当作敌人。

"七哥，我仔细想了一下，我们既然已经是同甘共苦的结拜兄弟了，那就一起去赴任吧。"

218 · 远行

天亮之后，谢必安跟范无咎如约来到县衙。县衙已经被新知县悉心打扫过，不仅扫清了门前的落叶，还重新支起了鸣冤鼓。守在门口的官差见到谢、范二人来到，赶忙拱手行礼，然后将他们请了进去。杜羽一直不太放心，悄悄跟着二人，一直到他们进了衙门。之后杜羽便使了个身法，翻过衙门的高墙，躲在暗处观察。

朗大人正在大堂之上查阅这些年攒下的状纸，眉头频皱："没想到前任知县身为一县的父母官，明知战事要来，却提前收了赋税，卷款遁逃了。"朗大人将状纸整齐地收好，递给身旁的师爷，"周师爷，这些状纸很多都已经发霉风化，看不清诉求了。你速速安排人手，去县里询问这些状纸的出处，看看乡亲们的家中是否还有难事需要本官解决。有的话，立刻回来汇报。"

"遵命。"一旁被称作周师爷的男人俯首接过状纸，离去了。而这一幕正好被正要进门的谢、范二人看在眼里。不知这人是不是明贼，但他至少是个好官。

"哎呀！二位少侠来了？"朗大人起身相迎。

"拜见大人。"二人拱手冲着朗大人说道。

"快快平身！"朗大人将二人扶起，又安排人给他们赐了座、沏了茶。

"二位少侠此时出现，是不是代表你们已经同意了本官的提议？"

谢必安微点了点头，说道："朗大人若是真心想替百姓做事，我兄弟二人自然会全力相助！"

"好，甚好！"朗大人喜笑颜开地说道，"本官初到贵宝地，所谓'强龙不压地头蛇'。你们比本官更了解这里的民风，也更熟悉百姓的诉求，能够在本官身边辅佐，相信本官很快就可以将蒲县治理得井井有条，让百姓安居乐业！"

听到朗大人这么说，范无咎也放心了一些。

"不过……"朗大人忽然改口，说道，"本官始终有些芥蒂。"

"大人有什么疑虑尽管说。"

"就是人们口中所说的反明英雄一事……如果二位不介意，能不能给本官讲讲你们是怎么成为这反明英雄的？"朗大人无奈地笑了笑，"你们的名声实在太大，都传到了邻县。"

谢必安和范无咎互相望了一眼，说道："如果大人真的想知道，那我们便全盘托出，还望大人听后不要怪罪。"

二人从明教第一次抢掠蒲县开始，一直讲到那一次常遇春的出现。朗大人听得直皱眉头，唉声叹气。杜羽在门外，始终听不见里面的动静，却看到那个师爷抱着一堆状纸走了出来。"喂，师爷！"杜羽小声叫道，"来这儿！"

周师爷看到杜羽之后一愣，赶忙环视，确定没有其他人发现之后，才鬼鬼祟祟地走了过来。"杜羽，你疯了啊？"师爷没好气地说道，"我和你有这么熟吗？你叫我干吗啊？"

"我实在是太好奇了！"杜羽说道，"你到底要耍什么花招啊？能不能给我剧透一下，让我提前有个准备？"

"你准备个屁啊。"师爷都快被杜羽气死了，"我要是告诉你了，还费这么大力气干什么？这次出差已经一年多了，现在正是关键时刻，我肯定不能告诉你啊。"

"你这就有点耍赖皮了啊。"杜羽指着师爷说，"我都能光明正大地过来问你，你为什么不能堂堂正正地告诉我？"

"你是不是有病啊？！这能是一回事吗？"师爷气得直跺脚，"你还真是跟圣一样烦人，我就单纯地不想说，不行吗？"

"唉……"杜羽摇了摇头，"那好吧，我也只能随机应变了。"

"哼。"师爷冷哼了一声，"你快走吧，不然我要喊人来杀你了。"

"你也是逗。"杜羽看了看师爷，无奈地说道，"想吓唬我的话，是不是应该想个好点的借口？你若是让那些衙役出来杀我，死的不一定是谁呢。这样你的计划也没法完成了吧。"

"要你管啊？"师爷撇了一下嘴，"别挡路，我要走了。"

看到师爷远去，杜羽知道自己的猜测已经八九不离十了。这个小年根本没有打算喊人来制服杜羽，说明她也知道若是连红巾军都失败了，便不能再指望其他的凡人了。如今在这个传说中，能够对他产生威胁的无非四人——惭愧兄弟、七爷、八爷。小年如果想要取他的性命，必须借助这四人的力量。惭愧兄弟目前没有理由帮助她，唯一需要留意的就是七爷、八爷了。这两个人仅仅二十岁左右，还没有那么深的城府。虽然杜羽已经尽力给他们树立正确的三观了，可他们还是容易被人蛊惑，现在又进了县衙，跟杜羽的接触更少了。杜羽靠近了大堂，听到七爷、八爷正在给新来的知县讲前阵子发生的红巾军抢劫事件，不由得觉得奇怪。这种事情能跟他说吗？

"所以我们就动手杀了很多红巾军。"谢必安说完补充了一句，"我们的那个兄弟小杜子也不是寻常人，仅仅一招就震退了常遇春。"

"哦？"听到这句话，朗大人微微扬起了眉毛，"你是说先前跟你们一起的那个年轻人？"

"是的。"谢必安点点头，"大人，正如我之前所说，我那几个兄弟都不是寻常人，都精通武艺。若大人需要人手，真的可以考虑一下他们。"

朗大人微微点了点头："是了，本官还真需要考虑一下他们的问题……"

杜羽听到这句话之后不由得产生一种奇怪的感觉。他好像忽略了一个什么问题。谢必安现在真心地把他当作兄弟，确实是一件好事。但这件事也有一个巨大的弊端。他……在什么情况下才会选择自尽？那就是一无所有、毫无牵挂的时候。可是现在……谢必安的牵挂是不是太多了呢？若范无咎真的死于意外，谢必安心中既牵挂着小年，又牵挂着杜羽，自尽对他来说绝对不是一个最佳选择。人就是这样的动物，只要还有一丝希望存在，便不会选择这条绝路。"看来我得想个办法切断七爷的挂念才行……"杜羽喃喃自语。

大堂内，朗大人听完二人所讲述的故事，又站起身来对二人行礼，说道："知道二位是为了拯救这蒲县百姓才不得不出手，本官深感欣慰，看来二位并不是大恶之人，值得委以重任。"

二人听后赶忙站起身来向朗大人回礼。

"大人不要说笑了，能够在大人手下做事，已经是我兄弟二人的荣幸了，不敢奢求什么重任。"

"哎，二位少侠就不要谦虚了。你们先下去休整一下，本官给你们安排了房间，今天你们就住在衙门中，午膳过后，需要你们帮本官办件事。"

二人听后向朗大人行礼告退，杜羽赶忙隐匿了身形。

"杜羽。"董千秋忽然开口说道。

"在，千秋姐，怎么了？"

"这已经是第十四天了，你们还得回来一趟，要不然第二个七天马上要到期了。"

"哦，我差点忘了！"杜羽对董千秋说，"那你等我们一会儿，我这就回去找阿惭和阿愧。"

杜羽知道谢必安跟范无咎二人刚刚进到县衙，一时半会儿不会出现什么问题，便回到客栈，叫上阿惭和阿愧兄弟两人，在城中找了一个空荡的角落回去了。醒来之后，杜羽让董千秋赶忙准备下一次降临，董千秋却说降临的设备因为连续运转，已经过热而无法运行了，需要冷却两三个小时。杜羽听后微微一思索，两三个小时也不是什么问题，能等就等吧。他无聊之间看了看屏幕，发现师爷居然回到了大堂之上："奇怪……她不是抱着一堆状纸已经跑出屋子了吗？"

只见师爷四下望了一下，问朗大人："他们走了？"

"走了。"

"他们信了吗？"师爷又问。

"肯定信了。两个小辈，能有多深的心思？"朗大人一改之前温和的态度，轻蔑地开口说道，"今天就动手吧，他们定然插翅难飞。"

"呃……"师爷沉默了一会儿，说，"真的一定要杀死他们二人吗？能不能流放或者是……"

"你在教导本官吗？"朗大人冷冷地说道，"圣上的意思绝对不可忤逆，必须马上铲除这两个人，一切就按计划行事，午膳过后就动手。"

"呃……遵命！"师爷回答道。

"不过，你说的那个有可能会捣乱的人还在吗？"

"按照时间来推断，他现在不在了，要一个多时辰才能回来，就算回来了，咱们的事情也接近了尾声……"

杜羽愣愣地看着这一幕："糟了！"

他无论如何也想不到这个小年居然跟他打了一个时间差，更想不到这个知县居然会在七爷、八爷上任的当天就下手。可是……七爷、八爷不是死在一个雨天吗？"千秋姐，还得好几个小时才能冷却完成吗？！"

"是啊……"

杜羽一脸着急。他恰好在这个时候离开了，这可怎么办？

师爷缓缓地来到谢必安跟范无咎的房间，敲开了门，一脸为难地对他们说道："大人有令，要带二位官差前去用膳，之后有一封信需要你们带给福州府的知府大人。这是大人第一次给二位下达任务，希望二位不要让大人失望。"

师爷刚刚说完话，天空便响起了一声闷雷，看来一场大雨要来了。

219 · 大雨

师爷走后，谢必安跟范无咎望了对方一眼。他俩没想到自己如此受到重用，上任第一天居然就被委派到福州府，去见知府大人。"我有点紧张啊，七哥。"范无咎说道，"那个大人好像真的很喜欢咱们两个。"

"嗯，不过小杜子说过，万事都要小心。"谢必安面带开心地拍了拍范无咎的肩膀，"你还记得吗？小杜子说如果朗大人要安排咱们出远门，咱们一定要去告诉他一声。"

"没错，他是这么说过。"范无咎点点头。

二人随即决定不去用膳，先去客栈寻找杜羽。可让他们没想到的是，找遍了整家客栈，也没有找到杜羽的影子。客栈掌柜说杜羽先前带着那两个兄弟出门了，还没回来。谢必安皱了皱眉头。这种时候居然找不到小杜子了。

此时杜羽正在传说管理局让董千秋赶紧给谢必安传音，叫他们小心行事。可是整个传说又被一股神秘的力量笼罩住了，董千秋的声音根本传不进去。无论她怎么呼喊，谢必安始终听不到她的声音。杜羽直接打开了一扇传送门，想要靠自己的力量传送过去，可是传送门的那一边居然是一道屏障，他怎么也进不去。"不太妙，杜羽。"董千秋一脸担忧地说，"这样一来，你不能再进入传说中了，失去传音员的帮助你会显得很被动。"

"不行！"杜羽义正词严地拒绝道，"如果我现在放弃，之前的努力都白费了。千秋姐，你赶紧去启动设备，只要能够降临，便第一时间送我过去！"

杜羽赶忙躺到了传送仪器上，将所有设备与自己连接，以确保自己能够在设备冷却完毕后的第一时间降临。趁这个机会，杜羽继续盯着不远处的屏幕，只希望传说现在不要进入迷雾，否则自己真的束手无策了。只见七爷、八爷在客栈里等了一会儿，还是不见杜羽回来，为了不耽误公事，只能起身离开了。远在天边的杜羽只能干着急。

谢必安跟范无咎回到了县衙，拜见了朗大人。朗大人早就准备好一封信，一见面就交给了二人。据他所说，这封信至关重要，务必亲自送到知府大人手上，随后又给二人发了佩刀，送上了壮行酒。二人收下佩刀，却不喝那壮行酒。毕竟还没替朗大人办过一件事，朗大人却一直好生相待，二人有些惭愧。朗大人再三坚持，说这是明朝将士远行的规矩，必须喝下这碗壮行酒才可以放心上路。杜羽心说不妙。这酒要是没问题，那真是见鬼了，看来八爷绝对不是死于意外的，而是死于一场彻头彻尾的谋杀。谢、范二人推托不了，只能当着朗大人的面各干了一大碗壮行酒，随后便收拾了行囊，离开了县衙。

谢必安知道范无咎一直胆大心细，便将那封书信交给他保管。二人来到了街道上，天空的雷声更加密集。明明只是午后，可整片天空如同傍晚的，一大片黑压压的乌云挪动着。乌云之间不断有闪光的霹雳呼之欲出，老天似乎也在为某些事情而隐隐发怒。二人对天空中的异象视若无睹，这让杜羽心生疑惑。"奇怪……按照传说记载的，七爷不是要回去拿伞吗？"

可杜羽转念一想，拿伞这个举动确实不太合理。二人从小就是在街头要饭的乞丐，淋过的雨怕是不计其数。他们不仅从来没有打伞的概念，也根本没有自己的伞，谢必安怎么可能会回去拿伞？不到两个小时的工夫，二人离开了蒲县。此时天空下起了小雨，他们身上的衣衫很快就被打湿了。范无咎为了不让自己怀中的信淋湿，便用自己的腰带将它严严实实地裹了起来，然后重新揣进了怀里。他们来到城外河边，见到这里景色宜人，不仅有潺潺的河水，旁边还有一片金黄色的稻田。农民们着急避雨，把农具都扔在了田中。一座木桥正静静地立在小河上方。

二人正要过桥，却忽然被一个人叫住了。他们回头一看，是一个官差。"终于要动手了吗？"杜羽死死地盯着屏幕。

"二位少侠，请留步啊！"官差气喘吁吁地说道，"我可追上你们了……"

"有什么事吗，这位同僚？"

"倒是没什么大事。只是朗大人知道天将要降下大雨，一怕淋坏了二位少侠的身子，二怕打湿了送与知府的书信，所以特派下官来通知二位回去取伞。"

"回去取伞？"谢必安不由得皱了皱眉头，"你是说，下雨的时候，人们撑在头顶的那种伞？"

"是了是了……"

谢必安狐疑地看了看官差，问道："同僚，既然您都出城来找我们了，为何不直接将伞带来？"

"哎呀，二位有所不知。"官差苦笑着说道，"知县大人来得匆忙，县衙当中并没有伞，所以既派下官来通知你们，又派人前去买伞。等到下官将口信送到，县衙的人也就买到伞了。"

"原来如此……"谢必安点了点头，说道，"既然如此，我二人便回去一趟吧。"

"倒也不必！"官差摆了摆手，对谢必安说，"取伞这种小事还需要你们都跑一趟吗？只需要七爷您跟我来就可以了，八爷可以在这儿候着。"

谢必安的直觉向来敏锐，总感觉这件事情有些说不出的诡异。毕竟他们用不了多久就可以走到下一个城镇了，如果真的需要买伞，到下一个城镇去买岂不是更加方便？为什么执意要让七爷回去呢？八爷范无咎微微一笑，说道："七哥，你去吧，朗大人对我们关爱有加，我们不可忤逆他的意思。"杜羽听后直摇头。八爷啊八爷，你可是酆都杀神啊！在我的记忆中，你一直都是一个小心谨慎、人狠话不多的汉子，可是当年的你为什么会这么天真？

谢必安听到范无咎这么说，只能点了点头，但还是有些不放心，回头向范无咎说道："老八，我感觉有点蹊跷。你就在这里候着，一定不要离开，知道了吗？"

"好，我知道了！"范无咎认真地点了点头，然后找了一棵大树避雨。杜羽一直在询问董千秋什么时候才能降临，董千秋说还需要将近一个小时。

"不过……杜羽，你到底要降临去做什么？"董千秋问道。

"我……"杜羽刚要说话，却愣住了。是啊，他到底要去做什么呢？要救下黑白无常吗？按传说记载的，不就是让他们死在这里吗？"我也不知道……但是我有非常不祥的预感。"杜羽说道，"如果我不降临干涉，这个传说肯定会走向不好的结局。"

雨越下越大，范无咎的头发已经完全被打湿了，贴在了脸上。他的身体本就虚弱，如今受了凉更是咳嗽不止。忽然，一大群手持兵刃的官差冲了出来，将范无咎团团围住。范无咎一愣，认出了这些便是朗大人从京城带来的亲信，随即露出了笑脸："几位大人怎么也来了？朗大人还有话要告诉我们吗？"

"范无咎，今天就是你的死期了！"官差们恶狠狠地说道。

"死期？"范无咎面色一冷，说道，"你们难道背叛了朗大人吗？不知道朗大人给我们安排了重任吗？居然想在这里截杀我。"

"你也太天真了！"官差们一步步地向前走去。

范无咎有些为难。朗大人对他有恩，他该不该杀掉这些人呢？

杜羽看得都快急死了。范无咎哪里是天真……他简直有点傻啊。这么明显的阴谋都看不出来吗？原先杜羽以为范无咎只是对百姓仁慈，可现在看来，他对所有人都一样。"我劝你们别再痴心妄想了，凭你们几个是不可能打倒我的。"范无咎说道，"早点放弃，我会当作什么事都没发生过，绝对不告诉朗大人。"

几个官差不再说话，反而直接冲了上去。范无咎一皱眉头，一脚就踢开了眼前之人，但很快又剧烈地咳嗽起来。"奇怪，药效还没发作吗？"官差们疑惑地看着范无咎。范无咎冷冷地说道："既然你们执迷不悟，也不要怪我手下无情了。"他刚要抽出佩刀，却忽然双脚一软，险些没有站稳，"咦？"他感觉自己的身体怪怪的，比平时更虚弱了。

"他要倒了，上！"官差们一拥而上。范无咎强打精神站稳了身形，随即抽出了自己腰间的佩刀。一个官差持刀直直地向着范无咎砍来。范无咎一挡，自己的刀直接断作两截。那个官差的刀便直接砍在了他的肩膀上，鲜血混着雨水喷涌而出。范无咎一皱眉头，有些不解。朗大人赐给他的佩刀为什么会直接断裂呢？官差砍下这一刀后就觉得有些不妙，眼前这个男人的骨头似乎格外坚硬，自己这一刀只伤到了皮肉，没有重伤他。

"别愣着，快帮忙！"官差大喊道。剩下的几人纷纷持刀砍了过来。范无咎一咬牙，将眼前的官差踢走，随后双拳齐出，打向那群奔来的官差。可惜他的身体不知道为何变得格外虚弱，连续的攻击几乎没有对这些官差造成伤害。他大口地喘着粗气，雨水顺着他的脸一直往下流。

220 · 在下范无咎

"他没有武器，别害怕！"官差大喊一声，马上就有两个人掏出了锁链。他们手握锁链的两头，缓缓地靠近范无咎。范无咎有气无力地睁开眼，看了看那二人，心说：我若是被这根锁链缠住，那只能任人宰割了。两侧的官差一振手臂，那根铁链便横着冲着范无咎抢了过去。范无咎一咬牙，伸出手，使出全身的力气接住了这根锁链，随即猛地一抽，两个官差便脱了手，锁链也到了范无咎手中。"范无咎，你不要执迷不悟！如果放弃反抗，我们会让你死得痛快些！"范无咎冷笑一声，慢慢地直起了腰，似乎已经习惯了那股虚弱的感觉，说不定能再跟他们拼一次命，"放弃反抗？我为什么要放弃反抗？"

官差们被他的气势吓到了。这个人到底是怎么回事？喝了毒酒却能站到现在吗？"范无咎，你现在手无寸铁，要怎么对付我们这么多人？就凭你手上那一根铁链吗？"

"铁链？呵！"范无咎手持铁链的一头，用力一甩，铁链便飞了出去，直接圈住了旁边稻田中的一把镰刀。他一抽手，圈着镰刀的铁链便飞了回来："若在你们手中，这便是寻常的铁链，在我的手中，却成了能够夺人性命的勾魂索！"杜羽默默地点了点头，心说：八爷真是武学奇才，知道就算是虚弱之人，甩起锁链也能够发挥足够的威力，所以眼下这根锁链是他唯一的救命稻草。可是"勾魂索"这个名字怎么那么熟悉啊？"啊！"杜羽大叫一声，"这根锁链难道就是黑无常的本命法宝勾魂索吗？"

"谢必安，你确实让本官刮目相看。"
朗大人冷冷地看着眼前一身白衣的谢必安，他的衣服已经被鲜血染红了，腰间的佩刀也早就断了。此刻他正手持一根从地上捡起的木棒，努力地撑住自己的身体。而他的身边是一大片尸体，他们的鲜血被雨水冲得四散。剩下的官差正在继续包围他，看来杀死他只是时间问题。"真是没想到这么多人出手偷袭都要不了你的命，你的身体到底是什么构造？"朗大人问道。

"呵呵，笑话……"谢必安咬着牙说道，"我早就感觉到异样了。区区几十个人，怎能奈何我？"

"很好，你准备就用那根木棒打死这里的所有人吗？"

"当然。"谢必安笑了一下，努力站直身体，将头上"一见生财"的高帽摘下，露出自己丑陋的面容，"我现在状态极佳，还能再跟你们打上三天三夜。"

"哈哈哈哈哈！"朗大人仰天大笑道，"是了，你现在状态极佳，不知你那位兄弟如何了？"

谢必安一愣："你们也对老八出手了？！"

"是的，再告诉你一个消息，派去范无咎那里的人手是你这里的三倍，现在他定然丧命，你又当如何？"

谢必安冷冷地看着朗大人，随即也笑了出来："你问我该当如何？范无咎是我的结拜兄弟，我们不求同年同月同日生，但求同年同月同日死！若他死去，我定不独活，今日便让你们一起陪葬！"

朗大人一脸奸诈地看着谢必安，思索了一会儿，忽然露出了笑容，说道："本官的任务完成了，告辞。"

谢必安还没明白是怎么回事，眼前的所有人居然四散而逃，远远地离去了。他瞪大眼睛看着眼前这一幕，甚是不解。这些人马上就可以要了他的性命，可此时为什么忽然离去了？！他来不及想那么多，眼下最重要的是赶紧去确认一下老八的情况，于是他用手中的木棒作为拐棍，撑着自己虚弱的身体一步一步地向河边走去。

范无咎这边，虽然他借用了锁链的力量大幅提升了自己的战斗力，可是毒酒的效用也在慢慢发作。他越施展武艺，毒性发作得就越快，此时他的双眼已经模糊了，仅能看清眼前还站着四五个人。

这四五个人拿着刀的手不断地颤抖，实在是有点吓坏了。眼前的男人已经浑身是血，可是他的战斗方式实在太过独特了。他看不清敌人的动作，便任由敌人将刀砍到他的身上之后再进行还击。"这个人是怎么回事？难道感觉不到疼痛吗？"几个人看了看范无咎那皮开肉绽却还一直在淋雨的身体。任谁看了都觉得疼，他自己却毫无感觉。

"来啊！"范无咎双眼无神地看着前方，挥舞着自己手中的铁链，"不是想取我的性命吗？我就站在这里，绝对不躲！来啊！"

几个人心照不宣地制订了一个临时战术。他们只需要继续包围下去，范无咎很快就会因失血而死了。范无咎似乎也意识到了不妥，开始跌跌撞撞地向前走去。他的双眼现在一片漆黑，耳朵也快听不见了。他进一步，几个官差就退一步。他们围而不攻，始终跟范无咎保持着距离。范无咎身上的鲜血不断地涌出，他站在大雨滂沱的河边，脚下的地面就像是一朵盛开的红花，红色向外扩散着。"谁都不准跑！"范无咎大喝一声，"再来与我战啊！"说完之后，他便咯出了一大口鲜血，随即完全失去了力气，一下子跪倒了下去。

他身后的一个官差看到有机可乘，往前踏了三步，从他背后一刀刺进了他的腰中。范无咎一咬牙，拿起锁链立刻套在了官差的脖子上，将他拉倒在地："让我抓住你了……"范无咎笑了笑，不断地勒紧锁链。他已经没有多余的力气了，只能用这种方法将官差慢慢杀死。

"这个人真是可怕，朗大人可从来没有说过他这么难对付啊！"范无咎忽然一愣，缓缓地抬起头来看着前方。虽然他的耳朵已经丧失了大部分听力，可刚才的那句话依然被他清晰地捕捉到了。"你们……说什么？是朗大人让你们来对付我的？"

剩余的官差大喊道："你真是傻得可怜，死到临头了都不知道是谁要你的命吗？"

"不可能！"范无咎大喊一声，然后掏出了自己胸前的信。他已经看不清信的样子，只能不断摸索着，颤抖着将信封打开，然后将信掏了出来。他一拉锁链，那个被锁链缠住脖子的官差就被他拉到了身前。范无咎将信往这个官差脸上一递，说道："这封信上写的什么？！给我念！"官差支支吾吾的，不敢说话。他的命正被捏在范无咎的手里，说错一句话就会丧命。"念！"范无咎手上一使劲，锁链勒得更紧了。

"范爷、范爷，别勒了！不是小的不想念，是这封信上什么都没有，是白纸一张……"被勒住脖子的官差用尽全身力气才挤出一句话。

"白纸……一张……"范无咎完全没了力气，抓住铁链的手松开了。他不明白，为什么会是这样的？朗大人不是为了百姓的诉求，还让师爷去全县逐一打听那些状纸是谁送来的吗？朗大人不是亲自招揽了他跟谢必安吗？朗大人还赐给了他吃的、喝的和住的地方。朗大人不是明贼啊！他是个好官啊！

官差们发现范无咎好像失了神，便壮着胆子，纷纷拿起兵器刺了过去。所有刀子都没入了范无咎的身体，可他依然面无表情。几个人不知道范无咎到底死没死，于是都把插在他体内的刀子转了一下，这样一来他必死无疑。范无咎苦笑了一下，随即忽然站起身来，抱住了附近的几个官差。他这一下力气大得惊人，所有官差居然都挣脱不了，被他的手臂狠狠地搂住了。只见他抱着所有官差一转身，身上的刀子就插在了这些官差的身上。所有官差都倒下了。

"老八！！！"谢必安撕心裂肺地喊了一声，然后跌跌撞撞地跑了过来。范无咎似乎听到了谢必安的呼喊，可是他的头脑已经一片空白了。谢必安伸出手扶住范无咎，发现他的身上插满了刀子。附近地面上的血非常惊人，倾盆大雨都无法将它们冲洗干净。谢必安知道范无咎定然活不成了，一股心碎的感觉开始蔓延，他随即号啕大哭起来。范无咎是他二十年来相依为命的、挚爱的、唯一的亲人。他们就算只有半个烧饼，都会再掰成两半，分给对方吃。他们就算饿了好几天肚子，也会开心地笑出声来。他们在冬天里捡到一块破布，就围在一起，盖着破布互相取暖。可这到底是怎么了？他们刚刚吃上饱饭，穿上暖和的衣服，就要承受生离死别的痛苦吗？

"老八，七哥对不起你！"谢必安痛苦地捶打着地面，"我早就看出有问题，却还要跟着那官差走。都怪我！都怪我！"

"七哥，我有点冷。"范无咎小声地说道，"点起火吧，太冷了。"

"好！好！七哥给你点火！"谢必安从怀中掏出打火石，一下一下地捶击着，"老八，你别怕，马上就会暖和起来的。"他每捶击一次，天上的闷雷就响起一次。大雨顺着谢必安的脸滑下，与泪水混杂在一起。两块完全湿透了的打火石，连最细小的火星都打不出来。"七哥马上就点着了，马上就点着了！"在打火石一次一次的敲打声中，范无咎露出了笑容，慢慢地闭上了眼睛。

"千秋姐！还没好吗？！"杜羽咬着牙大喊着。看到范无咎惨死的样子，他的心跟着碎了。

"马上就好了！"

杜羽扭头看着屏幕，看到谢必安已经完全崩溃了，呆呆地坐在地上。片刻之后，谢必安缓缓地站起身来，面无表情地捡起地上的锁链，然后猛地抛到树上。"放心，七哥这就来陪你。"杜羽一愣，谢必安要上吊自尽了？他的心脏怦怦直跳。传说岂不是马上就要完成了？！

"杜羽，降临设备已经冷却完成了，你还要降临吗？"董千秋问道。

"要，马上让我降临！"杜羽毫不犹豫地回答道。

"好，降临马上开始！"

"等一下！"杜羽忽然叫住了董千秋，"千秋姐，再帮我准备一样东西！"

"现在忽然要东西？来得及吗？"

"肯定来得及，我要的这个东西，大部分女生应该都有！"

谢必安刚刚绑好了铁链，不远处便传来了一道熟悉的叫声。

"必安！！"谢必安一愣，一脸惊恐地转过头去，发现一个乞丐少女正撑着伞站在不远处，"小……小年？"

小年一脸诧异地看着眼前这一幕，然后问道："你要做什么？无咎怎么了？"

"我……我……"刚刚平复了心情的谢必安随即又号啕大哭了起来，"老八被贼人害死了！那个天杀的老贼！！"说完，他便跪倒在地上，抽泣不止。

小年缓缓地走了过来，将伞撑在了他的头顶。"无咎死了，那你要做什么？也要死吗？"小年问道。

"是……我们立过誓，要同年同月同日死。我绝不能独活……"

小年听后微微叹了口气，随即抱住了谢必安："必安，你若死了，我怎么办？"

谢必安一愣："你……"

"这世上就没有你牵挂的人了吗？"小年说道，"你除了我，不是还有一个兄弟吗？你们不是三兄弟一起结拜的吗？你们俩都死了，他怎么办？"

谢必安愣愣地看着小年，发现自己确实忽略了一个很重要的问题。他的兄弟小杜子依然是一个乞丐，他绝不可以丢下小杜子不管。如今小年也回来了，她一个不懂武艺的弱女子，确实需要人照顾。"可……可是老八他……"谢必安非常为难。若是活下来，愧对老八；若是死去，愧对小年和杜羽。他这一生从未像现在一样为难。

"必安，无咎会理解你的。"小年苦笑着对谢必安说，"身为兄弟，他肯定想让你过得更好，不是吗？"

谢必安流着泪，缓缓地点了点头。是的，范无咎比谁都心善，一定会让他活下来，照顾小年。谢必安痛苦地抱着小年，浑身不住地颤抖。而小年的嘴角却不易察觉地扬了起来，心中默默地念道：很好，范无咎最终还是孤单赴死，这世上再也不会有黑无常这个人了。

可就在此时，一道不合时宜的声音出现了。

"哎，媳妇，是你吗？"杜羽大喝一声，出现在不远处。

"媳、媳妇？！"小年一愣，抬头看了看杜羽，"你胡说什么？！"

谢必安也愣住了："小杜子……你叫她什么？"

"啊呀！"杜羽一愣，看着谢必安，"你为什么没死啊？！"

"我……没死？"谢必安瞬间瞪大了眼睛。

杜羽"扑通"一声跪了下来，带着哭腔说道："七爷，你饶命啊，我和小年真是两情相悦的！我们勾结朗大人杀你们，也是迫不得已啊！"

谢必安的嘴唇微微颤抖了一下，说道："你……说什么？！"

"对啊，你在胡说什么？！"小年气歪了嘴。虽然她知道杜羽从不按套路出牌，可他的思维也太跳跃了。

"媳妇啊，你快醒醒吧！咱们已经犯下了大错。事到如今，咱们再说什么也不会有效果了！"杜羽一把拉过小年，直接搂在了怀中，让她一起跪下。他这一下力气很大，小年还没反应过来就被带倒了。

谢必安的眼神忽然有些冷漠，淡淡地开口问道："什么时候的事？"

"其实……我实话和你说，我和小年很早以前就认识了。"杜羽带着哭腔说道，"我们早早就私订了终身。当时小年还是大户人家的小姐，我是个商人家的少爷，可是她爹不同意这门亲事，把她关在家里，逼疯了她。现在她的病还没好，经常忘了自己是谁，忘了我是谁……"

"你是不是有病啊？！"小年大吼道，"谁是大户人家的小姐啊？谁被自己的爹逼疯了啊？"

杜羽赶忙给谢必安赔罪："七爷，对不起，对不起！小年也经常忘了自己有个爹！"

谢必安还是感觉很疑惑。这一切实在是太诡异了。"小、小杜子……"谢必安有气无力地叫道，"所以你有心接近我们，就是为了小年吗？你觉得我会相信吗？"

杜羽叹了口气，说道："七爷，我知道你不会相信，我会证明给你看。小年身上有一个只有我才知道的秘密！"说罢，他就从口袋中掏出了让董千秋提前准备好的卸妆水，把整整一大瓶全都倒在了手绢上，随即以迅雷不及掩耳之势在小年的脸上狠狠擦了一把。"啊！！"小年尖叫一声，赶忙捂住自己的脸。但也为时已晚了，谢必安清清楚楚地看到小年的半张脸已经变成了另一个人的。"小年自从疯了之后就喜欢把自己扮作别人……她觉得这样就不会有之前的记忆了，但只有我知道，她本来只是一个平庸的人……"杜羽哭着说道，"不管小年变成什么样，我都很喜欢她。自从知道你和八爷也喜欢小年之后，我很生气。那天夜里，我把她的手臂抓出了三道血痕，也是被逼急了，害怕她爱上你们……我实在想不出对策了，只能告诉朗大人你们想要策反……请您饶命啊……"

谢必安苦笑了一下，现在全都明白了。为什么他跟范无咎因为小年的事情吵得不可开交的时候，小杜子会那么生气。为什么那几次小杜子说话的时候，只有小年能听懂，跟着笑。为什么小杜子只需要看一看小年的尸体，就知道是假的。为什么小杜子完全不像个乞丐，还愿意跟他们住在城隍庙中。因为他跟小年在很早就已经私订终身了。

"七爷，你别信他！我没病！"小年着急地大喊道。

"七爷啊！"杜羽也大喊道，"你看她都病成啥样了！求您成全吧！我为了小年，已经从一个商人家的公子变成了流民，我不能没有她啊！"

"商人家的公子吗？难怪你会在那么短的时间内想出那么好的挣钱方法。"谢必安缓缓地露出了一个意味深长的笑容，说道，"小杜子，你要杀我，我不怪你。现在……我反而觉得更加轻松了。"他背过身去，走到了铁链旁边。小年还想说什么，杜羽赶忙伸手捂住了她的嘴巴，不断地冲她挤眉弄眼。"小杜子，小年便交给你照顾了。"

"那你呢……七爷？"杜羽问道。

"我去照顾老八。"谢必安将铁链缠绕在自己的脖子上，用腿一蹬树干，整个人飞身而出，一下就扭断了脖子。杜羽吓得一个激灵，虽然这次降临的目的就是让谢必安死，可真看到他死去，心里依然非常难过。杜羽终于松了一口气，天上的大雨也停了。他缓缓地坐了下来，脸上看不出是什么表情。还不等杜羽说一句话，小年忽然站起身来，冲坐着的杜羽一顿拳打脚踢。

"哎哎哎哎！"杜羽赶忙捂着自己的头，"好汉饶命啊！"眼前这个女人毕竟是凡人之躯，这些拳脚虽然要不了他的性命，但也让他疼痛不已。

"我真的让你气死了啊！！！"小年大叫道，"我整整潜伏了一年啊！！！只要这个错误的传说剧情连续出现两次，那就会变成正确的传说流传下去，可是这一切都被你破坏了啊！！！"

杜羽实在是受不了。这姑娘看起来也太泼辣了。"你胆子也太大了，还打啊，我可是圣啊！"

"圣怎么了？！圣我也照打不误！"

好家伙，杜羽感觉这姑娘听到"圣"这个字之后下手更狠了。打了好一会儿，她看起来像是累了，终于停了手。杜羽也终于解放了，说道："哎，你有这个工夫，不如赶紧回去跟圣汇报。毕竟出差了一年，怎么说也得告诉他结果啊。"

"我真不知道你是聪明还是傻。"小年看着雨后的晴空，不耐烦地说道，"你所做的事情都会成为圣的记忆，我还需要汇报吗？"

"呃……"杜羽想了想，还真是这样，自己的所作所为对圣来说就是"实况转播"啊。

"你不走，我可要走了。"杜羽站起身来，说道，"你们圣七杰太厉害了，我要是继续留在这里，估计惭愧兄弟还得来杀我，回见吧。"女孩不耐烦地看了看杜羽，没说话。"你……没话对我说了？"杜羽问。

"我打不过你，还说什么啊。赶紧走吧！烦死了！"

222 · 愿望

回到传说管理局，杜羽马不停蹄地查看屏幕。毕竟这个传说还没有结束，最重要的一环还没有出现，杜羽的疑问也没有解决。为什么谢必安跟范无咎的形象与他印象中的不同呢？

屏幕上，谢必安成了阴灵，正在疑惑地看着脚下的自己。而不远处，范无咎也成了阴灵，正站在桥上。"老八？！"谢必安惊呼一声。

"七哥，你来啦？"范无咎笑了笑，"我就站在这里，哪儿也没去，一直都在等你。"谢必安上去就抱住了范无咎："我……我……"谢必安身为阴灵，却还是流下了泪水，"七哥对不起你……"

"别说啦……我都看到了。"范无咎说，"我们虽然死了，但还可以继续做兄弟，这一次我们要做亲兄弟。"

"要不是我的失误，你根本就不会死！"谢必安依然哭着说道。

"不，七哥，是我的心太软了。我把谁都当成好人，最终却把咱俩都害死了。"

二人还没说完话，后土娘娘便现身了。她看着二人，像在看两个宝藏："啊哈哈哈哈！老娘太开心了，你俩终于来啦？！"

谢必安无奈地皱了皱眉头。眼前这个女人虽是仙家，可说话也太气人了。"后土娘娘，您这个语气听起来就像是您把我俩害死的一样……"

"怎么可能呢？"后土娘娘摆了摆手，"老娘不仅不会害你们，还要赐给你们一场仙缘啊！"

"仙缘？"兄弟二人有些不解。

"你们二人愿不愿意成为仙啊？"后土娘娘笑着问。

"不愿意。"谢必安说。

这一下不仅后土娘娘愣了，在传说管理局的众人也都愣了。

"不愿意？"后土娘娘张大了嘴巴，"为什么不愿意啊？！"

"不愿意就是不愿意。"谢必安没好气地说，"我俩命里就没有富贵，当官差就已经送命了，若当了仙，估计得下十八层地狱。"

"怎么这样啊？"后土娘娘都快哭了，找了这么久，好不容易找到正确的人，他们居然还不愿意，"算老娘求你们了还不行吗？仙还挺好玩的，你们不试试吗？"

"不了、不了。"谢必安连连摇头。范无咎想说点什么，谢必安却一直用手拽他。

杜羽仔细地思索了一下这件事，不由得笑出声来，好像明白谢必安是什么意思了。

"你们若是不答应，老娘可太为难了……"后土娘娘失落地说道。

"后土娘娘，您是不是真的很想让我们成为仙啊？"谢必安问道。

"是啊，当然啦！"后土娘娘感觉这件事似乎还有戏，于是又来了兴趣。

"这样吧，让我们答应也不是不行。世人都说您法力无边，不知道您能不能答应我们几个愿望？我们虽然死了，但也想过点好日子。"

"愿望？"后土娘娘瞬间变了脸色，"这倒不是不行，可是以前从来没有这个规矩……"

"规矩？规矩也是您定的。"谢必安说道。

"可是你们究竟有什么愿望呢？你们现在是阴灵，钱财、名利那些东西对你们来说都已经失去了作用。"

谢必安笑了笑，说道："我们要的东西不难。您先答应下来，然后我就告诉您。"

后土娘娘微微思索了一下，说道："这样吧，老娘不能直接答应满足你们的愿望，但是可以答应和你交易。你们不管索求什么，都需要拿出等价的东西来和老娘交换，怎么样？"

"等价的东西？"谢必安也思索了一下。他跟老八已经成了阴灵，还能有什么值钱的东西不成？"行，后土娘娘，我们答应！"

范无咎有些愣，不知道七哥葫芦里到底卖的什么药。

"行，既然如此，就把你们的愿望跟老娘说说吧。"后土娘娘在桥头跷着二郎腿坐了下来，看起来像个粗犷的男人。谢必安不断地跟范无咎使眼色，让范无咎赶紧许愿。范无咎一脸茫然："七哥……咱们都死了，还许什么愿望啊？别给神仙添麻烦了。"

"哎呀！老八，你就随便说，你最缺什么就说什么。这种机会一辈子就这么一次啊！"

范无咎思索了半天，才为难地开口说道："要说我最想要的……就是治好我虚弱的身体，让我变得更强。毕竟从小我就因为这个体质被抛弃，又因为这个体质错失了自己爱的人，最终因为这个体质死去，所以我想变得更强……"

"准了！"不等范无咎继续说话，后土娘娘就开口了，"范无咎，你打算拿什么来和老娘换这一个愿望？"

"换？"范无咎不断地思索着。他身上有什么东西是自己不想要的呢？过了很久，范无咎才缓缓地开口说道："娘娘，我可以用我的仁慈和您换吗？仁慈虽然是一种优秀的品德，却让我频频陷入险境……"

后土娘娘托着下巴想了一会儿，说道："可以，仁慈换强大，这个买卖很合理，准了！"她一挥手，一股磅礴的仙气喷射而出，直接包裹住了范无咎。范无咎慢慢地直起腰，缠绕自己二十年的虚弱感荡然无存，取而代之的是一股源源不断迸发的力量。他的眼神也随之变得冰冷，看起来没有一丝感情。

"老八，感觉怎么样？"谢必安问道。

"还好。"范无咎微微点了点头，冷漠地吐出两个字。

杜羽倒吸一口凉气。原来是这样的！现在的八爷……太熟悉了！是他，酆都的杀神回来了！后土娘娘好像耗费了不少法力，她的眼神有些迷惘，但很快回过神来，问道："你呢，谢必安？"

"我……和老八一样。我从小便因为这丑陋的样貌而受尽耻辱……我要变得比任何人都好看，我要惊艳四方，我要天下第一的容颜！"谢必安说道。

"你小子是不是过分了？"后土娘娘没好气地说道，"你想变得好看点，老娘可以理解，可你要天下第一的容颜，能拿什么跟老娘换？你换得起吗？"

"娘娘啊，我可以用我的所有缺点和你换！"

"老娘真想杀了你！老娘要你那些缺点有什么用啊？人家范无咎用的是仁慈，你呢？你准备用什么换？"

谢必安苦笑了一下，说道："我什么也没有，连老八的那一份仁慈都没有……娘娘，您答应我的话，我愿意成仙之后给你当牛做马，可以吗？"

"当牛做马？"后土娘娘本想直接拒绝，可转念一想，自己马上就要隐居，确实需要得力的助手才行。八大引渡使如今已经齐聚了，她需要定期知道他们的消息。"这样吧，既然你要的是绝世容颜，那仅凭你一个人当牛做马是不够的。老娘需要你们俩一起成为老娘的下属。以后所有引渡使里，只有你们二人可以见老娘，并且替老娘办事，可好？"

"当然没问题了啊，老八肯定不会介意。"谢必安说完就看了看范无咎，"是吧，老八？"

范无咎却冷冷地看了谢必安一眼，说道："你自己的事，干吗扯上我？"

"欸？！"谢必安完全没料到范无咎会这么说，"你怎么直接变了一个人啊？咱们不是患难与共的兄弟吗？哦，对，你已经没有仁慈了……"范无咎冷哼一声，站到一旁。"老八啊，求你了啊！"谢必安拽着范无咎的胳膊，"你都已经得到自己想要的了，可我还没有啊……你就帮帮忙吧！"

范无咎无奈地摇了摇头。虽然他已经没有了仁慈之心，但谢必安依然是他的人生中最重要的人，他只能默默地点了点头："行吧，仅此一次。"

"太好啦！"看到二人答应了，后土娘娘再次一挥手，谢必安的容貌便直接发生了变化。他一头蓬乱的头发变成银白色的，犹如瀑布一般倾泻而下。他的皮肤变得无比光滑，一双眼睛深邃明亮，嘴唇透着鲜红的光泽，与杜羽记忆中的完全一致。谢必安赶忙去河边看了看自己的容貌，被震惊得半天说不出话来。"对了，老娘要提醒你，容貌就算再好，也需要保持。"她从怀中拿出一个小木盒，"这里面是珍珠粉，你没事就搽一搽。往后的日子里，不管出了什么新的护肤产品，你都要多用，否则再好的容颜也保持不住，明白了吗？"

杜羽苦笑一下，心说：怪不得谢必安整日都在敷面膜，这居然是完全不懂打扮的后土娘娘灌输给他的观念。

传说终于告一段落，谢必安跟范无咎强势归来。杜羽悬着的一颗心也终于放下了。

"既然没什么事，老娘也要走了……"传说中，后土娘娘的脸色有些不太自然。她已经很久没有用过这么强的法术了，脑海中好像又有些什么东西被忘却了。

"娘娘，您有空的话，记得也保佑一下小杜子和他的爱人。"

后土娘娘疑惑地看了看谢必安："小杜子，那是谁？"

"就是我们的那个兄弟，您之前认识的。"谢必安说道。

"老娘之前……认识你们的兄弟？"后土娘娘一脸疑惑地看着他们，"老娘怎么可能会认识你们的兄弟？"

"啊？"谢必安愣了一下，"之前您第一次现身，和他有说有笑的，难道您忘了？"

"忘？"后土娘娘脸色一变，"怎么会呢？老娘不可能会忘事。小杜子是吧？老娘知道了！"后土娘娘匆匆地离开了现场。路上，她不断地摇头："难道又有人被老娘忘了吗？看来老娘以后连法力也要慎用了……"

杜羽苦笑了一下。后土娘娘果然跟西王母所说的一样，每当使用法力，就会抵挡不住孟婆汤的功效，很多没那么重要的事情就会被纷纷忘却。说到记忆，杜羽忽然想起了什么："对了，千秋姐，曲溪呢？"杜羽伸手去拍董千秋的肩膀，手却直接从董千秋的肩膀上穿了过去，如若无物。"啊！"他一愣，赶忙抽回了手。

"嗯，怎么了？"董千秋回过头来看着杜羽。

杜羽小心翼翼地伸出一根手指又碰了碰董千秋，发现这一次没有穿过去，反而结结实实地落在了她身上："哦，没……没事，可能看错了。"

"你找曲溪吗？"董千秋说道，"你已经连续忙碌了这么久，不休息一下吗？"

"休息吗？"杜羽微微叹了口气，"我答应了曲溪，只要从传说中出来，就去帮她完成一件事。等这一切真正忙完了，我再休息吧。"

"曲溪就在自己的房间中。"董千秋说道。

杜羽点了点头，往前走了几步，忽然感觉到不太对。他整个人变得轻飘飘的，眼看就要晕倒了。他伸手去扶身边的椅子，手却直接从椅子上穿了过去，整个人狠狠地摔在了地上。

"杜羽！！"董千秋惊叫一声，发现杜羽已经昏迷了。

杜羽一睁眼，看到传说管理局的众多员工正在他身边看着他，吓了他一跳。杜羽大叫一声，翻身跳下了床："干吗啊？守灵啊你们？"

众人听罢退开了，而董千秋一脸担忧地看着杜羽："你没事吧？杜羽……"

"我？我当然没事啊……"杜羽微微皱了皱眉头，一股不祥的预感在他心中蔓延。这一次的昏倒十分诡异，好像有什么不正常的事情发生了。他一扭头，发现范小果正拿着一杯奶茶，懒散地看着他。"欸？"杜羽先是一愣，随即露出了笑容。范小果回来了，看来一切都趋于正常了。现在的七爷、八爷应该像之前一样，正坐在无常殿里有一搭没一搭地聊天。"你看着我干吗啊，杜羽？"范小果没好气地说道，"是你自己答应我，可以让我每天都喝奶茶，我这可不能算偷懒啊！"

"哈哈，当然。"杜羽笑了笑，说道，"八爷好吗？"

"哼，老祖宗好得不行。"范小果看到杜羽醒了，放心了一些，佯装生气地说道，"你醒了就赶紧起来工作。之前你让我们帮你找的人，老祖宗给你找到了。"

"找人？"杜羽皱了皱眉头，疑惑地问道，"找什么人？"

"杜羽，你欠揍是不是？"范小果跺了跺脚，说道，"之前你不是让我们帮你找枉死的太枢吗？我们费了那么多劲，你却忘了？"

"啊，没忘没忘！你们找到了吗？"

"是啊！"

"太好了！"杜羽伸手去抓自己的衣服，正准备穿上衣服跟着范小果去看看，手却从衣服上穿了过去。

"欸？"在他身旁的范小果一愣，"你怎么了？"

杜羽微微皱了皱眉头，说道："什么怎么了？"

"你的手……"范小果疑惑地指着杜羽，"我刚才看到……"

"哦，我刚才眼睛花了，没看清，抓了个空。"

"不对吧！"范小果惊呼一声，"我刚才好像看到你的手从衣服上穿了过去！"听到她的惊呼，传说管理局里的其他人又纷纷围了过来。

"穿了过去？怎么可能？"杜羽苦笑了一下，深吸一口气，重新伸手去抓那件衣服。这一次没有穿过去，杜羽的手稳稳地放在了上面。"你看！怎么可能穿过去啊？"杜羽笑着拿起衣服穿在了身上。

"算了，我也懒得管你了。你要有空就去见见那个太枢吧！我走了！"范小果撇了一下嘴，气呼呼地走了。

看到杜羽醒来，大家自然放下心了，寒暄了几句就都回到岗位上工作了。

杜羽默默地低下头，看着自己的手掌。若是他猜得不错，一个最坏的结局马上就要来了。现在他没有时间再去管其他事情了，必须第一时间找到曲溪。

来到曲溪的房间，杜羽推门就进，发现她正在看一本外国书。"曲溪！"杜羽叫道。

"啊！杜羽，你醒了？"曲溪回过头来，面带笑容地看着他。

"别说废话了！"杜羽立刻在眼前画出了一扇传送门，说道，"告诉我你那一天都出现在哪里过，我现在就去改变你的过去！"

"欸？"曲溪一愣，"现在？"

"是的！"杜羽点头说道，"因为我不能看见过去的自己，所以你得告诉我除了公交车，你还去过哪里，或者直接告诉我你家在哪里，我直接去你家门口把周壮实拉走。"

"你怎么……这么着急？"曲溪问道。

"别问了！总之，我现在是在跟时间赛跑！"杜羽的声音都有些颤抖。

"我……"曲溪笑了一下，缓缓地说道，"我决定留下这段记忆。"

"嗯？"杜羽仿佛没听清，"你说什么？"

"我不想离开传说管理局，不想离开你们。"曲溪说道，"你说得对，我在现实中的生活远不如在这里的快乐，我决定留下。"

"你……决定留下？"杜羽问道。

"是的。你也说过，如果你改变了我的过去，那么我就会从这里消失。"曲溪笑着说道，"如果只有你还记得我，你会很孤单吧。"

"我……"杜羽的手微微地颤抖着，不知道如何回答。

"其实想让我忘掉那段痛苦的回忆，还有其他更好的方法。"曲溪让杜羽坐下，然后缓缓地跟他说道，"我可以在传说管理局里创造更多快乐的记忆，来让那段痛苦的记忆变得不值一提。"

"是吗？"

杜羽终于露出了笑容，传送门随之关闭了。"太好了，看到你能放下过去，我很开心……"杜羽笑着笑着，又露出了一副难过的表情。

"你怎么了？"曲溪看了看杜羽，"嘴上说着开心，表情却难过得要命。"

"不……我很开心，但……"杜羽抬起头来望了望曲溪，说道，"你不希望这个世界上只有我记得你，但如果……情况相反呢？"

"情况相反？"曲溪觉得杜羽似乎有话想说，于是合上书本，挪动了一下自己的身体，让自己面向杜羽，问道，"你是什么意思？我不太明白。"

"如果有一天，所有人都忘了我，你会觉得孤单吗？"杜羽问道。

"哈哈！"曲溪被杜羽逗笑了，说道，"你这说的什么话？所有人怎么会都把你忘了？你就活生生地站在这里，也没有要离开的理由呀！"

杜羽默默地点了点头："是的，我确实不想离开，但有些时候也会身不由己。"

这个时候，曲溪放在桌子上的绿色毛笔晃了晃，一个姑娘"嗖"的一声蹿了出来。正是婴宁。"杜羽，你在这儿啰里八索的说什么呢？"婴宁气鼓鼓地看着杜羽，"我正在跟曲溪学习外国的知识，你要是没什么事就别在这儿烦我们了啊！"

杜羽看了看婴宁，欣慰地笑了一下。"真好，婴宁。"杜羽点了点头，"曲溪想要留下，估计你也功不可没。以后的日子里，你可要好好陪着她。"

二人都有些愣，总觉得杜羽今天说话怪怪的。

"什么叫'以后的日子里'？"婴宁没好气地看着杜羽，"我怎么做还需要你来教我吗？"

杜羽没再理会婴宁，反而问曲溪："曲溪，你觉得……以你的能力，斗得过圣吗？"

"我？"曲溪仔细思索了一下，说道，"当然不行……我可能没有圣聪明，也没有他强大。"

杜羽点了点头，又问婴宁："婴宁，你觉得你斗得过圣吗？"

婴宁微微叹了口气，说道："我倒是想跟他斗斗，可我就在这支笔中，哪儿都去不了。"

杜羽听后又问："那你们二人觉得战其胜能赢过圣吗？"

二人互相看了一眼，虽然不想承认，但仔细想想，圣的综合实力应该强过战其胜。虽然二人没有说话，但杜羽还是知道她们已经有答案了。"很好。"杜羽笑着点了点头，"我问这些没有别的意思，只是想说……你们所有人都不是圣的对手，不管什么时候，千万不要冒险去挑战他，也不要冒险去打破他做的局，他的想法不是寻常人能够看透的。就算情况再艰难，就算形势再恶劣，你们也绝对不要拿自己的性命去赌。"

"我怎么……听不太懂？"婴宁说完话之后看了看曲溪，问道，"曲溪，你听懂了吗？"

"没有……"杜羽站起身来，打开房门，意味深长地回头看了二人一眼，说道，"你们很快就会明白的。记住，你们所有人都不是圣的对手，所以不管他做了什么出格的事，你们都不要拿自己的性命冒险。同样的话也帮我转达给战其胜。"杜羽说完话，便关上房门静静地离开了，只留下曲溪和婴宁两个人面面相觑、不知其意。

图书在版编目（CIP）数据

传说管理局. 3, 弹指 / 杀虫队队员著. -- 北京：
北京联合出版公司, 2025. 7（2025. 10重印）
ISBN 978-7-5596-8445-5

Ⅰ. I247.5

中国国家版本馆CIP数据核字第2025XW0470号

传说管理局. 3：弹指

作　　者：杀虫队队员
出 品 人：赵红仕
选题策划：北京磨铁文化集团股份有限公司
责任编辑：管文
装帧设计：Laberay淮　蘑菇

北京联合出版公司出版
（北京市西城区德外大街83号楼9层　100088）
三河市嘉科万达彩色印刷有限公司印刷　新华书店经销
字数304千字　880毫米×1230毫米　1/32　印张9.875
2025年7月第1版　2025年10月第2次印刷
ISBN 978-7-5596-8445-5
定价：52.80元